深入北方的小路

THE NARROW ROAD TO THE DEEP NORTH

[澳大利亚] 理查德·弗兰纳根 著　金莉 译
Richard Flanagan

人民文学出版社
PEOPLE'S LITERATURE PUBLISHING HOUSE

著作权合同登记号　图字 01-2017-0792

Richard Flanagan
THE NARROW ROAD TO THE DEEP NORTH
Copyright © 2013 by Richard Flanagan
Published in agreement with Richard Flanagan
through The Wylie Agency LTD.
Simplified Chinese Edition Copyright ©
Shanghai 99 Readers' Culture Co., Ltd., 2017
All rights reserved.

图书在版编目(CIP)数据

深入北方的小路/(澳)理查德·弗兰纳根著;金莉译.—北京:
人民文学出版社,2017
ISBN 978-7-02-008583-5

Ⅰ.①深… Ⅱ.①理… ②金… Ⅲ.①长篇小说-澳大利亚
-现代 Ⅳ.①I611.45

中国版本图书馆 CIP 数据核字(2017)第 072677 号

| 责任编辑 | 甘　慧　崔　莹 |
| 装帧设计 | 高　昱　向　尚　高静芳 |

出版发行　人民文学出版社
社　　址　北京市朝内大街 166 号
邮政编码　100705
网　　址　http://www.rw-cn.com

印　　制　山东德州新华印务有限责任公司
经　　销　全国新华书店等

字　　数　288 千字
开　　本　890 毫米×1240 毫米　1/32
印　　张　12.25
版　　次　2017 年 7 月北京第 1 版
印　　次　2017 年 7 月第 1 次印刷

书　　号　978-7-02-008583-5
定　　价　49.00 元

如有印装质量问题,请与本社图书销售中心调换。电话:010-65233595

献给
第三百三十五号俘虏（335）

妈妈,他们写诗。

——保罗·策兰

目录

第一部　001
一只蜜蜂 / 步履蹒跚地爬出 / 牡丹花
　　　　　　　　——松尾芭蕉

第二部　051
暮色 / 从沙滩上那个女人 / 涌出，覆盖晚潮
　　　　　　　　——小林一茶

第三部　153
这个露水的世界 / 每颗露珠都是 / 一个挣扎的世界
　　　　　　　　——小林一茶

第四部　263
这露水的世界 / 不过是露水的世界 / 然而
　　　　　　　　——小林一茶

第五部　321
今世 / 我们行走在地狱的屋顶 / 凝视繁花
　　　　　　　　——小林一茶

第一部

一只蜜蜂
步履蹒跚地爬出
牡丹花

——松尾芭蕉

1

为什么万物之始总有光？多里戈·埃文斯最早的记忆是阳光涌入一间教堂大厅，他和母亲、外祖母坐在那儿。大厅是木结构的，有极其耀眼的光。他蹒跚着在光的笼罩中前后走动，投入两个女人的臂弯。深爱他的女人。就像投身大海又回到沙滩。一次又一次。

"保佑你。"妈妈说着，抱住他，又放开，"保佑你，孩子。"

那肯定是一九一五年或一九一六年，他一两岁的时候。后来，影子来了，给它赋形的是一只举起的前臂，它黑色的轮廓在一个煤油灯油腻腻的灯光中跳动。杰基·马圭尔坐在埃文斯家黑暗的小厨房里哭泣。那个时代除了婴儿没人哭。杰基·马圭尔是个老男人，四十岁左右，或者更老。他在用手背擦掉他麻子脸上的眼泪。也许用的是手指？

只有他的哭泣固定在埃文斯的记忆里。那声音就像什么东西在破碎。它慢下来的节奏让埃文斯想到兔子的脖子被圈套扼住时，它用后腿蹬地发出的闷响，这是他听过的声音里唯一与之相似的。他当时九岁，进屋是为了给妈妈看拇指上的一个血泡，他几乎想不出来有什么声音可以跟马奎尔的哭声相比。以前，他只见过一次男人哭。那是一个令人震惊的场面。他哥哥从世界大战的法国战场回来，下了火车。他把军用挎包甩在侧轨滚烫的尘土上，突然泪如泉涌。

看着哥哥，多里戈·埃文斯纳闷一个成年男人怎么会哭。后来，哭泣变成只是感受的强化，感受变成生活唯一的指南针。感受变成人们追逐的潮流，而情感变成剧场，人们在台上演戏，下台后不知自己是谁。有生之年，多里戈·埃文斯将会看到所有这些变化。他会缅怀一个人们耻于哭泣的时代，那时候，人们害怕哭泣暴露弱点，招致麻烦。他会看到人们为不值得称道的事受到赞扬，只因为他们认为真相会破坏他们的感受。

汤姆到家的那个晚上，他们把德国皇帝威廉二世的相片投进篝火。至于战争、德国人，还有他们听说过的毒气弹、坦克、战壕，汤姆什么也没说。他一言不发。一个人的感受并不总是等于生活的全部。有时候它说明不了什么。他只是直勾勾地盯着篝火。

2

快乐的人没有过去，不快乐的人除了过去一无所有。多里戈·埃文斯到晚年时总也弄不清这话是他在哪儿读来的，还是他自己编出来的。编造，打乱，拆散。拆得粉碎。从石头到沙砾到灰尘到泥巴到石头，世界就这么运转，正如他刨根问底要求妈妈解释世界为什么是这样或那样时，妈妈总是说："世界是怎样就怎样。""世界就这样，孩子。"游戏时为了搭起一个堡垒，他用力想把一块石头从岩堆里抽出来，一块更大的石头掉下来砸在他的拇指上，指甲下起了一个大血泡，阵阵发疼。

妈妈抱起多里戈，胳膊一扬，把他放到厨房的桌上，那儿灯光最亮，她避开杰基·马圭尔古怪的眼神，把儿子的拇指举到灯光下。杰基·马圭尔抽泣着说了一些什么。他妻子上星期带着他们最小的孩子坐火车去了朗塞斯顿，没有回来。

多里戈的妈妈拿起切肉刀，在刀锋上抹了油乎乎的一溜凝固的羊脂。她把刀尖放进炉灶的煤堆上。一股细烟升腾而起，厨房里弥漫着羊肉烤焦的味道。她抽出刀，红彤彤的刀尖闪烁着一点点白炽的火星，这景象立刻令多里戈觉得既神奇又可怕。

"别动。"她说着，抓住他的手，用力之大把他吓了一跳。

杰基·马圭尔在说他怎么坐邮车到朗塞斯顿找他妻子,但是怎么也找不到。而多里戈·埃文斯眼睁睁地看着火红的刀尖触到他的指甲,血泡开始冒烟并被烧出一个洞来,他听到杰基·马圭尔说——

"她从地表消失了,埃文斯太太。"

烟气消散,一小股黑血从拇指上流下来,血泡的疼痛和对热切肉刀的恐惧都消失了。

"走吧。"多里戈的妈妈说着,用手肘推他下桌。"快去吧,孩子。"

"消失了!"杰基·马圭尔说。

这都发生在当世界辽阔而塔斯马尼亚岛还是整个世界的时候。在它众多偏僻的、被人遗忘的村落中,几乎没有比克利夫兰村更偏僻、更被人遗忘的。这个小村子住着大约四十个人,多里戈·埃文斯就住在这里。这个过去流放犯人时建为驿站的小村,随着时世艰难而衰落,被人遗忘,现在作为铁路侧线站而幸存下来,有十来幢摇摇欲坠的乔治时代风格的建筑,还零星散落着一些带走廊的小木楼,荫庇着一百年来经受流放与失落之苦的人。

村子后面的林地长着虬曲的杏仁香桉树和在热浪中起伏摇摆的银合欢树,小村的夏天酷热难熬,冬天同样难熬。电和广播还没有传到这里。那是二十世纪二十年代,但是跟十九世纪八十年代甚至五十年代没有什么两样。许多年后,汤姆说它就像一个垂死的世界中漫长的秋天,这个男人本来是不喜欢比喻的,但也许是因为他自己死期渐近,对死亡的恐惧令他作此比喻,反正多里戈当时是这样想的。

他们的父亲是养路工人,全家住在塔斯马尼亚政府铁路盖在铁道边的一栋封檐板小屋里。夏天没水时,他们就提着桶到给火车头供水的大水箱里打水。他们睡觉盖的是从抓来的负鼠身上剥下的皮,吃的是用陷阱夹住的兔子，用枪猎杀的沙袋鼠，以及地里种的土豆和烘烤的面包。父亲熬过了十九世纪九十年代的大萧条，亲眼见过有人在霍巴特的街上饿死，所以他简直不敢相信自己能有幸在这样一个工人天堂里度过余生。不过在不那么乐观的时候，他又会说："你像狗一样活着，就会像狗一样死掉。"

多里戈·埃文斯放假有时是跟汤姆一起过的，因此认识了杰基·马圭尔。他会搭乔依·派克的运货马车去汤姆那儿，他坐在车后，从克里夫兰出发到芬葛谷的岔路口。乔依管拉车的老马叫格蕾西，格蕾西欢快地小步走时，多里戈会前后摇摆，想象自己成了那些枝干弯曲得非常夸张的杏仁香桉树上的一根树枝，触摸着头顶广袤的蓝天飞驰而过。他会闻到湿树皮和枯树叶的味道，看到一群群红绿斑驳的红耳绿鹦鹉在远处的空中欢快地叫。他着迷地倾听鹩鹩和吸蜜鸟的歌声，灰鹩鹩抽鞭子一样的叫声，间杂以马车的皮挽绳、木车轴和铁的铰链嘎吱作响的声音，一切都刺激着他的感官，令他恍如回到梦中。

他们沿着过去的马车道走，经过马车旅馆，通铁路以后马车旅馆就没生意了，现在颓败得几乎成了废墟，里面住着几户穷人，其中有杰基·马圭尔家。每隔几天，一大团飞扬的尘土会宣告一辆汽车的到来，孩子们会从灌木丛和房子里钻出来，追赶这团喧嚣的尘土，一直追到肺里像火烧，两腿重得像铅块。

在芬葛谷的岔路口，多里戈·埃文斯滑下马车，向乔依和格蕾西挥手告别，起步向卢埃林走。卢埃林这个小镇唯一奇特之处是它比克利夫兰还要小。到了卢埃林，他会大踏步朝东北方向走，穿过一些栅栏围起的土地，参照本·洛蒙德山白雪皑皑的宏伟山峦确定方位，再穿过一片灌木丛生的荒地走向山背后被雪覆盖的乡野。在那儿，汤姆的工作是下活套捕负鼠，干两周休一周。多里戈会在下午三点左右到达汤姆的住处，那是一个窝在山脊下凹进去的拐弯处的山洞。山洞比他们家那个屋顶低矮倾斜的厨房还小一点，在洞里最高的地方，汤姆才能低头站直。整个山洞就像鸡蛋一样中间宽两头窄，入口上方的岩石像屋檐似的伸出去，这意味着那儿可以整夜生火，使山洞暖和。

汤姆有时会让杰基·马圭尔和他一起干。他目前二十出头，有一副好嗓子，常常在夜里唱一两支歌。之后，多里戈会凑着火光给杰基·马圭尔和汤姆朗读一些从过期的《简报》和《史密斯周报》上挑出的内容，这些过期报纸是两个负鼠捕手全部的文字收藏。杰基·马圭尔不识字，汤姆则自称识字。他们喜欢听多里戈念"罗丝阿姨建议"专栏里的文章，或者他们认为"机灵"甚至"非常机灵"的民间诗歌。过了一段时候，多里戈开始给他们背诵一些别的诗歌，是他学校的一本名叫《英语美文》的书里的。他们最喜欢丁尼生的《尤利西斯》。

杰基·马圭尔的麻子脸在火光中微笑，亮闪闪的，像刚出炉的梅子布丁，他会说："啊，他们这些老家伙！他们把词儿串起来，紧得比卡住兔脖子的铜套子还厉害！"

多里戈没有告诉汤姆在马圭尔太太失踪前一周他自己看到了什么：哥哥的一只手在她裙子里向上摸，她的身子紧靠在马车旅馆后的鸡舍上。这是一个身材矮小、感情炽烈的女人，生着当地人中少见的黑皮肤。汤姆的脸转向一边贴在她的脖子上。他知道哥哥在吻她。

后来的许多年里，多里戈经常想起杰基·马圭尔太太，他始终不知道她的名字，就像他在战俘营里天天做梦想吃的食物——在那儿又不在那儿，向上挤压进到他的颅骨，总在他向它伸手去够的那一刻消失。过了一段时间，他不再那么经常想她了；渐渐地，他再也想不起她了。

3

多里戈是家里唯一在十二岁基础教育结束时通过能力测试的孩子，他也因而获得奖学金上朗塞斯顿中学。他比同年的孩子成熟。上学第一天，午饭时间，他到处转悠，最后到了一片被称作超级操场的平地，那里到处是枯草尘土和树皮树叶，一边有好几棵高大的桉树。他观察一些三四年级的大男孩已经有成年人的肌肉，有的鬓角已经不短了。他们大致排成两排，推搡、碰撞、移动身体，像在跳某种部落舞蹈一般。接着开始神奇的"对踢"。一个男孩把球从他自己的一排踢向场子另一头的那一排。那一排的男孩全都跑去接球，如果球从高处来，他们就跳到空中伸手去够。谁接到球谁就赢得踢球的机会。争夺非常激烈，相应的，胜者转眼被奉为神。对胜者来说，同样神圣的是他的奖赏，就是把球踢回到对方那里，开始新一轮"对踢"。

整个午饭时间就这样过去了。高年级的孩子肯定占上风，他们接住大部分球，赢了大部分踢球机会。有几个低年级孩子也能接住几次球踢几脚，但许多人只能接到一次或者一次都没有。

第一天的整个午饭时间多里戈都在看。另一个初一男孩告诉他，至少要等到初二才有机会参加"对踢"——那些大男孩身体太壮、速度太快；为了摆脱对手，他们根本不在乎用胳膊肘撞头，用拳头打脸，用膝盖顶背。多里戈注意到几个个头小点儿的男孩跟在队伍后面，离几步远，随时准备捡漏，去接偶尔被踢得太高、从混乱的人群上空飞过来的球。

第二天他也参加了。第三天，从队员肩膀上方望去，他看见一只球晃晃悠悠地从空中飞来,他意识到自己就站在人群后面。一瞬间,球仿佛静止在阳光里,他知道这球注定得由他来接。他拔腿冲进人群,他能闻见桉树上蚂蚁的味道,感觉那些枝干像粗绳索似的影子变得浅淡。时间变慢了,他发现最壮最快的男孩子们正向他想好的位置跑去。没关系,他知道那个从太阳方向飞来的球是他的,他只要伸手去够就行了。他紧紧盯着球,觉得按他现在的速度来不及的时候,他就跳了起来,双脚踩在一个男孩背上,膝盖靠在另一个男孩肩膀上,就这样高过所有男孩,正面迎着刺眼的阳光而上。在争夺最激烈的当口,他奋力向上伸长胳膊,感觉球到手中了,现在可以落地了。

他的双手紧紧地把球抱在怀里,背部重重地着地,摔得他几乎停止了呼吸。他大口大口喘着粗气站起来,站在阳光里,手握椭圆形的球,准备进入一个更广阔的世界。

他步履蹒跚地走回来,躁乱的人群敬畏地在他周围让出一片空地。

"你他妈是谁?"一个大男孩问。

"多里戈·埃文斯。"

"这球你接得真绝,多里戈。该你踢了。"

桉树皮的气味和塔斯马尼亚正午直刺刺的蓝色光照都强烈得令他睁不开眼,他得眯起眼睛避免刺眼的强光,灼热的阳光照在他紧绷的皮肤上,其他男孩短短的、轮廓分明的影子,站在一个临界点上的感觉——满怀喜悦进入新世界而旧世界依然可以感知,可以进入,尚未消失——所有这些他都感受到了,正如他感受到了滚烫的尘土,其他男孩的汗水和笑声,还有和他们在一起的那种奇异又纯粹的欢乐。

"踢呀!"他听到有人大叫,"给这东西来一脚,铃一响就全结束了。"

在他意识的最深处,多里戈·埃文斯知道他过往的生命全是为了到达这个时刻的旅行,在他迎着太阳跃上去的那一刻,以后他只会离这一刻越走越远。生命永远不会再像那一刻这样充满意义,无比真实。

4

"我们两个真是聪明啊,对吧?"艾米说。她正和他躺在旅馆房间的床上,一根手指拨弄着他蓬乱的卷发,听他背诵《尤利西斯》,此时离他看见杰基·马圭尔在他妈妈面前哭泣,已经过去十八年了。这个房间位于一家破败的旅馆三楼,门外长长的游廊遮蔽了楼下的马路和对面的沙滩,给他们仿佛坐在南冰洋上的幻觉,听得见下面的海水毫不停歇地撞击、奔腾。

"这是障眼法,"多里戈说,"就像从你耳朵后面掏出一枚硬币来。"

"不,这不是。"

"是的,"多里戈说,"这不是。"

"那是什么呢?"

多里戈拿不准。

"还有,那些希腊人和特洛伊人,他们干什么呢?那么干有什么区别?"

"特洛伊人像一家人那样团结,但他们输了。"

"那希腊人呢?"

"希腊人?"

"不是希腊人,难道是阿德莱德港口队的'喜鹊'[①]?当然是希

[①] 阿德莱德港口队是南澳大利亚州一支澳洲式足球队,"喜鹊"是对该队的俗称。

腊人。他们怎么回事呢？"

"武力征服。可希腊人是我们的英雄，他们总打胜仗。"

"为什么？"

他不知道究竟为什么。

"他们当然有障眼法，"他说，"特洛伊木马是给诸神的祭献，肚子里却藏着带给很多人的死亡。一样东西掩护另一样东西。"

"那我们为什么不恨他们呢？恨希腊人？"

他也不知道究竟为什么。他越想越说不出为什么会这样，为什么团结的特洛伊人会灭亡。他隐约感到，诸神只是时间的另一个称谓；可是他觉得把这说出来很傻，就跟说我们永远无法战胜诸神一样傻。虽然他快二十八岁，可他已经接近宿命论者了，至少对自己的命运是如此。就像生命可能被呈现，但永远无法解释，而词句，一切没有直接解释事物的词句，对他来说都真实不过。

他的目光越过艾米的裸体，越过她胸臀之间纤毛泛着光晕的新月形曲线，越过那饱经风雨、白漆剥落的法式房门；月光在海面照映出一条窄路，慢慢离开他的视线最后融入像鹰翅般伸展的云朵。它好像在等他。

  因为我决心，
  要驶过日落的地方和西天众星
  沉落到水里的地方，要到死方休。[①]

"为什么你这么爱这些句子？"他听见艾米问。

他十九岁时母亲死于肺结核。他没在她身边。他甚至没在塔斯

[①] 丁尼生《尤利西斯》中的诗句，引自黄杲炘译《丁尼生诗选》（上海译文出版社1995年版），下同。

马尼亚岛而是在澳洲大陆,因为获得一项奖学金而在墨尔本大学学医。事实上,把他和母亲分开的不仅仅是大海。在墨尔本大学奥蒙德学院,他遇到很多世家子弟。让他们引以为傲的家族的成就和血统,可以追溯到澳大利亚建国前英国的名门望族。他们可以一口气列出自己的家族世系、政治地位、家族产业、王室联姻,乃至豪宅、牧羊场。直到暮年之后,多里戈才意识到其中大部分都是虚构的,其离谱程度连特罗洛普[①]都写不出来。

这些听闻是味同嚼蜡,还是令人神往,取决于从什么角度看。他从前从未遇见如此有把握的人。犹太人和天主教徒略逊一筹,爱尔兰人长相丑陋。对这样的事情他们不加思考,他们确信。他们用石头造的大房子,他们沉甸甸的银餐具,他们对其他人生活的无知,还有他们对自然之美的漠视,种种离奇之处都让他惊叹。他爱自己的家人,但他不为他们自豪。他们的首要成就是活下来。他将付出整个一生去理解活下来是一项多么伟大的成就。可是在那时——当他第一次面对荣誉、财富、地产名望的反差时——活下来简直就是失败。与其显露羞耻感,他宁可远离他们,直到母亲去世。在母亲葬礼上他没哭。

"喂,多瑞,"艾米说,"为什么?"她的一根手指在向他大腿根部划去。

那之后,他变得害怕封闭的空间、人群、有轨电车、火车和舞会,害怕所有把他向内心挤压并把光屏蔽在外的地方。他呼吸困难。他在梦里听见她呼唤他。

"孩子,"她会说,"到这儿来,孩子。"

但他不想去。他差点儿考试不及格。他一遍一遍地读《尤利西

[①] 安东尼·特罗洛普(1815—1882),英国维多利亚时期的小说家。

斯》。他又一次去踢球,为了寻找光,那个他在教堂大厅瞥见的世界,向着太阳上升再上升,直到他成为队长,成为医生,成为外科大夫,直到他和艾米一起躺在那个旅馆的床上,看着月亮在她小腹凹陷处上方升起。他一遍一遍地读《尤利西斯》。

长昼将近月徐升;大海的呜咽里,
有种种的召唤。来吧,我的朋友,
去找个新世界,现在还为时不晚。

他想要紧抓住在万物之始的光。
他一遍一遍地读《尤利西斯》。
他把目光移到艾米脸上。
"因为那是我人生最初见识到的美好。"多里戈·埃文斯说。

5

一小时后他醒来的时候,她已经搽上了樱桃色的口红,睫毛涂成了蓝青色,头发向上扎起,露出的脸像一颗心。

"艾米?"
"我得走了。"
"艾米——"
"还有——"
"别走。"
"为了什么?"
"我——"
"为了什么?我听你说过——"

"我需要你,和你在一起的每一秒我都想拥有你。"

"——你说过多少遍了。你会离开艾拉吗?"

"那你会离开基思?"

"真得走了,"艾米说,"跟他说过会一小时内到那儿。打一晚上牌。你能相信吗?"

"我会回来。"

"你会?"

"我会。"

"然后呢?"

"这是个秘密。"

"我不能知道?"

"不。是。不是,是打仗的事,军事机密。"

"什么?"

"我们要坐船走。星期三。"

"什么?"

"三天之后——"

"我知道哪天是星期三。去哪儿?"

"去打仗。"

"去哪儿?"

"我们怎么会知道?"

"你要去哪儿?"

"去打仗。哪儿都在打仗,对不对?"

"我还能见到你吗?"

"我——"

"我们?那我们呢?"

"艾米——"

"多瑞,我还能见到你吗?"

6

在某处制冷装置发着哮喘似嘶嘶声的震颤中,多里戈·埃文斯感觉五十年过去了。治疗心绞痛的药片开始起效,胸口的窒闷感在消退,胳膊上针扎似的感觉没有了,所以虽然无药可救的、剧烈的内心紊乱还驻留在他颤抖的灵魂里,他还能从旅馆的卫生间走回到卧室。

回到床前,他看着她裸露的肩膀,柔软的肌肤和曲线仍然会令他心跳加快。

她睡眼惺忪地半抬起头问:

"你刚才在说什么?"

他回到床上,面朝她的背贴身躺着,他意识到她指的是她睡着之前他们的对话。在远处,一辆轿车猛然加速,好像是故意要破坏凌晨在他们这个城市旅馆房间内外漂浮的愁绪。

"土人。"他对着她后背轻声说,好像她理所当然知道他说的是谁。然后,意识到并非如此,他又说:"伽迪纳。"说时他的下唇碰到她皮肤。"我想不起他的脸了。"他说。

"反正跟你的脸不一样。"她说。

一点儿意义也没有,多里戈·埃文斯想,土人伽迪纳死了,说这个一点儿意义也没有。他心想为什么他不能把这么明显简单的事写下来,为什么他记不起土人伽迪纳的脸。

"该死的这躲不过。"她说。

他笑了。他永远无法完全习惯她用"该死的"这种词,尽管他知道她骨子里粗俗,她的教养决定了她会用这种奇怪的词汇。他把衰老、干燥的嘴唇重重地贴在她的肩膀上。女人身上到底有什么，会使他到现在还会像脱水的鱼一样发抖？

"打开电视机、翻开一本杂志，要是看不到你的鼻子伸出来，那真是不可能的。"她继续说，对自己的笑话颇为自得。

对多里戈·埃文斯来说，他自己的这张脸好像的确无处不在，虽然他从没怎么想过自己的脸。自从二十年前他因为一档电视节目介绍了他的经历而引起公众关注，他的脸开始无所不在地回视他，从募捐信纸的信头到纪念币。一只大鹰钩鼻，迷茫的神态，有点不修边幅，原来黑色的鬈发现在变成薄薄一层银浪。在他这个被多数人被称为"走下坡路"的年纪，他再一次升到光亮中。

令他难以理解的是，近些年他成了一个战争英雄、一个声誉卓著的外科医生、代表一个时代和悲剧的缩影，也成了众多传记、戏剧和纪录片的主题人物。同样，他也成为崇拜、造神、吹捧的对象。他知道自己跟这个战争英雄共享某些特征、习惯和经历，但他们不是一个人。只不过相比于死亡，他更擅长生存而已。而且现在还活着能够代表战俘营的人已所剩无几。所以拒绝他人的尊崇似乎是对已逝者记忆的亵渎。何况他已无力拒绝。

无论他们怎么称呼他——英雄、懦夫还是骗子——现在好像跟他越来越无关了。那对他来说属于一个越来越遥远、越来越模糊的世界。他知道自己被举国敬仰，即使那些不得不和他这个日益衰老的外科医生共事的人对他绝望，即使在其他战俘营跟他有过相似经历的医生有点讨厌他，或许嫉妒他，但他们心有不甘地感觉到他的性格中有某种他们所不具备的品质，使他超越他们，受到全国爱戴。

"那个该死的纪录片。"他说。

可是在当时，他并不在意被公众关注。也许还有点儿窃喜。但现在不了。他对他的批评者并非一无所知。多数情况下他发现他还同意他们的意见。他的名声对他来说恰恰证明了别人对他的误解。他一直避免涉足他视为人生重大失误的领域，比如政治和高尔夫球，但他尝试发展一种切除结肠肿瘤的外科新技术也失败了，更糟的是，可能已经间接导致了好几个患者的死亡。他偶然听到梅森背地里叫他屠夫。回想起来，他的确可能太鲁莽。但他知道一旦成功，他们就会赞扬他的勇气和远见。他放纵的偷情和相应的欺骗都只是私下流传的丑闻，公众对此视而不见。直到现在，只要想起他撒谎欺骗时的若无其事和"出口成章"，他都会感到不可思议，难怪他对自己的真实评价很低：他不仅是虚荣，更是愚蠢。

即使在他的年纪——上周他刚七十七岁——他仍然困惑于自己的天性对人生造成了什么影响。毕竟，驱使他在战俘营中帮助他人和驱使他投入丽奈特·梅森和不止一两个有夫之妇怀抱的，是同样的品质：无所畏惧，拒绝墨守成规，玩世不恭，喜欢把事情推向极限。丽奈特·梅森的丈夫里克·梅森是他的重要同事，同样是医师学会理事，一个医术高超但极其乏味的人。在那天正在写的东西的前言里，多里戈说他希望在避免不必要的暴露隐私的情况下，他最终能够用谦卑的诚实态度把这些事情说清楚，恢复他真正的身份：一个医生，仅此而已；同时把回忆的焦点放在那些已经被他遗忘的人，而不是他自己身上，从而找回对他们的记忆。有时候他觉得这是矫正和奉献的必要做法，但考虑再深一些，他又害怕这样的自贬自谦结果只会适得其反，又导致美化他的形象。他进退维谷。他的脸无处不在而他再也看不见他们的脸。

"我快变成一个名字了。"他说。

"谁？"

"丁尼生。"

"我没听说过。"

"《尤利西斯》。"

"现在没人读了。"

"人们什么都不读了。他们认为勃朗宁就是枪①。"

"我以前以为你只喜欢劳森②。"

"我现在还喜欢。仅次于吉卜林和白朗宁。"

"或者丁尼生。"

"我是我全部经历的一部分。"

"这是你自己编出来的话吧。"她说。

"不是。这是非常——什么词来着?"

"贴切的?"

"对。"

"你能全背出来,"丽奈特·梅森说,一只手顺着他枯槁的大腿往下滑。"还能背好多别的。可是你记不住一个男人的脸。"

"记不住。"

想到死亡,他就想起雪莱,想起莎士比亚。他们不请自来,进入他的生命,现在成了他的生命。仿佛人的一生,一本书、一句话或者寥寥几个词就足以容纳。只要简单几个词。"你现在是来参加一席死亡的盛筵。"③ "像一个苍白、冰冷、朦胧的笑。"④ "啊,他们这些老家伙。"

"死亡是我们的内科医生。"他说。他觉得她的乳头很奇妙。那天的晚宴上,有一个记者质疑他对轰炸广岛、长崎的看法。

"也许,一次就够了,"记者说,"可两次?为什么要两次?"

---

① 罗伯特·勃朗宁(1812—1889)和他妻子伊丽莎白·白朗宁都是英国著名诗人,与美国轻武器、自动武器设计师约翰·M. 白朗宁(1855—1926)同姓。
② 亨利·劳森(1867—1922),英国殖民时期澳大利亚最著名的作家之一。
③ 语出莎士比亚《亨利六世》第四幕第五景。
④ 语出雪莱诗歌《咏死》(*On Death*)。

"他们是恶魔,"多里戈·埃文斯说,"你不懂。"

记者问,他们的女人孩子也是恶魔吗?还有他们没出生的孩子?

"辐射,"多里戈·埃文斯说,"不影响后代。"

可是,问题不在这儿,他知道问题不在这儿,再说,他也不知道辐射会不会影响下一代。很久以前有人告诉他不会。或者会。很难记住这个。这些日子他所坚持的,就是这些日益显得站不住脚的假设:他说的都是正确的,正确的事情他都说过。

记者说他做过一篇关于幸存者的报道,采访了他们,还录了像。他说他们遭受的痛苦实在太可怕,一辈子都摆脱不了。

"看来你对于战争并不是一无所知,年轻人。"多里戈·埃文斯说,"可你只知道了一部分,战争远不止这些。"

说完他转过身去,旋即又回过头来。

"对了,你喜欢唱歌吗?"

此刻,多里戈一如既往地希望自己忘记这段令他难过、汗颜而又坦率的尴尬对话,它宛如就在眼前,而他的手正握住她的乳房,指间夹着乳头。但他的思绪不在这里。不用说,那个记者后来在外面吃饭的时候,肯定会反复说这件事,说那个战争英雄其实是个爱好核武器的好战老混蛋,没话说了最后居然问他唱不唱歌!

但是那个记者身上的某个特征让他想起土人伽迪纳,他说不上来是什么。不是脸,也不是神态举止。他的微笑?他的脸颊?他的大胆?多里戈当时对他很恼火,但佩服他面对多里戈盛名之下的权威敢于挑战。某种一致的内在气质——正直,你可以这么说。或者是对真相的坚持?说不准。在他的动作和习惯中找不出任何相似的踪迹。这让他莫名地感到羞耻,可能是他太傻了,而且他错了。现在他对什么事都不再确信了。或许,从土人被打那天起,他对任何事情都没有把握了。女人身上这个柔软的、螺纹漩涡一般的器官，令他有说不出的感动，在他眼中总像是冒险的邀约。他非常轻柔地吻她的耳垂。

"你应该把你的想法用自己的话说出来。"丽奈特·梅森说，"用多里戈·埃文斯的话。"

她五十二岁，比孩子还孩子气，但她不傻，她痛恨自己被这个老头吸引住了。她知道他不仅有妻子，还有另外一个女人。而且，她怀疑除了她们，还有一两个。她连当他唯一的情妇这种风骚的荣耀都没有。她不明白自己怎么了。他有老年人身上那种发酵面团似的酸臭味。乳头萎缩得只剩干瘪的两点，他做爱也不太靠得住。但那种偷尝禁果的感觉令她有一种说不出的舒服。和他在一起，她感到有一种被爱着的、坚不可摧的安全感。但她知道，一部分的他——她最想了解的那部分，他内心有光的那部分——依然隐隐约约不可知。在她的梦里，多里戈·埃文斯总是漂浮在她上方几英寸的地方。白天和他在一起的时候，她常常会变得愤怒，指责他，威胁他，冷落他。但是到了深夜，当她躺在他身边，她就只想要他一个人。

"外面的天真脏。"她说着，感觉到他又要起身了。"它永远都在漂移，"他接着说，"仿佛它也忍受不下去了。"

7

一九四三年初，他们到达暹罗，那时情况不同。一方面，天空清澈广袤。一个不陌生的天空，或者他只是这么觉得。正值旱季，树上没叶子，丛林敞开，地面满是尘土。还有就是，他们有吃的。食物不多，也不够，但食物缺乏引起痛苦和死亡还没成为惯例，饥饿还没有像某种发疯的东西住在他们肚子和脑子里。为日本人干活也还没变成一种疯狂——后来杀死他们像杀死成群的苍蝇一样。日子很难，但开始并不疯狂。

目光下移，多里戈·埃文斯看见勘察员用的一长列笔直的木桩，被大日本帝国陆军工程兵砸进地面，用来标示一条铁路线，从他站的位置开始延伸，他身后是一群沉默的战俘。他们从日本工程师那儿得知，这些木桩延伸成一条长达四百一十五公里的线，从曼谷北部直到缅甸。

它们勾勒了一条宏伟的铁路线，目前还只是一系列有待完善的计划、看似无稽的指令和华而不实的敦促——来自日军最高统帅层。它是一条虚拟的铁路，源自绝望促成的鲁莽和盲从导致的狂热，由神话和幻象组成，像在未来一年的建造中由木材、铁料和死去的无数生命组成一样。但有什么现实是现实主义者缔造的？

递到他们手里的是钝斧头和烂麻绳，第一项工作随之而来——砍倒一公里内长在预定铁路线上高大出奇的柚树，挖出树根，把断树和树根搬走。

"我爸常说你们年轻人从不各尽所能，"吉米·比奇洛说，一边用食指轻叩凹下去的钝斧刃。"我但愿这老家伙这会儿在这儿。"

8

没有人以后会真的记住它。像最极端的罪恶，它会像从未发生过似的。受难、死亡、悲伤，那么多人经受如此巨大的苦难，可悲又可怜且毫无意义，也许它全都仅存于这些书页和其他几本书的书页里。恐怖能被一本书容纳，在其中被赋予形式和意义。但在生活中，恐怖没有意义，更遑论形式。恐怖不过是怎样就怎样。当它成为主宰时,宇宙间仿佛无处没有它的身形。

这本书的故事始于一九四二年二月十五日——这一天,一个帝国随着新加坡失守而终结,另一个帝国兴起了。然而,到了一九四三年,由于战线拉得过长,以及军需供应短缺,日本屡屡战败,对这条铁路的需求变得毋庸置疑。盟军在通过缅甸给蒋介石的国民党军队提供军火,美国人掌控了海洋。为了切断这条通向与他们敌对的中国人的重要供给线,为了从缅甸出击占领印度——日军统帅们疯狂地梦想着——日本必须通过陆路向驻缅日军输送兵力物资。但它既没有资金,也没有机械设备来建造这条不可或缺的铁路。也没有时间。

然而,战争有它自身的说服力。大日本帝国有必胜的信念——有大日本帝国为之命名、并理解为天皇意志的大和魂,大日本帝国相信,正是这种魂将所向披靡,直到日本最后胜利。而且,帝国拥有奴隶供其役使,这样的好运气支持不可战胜的大和魂,强化日本必胜的信念。大量的奴隶,亚洲人和欧洲人,其中有两万两千名澳大利亚战俘,大部分是在新加坡陷落时投降——投降被看作是一种战略性的必然,那时交战甚至还没有全面开始。他们中有几千名将被送去修铁路。一九四二年十月二十五日,蒸汽火车头C5631拉着三个车厢的日本和泰国的政府高官驶完竣工的"死亡铁路"全程——第一辆这么做的火车,在此进程中,那无尽的骸骨眠息之所将不会被它留意,其中包括那些澳大利亚战俘,他们中每三个人就有一个长眠于此。

现在,蒸汽火车头C5631被骄傲地陈列在一个展览馆内,这个展览馆是日本非官方国家战争纪念馆,即位于东京的靖国神社的一部分。除了蒸汽火车头C5631，靖国神社还收藏着《灵玺薄》，其中列有两百多万个人名，这些人在自一八六七年至一九五一年的众多战事中为效忠天皇而死。在这么多人名中，有一千零六十八个是"二战"后被判犯有战争罪行而被处决的人。这一千零六十八个被处决的战犯中包括曾经为"死亡铁路"工作、被判犯下虐待战俘罪的人。

蒸汽火车头C5631前面竖着的牌子没有提到这个事实。修造这条铁路的恐怖也没有被提及。修造铁路时大批死去的人的名字无处可寻。但话说回来，所有死在"死亡铁路"上的人连一个多方认可的统计数字都没有。在为这个暴虐工程做苦力的人当中，盟军战俘只是一小部分——大约六万人。跟他们一起的有二十五万泰米尔人、中国人、爪哇人、马来人、泰国人和缅甸人。或者更多。有些历史学家说被奴役的苦力死了五万人，有的说十万，有的说二十万。没有人知道准确数字。

永远没有人会知道。他们名字已经被遗忘。没有书册为他们招魂。让他们拥有这残篇断简吧。

那天早些时候，多里戈·埃文斯这样结束了为居伊·亨德里克斯描写战俘营的图集写的前言——为了能完成这个数月以来都不能完成的任务，一个拖了很久的任务，他让秘书安排了一个三小时的空当，使他不受打扰。即便写完了，他也感觉这前言是他自己为了理解它的全部含义所做的又一次失败的努力，它被掩饰成一篇针对读者的简介，或许能赋予"死亡铁路"浅显的含义。

他感觉他的语气太直白又太私密，这使他想起他终此一生没能解决的那些问题。他脑子里充满数不清的事，不知怎么，他没能在写作中使其中哪怕一件事变得真实具体。数不清的事，数不清的名字,数不清的死者,然而,有一个名字他不能写出来。在前言的开头,他大致描写了居伊·亨德里克斯,也提纲挈领讲述了他死去那天发生的事,包括土人伽迪纳的事。

但关于那天一个最重要的细节,他什么也没写。看着用他一直惯用的绿墨水写的前言,他怀着一个简单的希望——即便这希望也是充满了负疚感的——他希望在他的梦想和失败之间展开的深渊里,也许有些什么值得阅读,从中真实能被情感捕捉到。

9

战俘们有充分理由把接下来向疯狂深渊的缓慢下落只用一个词来指认:"线"。对他们来说,从今往后,世界上只有两类人:在"线"上的人和除此之外的人类——那些不在"线"上的人。或者也许只有一类人:在"线"上活下来的人。或者,也许到最后连这个界定也不充分:多里戈·埃文斯越来越被一个想法困扰,那就是只会有死在"线"上这唯一的一类人。他害怕只有在他们身上才会实现苦难和智慧令人恐惧的完美结合,使人成为充分的人。

回头向下看着铁道木桩,多里戈·埃文斯看到在它们周遭有这么多事无法理解、无法交流、不可理喻、无法预测、无法描述。简单的事实说明这些木桩为什么在那儿,但它们什么也没传达。一条线是什么?他想,这条"线"是什么?一条线是从一点通到另一点的什么东西——从现实到非现实,从生存到炼狱——"没有宽度的长度",他记起中学几何中欧几里德这样描写一条线。一个没有宽度的长度,一个毫无意义的生命,一个从生到死的进程,一个通向地狱的行旅。

半个世纪过去了,在帕拉马塔镇的旅馆房间里,多里戈·埃文斯睡着了，他翻来覆去，梦见卡戎①——那个龌龊的摆渡人，以留在死人口中的一枚银币为代价，把他们摆渡过冥河，送到地狱去。在梦里，他嘟囔着维吉尔②对卡戎的可怕的描写：狰狞邪恶，脸上盖着蓬乱的花白头发，凶残的眼睛被火焰点亮，肮脏的斗篷从肩上打的一个结挂落下来。

那天晚上，和丽奈特·梅森躺在那儿，他在床边放了一本书——他中年时恢复了从前阅读的习惯，无论在哪儿，总在床边放一本书。他说，一本好书让你读完想再读。一本伟大的书驱迫你重读自己的灵魂。对他来说，这样的书很少，随着他变老，越来越少。他仍然在用心找，寻找又一个让他永远系念的伊萨卡岛③。下午，他读到很晚，因为书作为护身符或者吉祥物而存在——某个与他亲善、照护他的神祇，使他安全渡越梦的世界。

那天晚上放在床边的书是一个前来为日本战争罪行致歉的日本妇女代表团送的礼物。她们仪礼周到，带着摄像机。她们带来的礼物里，有一件很出奇：一本日本辞世诗的英译集，来自日本诗人临终写诗的传统。他把它放在枕头旁边的黑木床头桌上，小心放得与头齐平。他相信书有一种灵氛卫护他，他相信身边没有书他会死。没有女人，他欣然入睡。他从来没在身边没有书的情况下睡过。

10

白天早些时候翻看这本书，多里戈·埃文斯被一首诗吸引了。临终前，十八世纪俳句诗人紫水终于回应了让他写辞世诗的请

---

① 古希腊神话中的冥河摆渡人，他把新死者渡过冥河，送到地狱去，收取的渡资是一枚放置在死者口中的银币。
② 古罗马奥古斯都时代著名诗人。
③ 希腊岛屿，古希腊神话英雄尤利西斯（奥德赛）的故乡。

求——他抓起毛笔,画下他的诗,然后等着死去。紫水受惊的门徒看到他在纸上画了一个圆。

紫水的诗回转过多里戈·埃文斯的潜意识,一个被收纳的空无,一个无终结的谜团,没有长度的宽度,宏伟的轮轴,永恒的回归:圆——"线"的对立面。

留在死人口中的银币,用来付给冥河摆渡人。

11

在到达"线"上之前,多里戈·埃文斯在一个位于爪哇高地的战俘营里待过,作为一名陆军上校,他成了负责一千名被俘士兵的二把手,这些战俘大多是澳大利亚人。他们消磨永不终止的时间,感觉着生命在运动项目、教育活动和音乐会中流逝,吟唱对家乡的记忆,开始他们润饰中东传说的毕生事业——黄昏时满载砂岩的骆驼队,罗马废墟和十字军城堡,切尔卡西亚雇佣兵穿着带银镶边的长大氅,戴着高高的黑色阿斯特拉罕羔羊皮帽,塞内加尔士兵——威武高大的男人,靴子挂在脖子上从他们面前走过。他们满怀伤情地回想大马士革的法国姑娘;在巴勒斯坦,卡车从阿拉伯人身边开过,他们从后车厢里大叫"犹太杂种!",直到遇到耶路撒冷的阿拉伯年轻女工;卡车从犹太人身边开过,他们从后车厢里大叫"阿拉伯杂种!",直到看见屯垦园区的犹太姑娘——穿着白衣衫、蓝短裤,把一袋袋橘子硬塞给他们。他们又为澳洲小龙虾布罗斯的故事发笑:头发像从针鼹那儿借来,花了二十四小时逛开罗妓院,回来后狠挠胯裆,得了澳洲小龙虾这个外号是因为他当时看着下体问:"这些中东人的澳洲小龙虾是什么?一定是从该死的吉卜赛人的马桶座上带下来的,是不?"

"可怜的老伙计澳洲小龙虾,"他们会说,"可怜、该死的杂种。"

很长时间没什么事发生。在被洒掉的阿拉克烧酒弄得黏糊糊的咖啡桌上,多里戈替朋友写情书,永生不死的矜夸渗出凡人的欲火,一成不变的开头是这样的:"我在炮火的照明下给你写信——"

接下来是叙利亚战役的岩石、干山羊粪球、干橄榄叶,背负沉重的行囊,滑溜着从塞内加尔人因时间因地点而肿胀的尸体旁经过,他们的想法只有他们自己知道,同时传来远方别处战斗和小冲突的枪声、爆破声、爆裂声。死人和死人的枪支弹药及行装像那地方的石头一样散布着——无所不在,无可逃避,他们没有躲着走,而是在死人肿胀的身形上踩踏而过——任何评论或思想都无法触及的身形。三个拉骡子的塞浦路斯人中有一个问多里戈·埃文斯,他们到底在被领往哪个方向。他完全不知道,但早在那时他就懂得必须说些什么使他们抱成团儿。

附近一头骡子叫了,他从眼角抹掉一个沙土结成的球,四下望望他们所在的高粱地,再转回头看两张地图:一张他的和一张拉骡人的,在重要细节上,两张地图没有任何共同处。终于,他看指南针确定了方位,结果跟两张地图都不吻合,但他做出过那么多决定,靠的是一种多数情况证明为正确的本能,如果没被证明为正确,他至少采取行动了——经验使他认识到行动往往更重要。他是澳大利亚帝国部队第2/7伤亡人员中转站的第二负责人,靠近前线,他们接到命令要在一个战术性撤退的混乱中转移战地医院——第二天，战术性撤退的混乱将变成战略性进军的混乱。

伤亡人员中转站的其余部分用卡车撤离到远离前线的后方，他和最重要的物资设备留下来等最后一辆卡车。来跟他会合的不是卡车，而是由二十头壮骡组成的骡队、三个塞浦路斯搬运工和几个新指令，凭靠这些，他要携带物资设备前进到新开辟前线上的一个村子——按照他们的地图，村子在二十英里以南；按照他的地图，村子在二十六英里以西。小个子、喋喋不休的男人，这些塞浦路斯人给盟军在叙利亚对抗维希法国军队的旅行马戏表演锦上添花，在一个规模大得多的战争中的小规模战争，没有人过后还记得它。

12

两天的行程，他们走了差不多一个星期。第二天，在一条通向山里的很陡的坡路上，多里戈和三个拉骡人遇到一个由来自塔斯马尼亚的七个机关枪手组成的野战队，他们的卡车坏了。在一个名叫土人伽迪纳的年轻中士带领下，他们正向同一目的地前进。他们把维克斯式步枪、三脚架、金属弹药箱搬到备用骡子上，一起继续前进，土人伽迪纳有时轻声唱歌——当他们爬上又翻过布满岩石的斜坡陡坡，穿越沟壑、被毁的村落，走过正腐烂的尸体、摇晃的半立半倒的石墙时。一次又一次，泼洒的橄榄油散发着臭气，死马散发着臭气，散乱的椅子、破桌子、破床散发着臭气，破房子坍塌的屋顶散发着臭气，敌人的七〇五式加农炮前后不停地捣击。

从山上下来回到低地，他们经过干燥的石墙——在二〇五式加农炮的轰击下，这些石墙没给现在平静地躺在四散的、破烂行装、破武器、破法国锡帽中的人提供保护。他们继续前进，越过死人：

死人在由无谓堆积起来抵御死亡的岩石筑成的半月形齐胸掩体里,死人在高粱地里肿胀起来——被炮弹毁坏的古代石建水道流出水,把高粱地变成了充满腐殖物的可怕湿地——试图逃生而躲进一个七户人家的村子里的十五个死人,躺在毁坏的清真寺叫拜塔前的死女人,她的一小捆东西裹在破布里,散落街尘,牙齿在一个南瓜顶上,一辆烧毁的卡车里,被炸的死人碎片散发着恶臭。

之后,多里戈·埃文斯记得那块破布褪色的红白花图案多么漂亮,他没记住多少其他别的,为此他觉得有种奇怪的愧疚感。他忘了弥散在村里破房子周围的石屑被吸到嘴里的呛味,那瘦骨嶙峋的死驴子和那几只死去的可怜山羊的气味,残破的屋顶平台的气味,炸毁的橄榄园的气味,强力炸药酸涩的臭气,溅出的橄榄油浓重的气味,这些气味融在一起,他把这气味跟人类处于困境连在了一起。为了把死人屏蔽在鼻孔外面,他们抽烟;为了不让死人猎食他们的头脑,他们说笑话;为了提醒他们自己他们还活着,他们吃东西。土人伽迪纳对自己是否可能会被杀死长篇大论了一番,但是他确信他的运气总是在变好。

半夜通过粟米地,他们看见绿色信号灯照亮了一个被毁的村子——法国人通过激战从澳大利亚人手中夺取了村子,又莫名其妙地放弃了。法国人进攻时用高射炮,把守卫村子的澳大利亚人变成了非人的物体:正在干燥的深红的肉和被苍蝇腐蚀的内脏,被烧着、被粉碎的骨头和反咬裸露牙齿的脸,那些恐怖的死亡的牙齿裸露着,多里戈·埃文斯开始在每个笑容中看到它们。

终于,他们到达了指定的村子,发现它还被法国人占着,正遭受英国皇家海军的猛烈轰击。远远的海上,战舰发出威吓声,英国的大炮有条不紊地摧毁着村子,一座房屋接一座房屋,从谷仓到隔壁石头房子,再到房后建筑。在安全距离以外,多里戈·埃文斯、拉骡人和机枪手看着村镇在眼前变成了碎石和尘土。

尽管难以想象还存留着任何活着的生物,炮弹还是像雨点般落下。中午时候,法国人出人意料地撤退了。这些澳大利亚人前行在被炸弹的爆裂烧焦的黄色路面上,穿过倒塌阳台残余的墙面,踏过遍地瓦砾,绕过断树依然完好的根株、扭曲变形的枪支和榴弹的残片,经过火炮射手:他们已经肿胀起来,遍体鳞伤,有的看上去像在正午阳光下睡着了——要不是从他们凸出的眼珠那儿流出一种果酱似的东西在长满髭须的脸颊上跟灰土混成一堆脏兮兮的膏状物。除了饥饿和疲劳,他们没有其他感觉。一只山羊悄无声息地跟跄到跟前,内脏从体侧挂下来,肋骨暴露着,头高高挺起,一声不吭,好像单凭坚强它就能活下来。或许它做到了。

"妈的,这是比依·盖斯特① 先生本人。"一个红头发、高个子、瘦骨嶙峋的机枪手说。尽管它或许能活,他们还是把它枪杀了。机枪手全名是伽利波利·凡·凯斯勒,一个胡恩谷的苹果园主,习惯用懒洋洋的纳粹礼跟人打招呼。他的姓来自他自欺欺人的德国父亲——以为自己曾经在老旧的欧洲是一个人物——在凯斯勒这个农民的姓前面加上了贵族气派的"凡",它也来自他父亲后来在新世界失去一切的恐惧:"一战"期间的反德分子歇斯底里地放火把他的谷仓、畜棚夷为平地。他们和其他德国移民住在霍巴特后面的山中聚居地,聚居地的名字迅速从俾斯麦改成科林斯瓦勒,卡尔·凡·凯斯勒把儿子的曾崇他父亲的名字改成伽利波利——为了庆祝澳大利亚在他出生前一年介入对土耳其的灾难性入侵② 。这名字太堂皇,跟

---

① 一部出版于1924年的英国冒险小说中的主人公,代表了英国上层阶级的男性理想,如忠诚和冒险精神等,小说地域背景包括法属北非殖民地。
② 伽利波利是土耳其的一个港口城市,"一战"中英国对抗奥斯曼帝国在此展开伽利波利战役,作为英军一部分的澳新军团在战役中遭到惨败。很多澳大利亚人把伽利波利战役看作是澳大利亚作为一个国家诞生的决定性事件之一。

他那张像放久了的苹果核似的脸不相称。人们就叫他"凯斯"。

在镇上,他们走过一辆烧得火红的法军坦克、翻得底朝天的运输车、炸烂的装甲车、布满弹孔的轿车,弹药堆、纸张、衣服、炮弹、步枪、手枪四散在街上。在乱象和瓦砾中,店铺在营业,交易在进行,人们在清理,像经历了一场自然灾害,休假的澳军四处转悠,购买收罗纪念品。

他们在豺狼的尖吠中入睡,它们来村里以死人为食。

13

晨光乍现,多里戈·埃文斯起来发现土人伽迪纳在村子主街当中生了一堆火。在火堆前,他坐在一把富丽的、蒙着凸绣银鱼的蓝丝绸的扶手椅上,一条腿搭在扶手上晃悠,手里玩弄着一个压变形的法国香烟盒。在那椅上的海洋里,他黑皮肤、皮包骨的身体裹在肮脏的卡其布军服里,让多里戈想起一捆被冲上陌生海岸的棕色海藻。

土人伽迪纳的军用挎包看上去只有别人的一半大,但从里面冒出仿佛无尽的食品和香烟的供给——黑市上换的,收罗来的,或是偷来的——这些小奇迹给他挣得又一个外号"黑衣王子"。他正把一个葡萄牙沙丁鱼罐头扔给多里戈·埃文斯,维希法国军队开始用七〇五式加农炮、重机枪和一架单独执行低空扫射的飞机轰击村子。但每件事好像都发生在别处,他们喝着吉米·比奇洛找来的法国咖啡,闲聊着,等着指令或战争找上门来。

兔子亨德里克斯——一个短小结实的男人戴着一套不合称的假牙——正在一张大马士革明信片的背面给他为蜥蜴布朗库西的妻子梅西画的素描添上最后几笔,它将替代梅西的照片,照片四分五裂,蛛网似的细缝布满她的脸,显影液的遗留卷缩成数不清的微小秋叶,想知道她是谁,现在只能靠猜测。兔子亨德里克斯的铅笔画捕捉到跟照片上的梅西相同的身态和颈项,但眼睛周围有点儿像玛侬·维斯迪希①,胸部更像玛侬·维斯迪希,隐现着一条梅西从来无以自夸的乳沟,表情更直露,更具诱惑力,在暗示梅西极少干的事。

"跟我讲讲,"吉米·比奇洛说,"为什么我们用机枪扫射一批批为法国人打仗的非洲人?而这些非洲人也想干掉我们这些在中东为英国人打仗的澳大利亚人?"

这张画让蜥蜴布朗库西感觉不舒服,画看上去有作伪之嫌,好像一种奇怪的背叛。但因为其他人都认为他妻子看着棒极了,所以他把表送给兔子亨德里克斯做交换,宣布画上的姑娘就是属于他的女孩。兔子不要他的表,拿出素描本,开始画他们喝早餐咖啡的群像。

"他妈的连澳大利亚东边都不是。"杰克·彩虹说。他有一张隐士的脸和一根码头装卸工的舌头,他自己是养猪的农夫。"在北面,"他说。"怪不得我们弄不清下一个村子在哪儿。连我们自己在哪儿都不知道。是在他妈的最北边。"

"你一直都是一个共产主义分子,杰克,"土人伽迪纳说,"我给你十二比一,跟你赌吃早饭前我会死。没有比这还公道的。"

杰克·彩虹说他宁可当时当地用枪干掉他。

多里戈·埃文斯下十先令的注,二十对二,赌打完仗中士还活着。

"对极了,"吉米·比奇洛说,"我站在他一边。你是幸存者,土人。"

"你朝上扔两个硬币,②"土人伽迪纳说,一边从脚下袋子里变出一瓶干邑白兰地,把每人的咖啡杯添满。"你们赌结果,但事实是,如果两个硬币连着三次都是有人头的那面朝上落地,在统计学上说,

---

① 梅·韦斯特(1893—1980),美国好莱坞女星,以性感著称。
② 一种赌博游戏,抛掷两个一便士的硬币,相同两面朝上者胜,其时的一便士硬币一面为铁锚,一面为英皇乔治五世的头像。

两个硬币下次都是有人头那面朝上落地的几率还是相同的。所以,你再给两个人头下注。每次扔都是第一次。这想法不讨人喜欢吗?"

话音刚落,战争终于找上他们。多里戈·埃文斯站在扶手椅旁边,正倒咖啡,澳洲小龙虾布罗斯刚从战地厨房带着装早饭的热盒子回来,这时,他们听见一枚七〇七炮弹飞驰过来。土人伽迪纳从椅子上一跃而起,抓住多里戈·埃文斯的胳膊,把他拖向地面。爆炸的声光热像巨潮般穿透了他们。

等多里戈·埃文斯睁开眼睛,四处张望,有小银鱼的蓝色扶手椅不见了。在浓厚的尘雾中,一个阿拉伯小男孩站起来。他们对他大叫趴下,他没听,澳洲小龙虾布罗斯蹲下身,挥手叫他趴下,还不起作用,于是他向小男孩跑去。那一刻,又一枚炮弹落地。爆炸的威力把小男孩抛向他们——他喉咙被弹片割开了。在有人到他身边之前,他死了。

多里戈·埃文斯转身朝向土人伽迪纳——他还拽着自己。在他们身旁,兔子亨德里克斯正把沾满土的假牙塞回嘴里。澳洲小龙虾布罗斯荡然无存。

我喜欢,黑衣王子说。

多里戈刚要作答,一架敌机从远远的后方朝他们发动了又一轮俯冲扫射。回升到他们上空,飞机瞬时变成一股喷着的黑烟。从那儿落下一个黑点,开放成降落伞,很显然,飞行员逃脱了。风把飞行员扫向他们,公鸡麦克尼斯从三个塞浦路斯人其中一个的手中抢过三〇三式步枪,开始瞄准。多里戈·埃文斯把弹膛推到一边,对他说别他妈犯傻。

"澳洲小龙虾呢?"公鸡麦克尼斯吼道——嘴唇上蒙着一层砾石屑,两眼像发狂的白球。"那也是妈的犯傻?还有那小孩儿,也是妈的犯傻?"

他的脸看似英俊——但如杰克·彩虹指出的——细看像用边角料拼凑的。作为一个士兵，他出了名地没本事，因此，当他把三〇三式又举到肩上，再次瞄准，然后开火时，每个人都惊讶他居然射中了。跳伞的人像被突起的狂风吹到似的抽搐，然后猝然跌落。

那天晚些时候，他们终于吃了装在澳洲小龙虾布罗斯的热盒子里的粥，粥现在凉了，没人跟公鸡麦克尼斯坐在一起。

14

就这样，他们继续——笑话，故事，没能活着回来的澳洲可怜虫，被征用作澳大利亚帝国部队康复中心的特珀里宫殿，抛便士的赌博和乔治五世和铁锚，啤酒和伙伴，住走廊那头房间的女工走过来加入赌博，想试试她们的运气，山村里跟叙利亚小伙子对垒的足球赛。接下来，在爪哇，在投降后，有几次分组出去捡柴火，看到穿湿纱笼的女人在采茶，她们换上干纱笼，替彼此摘除头发里的虱卵，那景象多美——"基督啊，"他们走过时，伽利波利·凡·凯斯勒说，"只看得见但摸不着，我把这叫惩罚。"

但对他们的惩罚才刚开始。六个月后，他们被卡车运到去暹罗修建新工程路上必经的海岸，一千人，整整三天，像沙丁鱼似的被塞在一艘敝旧船只黏糊糊的底舱，到了新加坡，又被命令向樟宜战俘营行进。那是一个怡人的地方——两层白色楼的营房：愉人耳目、通风良好；齐整的草坪；穿着整洁的澳军士兵：身体健康、精神昂扬；军官手持拐杖，高视阔步，袜子翻着红边；柔佛海峡尽收眼底，还有很多菜园。他们穿着各色澳军军服或荷兰军服，饿得皮包骨头，很多人没穿鞋子——多里戈的兵非常醒目。"爪哇垃圾"，樟宜的澳军战俘指挥官卡拉汉少将这样为他们命名，然而，无视多里戈的多次请求，卡拉汉拒绝供给他们衣服、靴子和食物。相反，因为多里戈·埃文斯在要求发放军需储藏时反抗的态度，卡拉汉试图把他从指挥官位置上赶下去，但没成功。

小瓦特·库尼找到大马哈鱼费伊，说他有一个逃亡计划——设法混入在新加坡码头做工的人群中，在那儿让人把他们钉进木条箱或类似的东西里，让人把他们装上船，这样他们就能回到悉尼。

"这个计划很好，瓦特，"大马哈鱼费伊说，"只是没法真干。"

他们和樟宜战俘营的顶尖球员踢了一场足球赛，以八分之差输给对方，但这不是在听羊头莫顿长达四十五分钟的讲话之前，他的开场白对他们来说将成为不朽——

"我只有一件事要对你们说，伙计们。第一件事是……"

两星期后，"爪哇垃圾"穿着来时的破烂离开，他们中有没被钉进木条箱的瓦特·库尼。正式命名为"埃文斯的J部队"，他们被带到火车站，被塞进狭小封闭、用来运米的铁制货箱，每个货箱装二十七个人，甚至连坐的地方都没有。在赤道的酷热中，他们穿过橡胶树和丛林的隧道，从这么多汗流浃背的兵和稍开着的滑门望出去，缠结的绿色无边无际辖制着他们，在视界中越来越小的是穿纱笼的马来人、印度人、作苦力的中国女人，全戴着鲜艳的布包头，在稻田里劳动，还有他们——在这些狭窄拥堵的炼炉黑暗中。像其他年轻人一样，他们对自己不了解。在身心里蛰伏的那么多东西，他们眼下正在去与之相会的途中。

在他们身下，铁道单调重复地擂击，他们随之晃动在同伴的胳膊和腿之间，湿漉漉的汗液让他们打滑。第三天，黄昏将近，眼前开始闪过稻田和糖棕树林，还有泰国女人，黝黑丰满，乌亮的头发，美好的微笑。他们必须轮换着坐，睡下的把腿蜷曲起来，放在旁边人的身上，包裹在浓得像烟似的恶臭里——呕吐物干了的气味，身体像油脂变质了的气味，拉屎和呕吐，他们挺着，涂满煤烟，垂头丧气，一千英里，五天没东西吃，六个站和三个死人。

第五天下午，在离曼谷四十英里的班篷，他们被带下火车，被赶上有很高挡板的卡车，每辆车像装家畜似的塞进了三十个人，人们像猴子一样紧抓同伴，在一条尘土厚达六英寸的路上穿越丛林。一只鲜蓝色蝴蝶在他们的头顶振翅飞舞，停在一个来自澳大利亚西部的战俘肩上，被他一巴掌拍死了。

夜幕降临，路还在伸展着，深夜，他们到了塔尔萨，满身污秽，结成了一层灰尘的壳。他们睡在灰土中，黎明又上了车，向上沿一条像走公牛群的路开了一小时后进山。在路的尽头，他们下车，行进到黄昏时分，终于，在一块河边小空地上停下来。

他们跳进这条受神赐福的河里游泳。铁箱里五天，卡车上两天——水有多美？肉体的福祉，在掩盖、虚饰、分离的帘幕那一面的世界和它的祝福——清洁的皮肤、失重状态、由流质的宁静组成的奔腾世界。他们沉睡在行李卷中间，直到黎明被猴的叫声唤醒。

看守让他们在丛林中行进三英里半。为了发表讲话，一个日本军官爬上一个树墩子。

"谢谢你们，"他说，"他们走了很长的路到了这里，为天皇修铁路。当战俘是非常大的耻辱，非常大！给天皇修铁路可以赎回荣誉，非常大的荣誉，非常大！"

他指向一条由勘察员用的木桩排成的线，那条线标示了铁路将行的路线。木桩迅速消失在丛林中。

他们着手清除分配给他们的第一个路段上的柚木林，三天后任务完成，然后被告知现在必须在几英里外的一个地点修建他们自己的营地。庞大的竹丛、八十英尺高的巨树、枝干水平生长的木棉、木槿和矮灌木——全被他们砍倒、挖出根、焚烧、整平，近乎赤裸的男人三五成群,在烟雾和火焰中时隐时现,二十个人像一群小公牛,齐心协力地拉绳子,拽出竹林中丛生的竹子。

接下来,他们去找木料,路过一英里外一个英国战俘的营地,臭气熏天,满是病人,军官对士兵几乎无所作为,为自己几乎无所不为。准尉巡视河边,不准他们的士兵钓鱼——有些英国军官还有自己的鱼竿,他们不想让普通士兵偷捕他们认为是属于他们的鱼。

澳大利亚人返回营地,继续清理地面,一个年纪大的日本看守介绍自己叫最上健二。他捶着胸脯。

"意思是山狮,"他告诉他们,还笑了。

他向他们展示了哪些是建棚屋必须的:用长砍刀在屋顶框架上砍出凹槽,把木槿树皮内面的筋络撕成长条,把架子连接处绑起来,用厚厚一层棕榈叶铺屋顶,用劈开、压扁的竹子铺地,哪儿都用不着一根钉子。为建起营地的第一个棚屋忙活了几小时,年纪大的日本看守说,"好了伙计们,やすみ①。"

他们坐下来。

"他不是一个坏家伙。"土人伽迪纳说。

"他是他们中最坏的,"杰克·彩虹说,"你知道,如果有半点儿机会,我就会用钝刀片把他分成两半,从眼睛到屁股眼。"

最上健二又在捶胸脯,他宣布,"山狮是一个平·克劳斯贝②。"山狮开始哼唱——

"你们得——扩大——一个——正面性"

"消解一个负面性"

"把自己跟肯定性的事情紧紧联起来"

---

① 日文"休息"的意思。
② 平·克劳斯贝(1903—1977),美国歌手及演员,"二战"期间为鼓舞美军士气做出突出贡献,深受民众拥戴。

"别给一个中间人先生找麻烦"

"别别别,别给中间人先生找麻烦!"①

15

刚到"线"上时,他们还有能力做这类事——在用竹子搭起的小舞台上演了一场音乐晚会,照明用的是舞台两边生的火堆。跟多里戈·埃文斯一起观看演出的是指挥官雷克斯罗斯上校——一个由诸多不可调和的反差组成的人物:旧时骑马劫匪的头长在一个屠夫身上,英属印度英语的完美腔调和与之搭配的举止神态显现在一个失意的巴拉瑞特布商的儿子身上,一个不遗余力想被错当作英国人的澳大利亚人,为了获取在生活其他领域从未光顾过他的机会而在一九二七年参军的男人。多里戈·埃文斯和他军阶相同,但凭着有经验和身为军人而不是医生的优势,雷克斯罗斯成了多里戈的上级。

雷克斯罗斯上校转向多里戈·埃文斯,说他坚信他们英国的实力已经够了,他们英国人会团结一致,他们英国人会领他们共渡难关。

"有点儿奎宁也没坏处。"多里戈·埃文斯说。

几个英国战俘从他们的营地来到这边了,正在演一个讲"一战"时德国战俘的短剧。浓重的夜色里,昆虫蜂拥而至,演员们看上去有些迷离惝恍。

雷克斯罗斯上校说他不喜欢多里戈·埃文斯的态度——只看到负面东西。目前情况亟须正面积极的想法。对民族性格的礼赞,诸如此类。

---

① 日本看守哼的是平·克劳斯贝演唱的一首名为《扩大正面性》的歌曲,他哼唱的歌词有很多日英混杂的口误。

"我从没治过有民族性格的病人。"多里戈·埃文斯说。

澳大利亚人开始为台上的德国俘虏叫好。

"但我看到,"他接着说,"营养不良引起的病痛多得吓人。"

"我们有我们所拥有的。"雷克斯罗斯上校说。

"就别提了,"多里戈·埃文斯说,"疟疾、痢疾和多种热带溃疡。"

短剧在倒彩声和尖哨声中结束。多里戈终于记起雷克斯罗斯上校总让他联想到什么:艾拉父亲过去常吃的西洋梨。他意识到他有多饿,他从不喜欢吃那些铁锈色的梨子,但如果现在能吃上一个,他几乎愿意放弃一切。

"饥饿引起的病痛,"多里戈·埃文斯重复说,"有药就好了。但有吃的、能休息甚至更好。"

即使为日本人修铁路的工作还没变成能致他们于死地的疯狂,但已经开始对他们的身体造成了刻骨铭心的伤害。莱斯·怀特患糙皮病失去手指,眼下正用绑在手腕上的竹棍子演奏一把快散架的手风琴——用针线和水牛皮接在一起。给他伴唱的歌手杰克·彩虹眼睛瞎了。看着他,多里戈·埃文斯想知道是维生素缺乏症还是几种疾病综合导致他失明,无论成因是什么,他痛苦地意识到食物能治好它和几乎所有他目睹的苦痛。杰克·彩虹原先像隐士的脸浮肿得像南瓜,身体萎败,但身体下部因患脚气病怪异地鼓胀,使一处已经蚀透红肿的胫部直到骨头的溃疡看着像一只粉红色、瞎了的瞳仁,正从伤口里向外盯视这群战俘——其中很多人被改变得同他一样丑怪——好像盼着能最终见到观赏它的观众。

此刻正上演电影《魂断蓝桥》中的一个场面,莱斯·怀特饰演罗伯特·泰勒,杰克·彩虹饰演费雯·丽。他们在竹桥上向对方走去。

"我以为再也见不到你了,"罗伯特·泰勒带着极其做作的英国口音说,他伪装成没指头的莱斯·怀特,"从那时到现在,一辈子过去了。"

"我也没想到会再见到你,"费雯·丽说,她伪装成瞎眼的杰克·彩虹——身体和脸肿着,腿患溃疡在烂掉。

"亲爱的,"莱斯·怀特说,"你一点儿都没变。"

台下笑声喧哗,过后,他们唱起主题歌《友谊地久天长》。

"你看,"雷克斯罗斯上校接着说,"这是承载我们内心的东西。"

"什么东西?"

"英国人乐天知命的苦行主义。"

"这是美国电影。"

"困境中的勇气。"雷克斯罗斯上校说。

"我们军官的薪水是日本人发的。一天二十五分钱。他们把钱全花在自己身上。日本人不指望他们做工。但是他们应该工作。"

"应该什么,埃文斯?"

"应该在营里干活。打扫厕所。在医院照护病人。跑腿打杂。给病人制作器材。比如拐杖。修新棚屋。主持剧场运作。"

他深吸一口气。

"他们应该把薪水拿出来公用,我们就有钱给病人买食物和药品了。"

"又提这件事,埃文斯,"雷克斯罗斯上校说,"是榜样的力量带领我们渡过难关,不是布尔什维克主义。"

"我赞成,如果那是一个好榜样。"

但雷克斯罗斯上校已经在往舞台上走。他向表演者致谢,又评论说大英帝国之分裂为诸个民族国家是无根据的臆想。从牛津到乌德纳达塔,英国人同心同德。

他的语调中气不足,像管乐器簧片发出的声音。"他听起来,"伽利波利·凡·凯斯勒说,"像在从屁股眼向外吹长笛。"

"因此，"雷克斯罗斯上校继续说，"作为大英帝国的成员，作为英国人，我们必须遵守秩序和纪律，这正是大英帝国的生命血脉。我们将作为英国人受难，我们将作为英国人而凯旋。谢谢。"

之后，他问多里戈·埃文斯是否愿意参与修建一个俯瞰河面的体面墓地，他们希望在那儿埋葬死者。

"我倒宁愿黑衣王子从日本人店里多偷一些鱼罐头，好让活着的人不死。"多里戈·埃文斯说。

"黑衣王子是一个贼，"雷克斯罗斯上校回答，"而这墓地将是一个优美的最终休憩所，因此，所有为死者福祉操心的人，他们的努力都是值得的，跟目前只是走到林子里，把死者随便埋哪儿相比，墓地要好得多。"

"黑衣王子帮我拯救生命。"

雷克斯罗斯上校拿出一张大草图，上面标示了墓地位置和坟墓分布，不同军阶有不同分区。他骄傲地告诉多里戈·埃文斯，他为军官保留了一个特别有田园风的地点，可以俯瞰桂河。他指出这些人开始有死掉的，眼下处理尸体是当务之急。

"这推理无可置疑，"他说，"截至目前，已经花费了大量的气力。我非常希望你参与此事。"

一只猴子在附近竹林里尖叫。

"我这么做全是为了这些兵。"雷克斯罗斯上校说。

16

树木开始抽出新叶，叶子开始遮蔽天空，天空变得黑暗，黑暗越来越多地吞噬着世界。食物越来越少。季风来了，刚开始他们心存感激，这在他们领教雨水所警示的一切之前。

接着,"计程器"开始了。

"计程器"意味着不再有休息日,劳动定额涨了又涨,定期工时变得越来越长。"计程器"使已经很模糊的健康人和病人之间的区别变成了更模糊的病人和垂死者之间的区别,由于"计程器",战俘越来越经常地被指派工作不只一班,而是两班,白天晚上都如此。

雨水如同倾盆而下的洪流,柚树和竹子向他们围拢,围得越来越紧,雷克斯罗斯上校得痢疾死了,跟其他死者一起埋在丛林里。多里戈·埃文斯承担了指挥权。向墨色天空伸展的巨大绿色力量把他们拽回乌黑的淤泥中,这时他宣布了将从军官薪俸中征取的用来为病人购买食物和药品的钱数。他劝说、诱哄、坚持军官必须出工,与此同时,无休止的绿色恐怖越来越沉重地压迫他们布满疥疮的身体和动摇的意志力,他们发热的头和患溃疡、肮脏的腿,他们总在拉屎的屁股。

这些士兵当面称多里戈·埃文斯"上校",但在其他场合,他们叫他"大家伙"。面对这些士兵指望他现在来承担的一切,"大家伙"有时觉得自己太渺小。多里戈·埃文斯和"大家伙"有着相同的容貌、习惯和说话方式。但"大家伙"很高尚,多里戈不高尚,"大家伙"勇于自我牺牲,多里戈很自私。

他察觉自己正谨慎地摸索着扮演的这个角色,时间长了,身边的士兵越来越认可他扮演角色的真实性。好像他们在用自己的愿望创造他,好像那儿必须有"大家伙",怀着这样迫切的需求,他们日渐增长的敬意、他们的窃窃私语、他们对他的看法都在不知不觉中诱使他表现得全然不是他自己。似乎不是他在用榜样的力量引领他们,而是他们通过个人崇拜在引领他。

现在有他的领导,他们一起蹒跚走过那些日子,累积起来像一声越来越尖厉、永不止息的尖叫,一声水淋淋的绿色尖叫,多里戈·埃文斯发现,奎宁引起的半聋和疟疾导致的恍惚把这尖叫反常地放大了,使一分钟像一辈子那么缓慢,有时他们连一个星期的苦楚和恐怖都想不起来。有关它的一切似乎都是为了等待某个永不到来的结局、某个为他和他们赋予它以完整意义的事件、某种把他们从这地狱中解放的情感净化。

然而,还有偶尔享用的鸭蛋,粘在一两个指头上的棕榈糖,一个笑话,被重复一遍又一遍,被充满爱意地修饰鉴赏,好像它是它承载延续的那种珍稀美好的东西本身。这些让幸存成为可能。仍然有希望。在不断变得松垮的军帽下,一直在瘦下去的俘虏依然自语诅咒——他们被横扫进一个非人间的世界,在那儿像蝼蚁似的活着,在那儿唯一要紧的是铁路。作为被分配的路段赤裸裸地宰制的奴隶,他们除了绳索、木棍、榔头、撬杠、草篮、锄头之外一无所有,用肩、背、腿、胳膊、手,他们开始为这条"线"清除丛林障碍,砸碎岩石,运走土块;为修建这条"线",他们搬来枕木、铁轨。作为赤裸裸的奴隶,他们在这条"线"上挨饿、被殴打、被驱迫卖力干活,直到精疲力竭。作为赤裸裸的奴隶,他们开始为这条"线"死去。

没人能确切知道他自己是不是下一个,虚弱的不能确切地知道,强壮的也不能。死人数目开始持续增长。上星期三个,这星期八个,天知道今天会有几个。作医院用的棚屋不像医院,只有危重病人能躺在长长的、铺着用薄木条拼接的床板的地台上,躺在污秽和腐臭中,那儿眼下住满垂死的人。营里不再有健康人,只有病人、重病人和垂死的人。伽利波利·凡·凯斯勒觉得摸不着女人是惩罚的日子早过去了。连对女人的念想都早已消失了。现在他们唯一想着的是食物和休息。

饥饿导致的衰竭和死亡肆虐着这些澳大利亚人。它潜藏在每个人的每个举动、每个想法中。他们借以抵御它的只有澳大利亚人的机智，但它实际上不过是一些比他们的肚子还空虚的见解。澳大利亚人的漠然和澳大利亚人的诅咒、对澳大利亚的记忆，以及强调平等、友情、团结的澳大利亚男人的行为模式——他们努力想凭着这些团结起来。但没想到，要抵御虱子、饥饿、脚气病，抵御偷盗、殴打和越来越繁重的奴隶似的苦工，澳大利亚没有价值。澳大利亚在收缩发皱，眼下一粒米比一个大陆板块要大得多，唯一与日俱长的是这些兵破烂下垂的军帽，隐约看去像大得出奇的墨西哥阔边帽，帽檐下是枯瘦的脸和空洞的黑眼睛，已经跟布满黑影的洞差不多，等待蠕虫爬入。

死人的数目仍在持续增长。

17

多里戈·埃文斯嘴里充满了唾液，为了不让自己流口水，他不得不好几次用手背擦嘴。盯着躺在军用铁锅中长方形盒子里的牛排——切得歪七扭八，满是软骨，还烤过头了，煤烟色的牛脂在生锈的军用铁锅里涂得这儿一块，那儿一块——他怎么也想不起世上还有别的什么他更想要。他抬头看着那个把牛排拿来给他当晚饭的厨房勤务兵。他告诉勤务兵，前一天晚上，黑衣王子带一帮人从一些泰国小贩那儿偷来一头母牛，在灌木丛里杀了，用牛眼周围的肉贿赂了看守，把其余的偷偷交到厨房。一块牛排——一块牛排——从牛身上割下来，烤好了，送来给多里戈当晚饭。

多里戈·埃文斯看得出来，厨房勤务兵在生病，一个病人——如果不是生病，怎么会在厨房里干活？——苦于一种或多种由饥饿导致的疾病，多里戈·埃文斯知道，在那时，牛排对那个人同样是世界上最值得渴望、最不同寻常的东西。做了一个急促的手势，他告诉厨房勤务兵把牛排拿到医院去，跟那儿病得最重的人分着吃。厨房勤务兵不确定他是否当真。他没动。

"大家想要你吃，"勤务兵说，"长官。"

为什么？多里戈·埃文斯想。为什么我说不想吃？他不顾一切地想吃，大家要他吃——作为某种供奉。但尽管他确信没人会为他吃牛排而心怀不满，他还是把它理解成一场必须有很多见证人的考验，一场他必须通过的考验，这场考验将会成为一个他们都认为不可或缺的故事。

"把它拿走。"多里戈·埃文斯说。

想咽下口里洪水似的唾液，他被呛着了。他怕自己会发疯，以某种耸人听闻或降辱人格的方式崩溃。他认识到他的灵魂还没被冷淬成无坚可摧的钢铁，他认识到他缺乏他们眼下希求于他的那么多品质，那些使一个人能够应对成年生活的品质。但他看到自己眼下领导着一千人，他们正以他从未经历过的方式引领他变得不像他自己。

他又呛着了，嘴里仍然奔涌着唾液。别人都认为他是像雷克斯罗那样的强者，但他却不这样认为。雷克斯罗斯会把牛排吃掉，认为是他身为指挥官的权利，吃完后，他会愉快地在挨饿的兵面前剔他像旧时骑马劫匪似的牙齿。与之相反，多里戈·埃文斯把自己看作没资格做什么的弱者，一个正被一千个兵塑造成他们所期许的强者形象的弱者。这不合乎常情。他们是日本人的俘虏，他是他们希望的囚徒。

"马上！"他命令道，声音短促、尖锐、几乎失控。

厨房勤务兵还是不动，也许想他在开玩笑，也许怕自己理解错误。在这段时间，多里戈·埃文斯害怕如果牛排在他面前再多停留一分钟,他就会双手抓住牛排,把它整个儿吞下去,从而没能通过这场考验,从而暴露他的真面目。他觉得被这个人操纵了,很生气,对自己的软弱充满怒火,他猛地站起来,怒吼道——

"马上!这牛排是你们的,不是我的!拿走!分着吃!分着吃!"

厨房勤务兵终于为自己竟然也能尝到一小块牛排感到宽慰,为这位大家都说是"大家伙"的上校名副其实感到高兴。他蹑手蹑脚走上前,拿着牛排到医院去了,连同带走的是有关他们的头儿多么了不起的又一个故事。

18

多里戈·埃文斯痛恨美德,痛恨美德被崇尚,痛恨伪装自己有美德或者伪装自己是美德本身的人。随着他变老,人们赋予他越来越多的美德,为此他更加痛恨美德。他不相信美德。美德是伪饰的虚荣,总在等待喝彩。他受够了崇尚的德行和自我价值感,正是丽奈特·梅森的缺陷让他发现她美好的人性,正是在她不忠的臂弯里,他发现了某种对奇怪的真理的遵从,那就是世间万物如白驹过隙,瞬息万变。

经验教会她享用特权,对留下过夜她从不犹疑。随着美貌逝去——一个离一艘缓行下来的船越来越远的尾浪——她需要他比他需要她强烈得多。在不知不觉中,她成了他的又一项义务。但他的生活本来就全是义务。对妻子的义务。对孩子的义务。对工作、对委员会、对慈善机构的义务。对丽奈特的义务。对其他女人的义务。这让人筋疲力尽。这要有韧性和体力。时常,连他自己都感到惊诧。他会想,对这样的成就应该有某种肯定。这需要一种不寻常的勇气。这令人恶心。这使他恨自己,但目前他不能显露真实自我的程度并不甚于那时在雷克斯罗斯上校面前他不该显露真实自我的程度。使他头脑清醒、给他指引方向、并赋予他坚持下去的力量是他认为他亏欠在战俘营跟他一起的兵——坚持下去比其他义务更重要。

"你在想她。"她说。

他又没说话。跟对付别的义务一样，他用一种他觉得很有男人气概的风度容忍丽奈特——也就是说，他用人为加强的爱意遮掩他们之间日渐增长的距离。他觉得她越来越乏味，要不是她对他还是一个冒险经历，他多年前就不再见她。他们的性生活时断时续，他不得不对自己和她承认昔日难再，但丽奈特显得并不在意。事实上，他也不在意。能让他闻到她的后背，把一只手放在她柔软的大腿上就足够了。她也许嫉妒自私，他对此无能为力，然而，她的小心眼让他心满意足。

她絮叨着她任代理编辑的杂志社里的权利斗争和八卦新闻——她觉得比她逊色的上司让她忍受的琐屑屈辱、她在办公室里获取的胜利、她的恐惧、她最私密的欲望，他又看到"计程器"期间的天空，总是脏兮兮的，他想他很多年没想过土人伽迪纳，直到前一天——当他想用书面形式讲述他被打的事。

他被邀请为居伊·亨德里克斯创作的素描和插图的集子写前言——居伊·亨德里克斯是一名死在"线"上的战俘，多里戈一直把他的素描本带着并藏好，直到战争结束。那天空总是脏兮兮的，总在移动，急速移开，或者也许在他眼中是这样，移开到好点儿的地方去——在那儿，人不会无缘无故就死了，在那儿，生命不全受偶然性的辖制。土人伽迪纳说对了：全是赌两个便士都是头像那面朝上的游戏。"淤青"的天空，被鞭笞得发蓝，鲜血积成水洼。多里戈想记起土人伽迪纳，他的脸、他的歌、他鬼精灵样带裂纹的微笑。但无论他怎样努力想使他如在眼前，他能看见的只有那脏兮兮的天空，正快速逃离所有那些恐惧。

"每次抛都是第一次，"多里戈记得土人的声音，"这想法不讨人喜欢吗？"

"你在想她，但你不会承认，"丽奈特·梅森说，"你不是吗？在想她？"

"我从来不付全款，你知道的。十先令。"

"我知道。"

"二十对三。这我记得。"

"我知道你在想她。"

"你知道，"紧靠丽奈特·梅森胖胖的肩膀，他轻声说，"今天我在写前言，在'计程器'期间，我被卡在那儿，那时他们让我们没日没夜连续干了七十天，整个雨季没一天休息。我想要记起他们什么时候打的土人伽迪纳，是我们火化可怜的居伊·亨德里克斯那一天。我想把我记得的有关那一天的事写下来。听起来很恐怖，又很崇高。但跟这些一件都不搭界。"

"我知道，你知道我知道。"

"很悲惨又很愚蠢。"

"到这儿来。"

"我想他们觉得没意思了，觉得光打人没意思。我是说日本人。"

"来睡吧。"

"那儿有中村，那个下贱杂种巨蜥跟提线木偶似的抬头、挺胸、大跨步，还有两个日本工程师。或者三个？我连这个都记不起来了。我是什么证人？我是说，也许刚开始他们真的只想让他感觉疼，但后来觉得没意思，跟我们觉得椰头、铁绳头没意思一样。你能想象吗？那不过是干活儿，让他感觉疼是让人疲劳又很乏味的活儿。"

"睡吧。"

"这活儿很费劲,让人流汗。像挖沟。他们中间有一个停了一会儿。那时我想,好,到此为止。感谢上帝。他把手抬到额头上,把汗水甩掉,吸吸鼻子。就像那样。然后,他继续认认真真地用力打土人。这么做没任何意义,那时没有,现在没有,但你不能写这些,对吧?"

"可是你写了。"

"我写了。一些。是写了。"

"你还说真话。"

"不。"

"你不说真话?"

"我很准确。"

外面,在夜色中,像在寻找一件无望寻回的东西,一辆掉头的卡车发出凄凉的尖叫。

"我不明白为什么这件事在你眼里这么重要。"

"你不明白。"

"我真的不明白。不是有那么多人遭罪吗?"

"那么多人,"他同意。

"那为什么这件事这么重要?"

他没说话。

"为什么?"

躺在帕拉马塔旅馆的床上,他意识到他应该想着房外那个充满好东西的世界,那片只等几小时就重新出现的蓝天,在他脑中永远和逝去孩提时代的自由联起来的广阔蓝天。但在他脑中,战俘营那片抹着黑条纹的天空总也驱之不去。

"告诉我为什么。"她说。

那天空总让他想起浸在废机油中的脏抹布。
"我想知道。"她说。
"不,你不想。"
"她死了,是吗?我只妒忌活着的。"

第二部

暮色
从沙滩上那个女人
涌出,覆盖晚潮

——小林一茶

1

在一九四〇年年末的酷热中，多里戈·埃文斯在阿德莱德的瓦拉达尔军营接受最后培训——跟第 2/7 伤亡人员中转站的其他人员一起，在出征前，至于去哪儿，谁也不知道。他得到许可能休假半天，实话说，什么也干不了。汤姆从悉尼发来电报，说他们的基思叔叔在阿德莱德城郊的海滩边经营酒店，他渴望见到多里戈，会悉心周到地照顾他。多里戈从没见过基思·马尔瓦尼。关于基思，他只知道他跟他们父亲最小的妹妹结了婚，几年前她在车祸中丧生。之后，基思再婚了，但通过给汤姆寄圣诞贺卡，他跟前妻的家人保持着联系，汤姆事先告诉他多里戈要在阿德莱德基地受训。多里戈本打算那天去造访他叔叔，但他原想借用的车坏了。因此，那天晚上，他去城里红十字会举办的舞会与同属第 2/7 伤亡人员中转站的几个医生会面。

那天是"墨尔本杯日"，比赛结束后，街上有一种有气无力的兴奋的气氛。为了打发舞会前的空闲时间，他在城里街道上漫步，转到兰德尔街附近一家旧书店。夜幕初降，店里在举行一场活动，杂志发布会或类似的什么，场面很正式。一个生着桀骜不驯的头发的信心十足的年轻人，松垮垮地系着大得出奇的领带，正拿着一本杂志大声念。

我们不知道任何疗救绝望的灵药
像醉酒的人，夜晚愤怒的企鹅，
在广场的鹅卵石上乱爬
在雾气笼罩的灯光下系一根鞋带。

多里戈·埃文斯完全听不懂这些句子。无论如何，他的趣味已经骨质化，成为一些先入之见——有些人在青少年时期神游于古希腊罗马典籍中遥远的异域世界，自此很少到其他地方旅行，这些先入之见就属于这样的人。在多数情况下，当代文学让他困惑，他更喜欢早于半世纪前的文学风格——就他而言，是维多利亚诗人和古希腊罗马作家。

一小群人把他挡住了，他没法浏览架上的图书，他向书店顶头的几节光秃秃的木制楼梯走去，那儿可浏览的机会好像大一些。二楼有两个靠里边、稍小的办公室没人用，一个很大的房间也没人，地上铺着随意锯的宽木板，一直铺到临街那边倾斜屋顶上凸出去的阁楼式窗户那儿。到处是供浏览的书：摇摇欲坠堆起的，放在箱子里的，房间长长的边墙排满书架，从地板直达天花板，架上塞满旧书，横七竖八，像军纪很差的非正规部队。

房里很热，但他感觉这儿远没有楼下的诗朗诵让人气闷。他随意抽取图书浏览着，但一直吸引他注意的是从阁楼式窗户滚涌而入、呈对角形的阳光通道。在他周围，尘粒升浮沉降，在腾挪的光形成的井道中闪烁颤抖。他发现几个放满古典作家作品旧版书的架子，开始心不在焉地浏览，希望找一本便宜版本的维吉尔的《埃涅阿斯纪》，他迄今只读过一个借来的本子。多里戈·埃文斯真想拥有的并不是这本伟大的古代史诗，而是他感觉这种书带来的氛围——既向外发散，又把他带向内心，带到另一个世界，那世界让他不再感到是独自一人。

这种直觉认知，这种精神共通的感觉，有时会淹没他。在这样的时刻，他有一种感觉，那就是宇宙间只有一本书，所有的书只是为进入这本最伟大的书——一个无穷无尽的美好世界，不是想象的，而是世界如其本来的那个世界,一本没开头也没结尾的书。

楼梯那边传来几声喊叫,随之出现一帮吵嚷的男人和两个女人,一个个头很大,红头发,戴一顶黑色贝雷帽。另一个个子小一些,浅金色头发,耳后簪一朵鲜艳的绛红色的花。每过一会儿,他们会放肆地大声齐唱,半是歌曲,半是谣吟——"来啦,老伙计劳里,来啦!"

男人们穿着五花八门的军服:澳大利亚皇家空军、澳大利亚皇家海军、澳大利亚帝国部队——他猜他们有点儿醉了,他们都在用这样或那样的方式想引起那个子小一些女人的注意。但她好像全没有兴趣。有些什么把她跟他们分开了;虽然他们尽力想接近她,但看不到有哪个穿军服的胳膊歇在她的胳膊上,看不到有哪条穿军服的腿蹭着她的腿。

多里戈·埃文斯一瞥之间就对周围一切洞悉无遗,她和他们让他觉得无聊。他们不过是她的装饰品,被显然永远不会属于他们的东西控制了,为此,他轻视他们。他讨厌她的魔力,把男人变得比流口水的狗强不了多少,结果他对她很反感。

他把目光从他们身上移开,又看着书架。无论怎样,他在想艾拉——在墨尔本完成外科培训时他认识了她。艾拉的父亲是在墨尔本执业的事务律师,很受人尊敬,母亲来自有名望的牧业世家,祖父是联邦宪法的一位作者。她自己是教师。即便她有时很乏味,她所属的世界和她的外貌还是在感情上给多里戈留下很强烈的印象。她谈话琐屑,内容大多显而易见,好像背下来的,而且反复说,说得那么坚决,以至于他实在不能确定她怎么想,但即便如此,他仍然觉得她好心和善、一往情深。在多里戈看来,那个随她而至的世界似乎安全、永恒、值得信赖、不会发生变化,这个世界有黑木装饰的客厅和会议室、水晶制雪莉酒倾酒器和纯麦芽威士忌,未经发酵的葡萄纯汁，气味甜得发腻，有些醉人，有些让人产生幽闭恐惧。艾拉的家庭足够开放——把一个来自低于他们社会等级而又有远大前程的年轻人接纳进这个世界，它又足够恪守传统——让他知道接纳他的条件并非相互的，而全权由接纳他的世界决定。

年轻的多里戈·埃文斯不会让人失望。他现在是外科医生，他想当然地认为他会跟艾拉结婚——虽然他们从没谈起过，但他知道她也这样想。他把跟艾拉结婚看得跟取得医学学位、接受行医授权等一样——向上、与世同流、向前的又一步。自从在汤姆的洞穴里认识到阅读的力量，他向前的每一步都是这样。

他从架上取下一本书，把它拿到胸前，它从阴影进到那些阳光孔道的其中之一。他把书举在那儿，看着那书、那光、那尘土。像是两个世界。这个世界和一个被藏起的世界——在下午五六点钟的阳光形成的短时延续的孔道中，它把自己显现为实在而非想象的世界，其中飞扬的颗粒狂乱不羁地旋舞、闪烁，随机撞到彼此，弹向跟原先全然不同的方向。他站在下午五六点钟的光里，他不能不相信迈出任何一步都是对现状的改善。他根本不考虑朝哪儿改善，他根本不想为什么改善，他根本不想知道或许会发生什么——如果没改善，而是相反，他像那些尘粒中的一颗，在阳光里被撞到了。

房间顶那头的那组人又开始拥着朝他走来。像暮色中的一群鱼或一群鸟。压根儿不想挨近这群人，他朝书架靠近临街窗户的那边挪动。但像鸟或鱼一样，这群人像原先突然动起来那样又突然停下来，在离书架几步远的地方形成一个集合。感觉有人在朝他这边看，他更凝神地盯着架上的书。

等再抬起头，他明白为什么这群人当初动起来。戴红花的女人走过来，到了他站的地方，在影和光的交界处，她正站在他面前。

2

她的眼睛是烧灼的蓝色,像煤气火焰,非常炽烈。好一会儿,这眼睛占据了他的全部意识。它们在看他,但没表情。好像她只在把他痛饮下去。在评估他?对他做判断?他不知道。也许正是她这种笃定的架势让他满怀怨气,又觉得没把握。他怕这全是精心策划的玩笑,担心接下来她会放声大笑,让她的那帮男人加入进来,嘲笑他。他退后一步,撞到书架,没地方可退了。他站在那儿——一只手紧插在他和书架之间,朝她的身体扭成一个很古怪的角度。

"我看到你进书店了。"她说,微笑着。

如果过后有人让他说她长什么样,他会茫然若失,那是因为那朵花,他最终得出结论——在头发上戴一朵大红花,花梗插在耳后,很大胆,这大胆中有些东西表现了她的实质。但这么说其实根本没告诉关于她的什么信息,这他知道。

"你的眼睛。"她冷不丁地说。

他一言不发。事实上,他不知道该说什么。他从没听过这么滑稽可笑的话。"眼睛?"并非有意为之,他觉得自己反过来在盯着她,凝神看着她,把她痛饮下去,像她正把他痛饮下去一样。她似乎不会介意。这里面有一种他不熟悉的、令人不安的亲密——他知道他能随便盯着她看,只要是他在看,她就全然不介意,他无法解释为什么会这样,这让他感到震惊。

这让他眩晕,也让他困惑。她看上去是一系列瑕疵,最传神的是嘴唇上方靠右长的一颗痣。他觉得这些瑕疵的总和不知怎么就变成了美,这美有一种力量,这力量是有意识的,又是无意识的。也许——他得出结论——她觉得她的美给了她权利去拥有她想要的随便什么东西。那么,她将不会拥有他。

"你的眼睛好黑,"她说,又在笑。"但我肯定很多人跟你说过。"

"没说过。"他说。

这不全是真的,但话说回来,还从来没人真的像她刚才那样说过他的眼睛。有些东西使他没转身离开,离开她那古怪的谈话,走出去。他瞥一眼在书架另一端的那帮男人。他感觉她说到做到,她的话只针对他,这让他不安。

"你的花儿,"多里戈·埃文斯说,"是——"

他压根儿不知道那是什么花。

"偷来的。"她说。

她好像拥有世界上所有的时间来评价他,她这么做了,发现他很对胃口,她笑了,笑的模样让他感到她在他身上找到了世上所有最吸引人的东西。好像她的美,她的眼睛,她令人愉悦、令人惊赞的每样东西也出现在他心里。

"你喜欢这朵花吗?"她问。

"非常喜欢。"

"这花是从一丛茶花里偷来的。"她说,又笑了——那笑更像一串小声的咯咯声,急促,有点嘶哑,不知为什么,让人从心底里感到亲近。接下来,她的笑停不下了。她身体前倾。他能闻到她身上的香水味。还有酒气。他知道她对他的不安浑然不觉,她这么做不是想勾引他,也不是在调情。尽管他并没有决定要这样,或是渴望要这样,他还是能感觉在他们之间有些什么在传递——无法否认。

他把身后的手放下,转过身,直面她。在他们中间,一个光柱从窗户流进来,尘土升浮,他像从一间囚房的窗户向外看她。他笑着,说了什么——他不知道他说了什么。他望到这光的界域之外,看到那群男人,等在窗户那儿的她的皇家近卫军,他盼着他们中有一个出于对自我利益的考虑也许会走过来，利用他不知所措的时机，把她席卷而去。

"你是哪种兵？"她问。

"算不上兵。"

他用书轻敲缝在军服肩部、嵌着绿色圆环的三角形棕色布制徽章。

"我在第 2/7 伤亡人员中转站工作。我是医生。"

他稍微感到怨愤和紧张。跟他有什么关系？尤其是她的表情、声音、衣服，以及她身上的每样东西都看得出属于某种有地位的女人，尽管他现在是医生，还是军官，但他从没有真正地远离自己的出身——远离到他对这些不会有强烈的感觉。

"我担心自己是不请自来——"

"杂志发布会？噢，不会。我想凡有心跳的他们都欢迎。或者说，没心跳的也欢迎。在那儿的蒂皮——"她对那个子很大的女人挥挥手——"蒂皮说念他作品的诗人将使澳大利亚文学发生革命性变化。"

"勇敢的男人。我只报名跟希特勒作对。"

"那诗里头有没有一个词你觉得懂了哪怕就一点儿？"她说，表情毫不犹疑，又充满质询。

"企鹅？"

她的笑漾了满脸，好像走过了一座很难通过的桥。

"我有点儿喜欢鞋带，"她说。

她挤成一堆的追求者中有一个用保罗·罗伯逊①的唱歌的方式在唱："老马劳里，他不管不顾，就是不停加劲儿。"

---

① 保罗·罗伯逊（1898—1976），美国歌手及演员，"二战"期间支持美国参战。

"蒂皮说服了我们,我们全来了,"她用跟先前不同的亲近口吻说,好像他们是多年的朋友。"我、她哥哥,还有他的几个朋友。她在跟楼下的诗人学习。我们在一个现役军官俱乐部里听墨尔本赛马,完了她要我们到这儿来听麦斯讲话。"

"谁是麦斯?"多里戈问。

"那个诗人。但这不重要。"

"谁是劳里?"

"一匹马。这也不重要。"

他哑口无言,他不知道说什么,他听不懂她的话,她的话跟在他们之间传递的每样东西都不相干。如果诗人和马都不重要,什么重要?她身上有些东西让他如此困扰——感情炽烈?直截了当?狂放不羁?她想要什么?她想要的意味着什么?他盼着她离开。

听到一个男人的声音,多里戈转过身,看见那群人的一个——穿着澳大利亚皇家空军的浅蓝色制服——站在旁边,正用矫揉造作的英国口音对她说,他们需要她回去帮助调解他们"关于如何估算输赢比率的争论"。追随着多里戈的眼神,她认出那蓝制服,她的脸色全变了,好像是成了另外一个女人,她的眼睛——看多里戈时那么活泼有神——现在看着其他男人,瞬间生气全无。

穿蓝制服的男人尽量不去注意她的眼神,为此,他转身朝向多里戈。

"你知道是她选了它。"他说。

"选了谁?"

"老伙计劳里。一百对一。墨尔本赛马历史上最大的输赢比率差值。她很懂行。她真的非常懂行,知道该选哪匹马。那边的哈利下了二十镑的注。"

多里戈还没来得及回答,这女人就对澳大利亚皇家空军军官发话了,她的讲话方式很有魅力,但不带任何感情——多里戈这样认为。

"我还有一个问题要问我朋友,"她指着多里戈说,"然后我跟你一起回去,谈有关赛马的会计学。"

3

"什么问题?"

"我压根儿不知道什么问题。"她说。

他怕她是在戏弄他。他本能地想离开,但有些什么让他从那儿走不开。

"这是什么书?"她问,指着他的两手。

"卡图卢斯。"

"真的?"她又像先前那样笑了。

多里戈·埃文斯很想摆脱她,但他没能力摆脱他自己。那眼睛,那红花,那模样——看上去在对他,而且只对他才那样微笑的模样——但他不愿相信。他把一只手伸到背后,在那儿用手指叩着书脊,叩着卢克莱修,希罗多德,奥维德。但他们不回答。

"一个古罗马诗人。"他说。

"给我念一首他的诗。"

他打开书,低头看书,然后抬起眼睛。

"你确定?"

"当然。"

"它很枯燥。"

"阿德莱德也这样。"

他又把目光移到书上,读道——

我感觉到一种饥饿
　　生长起来
　　在我齐膝的长衬衣和斗篷之间。

　　他合上书。
　　"对我来说，全是拉丁文。"她说。
　　"对我俩都是。"多里戈·埃文斯说。他原想用这诗轻侮她，但意识到他失败了。她又在笑。不知怎么，她把他对她的轻侮都弄得听上去像调情，直到他开始不确定他是否是在调情。
　　他望向窗外，想寻求帮助。却发现那里什么都没有。
　　"再读一些。"她说。
　　他急急忙忙翻了几页，停下来，又翻几页，又停下来，然后，开始读。

　　让我们活着、爱着
　　不计老男人眼里的屑小东西
　　他们传道说教，谴责声讨。
　　每天太阳沉降后会再又升起，
　　可是我们——

　　他感觉胸中升起一股奇怪的怒气。为什么在这些诗中他选了这首去读？为什么不是别的或许会让她感觉被冒犯的诗？但某种另外的力量困住了他，正引导他，使他的声音低沉有力，诗让他接着读下去。

　　可是当我们短暂的光亮闪耀过了，

必须在睡眠中度过长夜，永无终止。

她用拇指和食指捏住自己衬衫顶端，不停地往上提，一直目不转睛地看着他，那眼神像在说，其实她想把衬衫向下拉。

他合上书，不知道该说什么。很多事在他脑中飞驰而过：分散心神的事，无关痛痒的事，残酷的事，这些事把他带离书架，带离她和她令人惊异的注视，烧着强力蓝色火焰的眼睛，但他什么也没说。所有可说的蠢话，所有他感觉粗鲁且必需的事，他全没说，反而，他听见自己在说——

"你的眼睛很——"

"我们在谈荒诞的爱情是什么样。"一个陌生人的声音插进来。

多里戈转过身，看到追求者中最没时运的——那个密友——走过来要加入他们，大概是想抢走这个蓝眼睛的女人。或许他觉得必须跟多里戈打招呼，于是就冲多里戈笑，在多里戈看来，他正试着想多里戈·埃文斯是谁，还有他跟这女人什么情况。"全被你给毁了。"多里戈想对他这么说。

"多数人在没有爱情的情形下活着，"这朋友说，"你不会同意这说法吧？"

"我不知道。"多里戈回答。

这朋友笑了，对多里戈是扭一下嘴，对她则是把嘴慢慢咧开——一种同谋的邀请，叫她回来，跟他一起，回到他的世界，回到懒惰者的集群中。她漠视这个追求者，对他不理不睬，转过身，说她一分钟后回来，明确说明他必须离开，让她可以跟多里戈在一起。她表明这完全是他们俩之间的事。然而，他们看着她的沉默而清晰的交流，多里戈意识到他既没渴望，也不赞成她这么做。

"所有这些爱的话语全是荒谬的，"追求者接着说，"人们不需要爱情。最好的婚姻是彼此可以相互配合。科学显示我们都会产生电磁场。一个人遇到一个具有相反属性离子的人，如果相反属性离子被安排的方向正确两个人就被对方吸引。但那不是爱情。"

"那是什么？"多里戈问。

"磁性。"追求者说。

4

中村少校玩牌技术很差，但他刚赢了最后一场比赛——跟他玩牌的低级军官和澳大利亚战俘都认为最好不要让他输。经由翻译福原中尉，中村对澳大利亚上校和少校为这个夜晚表示感谢。日本少校站起身，差点儿摔倒，后又恢复了平衡。尽管几乎脸朝上摔得平躺在地，中村看上去却意气风发。

他拿来招待他们的湄公河威士忌同样也作用于两位澳大利亚军官，多里戈·埃文斯小心翼翼地站起身。他知道他眼下有"大家伙"的角色要扮演。他整晚都在推迟演出。但据他感觉，现在该他表演了。

"'计程器'进行三十七天了，一天没停过，少校。"多里戈·埃文斯这样开始。中村微笑着看着他。多里戈·埃文斯也回报以微笑。"要实现天皇意愿，最聪明的做法是对所拥有的资源加以控制，以便最充分地加以利用。为了最有效地修造铁路，我们必须让做工的人保证休息，让他们恢复体力，而不是把他们累垮。休息一天会很有用，不单使他们体能不致衰竭，还有助于让他们活着。"

他预料到了中村可能会爆发，会打他，会威胁他，至少也会对他怒吼嘶叫。但在福原中尉翻译时，日本指挥官只是笑。他对福原很快低声说了几句话，当福原翻译的时候，他已经直撞着朝外走去。

"中村少校说俘虏很幸运。通过为天皇而死,他们得以恢复荣誉。"

中村停下来,转过身,又对他们讲话。

"这场战争很残酷,"福原中尉翻译说,"什么战争不残酷?但战争是人。我们是什么,战争就是什么。我们做什么,战争就是什么。修铁路也许会死人,但我不创造人,我创造铁路。工程不要求自由,不需要自由。中村少校,他说工程进展能借诸其他东西得以实现。你,大夫,把这叫做不自由。我们把它叫做魂、民族、天皇。你,大夫,把它叫做残酷。我们把这叫做命运。我们的命运或其他人的命运。它是未来。"

多里戈·埃文斯鞠了一躬。警眼儿泰勒——一位少校,也是他的二把手——也鞠了一躬。

但中村少校没讲完。他又讲起来,等他讲完了,福原说——

"你们大英帝国,"中村少校说,"你们认为修铁路不必对人加以约束,上校?它是用一个枕木接一个枕木的不自由,一个桥梁接一个桥梁的不自由修建起来的。"

中村少校转身走了。多里戈·埃文斯跟跄着离开,走到战俘军官住的棚屋,走到他放在那儿的床跟前——就身高而言,帆布行军床太短。它是一个荒谬的等级特权,他很喜欢这特权,因为它事实上根本算不上特权。他看了一下表。表上显示十二点四十分。他呻吟了一声。为了安放他的长腿,他用竹子潦草拼就了一个三角支架,上面放着一个压扁了之后又用更多竹子加固的煤油罐,睡着后变动睡姿时,它经常会翻倒。

他点燃放在床边的一截蜡烛头,躺下去,拿起一本页角卷起的书——营里的一个珍贵物件——一部罗曼史,他在睡前读它有一段时间了——为了把注意力转移到其他地方——他快看完了。但他眼下醉了，精疲力竭，生着病，既没精力看书，也不想动弹，他能感到睡意已经袭来。他把书重又放下，熄灭了蜡烛。

5

老人梦见自己是一个年轻人，睡在一个战俘营里。现在，做梦成了多里戈·埃文斯经历的最真实的事。他追随知识，像追随一颗正在沉落的星星，到达了人类思想最遥远的边界之外。

他坐起来。

"什么时候了？"

"快三点。"

"我得走。"

他不敢说艾拉的名字，也不敢说"妻子"这个词，还有"家"这个词。

"苏格兰裙在哪儿？"

"你又在想她，是不是？"

"苏格兰裙？"

"这让我很难受，你知道的。"

"该死的苏格兰裙。"

他是穿苏格兰裙来的，来参加帕拉马塔彭斯协会的年度晚宴，自从一九七四年由于工作关系到了悉尼，他就成了协会成员。他冥思苦想他为什么加入协会，除了他众人皆知的沉溺威士忌的恶习和他不可告人的追女人的恶习，他想不起其他原因。但眼下苏格兰裙找不到了。

"不是艾拉，"她说，"因为那不是爱。"

他想起他妻子。他发现他在婚姻中经历的是一种刻骨铭心的孤独。他不懂他为什么结婚,为什么跟几个不同女人睡觉被看作道德败坏,为什么她们对他具有的意义越来越少。他也说不出在肚腹底下不断增强的异样的痛感是怎么回事,为什么他如此渴望嗅着丽奈特·梅森的裸背,为什么他生命中唯一真实的是他做的梦。

他打开吧台那儿的冰箱,取出最后一瓶五十毫升装的格兰菲迪威士忌,接着,他摇摇头——他注意到最新的触控技术使他一旦把酒瓶拿出,它立刻被电子设备记录为消费。他直觉到一个更规整、更驯顺的新世界的到来,一个界限和监控的世界,在那儿,每样东西、每件事都被确认,没有什么是必须体验的。他知道他被视为公众形象的自我——他们放在硬币和邮票上的那一面——将和这个正到来的世纪融合无间,他不同的那一面——他不为人知的自我——会越来越让人难解,令人反感,其他人会联合行动把这一面藏起来。

他的这一面跟这个正到来的新世纪格格不入——在其中,什么都大同小异,这表现在所有方面,甚至包括感情;人们触摸彼此毫无节制,说着自己的问题就好像以某种方式给生活命名,把它的神秘描写尽致,或者否认它的杂乱无序,这让他困惑。他觉得有些东西在萎谢,冒险性被越来越着重地计算大小,估约价值,尽可能被消解,一个崭新的世界代之而起——在那儿,观看准备食材比阅读诗歌会更让人感动;在那儿,付钱喝用采来的野草煮的汤会让人兴奋。在很多战俘营,他吃过用采来的野草做的汤,他更喜欢吃正儿八经的食物。在他脑子里寻求到庇护的澳大利亚是根据死人的故事制图的,他发觉活人的澳大利亚越来越陌生。

在多里戈·埃文斯长大成人的时代,生命能在诗歌意象中被理解,并在其中存活,或者说在一首诗的影子里,后者越来越成了他生命的常态。电视的到来伴随着有关名人的理念——多里戈觉得名人在其他情形下是普通人,但你不会希望去了解他们。如果说它终结了那个时代,那么它时而也利用那个时代,从那些依照诗歌的优雅神秘特质安排生活的人,从他们的明晰中,找到适合造成意象的题材,这意象大多没有思想。

一部关于多里戈在一九七二年澳新军团日①回到"线"上的纪录片最先在民族意识中奠定了他的地位,因为在其他访谈节目中露面,他的地位更得以提升——在这些节目中,他装出一个保守人道主义者的情感立场,这是他的又一个面具。

他觉得他比他所属的时代活得长久;拧开五十毫升装威士忌小瓶的盖子,他感到至死方休的欲望:要更加随性地活。他喝了一大口威士忌,大脚趾触到在冰箱底部附近躺着的苏格兰裙。他动手穿上裙子,朝床那边看去——在电子钟和亮着绿色的烟雾警报器发出的诡异夜光中,丽奈特看上去像在水下。他注意到她用胳膊盖住眼睛。他抬起那只胳膊。她在哭,一声不出,一动不动。

"丽奈特?"

"没事儿,"她说,"你走吧。"

他不想问她为什么呢,但他没办法,他必须问。

"怎么回事?"

"没事。"

他俯下身,用嘴唇触碰她染着苔藓颜色的额头。香粉的味道。要把他囚禁起来的茉莉花香气,总在他体内唤醒他想逃走的欲望。

"太难了,"她说,"当你想要什么而得不到的时候。"

他一把抓起车钥匙。想着在乡村小路上醉酒驾车的强烈的快感——路灯,确保不要被抓住的躲闪都让他有快感,他也许又逃跑

---

① 澳大利亚和新西兰国家纪念日,针对所有死于战事和维和行动的人。定于每年四月二十五日,其缘起是纪念"一战"中对抗奥斯曼帝国在伽利波利战役中阵亡的澳新军团的将士。

成功了。他快速穿好衣服，喝干最后那瓶五十毫升装格兰菲迪威士忌的最后一口，花了五分钟手忙脚乱地寻找系在苏格兰裙带上的皮制小荷包，终于在日本诗人辞世诗集下面找到了，然后，他离开，忘了把书带走。

6

在接下来的那个星期，多里戈被批准休假四十八小时。他找机会免费搭乘一架军用飞机飞回墨尔本，与艾拉共度的这两天一夜安静而空虚，他尽可能制造动静，安排活动。他比任何时候都更渴望她，像就要被踢死的人情急中要攫住身下的泥一样。

几次他都要告诉艾拉在阿德莱德书店同他讲话的那个女人。但有什么可说的？没什么事情发生，他和艾拉跳舞，喝酒。有什么事发生吗？什么也没发生。

他像抓住救生圈一样抓住艾拉。他渴望通过跟她上床来重新认识他和全新的她，她充满感激地想：她不会有任何这些念头，在他看来，这些念头突然间变得像是通奸。她的黑头发、黑眼睛、丰满的体型，她很美，但他什么感觉也没有。

发生了什么事？他想的不是头发或眼睛，而是一种表情，这表情让他困惑，像百万颗毫无目的的尘粒在舞蹈，一种他从未有过的负罪感使他郁郁寡欢。但他干了什么吗？他什么也没干。他说话了，最多几分钟，然后，他转过身，离开书店。连她的名字他都不知道。他问过她什么？她对他说过什么？什么也没有！什么也没有！连她的名字他都不知道。

见到那女人之前，艾拉的世界——安全，舒适，稳定，他之前想归属于它，但现在，多里戈忽然发觉这世界索然无味，有气无力。

尽管他想在其中体验那种无法确切描述的安逸感觉，那种权力以及其中诸多特权带来的驱之不去的气味——他原先觉得它们那么吸引他——但现在在它们对他毫无价值，还要更糟，它们好像令人厌恶。

艾拉和其他人把多里戈新近的郁郁寡合解释为是因为战争——当时最常用的理由。战争对人施压，战争让人发疯，战争使一切乱糟糟，战争给人借口。在他这方面，多里戈等不及盼着战争快来——如果这是非此即彼的另一个选择。

终于，他告诉了艾拉，好像那只是一次偶遇，然而，在讲述中，不知怎么听起来像背叛。他感到一种无法言说的羞耻。为什么他就必须得要艾拉？把那个陌生人描绘成一个过分激烈、相当没分寸的女人，他觉得他对事实不忠，对她也不忠，在某种意义上，对他自己也不忠实。讲完，他抖了一下。

"她漂亮吗？"艾拉问。

他说她没什么出众。他觉得必须再说几句，就说她有很好的——他在脑中搜寻他没记下来的面部特征，一个不会被看作于道德有碍的面部特征——"牙齿"。"她有很好的牙齿，"他说，"这件事就这些，真的。"他说。

"毒牙，倒像是，"艾拉说，声调有些提高了，"还有一朵红茶花在头发上？我想说，她听上去是一个怪物。"

然而，她不是。她站在那儿，有些事情发生了，有些东西在他们之间流通，他多希望它们没有。现在，在他眼中，艾拉成了他从不认识的人。他原先觉得她的喋喋不休让人欢喜，现在，他感觉她说话非常没头脑，还假惺惺的，她只为了他才用的香水飘到鼻孔里很难闻，他巴不得伤害她，这样她就会离开。

"我该嫉妒吗？"艾拉问。

"嫉妒什么？"他说，"我告诉你，从书店脱身我说不出有多高兴。"

过了一会儿,他亲吻艾拉。艾拉很善良,他对自己说。在心里,他可怜艾拉,比这埋得更深的想法是他们会因为她的善良、他的怜悯而受苦。他恨她的善良,他怕他的怜悯,他只想从这一切一劳永逸地逃开。他越恨,越怕,越想逃开,就越是继续吻她,他们的拥抱变得更富有激情,一个时刻融入另一个时刻,那一天融入下一天,生命被活力充满,他郁郁寡欢的情绪过去了,他几乎完全不再想戴红茶花的女孩了。

他变得很快活,这次休假似乎既过得太快,又是一个无休止的涡旋——由晚会、偶遇、新相识组成。无论是她的朋友,还是她父母的朋友,每个人好像都想认识艾拉的未婚夫。他见到墨尔本社交圈的很多人,他开始从他们眼中他的形象来审视自己——一个战后会青云直上干大事业的年轻人。这个生活很完美,每样事情都如此甜美地相互适合,他和艾拉、艾拉的家庭、他们的社会地位,成为和谐整体,他很快会拥有这样的地位。跟艾拉相处,有些事一度让他那么难以接受,现在却变得出乎意料地简易:他们之间不再有任何障碍,又回到他们原先的状态,也许还要更好,他把书店和他自己的疑虑完全忘掉了。

回到阿德莱德,他全身心投入一般医务人员的工作中——在正常情况下他厌恨这工作。在事先用金属板拼建好、铺着水泥地面的尼森式棚屋外面——棚屋位于瓦拉达尔军营行政区,他和其他医务人员在那儿有办公室——尘土被吹得在操场扬起来,到处打旋;在屋里,在令人生畏的烤炉一般的炎热中,他尽量把注意力集中在出征前的准备工作上——不是不存在就是没人认为必需的医药用品和设备,还有多得让人晕头转向的报告、表格、信件类的文书工作,他极少看出这些工作有什么目的或导致的任何结果。有天晚上,天气可能会转凉,还有一个能喝到冷啤酒和朗姆酒掺果汁加冰块的晚会,他也同样全身心投入,寻找一种他有时会经历的忘我状态。

基思·马尔瓦尼寄来一张明信片,再次邀请他去酒店会面——"康沃尔国王"。一张手工上色的酒店照片印在卡片正面——一座宏大的四层石头建筑,其点睛之笔是每层有一个三面开敞的露台,直面一条长长的、空荡荡的海滩。据卡片上说,酒店建于一八八六年。从照片上酒店前的那些男人戴的平顶直沿草帽和胡须式样来判断,这卡片也只比酒店建成稍微晚一点儿。多里戈把它放在办公室的文件当中,之后就忘了。

伦敦大轰炸的消息传来,每件事、每个人都带着一种越来越强烈的挫折感,跟伦敦大轰炸的消息一起的还有关于澳大利亚在利比亚跟意大利作战的最早报告,但他们还留在阿德莱德营地。各种传闻来了又走,关于出征在即和出征可能的目的地,比如希腊、英国、北非,入侵挪威等。

多里戈把自己湮没在各种活动中,满负荷工作和无节制晚会狂欢,让所有其他被冲刷得远些,再远些。一个下午,三点已过,在一堆申请担架的表格下面,他偶然发现了基思·马尔瓦尼印着酒店照片的明信片。在接下来的那个周末,多里戈·埃文斯可以休假十二个小时,没更好的事可做,他就开着从勤务兵的哥哥那儿借来的一辆燃煤的斯蒂庞克卡车,顺着海岸开向基思的酒店。

快黄昏时,他到了阿德莱德人当度假村用的一个小居留地。大洋上吹着微风,加上海浪的声响,热力变得不但可以承受,还给人以官能享受,受人欢迎了。如果说海滩看上去跟卡片上一样一览无余,那么康沃尔国王酒店却比照片上更宏大,也更颓败,传达出那种老古董遭遇艰难时世、像炼金术使物质转性般的魔力。

酒店里面是一个很长很暗的澳大利亚南部风格的酒吧:天花板

吊得很高，经历了澳大利亚南部夏天的暴烈光照后，它的阴暗让人感觉很舒服。木头涂油处理过，它的光泽和灰褐颜色似乎给经受外面世界眩光后的眼睛以抚慰和休憩。头顶上的吊扇有节奏地擦过酒客交谈发出的擂鼓似的低声。多里戈去到酒吧，吧女在把后面架上的酒瓶码放整齐。她背朝他，他问她是否可以帮他找到基思·马尔瓦尼。

"我是基思的侄子。"他又说。

"你一定是多里戈，"吧女说，她转过身，金发挽成发髻。

"我是——"

一束了无生气的电灯光柱从上往下照着酒吧，使她的蓝眼睛闪闪发亮。有一会儿，那眼睛里有些什么，接着，变得空无所有。

"我是基思的妻子。"她说。

<h1 style="text-align:center">7</h1>

他四处张望，眼神扫过放着朗姆酒和威士忌的顶架，扫到其他酒客身上，扫到印着"康沃尔国王"字样的毛巾。毛巾上歇着一只女人的手，拿着潮湿的茶巾，优雅的手指上指甲涂成酒红色。一种疯狂的欲望攫住了他，他想在嘴里感受它们。他感觉自己在她面前发光旋转。

"告诉基思我——"

"好的。"

"我休假时间缩短了。我不能留在这儿。"

"还有，你是——"

"他外甥——"

"多瑞？"

他想不起自己的名字,但这听上去没错。

"你是多瑞?多里戈?他们不是这样叫你吗?"

"嗯,是吧。是的。"

"这名字……很不寻常。"

"我祖父出生在那儿。他们说他跟本·霍尔一块儿骑过马。"

"本·霍尔?"

"那个住在灌木林里的逃犯:

  因为就跟在那些日子一样
  大盗迪克和杜瓦尔活着的日子
  平民的朋友是罪犯
  勇敢的本·霍尔也这样"

"你什么时候用你自己的词讲过话吗?"她问。

"多里戈是我的姓和名字中间的那个,可是它——"

"卡住了?"

"我想是吧。"

"基思不在这儿。他不巧没见到你会非常失望。"

"这场战争。"

"是,那位希特勒先生。"

"我换个时间来。"

"一定,多瑞。听到你不能留下,他会特别遗憾。"

他迈腿离开。他内心里在发生一场可怕的风暴,既是兴奋,又感觉被出卖了,好像他属于她,而她抛弃了他,跟这相关联的感觉是她属于他,他得把她拿回来。在门那儿,他转过身,向酒吧方向走了两步。

"我们不是——"他说。

她用拇指和食指捏住女衫的顶部,把它向上拉——两个色彩鲜艳的指甲像圣诞甲壳虫张开的翅翼。

"书店?"

"是。"她说。

他走回酒吧。

"我那时想,"他说,"他们是——"

"谁?"

他感觉到他们之间有些什么,但他不知道是什么。关于这个,他不能采取任何行动。他不理解,但他感觉到了。

"那些男人。我想他们是——"

"你想他们是什么?"

"跟你在一起。我想——"

"你想什么?"

"我想他们是——你的——你的追求者。"

"别犯傻了。我在军官俱乐部有一个朋友,他们不过是他的几个朋友。还有这几个朋友的朋友。这么说,你是那个聪明的年轻医生?"

"嗯——,年轻,是的。但你也很年轻。"

"在变老。我会跟基思说你来过。"

她开始擦拭吧台。一个酒客把杯沿沾着酒沫的空杯子朝她的方向放倒。

"马上过来。"她说。

他离开了,开卡车回到市内,找到一家酒吧,义无反顾地把自己灌得什么都忘了,记不得把那辆斯蒂庞克停在哪儿。但酒醒后,他找不到把她忘干净的办法。他脑袋里面在打锤,每个动作、每个行为、每个想法中都有疼痛，似乎都以她为因由，也以她为疗法，只是她，必须是她，只有她。

接下来的几星期，他以医官身份加入行程已定的一个步兵连队无休止的行军，想以此来忘掉自己，每天行进二十英里——从山谷中的葡萄园出发，他们在那儿给军用水壶装满马斯喀特葡萄酒和红葡萄酒，行进到海岸边的沙滩，他们在那儿游泳，再行进返回，然后再沿原路走去——行进中的热力那么炙烈，感觉像一个强敌。有人疲劳过度倒下，他会帮着背起他们的行装，他强迫自己超负荷出力的劲头完全违背常理。结果连队指挥官命令他悠着点儿，这样他才不会被其他人看作傻瓜。

有天晚上，他给艾拉写信，他使用各种从文学中学到的有关爱情的形式和比喻，想在其中忘掉自己。信很长、很乏味，也很假。他的脑子被一些想法和感情折磨着，这些想法和感情他还没读到过，因此他认为它们不可能是爱情。对基思的妻子，他感觉到肉欲和仇恨，让他头晕目眩。他渴望占有她的身体。他想再也不要见到她。他感觉一种轻蔑和一种奇怪的距离感，他觉出一种共谋关系——好像他知道了什么不该知道的事——他感觉她也知道，他说不清这感觉从何而来。他在理智上认为，一旦他所属的部队出征海外，他会很高兴再也不去想她。然而，当前他无法停下去想她。

他几乎不吃饭，体重减轻，看上去莫名其妙地全神贯注地工作，连队指挥官既深受触动，又有些为多里戈非同寻常的热情担心，为此给了他休假二十四小时的特殊待遇。艾拉说过，如果他得到短时休假的许可，又没有时间到墨尔本，她会来阿德莱德。但尽管他满心想跟艾拉一起度过这次休假，甚至都选了一个要带她去的饭馆，不知为什么，他就是找不到合适的时机提及他要休假的事——虽然他给艾拉写了那么多信和卡片。等休假日期临近，他认为现在才告诉她不公平，因为她会来不及做任何安排，只会为了不能来而产生万事俱废的失望感。他坚信这给了他充分理由保持沉默，他郑重发誓永远不会回到"康沃尔国王"，之后，他给基思叔叔打电话，邀请他过来在酒店住一晚上，说"我的艾米"——他这样称呼他妻子——会跟基思一样高兴见到他。

"我的艾米，"挂上听筒，多里戈·埃文斯想。"我的艾米。"

8

跟澳大利亚军官打完牌，中村沉入到混沌的酒精导致的熟睡中。他做的梦很难解释，在梦里，他迷失在一个黑暗的房间里，正摸索着一头大象的腿，他努力想象这样的柱子或许能支撑起房子。藤蔓在抽枝，树叶让他窒息，在他眼睛四周形成一个眼罩，他什么也看不见，它们永不餍足似的生长累积。他感觉周围到处都是活物，但没有一处的生命是他能理解的。房里每样东西都出人意料、野蛮未开化——无论是无边无际的丛林，还是几乎裸体的澳大利亚俘虏，他知道他们像一群庞大、多毛、让人感觉危险的类人猿一样把他围住了。

这房间怎么回事？他怎样才能出去？绿色眼罩在往他脖子上绕，让他呼吸困难。他心脏突突搏跳，能尝到干燥的嘴里有铜勺子的味道，臭汗液像油脂一样涂在背上，让他感觉一种黏糊糊的寒意，他的肋骨瘙痒难挠，连他都闻到自己有一股馊味。当他意识到有人摇他，要把他叫醒时，他发着抖，打着冷战。

"什么事？"中村吼起来。

这些天他睡得不好，夜里突然被弄醒，他感觉稀里糊涂，又非常愤怒。他闻到季风雨的味道——在听到它抽打屋外地面之前——

交织着福原中尉烦人的声音,在喊他的名字。

"什么事?"中村又吼起来。

他睁开眼,看到跳跃的阴影和亮光的抖动,他开始抓挠自己。一件湿漉漉的橡胶披风形成一个黑色闪亮的锥形,从张开的底部升起,直升到福原被染得泛黑的脸,整洁得一如往常,在最难应对的情势下都那么整洁,寸头、沾着水珠的角质边眼镜和一副短髭须。在他身后,友川举着一盏罩着罩子的煤油灯,一顶湿透的棉布军帽和垂到颈项的后帽檐凸显出这位下士白萝卜似的脑袋。

"在友川下士站岗警戒的时候,长官,"福原说,"一个卡车司机和第九铁路团的一位上校走进了营区。"

中村揉揉眼睛,然后狠命抓挠肘部,把那儿结的一个痂抓掉了,肘部开始流血。尽管看不见,他知道他身上盖满吸血扁虱。咬人的扁虱,在胳膊底下、背上、胸肋上、胯部咬,到处咬。他不停地挠,但扁虱不过向更深处钻进去。它们非常小。这些扁虱这么小不知用什么法子钻到他皮肤底下,在那儿肆无忌惮地咬。

"友川!"他吼道,"你能看见它们?你能吗!"

友川偷眼看一下福原,抬脚向前一两步,举起手里的灯,仔细查看中村的胳膊。他退后一两步。

"看不见,长官。"

"扁虱!"

"看不见,长官。"

它们如此之小,除了他,谁都看不见。这是它们邪恶本性的一部分。他不确定它们怎样到他皮肤下的,但他怀疑它们把卵产在了他的毛孔里,卵在皮下孵化,等着生出来、长大、死在那儿。得把它们挠出来。暹罗扁虱,科学对它们一无所知。

他曾经让友川下士用放大镜仔细查看他的身体,这蠢蛋还说看不见。中村知道他撒谎。福原说扁虱不存在，说这是希洛苯的副作用。他该死的知道什么？在这丛林里有那么多从前没人见过或经历过的事。总有一天，科学会发现这种扁虱，给它们命名，但眼下他不得不忍受它们的折磨，像他不得不忍受那么多别的折磨一样。

"幸田上校有来自铁路指挥小组的最新指令，要在他进发到三亭关前传达给您，"福原接着说，"他在食堂吃饭。他接到命令要在第一时间把最新指令传达给您。"

中村用一只发抖的食指点着行军床边一张野战用的小桌子。

"麻黄碱。"他低声含混地说。

友川一甩煤油灯，把它从指挥长官的脸上移开，仔细搜检那些煤烟色的阴影，阴影扫过来，扫过去——扫在放在桌上的技术图表、报告和工作日程表上，很多带有黑色霉菌的花朵。

福原，热切、年轻、脖子像塘鹅的福原，他的积极热情让中村越来越感到压力。福原继续说，说这是过去十天里第一辆经过那条几乎无法通行的道路到达营地的卡车，又说雨这么下，它很可能是最后一辆，在……

"对，对，"中村说，"麻黄碱！"

"卡车在三英里外陷在泥里发动不了，幸田上校担心当地人会劫掠车上装载的物资。"福原中尉报告完毕。

"麻黄碱！"中村带着嘶嘶声说，"麻黄碱！"

友川在桌子旁边的椅子上看到装希洛苯的瓶子，把它递给中村——近来，中村几乎全靠服用部队发放的甲基苯丙胺活着。他把瓶子倾斜着摇，什么也没倒出来，于是坐在行军床上，盯着手里的空瓶子。

"用以激发斗志。"中村慢腾腾地说——他在念希洛苯瓶子标签上的部队题词。中村知道他最需要的是睡眠，他很明白眼下睡着是不可能了，在夜晚余下的时间里，他必须醒着，跟幸田会面，安排人把卡车拉回来，还要完成分配给他的路段，无论采用什么法子——在总部现在要求的、极难兑现的时限内。他需要麻黄碱。

用一个突如其来的猛烈动作，他把装希洛苯的瓶子甩到棚屋敞着的门道外面，在那儿——跟那么多别的东西一样——瓶子悄无声息地不见了，消失到由泥巴、丛林、无边夜色组成的虚空中去了。

"友川下士！"

"长官！"下士说，然后，两人都没再说别的，下士朝棚外走去，融入到夜晚中，短小的身体稍微有些瘸。中村揉擦着前额。

他在想他必须每天都准备到位的意志力，为了持续不断使铁路必需的推进变成现实。刚开始——当最高统帅层下令修造这条连接暹罗和缅甸的铁路的时候——情况不同。那时，作为大日本帝国陆军第五铁路团的军官，中村被这一前景刺激得很兴奋。在战前，英国人、美国人都系统考察过修建这样一条铁路的设想，之后，他们宣称它不可能建成。日军最高统帅层下令要在尽可能短的时间内建成它。在完成这一历史性使命的过程中，他担负的角色影响力有限，然而意义重大，中村从中感到愉悦——把他的生命跟民族和帝国的命运联起来，中村很自豪，这愉悦和自豪感非常恢宏。

但一九四三年三月到达这个神秘国度的腹地后，中村发现自己第一次身处塑造了他的人群和城市之外——他远离了那些城市中大家共同遵守的奇怪的行为规范，他们是工程师、士兵、看守，他们是他们随时随地表现的一整套部队的行为法则，他们是天皇意愿的肉身显现，他们是大和魂体现为计划、梦想和意志力。他们是日本。但他们人少，苦力和战俘人多，丛林日渐一日向他们围上来，越围越紧。

中村来自人群，也是人群中的一员，在这儿，他越来越感到他的生命生成了一种奇怪的、出人意料的孤独。这越来越让他难受。想要了结这种困扰他的感情，他把自己投入工作中，但他越卖力，工作就越成了一种由各种可变因素组成的荒诞复合体。季风雨季到了，河流被淹没，水位很高，水流很急，覆满树木，把重载货物运到上游去太危险不可行，而道路——如幸田上校亲眼所见——通常不能通行，物资供给越来越少，变得几乎为零。没有机械设备，只有手工工具，工具质量差得不能再差。修造铁路的俘虏人数开始就不够用，现在呢，那些没死或没在垂死状态的俘虏变得很虚弱。比所有其他更成为当务之急的是一周前来了霍乱，连处理死尸都在变成问题，这件事占用了身体好的劳力，使他们去干一些跟修铁路无关的事。食物越来越少，几乎没药品，但铁路指挥小组指望他做的永远比这还要更多。

中村依照日本地图、日本规划、日本图表、日本技术图工作，用它们把日本秩序、日本意义强加于没有意义、没有目的的丛林，强加于生病和垂死的战俘——一个看着无因果的旋涡把所有东西全吸进去，使它们无法逃脱，一阵越来越强势、越转越快的绿色涡旋。在涡旋中时隐时现的是军令，出现又消失的"劳务者"①和战俘组成的无尽洪流，像桂河，或者说像霍乱菌，无法测度，无法解释。这位公务在身的日本军官也许要待上一晚上，喝酒、闲扯、讲讲最新动态，营里的兵会用故事互相鼓励，讲日本的荣誉、不可战胜的大和魂、指日可待的日本国的胜利。接下来，他们也会不见，消失在永远在延长、用疯狂构筑的铁路的某地，去到他们自己的炼狱中。

一阵湿漉漉的风吹进棚屋，掀起放在野战小桌上潮湿的纸张。中村看着表上的夜光指针。三百个小时。还有两个半小时早集合。

---

① 劳务者是日文中对强制劳动力的称谓。"二战"日军占领印度尼西亚期间，强征当地人修筑军事设施，人数近千万，修建"死亡铁路"征用了大量劳务者，其中死亡过半。

他很焦虑，扁虱咬得更狠，他开始使劲抓挠胸部，越挠越用力，同时福原在等他的命令。中村一声不吭，直到友川下士回来——为比他级别高的人做事，友川的态度从来都是卑躬屈膝——他鞠一躬，递过一满瓶希洛苯。

中村一把抓过瓶子，一口气吞下四片。在第二次疟疾发作过后，他还体力衰竭，但又必须接着工作，于是靠服用几片麻黄碱来使自己支撑下去。现在，麻黄碱对他比吃饭更必需。修造这样一条铁路——不用机械设备，穿越蛮荒之地——是超乎人力的艰巨任务。被麻黄碱刺激着，他能以双倍热情重又执行这个任务，一天又一天，每天都让人精疲力尽。他放下瓶子，抬起头，看见两人都在看他。

"希洛苯帮我挺过烧热，"中村说，他猛然间觉得完全醒了，"它很有效。它让该死的扁虱不再咬人。"

已经感觉凌晨两三点的迟钝懵懂魔法般消失了，代之而起的是焕然一新的机警和生气，中村目不转睛盯着那两个人，直到他们垂下眼睛。

"希洛苯绝不是鸦片，"中村说，"只有中国人、欧洲人和印度人才对鸦片上瘾。"

福原同意他说的。福原真无聊。

"是我们发明了希洛苯。"福原说。

"对。"中村说。

"希洛苯是大和魂的一种表现。"

"对。"中村说。

他站起身，意识到他睡觉时懒得脱衣服，连沾满泥巴的绑腿都还紧系在小腿肚上——虽然一条腿上交叉系的带子松了。

"大日本帝国陆军给我们麻黄碱是为了帮助帝国的事业。"友川加上一句。

"对，对。"中村说。他转向福原。"带二十名俘虏沿路返回，把卡车救出来。"

"马上？"

"当然，马上。"中村说，"一路把它拖回来——如果不得不这么做。"

"完了呢？"福原问，"我们让他们今天不上工？"

"完了他们去干今天该干的活儿。"中村说，"你准备好了，我准备好了，我们继续吧。"

中村不再那么想挠了。他的家伙在裤子里肿胀起来。一种有力量的愉悦感觉。福原转身要离开，中村叫他的名字。

"你是工程师，"中村说，"你知道，你必须把每个俘虏都看作是为天皇服务的机器。"

中村感觉麻黄碱使他的五官感觉敏锐起来，在先前感觉软弱的地方给他力量，在那么经常被怀疑侵扰的地方给他确信不疑。麻黄碱消除恐惧，使他跟他采取的行动之间保持一个必需的距离，使他头脑敏捷，精力旺盛。

"如果这些机器卡壳儿，"中村说，"如果只有不停施加强力才能迫使他们做工——那么就使用这种强力。"

他意识到，扁虱终于不咬了。

9

那个人像一个巨大的虚无的轮廓一样走过来，像个影子——朝向这虚无的轮廓，多里戈·埃文斯伸出手来打招呼。

"你一定是基思叔叔。"

在正午太阳光热满盈的强力下，他庞大的身躯挡住了光，头被阿库巴牌宽边帽投射的沥青色阴影遮住,外表看上去不会超过四十岁,有点儿让人感觉受到威胁,那气派像一根摇摇晃晃的电话线杆子。但没有什么是看上去的那样,一切都像透过一扇老旧的玻璃窗户看到的,在热浪中弯曲,变成弓形,抖动着——沥青铺的道路和水泥人行道,瓦拉达尔的操场,装着锡皮导水管的活动营房,一切都泛着波纹,多里戈·埃文斯在营房前等候。

进到他叔叔的车里——一辆新型福特蓬式轿车——多里戈·埃文斯能看到基思叔叔块头真大,脸更像一个五十岁的人。跟他一起的是一只非常小的狗,他称作"碧翠丝小姐"的杰克罗素梗,它的存在似乎就为了彰显基思·马尔瓦尼的庞大——他的宽背、粗大腿和大脚,在那双脚后面,喘个不停的狗像一只刚落地的岩羚羊。

抽烟太热,但他照样抽烟斗。烟扩散成奇怪的微笑环绕着他,多里戈晚些时候意识到,这笑容被固定住了,决定要发现世界的欢乐,即使生活展示的全都被证明与此相反。这些或许都会让多里戈感到胆怯——要不是基思嗓音偏高,使多里戈想起一个十几岁男孩的声音。像难以忍受的阿德莱德的炎热,这声音没完没了。在多里戈·埃文斯眼里变得一目了然的是,基思·马尔瓦尼的世界只属于他一个人,自足又自闭,围绕三个太阳转:他的酒店、他在当地理事会中的会员席位、他太太。

在开往海滩的路上,他对酒店经营诉苦不已,这让多里戈感到,正是那些热爱他们事业的人对他们的激情发出的悲叹最多。"开电动车的男人"——说这个词时他会发出嘶嘶的齿音——对他起到了成也萧何、败也萧何的作用。"'开电动车的女人',她们不依不饶地抱怨卫生间和酒店饭菜,一天闹出一个八十个人的晚会,全指望有吃的,但下周末,如果你能卖掉两个半便士的阿富汗饼干都算运气。总在抱怨,'开电动车的女人',向她们的车协和最该死的车协俱乐部抱怨卫生间状况和脏肥皂。总在抱怨,让人恼火,这群开车的人。唯一比这还糟的是旅行推销员。老天,现在一个旅行中的人想订房间当办公室用,来分发无聊和阿司匹林,但我怀疑这里面有跟性有关的猫腻。"

"跟性有关?"

"你明白的,跟女人的身体、生孩子、不生孩子这类事有关,法国情书和英国宣传自由思想的小册子,你知道什么鼓点敲得急。"

"我知道。"他外甥说,口气不太确定,刚好使他叔叔觉得需要澄清康沃尔国王酒店不是谁进去都会犯道德错误的漩涡,无论别人认为它或许是什么。

"怎么说呢,我的思想很开通,多里戈,"基思·马尔瓦尼继续说,"但我不希望康沃尔国王酒店通过墨尔本《真实》杂志和阿德莱德法庭变得广为人知,把它说成阿德莱德独此一家的情人幽会的地方。我不是装正经的人,我不像那些美国酒店,坚持如果有一个不是客人妻子的女人在房里,他们必须开着门。"

"你知道吗,"他突然说——通奸和旅店住宿的话题让他兴致勃勃——"在美国,你有可能被人在门上贴一封信广而告之,信上说,'致与此信可能相关的人,某先生在房内招待一位不是他妻子的女士,被要求离开位于某地的某某旅馆。'你能想象得出来吗?我是说,他们允许人在房间里会面,又威胁讹诈说要发表这样的信件。管理酒店好像斯大林管理苏联的方式。"

他停不下嘴,又讲起多里戈的家里人,但汤姆写给他圣诞卡片上的消息非常少,他从中收集到的消息大多过时了,"碧翠丝小姐"撕咬急速气流,差点儿掉到车窗外去,这才把他们从尴尬中解救出来——他刚知道多里戈的妈妈已经过世。他在车里把身体向前靠,像一根被强风刮倒的树干,全身趴在方向盘上,大手在方向盘上不停地动来动去,好像它是算命人的水晶球,而他永远都在阿德莱德又长、又直、又平坦的路上在寻找什么,一个也许会帮助他活下去的幻象。

但路上几乎没有别的车辆,除了那笔直、那平坦、那升起来变成各种怪状的热浪,什么也没有。基思不停地讲话,好像害怕沉默也许包含着什么,或者,多里戈也许会问出什么,他向多里戈提问,马上自己回答。当地理事会正在进行对市长提议引进下水系统的争论,他的谈话经常回到这个话题。最后,多里戈盯着窗外,把汗湿的手在微风中摆动——基思还在说,对他缺乏兴趣的表现浑然不觉,问着他马上自己回答的问题,每次回答都以微笑结束,那微笑似乎不会接受对方对他的回答有异议。像适时插进的黑管独奏,艾米有规律地被重复提到。

"一个现代女人。非常现代。有工作,参加社会活动。她干得棒极了。可是这战争。现在什么都不同了。让什么都解体了,这战争。战前你根本看不到这种事。你说呢?"

"嗯——"

"是,我想你看不到。不光伦敦遭到大轰炸。不是的。一年前是丑闻的事现在没人会再当一回事。我很现代。但我会非常感激——如果有家里人来保证跟她来往的是体面人。"

尽管笑容凝定在脸上,他看上去还是心酸得要命。

"最近有个晚上,她跟一个红头发、叫蒂皮的女人在一起。我受不了她。"

"蒂皮?"

"蒂皮,是——你认识她?"

"嗯——"

"我问你?这名字该给一只虎皮鹦鹉。我有一个该死的市政会议要参加,今晚上不得不去。在高乐,开车得几小时。今天晚上。真抱歉不能陪你。没料到的——市长需要我去做大家的代表。为什么?"

"我想该是——"

"我根本不知道为什么。反正艾米会照看你。坦白说,有你照看艾米,我很高兴。你不在意吧?"

回答不着边,也不重要,多里戈终于放弃尝试了。

"无论怎样,我担保你能休息,"基思·马尔瓦尼说,"很舒服的床,不是部队那种安在墙上、像架子的窄床。"

在"康沃尔国王",基思带多里戈去四楼的一个房间。堂皇的楼梯上铺着磨损得露线了的窄地毯,他们向上走,遇到正下来的艾米,她拿着一袋子脏的床单、桌布之类的东西。多里戈猛地感到一阵从未有过的欢乐,这在当下情境很不合适,也无法否认。她瞥了她丈夫一眼,在这眼神中,多里戈窥见一个通常情况下他们不为人所见的亲密组成的复杂交织的困境——分享的睡眠、气味、声音、很多习惯,让人既感到亲爱,又觉得困惑,快感和悲哀,大大小小的——平常的灰泥最终把两样东西变成了一个。

她的头发在脑后向上梳起,扎成一个马尾,在从天井射入的光中呈金红色。他被介绍给她,他们之间的共谋关系在什么共谋的事都没发生前就成立了。一瞥之间,他看见她的脸出奇地容光焕发,一缕松下来的头发像一条鲑鱼歇落在右耳前边,他知道他们无言地达成了一致——对在书店发生的事情只字不提。

"是这样,艾米,"基思说,"我希望你给客人安排一些有意思的事。"

她耸耸肩,他意识到她的乳房在蓝玉米色的女衫里轻微耸动。

"你喜欢费雯丽吗?"艾米问,"市里在放费雯丽主演的新片子,叫《魂断蓝桥》。你想去——"

"我看过了。"多里戈说,他根本没看,他突然想他是一个多么不地道的男人,他脑子嗡嗡响。他怕跟她在一起?他想要证明他有控制她的力量?

"太可惜了,"基思说,"但我肯定市里不只在放这一个片子。"

多里戈不再懂得他自己,也不明白他为什么说出这类话。但他说了,接着——同样让他始料未及——他听见自己说:

"但我很想再看一遍。"

艾米又耸耸肩,多里戈·埃文斯强制自己把眼睛从她身上移开,看着下面的楼梯,直到她在下层楼梯上重新进入他的视线,她把手展开,手指在涂清漆的楼梯扶手上一溜儿滑下去。他关注的眼光随着她随机跃动的马尾——她不停步地走下去,走到虚空中去。

10

多里戈·埃文斯期待了许多那晚要发生的事,但没想到会被带到辛德利街附近一家夜总会。她说如果他已经看了电影,再看电影他会知道接下来要演什么,这会毁了所有乐趣。他穿军服,她穿带东方色彩的杏黄色衬衣和宽大有垂感的丝绸裤子,有一种流质感。在他眼中,她的身体轮廓那么明晰又强韧,但动起来时,像在滑翔一样。

"关键在于完全不知道,"艾米说,"你不这么想?"

他没有思考,他不知道。夜总会是一个很大的房间,灯光很暗,防空袭的窗帘全挂起来,到处是阴影和制服。多里戈注意到一种面粉发酵似的气味,那种春草微醺的气息。他们喝马丁尼鸡尾酒,一个摇摆乐队在演奏。空气中弥漫着一种奇异的兴奋。过了一段时间,房内灯被拧暗,每个乐队成员点亮放在乐谱架上的蜡烛,侍者点亮客人桌上的蜡烛。

"为什么点蜡烛?"多里戈问。

"你会明白的。"艾米说。

她谈论她自己。她二十四岁,小他三岁。几年前她从悉尼搬来,她在那儿的百货商店工作,在"康沃尔国王"当吧女,后来认识了基思。他对她说到艾拉,他说的每个词听上去都是对他的真实感受的反击防卫,又是对真实存在的他的全盘背叛。接着,他把这感觉从脑中驱逐了。

多里戈告诉自己,他和艾米之间的分界无可置疑。他们之间是友谊,一边被她丈夫、他叔叔这根巨柱撑起,另一边被他和艾拉眼看要举行的订婚礼撑起。其中有一种他觉得很牢固的安全感,使他跟艾米在一起很放松,或许比在没有这种安全感的情形下更放松。

跟她在一起,他感觉有种说不清的快乐,他已经不记得自己多久没有如此快乐过了。烛光的阴影在一张脸上跃动,他看着,这张脸让他越来越好奇。第一次在书店见到她,给他留下如此深刻印象的不是她的脸,这太奇怪了。但现在,他不能想象出比她更美的女人。他喜欢挨近艾米的感觉,甚至喜欢别的男人嫉妒、垂涎地望着她——与事实如此相左,她看着像是属于他。当然,他对自己说,她不属于他,但这种感觉并不让他不舒服。他觉得虚荣心得到满足了。

他们最后跟几个海军军官交谈了会儿,军官们后来漂移到桌子顶那头,加入了别的谈话,留下这对人单独待着。艾米倾身过来,把手放在他手上。他向下看,不确定这意味着什么。他感到极不舒服。但没把手拿开。

"这什么意思?"多里戈问。

他看到她也在看他们的手。

"什么意思也没有。"她说。

她的触摸使他极受震动,使他动弹不得,在噪声、烟雾、躁动中，他清醒意识到的只有这触摸。宇宙和世界，他的生活和他的身体，全都消失，只剩下这个使他触电般的触点。他跟她一起盯着他们的手。然而，他想这什么意思也没有，因为它必须什么意思也没有。她的手盖住他的。他的手在她手里面。期待任何别的都是误解。到了明天，他将又是她的侄子，很快会订婚，她是他叔叔的妻子。然而，这触摸必定有些意义，他情急地希望——

"什么意思也没有？"他听到自己重复说。

他尽量想放松，但他无法消除她的触摸带给他的兴奋。她用食指摸他手背。

"我属于基思。"她说。

她继续心不在焉地向下盯着他的手。

"是。"他说。

但她没有真的在听。她在看她的食指，指头投下长长的阴影，他用心看她，知道她没有真的在听。

"是。"他说。

他感受她的触摸，通透他整个身体，他意识不到任何其他。

"而你，"她说，"你是我的。"

他抬起眼睛，吓了一跳。她第二次在他毫无准备的情况下让他极受震动。他第二次感到他未曾经历过的紧张焦虑，因为他不情愿地意识到她不是在愚弄他，在她与众不同的坦率直接里，她是真心诚意的。这意味着什么让他感到恐怖。但她还在看她那根手指，看他们的手——在他们未喝干的酒杯之间——看她用手指在他手背上画的圈。

"你说什么？"

直到这时，她才抬起眼睛。

"我的意思是，"她说，"我的意思是你是艾拉的。但今晚，今晚你是我的。"

她轻声笑了,好像这一切都不意味着什么。

"当我是一个伴儿。"

她抬起手,挥到耳后——一个不接受他说法的手势。

"你知道我是什么意思。"

但他不知道。他压根儿什么都不知道。他感到既兴奋,又害怕,她的话没任何意义,她的话意味着一切。她闪烁其词。他不知所措。

桌上的蜡烛被侍者熄灭,乐队开始演奏《友谊地久天长》,为摇摆华尔兹伴乐。这是取自聚首又分离的记忆,志同道合的人形成圈子,结果被拆散。每演奏到几行结尾,又一个演奏者会伸出手,把身前的蜡烛摁灭。

多里戈看到自己在和艾米跳舞,脚下的地板慢慢隐没到黑暗中,不知怎的,她把头歇在他肩上了。她的身体好像在鼓励他投入一种分享的柔韧摇摆中去。当他的身体小心翼翼融入她的,他又对自己说,这根本不算什么,这什么意义也没有,这不会导致任何事情发生。

"你在嘟囔什么?"她问。

"什么也没有。"他低声说。

他们转着圈,身体从歇靠在对方身上体验到一种奇异的宁静,也是最强烈的期盼和紧张。他能感觉到她的呼吸,像最轻柔的微风滑过他脖子。

最后一支蜡烛被摁灭,房里浓黑一片,窗帘突然从窗户上落下,人们在惊叹中猛吸一口气——一轮满月的光投射进房里。眼下华尔兹旋转接近尾声,他懂得了这整个安排是一种对未来异样的怀旧感,每个人都怕这未来永远不会属于他或她,感觉明天要发生什么已被提前告知,而只有今晚能有变化。

在水银般的光和墨蓝色阴影里,一对对人慢慢分开,鼓起掌来。

有一会儿,他们看着彼此,他知道,如果他吻她,她不会反对,他只需稍稍俯身向前,进到她的影子里,就会万劫不复。但他记着他们是谁,他没吻她,而是问她想不想再喝点儿什么。

"带我回家。"她说。

11

回到酒店,她把他带到她跟基思住的那些房间。他在一把锈红色扶手椅上坐下。他能闻到基思粘在椅背上的发蜡和留在织锦的室内铺陈上烟草的气味。艾米打开留声机,放上一张想让他听的唱片,放上唱针,坐到多里戈坐的椅子的扶手上。钢琴短促、滑行般的声音,萨克斯管与海边微风一道舒缓地荡漾,风让蕾丝窗帘泛起涟漪,一个嗓音唱起来。

> 隔壁公寓里叮咚的钢琴
> 那些吞吐的话语告诉你
> 我的心想要什么
> 游乐场绘彩的秋千
> 这些愚蠢的事
> 让我想起你

"这是莱斯利·哈钦森[①]的歌,"她说,"显然他跟皇室的女士,你知道的,很亲密。"

"很亲密?"

[①] 莱斯利·哈钦森(1900—1969),二十世纪二十至三十年代世界最著名的卡巴莱歌手。

她微微笑起来。

"是,"她非常轻柔地说,一边用眼角看他。"很亲密。"

她又笑起来,从嗓子里发声,他想,他多喜欢这笑声传达给他感觉啊——浑厚炽烈,善解宽容。

歌唱完了。他站起来要走。她把唱片重新放上。他说"再见"。在门边,他探身进来,礼节性地吻她的脸颊,他要退开,她把脸伸过去,紧靠他的脖子。他等她把头挪开。

"你得走了。"他听到她低语,但她还把脸紧靠着他。

留声机的唱针发出喳喳声。

"是。"他说。

他在等,但什么也没发生。

唱针还卡在槽沟里,抓挠出由沙声组成的圆环,投入夜色中。

"是。"他说。

他在等,但她不动。过了一会儿,他用一只胳膊轻轻环住她。她没挣脱。

"很快就走。"他说。

他屏住呼吸,直到感觉她在轻轻挤压他。他没动。

"艾米?"

"哎?"

他没敢搭腔。他呼出一口气,蹭着脚以便更好地保持身体平衡。他不知道说什么,他担心无论说什么都可能打破这种复合状态——亟需用心维护,由各种可变因素组成。他让手落下去,合在她的腰上,他想她也许会把它扒到一边。但她没有,而是低声说:

"Amie。在法语里是朋友的意思。"

他另一只手摸到她臀部美妙的曲线。

"这是我妈妈,"她说,"在我小时候教我的。"

她也没把那只手扒开。

"艾米，爱蜜，爱慕，她过去这么叫我。艾米，朋友，爱情。"

"一个肯定会赢的三连胜式赌马序数。"多里戈说。

她抬起嘴唇，吻到他颈上。他的皮肤上能感觉到她的呼吸。他能用阴茎感觉她，现在勃起了，他意识到她肯定能感觉到他，觉得很尴尬。他不敢向任何方向动一下，唯恐打破这魔怔似的状态。这意味着什么，他该做什么，他不知道。他不敢吻她。

12

多里戈感觉一只温暖的手轻悄地爬摸上他的腿，他猛挣几下醒了。好一会儿他才意识到是清晨的阳光正在房间里挪移经过。他在门下发现艾米的一张纸条，上面说她要忙酒店生意直到下午三点——中饭有一个婚礼招待会——因此，她不能跟他道别。

他用毛巾裹住身体，走出房间，来到深长的廊道里，点上烟，坐下，通过那些维多利亚式拱门望出去，望到恒动开阔的南印度洋在眼前泛着涟漪。

什么都没发生过，她说——在他离开房间时。她是这么说的。他们彼此拥抱了，然而，她说那什么也不是。对他，那又能是什么？除了拥抱，什么也没发生。这大多是真的。在书店，什么也没发生。拥抱？人们在葬礼上做的比这要多。

"艾米，爱蜜，爱慕。"他用让人听不到的声音低低地说。

什么都没发生过，然而，每件事都变了。

他在沉落。

他听到海浪击打的声音，沙漏中的沙和他在沉落。一阵轻柔的微风从清晨长长的影子中刮起，他还在沉落。他沉落又沉落，这感觉是一种广阔的自由。就像她一样——不可知，让人理不清头绪。他只知道这些。他不知道它会在哪里结束。

他站起身，兴奋着，困惑着，决心已定。然后，把烟甩掉，走进房间去穿衣服。什么都没发生过，然而，他知道有些事情开始了。

13

他回到军营，回到由秩序和纪律组成的生活。但这生活对他不再具有任何实质意义。一点都不真实。人们来了，他们谈话，说起很多事，但没有一件让他感兴趣。他们谈希特勒、斯大林、北非大轰炸。没有一个谈到艾米。他们谈军需供给、战术战略、地图、时间表、士气、墨索里尼、丘吉尔、希姆莱。他真想大声喊："艾米！爱蜜！爱慕！"他想拎起他们的后脖颈，告诉他们发生了什么，告诉他们他多么渴望她，告诉他们她如何影响他的感受。

但尽管很想让每个人都听他说，他也不能承担哪怕让一个人知道的风险。他们的谈话索然寡味，他们对艾米，以及她对他和他对她怀有的激情一无所知，这是他针对他可能言行不慎而采用的防护措施。哪天他们把话题转到他和艾米，他们不为人知的激情就会变成影响众人的灾难性事件。

他看书。没有一本想读的书。他在书页里找艾米。她不在那儿。他去晚会。晚会让他觉得无聊。他在街上走，盯着陌生人的脸。艾米不在那儿。这世界，它无穷尽的、令人惊叹的整体特质让他觉得无聊。他在他生活的每个空间寻找艾米。但他哪儿都找不到艾米。他想到艾米是跟他叔叔结婚了，他的激情是一种疯狂，没有未来，无论它是什么，都必须终结，他一定得把它扼杀掉。他对自己理性地说，因为对他自己的感情他无计可施，他一定得避免付诸行动。如果不见她，他不可能做错任何事。就这样，他决定再也不去看艾米。

等到下次休假——一个为期六天的假期——他没回他叔叔的酒店，而是连夜坐火车到墨尔本，在那儿，他把所有的钱都用来跟艾拉出游和给她买礼物，想在艾拉身上释然忘怀，尽力驱除占据他身心的魔障——有关他和艾米不寻常会面的全部记忆。艾拉——会用她的方式——渴慕地观察他的脸、他的眼睛，他能看出她正尽全力要在他的脸和他的眼睛里找到跟她同样的饥渴，他的内心越来越担忧，有时近乎恐惧。在多里戈·埃文斯眼中，她原先美丽、带异域风情的脸现在枯燥乏味得超乎想象。她的黑眼睛——刚开始他认为极具魅惑力——现在看是容易轻信，信赖的眼神甚至让他觉得像奶牛，尽管他尽力不去这么想，又因为想这么多而特别厌恶自己。就因为这个，他怀着重生的决心投入她的怀抱，投入跟她的谈话，投入她害怕的事、她讲的笑话和故事里去，他盼望这亲密会最终遮蔽他对艾米·马尔瓦尼的记忆。

在休假的最后一晚，他们到她父亲的俱乐部里吃晚饭。在那儿，他们碰到一个澳大利亚皇家空军少校，他的笑话和故事让艾拉欢笑不止。少校宣布他要到附近的夜总会去，艾拉恳求多里戈跟他一起去，因为"他好玩得要命"。多里戈体验到一种他不熟悉的情绪——不是嫉妒，也不是感激，而是两者难以分解的混合。

"我非常喜欢跟人在一起。"艾拉说。

多里戈想，我跟越多的人在一起，越感到我是独自一人。

14

现在，一天开始了，俘虏们还没醒来，大部分看守和工程师还没起床，连太阳都还要几小时才出来，中村大跨步、蹚着泥走着,呼吸着湿漉漉的夜晚的空气,噩梦消散,甲基苯丙胺像旋转内燃机的手动杠杆,使他的心智情感运作起来,他感到一种愉悦的期待。这一天,这营地,这世界属于他,由他来塑形。他找到幸田上校——跟福原说的一样,他在没人的食堂里,正坐在竹制板凳桌前吃罐装鱼。

上校体格魁梧,和澳大利亚人差不多的体型掩饰了他的脸,在中村眼中,这脸像鲨鱼鳍,正从鼻子两边塌下去,掉落开,激起的细纹在起皱的两颊延展开来。

幸田无心闲谈,直入主题,说交通问题一旦得到解决,他就要尽快离开。从一个斜挎在肩上潮乎乎的皮袋里,上校取出用打字机打的、一页纸的军令和几页技术图纸——很潮湿,中村读的时候,它们都贴着卷在手指上。这些军令之复杂程度不超过它们受中村欢迎的程度。

第一项军令是技术性的:虽然最主要的道面切割已经部分完成,但是铁路指挥小组改变了中村最初的计划。他们要求把切割面积增大三分之一,以解决下个环节建设中的坡度问题。增加的部分将有三千立方米岩石要切割下来,搬运走。

友川在给他们俩倒用发酵茶叶泡的茶,中村俯下身,把绑腿上的带子重新系上。要把丛林清除掉,他们没有足够的锯子或斧头。俘虏用锤子、凿子手工切割岩层。他连正儿八经的凿子都没得给俘虏用,当它们真变得很钝了,又没有足够的碳质碎屑供他们冶炼,把它们重新磨得锋利。中村坐直了。

"带压缩器的钻孔机会很有用。"他说。

幸田上校摸着在塌陷下去的脸颊。

"机械?"

他让这个词悬在空中,让中村自己在脑子里终结它,中村会认识到不会有机械,并接受这个事实,他会为请求发给机械而感到羞耻,他会觉得被嘲弄了。中村低下头。幸田又说话了。

"什么都没有多余的。这无法避免。"

中村知道,提机械是他失策了,然而,幸田好像很理解他,他很感激。他读第二项军令。铁路修造完成的期限从十二月提前到十月。中村被绝望压倒了。任务不可能完成了。

"我知道你能使它成为可能。"幸田上校说。

"现在不再是四月份。"中村说——总部批准最终计划是在四月份,他希望这句话会被理解成对这个时间的委婉指涉。"现在是八月份。"

幸田上校盯着中村的眼睛。

"我们会加倍努力。"被压服的中村终于说。

"我不能向你撒谎,"幸田上校说,"切割面积增加三分之一,我非常怀疑机械或工具会相应增加。也许会有更多苦力。但我也说不准。我们有二十五万苦力和六万俘虏在为这条铁路工作。我知道英国人和澳大利亚人很懒。我知道他们叫苦连天,说太累、太饿,不能工作。他们铲一小锹就歇一会儿,砸一锤子就暂停。他们抱怨像挨耳光这样不算事的事。如果日本士兵玩忽职守,他会挨揍。懦夫为什么不该被扇耳光?送到这儿来的缅甸和中国苦力不是不断逃跑,就是老在死去。值得庆幸的是泰米尔人回马来亚太远,没法逃,但现在他们到处死人——因为霍乱——甚至加上现在到这儿的几千人都还人手不够。我不知道。这全都无法避免。"

中村重新又读用打字机打的信。第三项军令是要从营里挑出来一百名俘虏——为了三亭关附近一个营的修建工作,三亭关在以北一百五十公里的缅甸边界上。

我省不出一百名俘虏,中村想。我需要再多一千名俘虏才能在给我的时限内完成路段,而不是失去更多。他抬眼看幸田上校。

"这一百名俘虏要步行到那儿去?"

"在季风雨季没别的办法。这也无法避免。"

中村知道,很多人会在途中死去。或许大部分人会死。但铁路要求必须如此,天皇下令铁路必须建成,要建成铁路就得用这种方式,这是已经定了的。他能理解,从现实角度看——一个由梦想和噩梦组成的现实,每天他都不得不生活其中——要建成铁路,没有任何其他途径。尽管如此,他坚持己见。

"请理解我,"中村说,"我的问题很实际,没有工具,劳力每天在减少,我怎么建铁路?"

"即使多数人都精疲力竭死了,你也要完成这项工作。"幸田上校耸耸肩膀说,"即使全死了也要完成。"

这样浪掷人命也是因为没有其他办法实现天皇意愿,这一点中村能领会。说到底,战俘是什么?算不上人,只是用于修造铁路的材料,像柚木、枕木、铁轨、钩头道钉。如果他——一个日本军官——不自杀而让自己被俘获,最终回到故乡,他一样会被处决。

"直到两月前,我还在新几内亚,"幸田上校说,"布干维尔岛。天堂是爪哇,他们说,地狱是缅甸,但没人从新几内亚回来过。"

上校微微笑了,脸上松弛、坍陷的部位在起伏,让中村想起辟成梯田的山坡。

"我证明老兵的说法不总是真实的。但那儿非常严酷。美国人的空中势力令人难以置信。我们日复一日受到他们洛克希德闪电式战斗机的狂轰滥炸。白天夜晚,被轰炸,被俯冲扫射。我们会分发到一周配给,但指望我们战斗一个月。只要战区有盐和火柴,我们就能应对任何情况。但我告诉你吧,美国人和澳大利亚人怎样?他们只能吹嘘他们的物力、机器、技术。等着瞧!我们的战争会把他们全消灭。在那儿，我们的每个军官和战士都强烈希望杀死每个美国人和英国人，我们会赢，因为他们的精神垮掉了，我们会隐忍坚持。"

上校讲话时，他梯田似的脸在中村眼中蕴涵了日本那么多古老智慧，那么多中村在祖国、在自己生活中经历过的好的和最优秀的东西。就中村理解，上校在柔声告诉他，无论什么逆境，无论多么缺乏工具和人力，中村或许都必须承受，他会隐忍坚持，铁路会建成，日本会赢得这场战争，这一切全归功于大和魂。

但那种魂是什么，它到底意味着什么，中村觉得很难诉诸言辞。对他而言，比起多刺的竹子和柚树，比起每天工作都要打交道的雨水、淤泥、岩石、枕木、铁轨，它是一种更实在、更真实的力量。经由某种方式，它成了他的本质，然而它是无法诉诸言辞的实体。想要解释他的当下感受，他发现自己在讲一个故事。

"昨晚，我跟一个澳大利亚医生谈话，"他说，"这个医生想知道日本为什么发动这场战争。我向他解释'普天之下皆兄弟'是给我们指引方向的崇高理想。我提到我们的格言——八竑一宇①。但我不认为他听懂了，所以我说，简而言之，现在亚洲是亚洲人的，日本是亚洲国家集团的领袖。我告诉他，我们在把亚洲从欧洲殖民统治下解放。要让他明白很难。他不停地讲自由。"

实际上，中村根本不知道澳大利亚人在不停地讲什么。听清楚了他讲的每字每句，但句子的意思没道理。

"自由？"幸田上校说。

他们笑起来。

"自由。"中村说，他们又都笑了。

中村自己的想法是一片不为人知的丛林地带，或许也不为他自

---

① 日本对外扩张的口号。

己所知,他不在意自己有什么想法。他在意自己要信心十足,毫不犹疑。对他病态的头脑,幸田的话像麻黄碱。中村在意铁路、荣誉、天皇、日本,所以他认为自己是好军官,值得尊敬。但他还是努力想理清脑中的一团乱麻。

"我记得早些时候,俘虏还举行音乐会,有一天晚上,我在看。丛林,竹火,俘虏在唱他们的歌,《跳华尔兹的玛迪达》。那情境让我很伤感,甚至很同情他们。要不被感动很难。"

"但这条铁路,"幸田上校说,"是跟缅甸前线同样重要的战场,或者还更重要。"

"的确如此,"中村说,"没人能说清人性跟非人性行为有什么区别。没人能指点说这儿这个人是人,那儿那个人是鬼。"

"是这样,"幸田上校说,"这是战争,战争在人性和非人性的区分之外。这条暹罗通缅甸的铁路为的是军事目的,但这还不是那个更宏大的构想——让这条铁路成为我们这个世纪宏伟的划时代工程。没有欧洲人的机械,在被看作超乎寻常的时限内,我们要建成欧洲人说用很多年都没法建成的工程。这条铁路是一个重要时刻,我们和我们的思想观点成了世界进步的新驱动力。"

他们又喝了一些用发酵茶叶泡的茶,幸田上校对不在前线、不能为天皇献身很伤感。他们诅咒丛林、雨水、暹罗。中村讲到总得把澳大利亚人赶去工作多费劲,讲到如果他们对命运赋予他们的伟大角色稍微多一些肯定态度,他就用不着这么毫无怜悯心地驱赶他们。这么严苛不是他的本性。但面对澳大利亚人的毫不妥协,他不得不这么做。

"他们没有魂,"幸田上校说,"这是我在新几内亚看到的。你向他们发起冲锋,他们像蟑螂一样四散逃跑。"

"如果他们有魂,"中村说,"他们就会选择死,而不是当俘虏的奇耻大辱。"

"记得刚到伪满洲国,我刚出军官学校,"幸田上校说,他把一只手握紧,像握一只把柄或者抓手。"一名二等中尉,年轻没经验。五年前。像是很久以前。我们必须从事特殊野战训练,为战斗做好准备。有一天,我们被带到一所监狱,进行勇气试炼。那些中国囚犯几天没给东西吃,骨瘦如柴。他们被绑起来,被蒙住眼睛,被强迫跪在大坑前面。当值的中尉把剑从剑鞘中拔出,用手从桶里舀一些水,把水泼在剑身两面。从那时起,我总记得水从剑上滴下的情景。"

"专心看,"他说,"就这样把头砍下来。"

15

接下来那个星期六的下午,炎热变得难以忍受。安排好午餐座次,确定晚餐事宜全准备好了,艾米·马尔瓦尼决定换衣服去游泳。"康沃尔国王"前面那条路对面的沙滩上,远近蔓延着一大群人,她沿沙滩走,听浪声和海鸟尖叫,戴着草帽,穿着蓝短裤和白色麻纱女衫,她知道男人女人都在盯着她看。

这些漫长的夏日热得令人难以置信,刺激官能的夜晚,气闷的卧室和基思的声音、气味,艾米的身心被说不清道不明的躁动不安充满了。她充满渴望。离开这儿,成为另一个人,到别的地方去,开始搬迁,永不停下。但她最内在的部分越是尖叫着要动起来,她越意识到她被冻结在一个地方、一种生活中了。艾米·马尔瓦尼想过一千种生活,没有一种像她现在拥有的这种生活。

有时她借这场战争之机和基思好说话的天性,逃开一晚上去其他地方。有几次小小的冒险——有一次,跳了一晚上舞,一个澳大利亚皇家空军军官把她压到墙上，但他只狂吻、抓摸她几下而已，这让她如释重负，又感觉稍许失望。她跟一个旅行推销员上了床，他有时出现在酒店后面的酒吧里，有天晚上，她跟他在镇上电影院外头碰面。这件事让她极不舒服，一旦开始，她觉得只能走完全程，以此来结束。跟基思相比，他身体年轻强壮，精力充沛，殷勤周到——在这方面做得太过了。等到跟他裸身躺在床上，她很震惊：她受不了他的触摸、气味、肉体。她想当下化为乌有。

事后，她吐了，一阵如此可怕的空虚，使她痛下决心不能让这种事再发生，这决心帮她尽量化解了负罪感。她推论也许在以最古怪的方式，这次不忠确保她以后对基思忠实。她对基思的爱——就其目前状况而言——仍然是爱情：她还关心他，还能被他逗乐，还感激他的温存和非常多的让她觉得慷慨温暖的小动作。在有些方面，那灾难性一晚过后的几个月是他们经历的最好时光。然而，即使沉酣一觉醒来，内心平静，基思正把一杯茶给她端到床边，艾米·马尔瓦尼还是想要别的、跟这不一样的东西，但她说不出她想要什么。啜着茶，望着基思的宽背滞重地消失在门外，她不禁怀疑这种渴望是什么——蚕食着她的胃，让她有时无法自控地颤抖——她恐怕那看不见、未命名的炽烈渴望或许是生命的本质。

去年大致这么度过。她卖弄风情，但方式谨慎，她跟她也许不该做朋友的人做朋友，但同样以一种在她和别人看来即使不完全妥当也不是不妥当的方式。她决定任何相识都不能导致不轨之举，所以她获得了一种前所未有的解放的感觉，甚至一种安全感，她觉得更有勇气了，有时会对男人做出一些举动或说一些话——像她在书店里对那个高个子医生那样。但她又想，也许说到底，她的表现没什么不妥，因为在某种基础层面上，她对他们中的哪一个都不爱，她还是爱基思。她觉得找到了一种平衡，这会使她对基思的爱更经受得起考验，但她不明白，为什么在书店里朝高个子医生走去时，她要把婚戒从手指上褪下来。

想着这些，艾米意识到，她对高个子医生讲的话原先从没对任何人讲过。她不懂这是为什么，也不懂为什么在夜总会把手放在他手上。她也不懂为什么在他要离开房间时留住他。她确实下决心不再做傻事。她想说服自己跟他做过的事已经结束。但在心里，她害怕其他事情，她尽力不将自己的恐惧诉诸语言，甚至让自己想都不要想。

把毛巾甩在炫目的沙子上，把草帽甩到毛巾上，从衣服里滑脱出来，她感觉她的青春和身体是力量。尽管没什么意义，也无足轻重，但艾米知道，即便说时间非常之短，她也在某种意义上与众不同和举足轻重过。她跑到水里。跟许多其他女人不同，艾米·马尔瓦尼不是滞留在齐膝深的水里，而是把自己甩到浪头下面——在它迎头砸来的瞬间。等她重新冲浮上来，尝着盐味，天空灿烂，让人难以承受，她的困惑全消散了，代之而来的是一种她未曾体验过的身心感受——她浮上来，进到某个她生活中原先没有的核心里。有一会儿，一切都处于平衡之中，每件事都各就各位。

艾米漂游着。有一只小游艇，在静水中懒洋洋地待着。她游回来，接近沙滩，看到一个穿老式羊毛浴衣的中年男人，直勾勾地盯着她。他没头发，皮肤像放进烤炉前的禽鸟。他突然把目光飞速转到别处。

她再次经验到那种说不清又挥之不去的感情，但艾米·马尔瓦尼想要什么，她不能说出来。她又几次挥臂，游得更远，好像这海、这太阳、这轻风希望她做些什么，随便什么，除了某一件事。她朝浪潮两头看，看见跟她一排的其他人，那么多，充满期待，充满希望，也在等待下一个浪潮拍过来，盼着乘势向前，到达海岸。在她身后，海水开始水平堆聚起一堵滚动的墙，她注意到沿潮水顶游动着长长一排黄眼睛、银色的鱼。

目力所及，她能看见浪潮表面的鱼都在朝同一方向奋力游动，想从这拍击的浪潮的控制中逃脱。但浪潮无时不把它们掌握在它的势力中，要把它们带到它要去的地方。想改变它们的命运，那亮闪闪、连成链条的鱼什么也做不了。艾米觉出自己正重新升上来，到达潮水突起处，在期盼和兴奋中，她浑身收紧，不知道她会不会成功赶上它，以及如果赶上了，她和这些鱼可能会被带去何方。

16

幸田上校把紧握的手松开，接着说——

"他叉开腿，举起剑，随着一声吼，用力向下一挥。人头像是跳开去的。血还在射出来，形成两股喷泉，我们就必须跟上。想呼吸很困难。我怕自己会成为其他人的笑柄，我吓坏了。其他人中有几个把头埋在两手里，有一个一剑劈下，偏得太厉害，一半的肺跳出体外。人头还在原处，那中尉不得不收拾这烂摊子。这一切发生的时候，我都在看：恰到好处的一劈怎样，蹩脚的一劈怎样，站在俘虏旁边哪个地方，怎么使俘虏安静不动。现在想起这些，我能认识到，在看的时候，我都在学。不光学怎么砍头。

"等轮到我，我做每件事都那么平静，这让人难以置信，因为我内心吓坏了。但我把父亲送我的剑从剑鞘中拔出，手一点儿都不抖，按照教导官演示的把剑弄湿，也没让剑从手里脱落，我看了一会儿那些水珠一起滚动，慢慢跑开。你无法相信看那些水帮了我多大忙。

"我站在俘虏背后，找到身体平衡，仔细查看他的脖子——皮包骨头，很老，褶子里有脏东西，从那以后，我从没忘记过那脖子还没开始就结束了,我纳闷为什么剑上有些脂肪小颗粒,用他们递给我的纸擦不掉。我只在想——这么一个皮包骨头的人皮包骨头的脖子上哪儿来的脂肪?他的脖子很脏,灰颜色,像你把尿撒上去的尘土。但一旦我把它砍开,颜色那么鲜明生动——红的血,白的骨头,淡红的肉,黄的脂肪。生命!那些颜色是生命本身。

"我想这多容易啊,这颜色多么鲜艳美丽,这么快就结束了,我有些惊呆了。直等到下一个学员迈步向前,我才看见我杀死的俘虏脖子还在搏动,像水泵似的把血抽上来,涌成两股喷泉,跟那中尉杀死的俘虏一样,只不过血的量少一些,等我注意到这,我杀死他一定过了有些时间了。

"我对那个人不再有任何感觉。老实说,我看不起他这么老实巴交接受他的厄运,也很好奇为什么他不抗争。但有谁会跟他不一样?尽管这样,我对他感到愤怒,为他任凭我宰割他。"

中村注意到,幸田用来握剑柄的手不停地握紧又松开,像在排演或做练习。

"我当时感觉,中村少校,"上校接着说,"在我腹内有什么东西,那么宏大,让我好像变成了另一个人。我赢得了什么,这是我当时的感觉。一种宏伟而又叫人害怕的感觉。好像我也死了,现在得到重生了。"

"之前,站在我的兵面前,我担心他们怎么看我。可是之后,只有我看他们的份儿。这足够了。我对什么都不在意,也不再被什么吓着。我就这么看,把他们看透——他们的恐惧,他们的罪孽,他们的谎言——我什么都能看到,什么都知道。你的眼睛是邪魔,有个女人有一天晚上对我说。我不过就看看,这足够让他们害怕。

"但过了一些时候,这种感觉开始消失。我开始觉得脑子很乱,很困惑。那些兵又开始没礼貌,又悄没声儿在背后议论我。但我知道。没人再被我吓住。这像菲洛苯——一旦你吃过,即便让你感觉不舒服,你就是想再吃。

"我可不可以告诉你一件事?那儿总有俘虏。如果几星期过去,我没把谁的头砍掉,我会去找一个不留恋这世界、脖子又让我特喜欢的人。我强迫他给自己挖坟坑……"

听上校讲这可怕的故事,中村能懂得,即便这举动耸人听闻,要使天皇意愿得以实现,也同样舍此之外没有其他途径。

"脖子,"幸田上校继续说,同时转过头,从一扇敞开的门朝被雨水横扫的夜晚望去。"我在人身上真看到的只有这些。脖子。这么想不对,是不是?我不知道对不对。目前我是这样。我见到从前没见过的人,我看他的脖子,我仔细查看——好砍还是难砍。我从人们那儿想要的只有脖子,奋力一劈,那颜色,红白黄。"

"你的脖子,你知道吗,"幸田上校说,"我最先看到。好一个脖子——我能看到剑该落下的最准确位置。美极了的脖子。你的头会飞出一米远。它就该飞出这么远。有时候,脖子太细或太肥,要不就因为怕,他们要么扭动,要么尖叫——这你肯定能想象——你把这件本该精准的事搞砸了,结果出于愤怒,你把他们用乱剑砍死。你的下士,尽管长着像牦牛似的脖子,他的态度,你看见的。我将不得不把注意力全集中在朝下一劈和我的位置上——为了很快杀死他。"

在整个讲话过程中,幸田上校没停下过把手握紧又松开这两个动作——握紧时,他把手抬起,再放下,像为了又要砍头把剑准备到位。

"这不光跟铁路有关,"幸田上校说,"虽然铁路必须建成。也可以说,甚至不光跟这场战争有关,虽然我们必须打赢这场战争。"

"这关系到让欧洲人明白他们不是优等种族。"中村说。

"我们会认识到我们才是。"幸田上校说。

有一会儿,两人都没说话,然后,幸田吟诵道:

> 甚至在京都,
> 当我听到子规鸟的鸣声
> 我渴望京都。

"芭蕉。"中村说。

他们谈了更多,中村很高兴,他发现幸田上校跟他一样热爱日本古典文学。他们变得很伤感——当谈到小林一茶俳句关怀现世的睿智、芜村的恢弘阔大、芭蕉经典俳文的伟大成就——《深入北方的小路》,幸田上校说这本书总结了大和魂的精髓。

他们两个又都沉默了。中村无缘无故地感觉精神大振——他想到在入侵印度时,他们的铁路会使日本胜利在望,他想到"八纮一宇"这个理想有着芭蕉诗歌的优美。当他想向澳大利亚上校解释这些时,它们似乎全都那么混乱,那么缺乏实质,而现在,它们看着那么清晰,一目了然,彼此连成一体,那么善,那么真——跟幸田上校这么一个善且真的人谈话,他这样觉得。

"为铁路。"幸田上校举起茶杯说。

"为日本。"中村也举起茶杯说。

"为天皇!"幸田上校说。

"为芭蕉!"中村说。

"一茶!"

"芜村!"

他们把友川用发酵茶叶泡的茶喝完,放下茶杯。因为他们既非朋友,又非相识,不知道接下来说什么,中村感觉这再次的沉默显示了一种深厚的相互理解。上校打开一个装饰着国民党白日徽记的深蓝色香烟盒，把它伸给他的军官同事。他们点上烟，让自己松弛下来。

他们为对方吟诵更多他们喜爱的俳句。与诗歌本身比较，他们更被自己对诗歌的善感深深打动；与诗歌的精髓比较，他们更被自己理解诗歌时显示的睿智深深打动；深深打动他们的不是他们记得某首诗，而是他们知道这首诗展现了自己和大和魂更崇高的那一面——大和魂很快会每天经由他们修造的铁路一直去到缅甸，大和魂将从缅甸向印度进发，大和魂将从那儿征服世界。

中村想，在这种意义上，大和魂本身就是铁路，铁路就是大和魂，我们深入北方的小路，帮助把芭蕉诗歌的美丽和智慧带给更多人。

他们谈连歌、和歌、俳句，谈缅甸、印度和铁路，两个男人都感觉他们有共同分享的意义和目标，这感觉非常弘大——尽管如果后来说到他们到底分享了什么，他们都会说不出来。幸田上校吟诵又一首冈村的俳句；他们都认为，通过铁路上的工作，他们帮助带给人们的正是这种超凡绝伦的日本资质——如此精确细腻地把生命描绘尽致。这次谈话实际上是一系列相互认同，使他们对各自生活的匮乏和工作的严酷战斗感觉好了许多。

这时中村看了看表。

"请原谅，上校。已经三点五十分了。我必须在早点名前里安排工作人员的时间表，以便完成新的工作量。"

他正要离开，上校把手放在他肩膀上。

"要不是你得走，我能整晚跟你谈诗歌。"这个大个头男人说。

在棚户里的黑暗和虚空中，中村能感觉到幸田上校炽烈的感情——他把一只胳膊环住中村，把鲨鱼鳍样的脸凑近。他闻着有凤尾鱼放久的气味。他的嘴唇张开。

"在另一个世界,"幸田上校开始说,"男人们……男人们爱着。"

他说不下去了。中村把身体拉开。幸田上校站直了,他希望中村误会他的意思。在新几内亚,他们屠宰并吃掉过美国人,还有自己人。他们饿得奄奄一息。他记得那些尸体——剥了皮的大腿骨露出来,像被啃咬过的鸡腿。那些颜色。棕色,绿色,黑色。他记得那没放盐的味道。他想过要让没吃过的人知道,说他们在挨饿,别无选择。说这没事儿。抱住他。然后——

"这无法避免。"中村说。

"是。"幸田上校回答,他向后退一两步,轻巧地打开国民党香烟盒,让中村再抽一支。"当然无法避免。"

少校把烟点上,幸田上校说——

> 即使在满洲国
> 当我看到一个脖子
> 我渴望满洲国

他"啪"的一声合上烟盒,轻声笑着,握紧拳头,转身离开,他诡异的笑声同他一起消失,融入季风雨夜的噪声中。

17

艾米·马尔瓦尼现在动不动就撒谎,她很震惊,对自己这种原先没有的本领,她感到既羞耻又高兴。晚饭桌上,基思开始又一轮对理事会中人事纠葛的激烈批评,她打断他说第二天要跟一个交往很久的女朋友一起度过——她们要开车到一个很远、很僻静的海滩上野餐游泳，所以她要借用那辆福特篷式轿车。

"当然。"基思说，接着马上又开始讲他的——有关新来的理事会文员和他早已过时的对下水系统的想法。

"说点儿实在的事吧！"艾米就要喊起来。但实在的事是什么，它听起来也许会像什么，她说不出来，再说，她根本不想要他关注她。基思越是喋喋不休——说着排水沟、对下水道的迫切需要、现代城市规划的行政法规、为所有人配备的卫生间、国家机制、调节规范和科学管理——她越渴望多里戈·埃文斯的手指在黑暗中的抚摸。

那天夜里，她睡不着。基思醒来两次，问她是不是病了，但没等她回答，他又睡过去了，嘴里嘟囔着，嘴唇下的褶子里是干了的浮沫形成的细盐粒积成的坑洼。

第二天一起床，她画了两次妆才满意，换了几次衣服才决定穿她最先试穿的那一套：黑短裤和一件质地很薄、裁剪得像大围巾的棉衫——这让她看起来很漂亮。接着，她脱下棉衫，换上一件低胸红色女衫，她想象这很像《喋血船长》①中奥莉薇亚·德·哈维兰穿的那一件。但她没有与此相配的裙子。十点过一点儿，在营房外面的哨卡前接上多里戈·埃文斯，她穿着淡蓝色印花裙和奶油色吊带衫——在某种程度上，这裙子不太方便，但她觉得很吸引眼球，她觉得多里戈·埃文斯的微笑、鼻子，以及头发留得稍微比平时长些的样子不是跟埃罗尔·弗林完全没有相同之处。

有多里戈在身边，原先在艾米眼中很乏味、很愚蠢的事马上变得让人欢欣鼓舞，饶有兴味了；所有昨天感觉像一个她希望从中逃脱的牢狱的事——它们越来越让她产生幽闭恐惧——今天感觉像她生活中最奇妙的背景。但她太紧张，不停地无意识地把车停下，这

---

① 美国电影，1935年上映，是一部海盗剑侠片，男主演埃罗尔·弗林因此片赢得了"风流剑侠"的美誉，和他搭档的女演员是奥莉薇亚·德·哈维兰。

样几次之后，终于由多里戈来开车了。

天啦，她想，她多么想要他，她想要他的方式多么不合适，又说不出口。她想她多么可耻，她的心多么邪恶，还有，这世界会惩罚她。但这个想法刚冒头就几乎马上被另一个代替了。我可耻、邪恶的心比世人都勇敢，艾米想。有一会儿，艾米觉得好像世界上没有什么是她不能面对战胜的。尽管知道这是最傻气的念头，但还是使她更兴奋，更有勇气。

福特车性能不太好了，发动机在轰鸣，无论多里戈什么时候用，变速器都发出讨人嫌的咯吱声。在什么都闹哄哄的情况下，她觉得说话不用小心翼翼，她说的话根本不重要，他们在不断漂移意味着一切。

"他是一个好男人，"她说，"那么善良。你不知道的。我的意思是，我爱基思。那么爱。谁又不会呢？一个好人。"

"他是朋友中最好的一个。"多里戈·埃文斯说——并非全然虚伪。

"是，"艾米说，"他是一个好男人。说到那个理事会文员！他对下水系统压根儿什么都不知道。"

她知道她在信口雌黄，她知道她真想对多里戈说的是，基思从没说过一个让她觉得是发自内心的词语。每个词都是一个面具。她很想告诉多里戈，她渴盼基思讲实话，或者只讲一句实话。

但那实话会是什么？艾米心里不知道。艾米·马尔瓦尼不想听类似这种事，比如洗手间、花园城市、出台完善的下水管道规划的必要性，等等。她知道她想要的东西自相矛盾。其实她根本不想让她丈夫说话，她想要多里戈·埃文斯跟她说那么多话，她也想要他什么也别说，以防他打破这魔咒——以防他说这只是一次出游，说她不过是他承担下来的责任，说这责任是过去所发生事情的一部分，还有他离家这么远,他把她当家里人,等等。这种非常态的、矛盾的情感激荡,对这个她没与之结婚的男人怀有的巨大情爱——要表达所有这些,她只是不断讲着那个她与结了婚的男人——

"基思就是基思。"

他们到达通向海滩的小路的起点,多里戈点燃一支烟,但没等他把烟从嘴上拿开,艾米就叫出声来——跨过一排塌得松垮垮的带刺的铁栅栏,她出于尴尬伸手去护裙子和她的尊严,把大腿划破了。她把腿扭着拉出来。一串小血珠慢慢地从大腿内侧冒出来,三颗闪闪亮的红色血珠。

多里戈·埃文斯甩掉烟,蹲下身。

"对不起。"他用正式的语气说,用一根手指轻轻地把淡蓝色裙子的裙边掀上去。他用手帕轻轻蘸伤口,停下来看着。三个血珠又冒出来。

他俯身靠近。握住她另一条腿的小腿来保持身体平衡。他闻得到海的气息。他抬头看她。她在盯着他,眼中是他无法译解的神情。他的脸离她的大腿很近。他听见一只海鸥的尖叫,重又转头看她的腿。

他把嘴唇放到最下端的那个血珠上。

艾米的手伸下来,放在他脑后。

"你在干什么?"她用直截又严厉的语气问。

但她的手指在他头发里梳弄——奇怪、缓慢、试探性的矛盾。他估量她声音里的紧张,她手指触摸的轻悄,她身体的气息正淹没他。唇尖只轻触她的皮肤,非常缓慢地,他把血珠吻掉,在她的大腿上留下一块深红色印记。

她的手还放在他头上,手指在他的头发里。他向她凑近,抬手轻轻覆在她的大腿根部。

"多里戈?"

另外两个血珠越来越大,第一个又开始出现。他在等她表示反对,摇腿,把他推开,甚至踢他,不敢抬头看她。他看着那由血形成的完美三维表面,三朵欲望的茶花在涨大。她的身体是一首诗,比他能背下的要多出一些什么。他吻第二颗血珠。

她的手指在他的头发里绷紧。他用舌头舔掉第三个血珠——在她大腿开始变粗的部位,刚过她裙子投下的阴影的边线。艾米的指尖掐进他的头皮。他又吻她的腿,这次尝着她身上的盐味,他闭上眼,让嘴唇停在她的腿上,闻着她,感受她的体温。

缓慢,不情愿地,他放开她的腿,重新站起身。

18

在接下来的十五分钟里,他们沿一条蔓草丛生的小路到达沙滩,沉默形成一场风暴,需要他们小心谨慎,讲求策略。天气开始热起来,他们在出汗,空荡荡的沙滩和海洋——它的噪声,它的决断,它的孤独——让他们如释重负,两个人都很高兴。他们在跟彼此保持审慎距离的沙丘间分别换好衣服,一起跑着投身大海。

艾米感觉海水把她变得完整而又坚强。一天前看着占据了她生存核心的事被化解成了无足轻重的琐事,被彻底冲刷走了:下周晚餐间的菜谱,为给酒店房间配置新羊毛毯遇到的困难,吧台首席侍者的体味,晚上基思点烟斗、咂巴嘴发出的令人恶心的声音。

在浪潮边界的背后,他们转过来,脸湿漉漉的,眼睛像钻石。在无边无际、水平延展的洋面上,只有他们的脑袋打破了洋面的完整,他们踩着水,专注地看着彼此。她觉出他从她身下游上来,出离水面,擦过她的身体,像一头海豹,像一个男人。

之后，他们在一个沙丘的裂缝间休息，在那儿，海浪碰撞拍击的喧嚣被平定，风在转向。等他们身体干了，热浪又回来了，成了一种让人昏沉的压力。艾米四肢平展着躺下，多里戈跟着也这么做。她让背部吸收热力，把脸埋在头部投下的浓重阴影里。过了一会儿，她挪移身子，在沙上留下沟渠纵横，把头依偎在他的肚子上，随后又点上一支烟。

多里戈把手臂直举向点染着白色斑纹的天空，想着他还从没见过什么能如此完美。他闭上一只眼睛，用另一只眼睛看一根手指触到一朵云的美丽。

"为什么我们记不住云？"他说。

"因为它们什么都不是。"

但它们又是一切，多里戈想，但这想法太至大无极，或者太荒唐，让人把握不住，甚至连对它上心都做不到，他让这想法同那朵云一起从脑子里飘移过去。

时间要么过得很慢，要么过得很快，这很难说，他们滚到一起。

"多瑞？"

多里戈低低哼了一声。

"你知道，跟基思单独一块，我受不了他，为了这个，我恨自己，"她说，"这为什么？"

多里戈·埃文斯没有答案。他用指头把烟蒂弹到一个沙丘那儿。

"因为我想跟你在一起。"她说。

时间消失，一切都停止了。

"这就是为什么。"她说。

无论曾经分开他们的是什么，无论原先抑制他们身体的是什么，现在都不见了。如果地球原先在转动，现在不转了，如果风原先吹着，它停下了。手发现了肉体，肉体，肉体。他用自己的睫毛感受她睫毛匪夷所思的沉重，他吻她内裤松紧带留下的浅浅的玫瑰色沟纹，绕在肚子上像赤道绕着地球。他们正忘我地投入对彼此身前身后的探索，附近传来几声尖厉刺耳的叫声，尾音是一声低沉的哀嚎。

多里戈抬起头。一只硕大的狗站在沙丘顶部。在掺血流下的口水上面，它满是口水的嘴紧咬着一只身体抽动的仙企鹅。他有种奇怪的感受——突然间，艾米变得非常远，他正从空中俯瞰她的裸体。他的感情瞬时改变。就在刚才，艾米的身体让他几乎陶醉——她的香氛、触感、线条，那层覆在她身上可亲的盐末；就在刚才，他感觉艾米似乎成了他自己的又一个面；而现在，她离他很远，从他这儿被带走了。他们对彼此的了解曾经甚于上帝对他们的了解，但只过了一会儿，这种感觉就消失了。

狗向侧边把头低下，企鹅现在软塌塌的身体带着一声闷响落到地上，狗转过身，消失了。但企鹅的哀嚎——诡异而悠长，突兀的终止——还在他脑中响着。

"看我，"他听见艾米对他耳语，"只看我。"

他转回头向下看，现在，艾米的眼睛变了，瞳孔看着像茶托，——他意识到这是迷失在他里面了。他感觉她要拥有他的欲望有一股强势的重心引力，把他重新拉向她，拉进一个不属于他的故事里，虽然眼下他拥有了最近这些天他梦想得到的一切，他却很想尽快摆脱。他害怕失去自己，他的自由，他的未来。就在刚才让他情欲勃发的东西，现在变得好像平淡无奇了，他想逃走。但他没逃，反而闭上眼，当他进入时，从她唇间发出一声呻吟，他没听出那声音是她的。

他们做爱，无所羁束，带着几乎粗暴的炽烈，对彼此身体的陌生被合而为一，成为一体。他忘了那些短促尖锐的叫声，无止境的孤独的恐怖，对模糊未来的惧怕。她的身体为了他再次改变。它不再是欲望或排斥,而成了他的又一组成部分,没有它,他是未完成的。在她的身体中,他感受到最强劲也是他最需要的回馈。没有她,他的生活根本不再是生活。

然而,即使在那时,记忆也在蚕食他们的真实。过后,他只记得他们的身体随浪潮撞击声起伏,被海上微风轻轻扫过,这风也使沙丘顶部泛起褶皱,尘土吞没了他扔掉的香烟的灰烬。

19

几乎不流通的空气在"康沃尔国王"廊道里打哈欠。昏暗的光中有一种疲惫。酒店厨房里有煤气味,但还从没发现过任何泄漏。升起的楼层和装饰繁复的楼梯铺着覆满灰尘的窄地毯,艾米识别出那儿涨落着失望的气味、结球的尘土和干燥的气味,混合着不尽如人意的食物上疲塌塌的油脂气味,旅行推销员和那些女人注定不能曲终奏雅的幽会的气味——对生活感到厌倦,或是情急地想抓住什么,或者两者兼具的女人们。我是那些女人中的一个吗?艾米一边向顶层走,一边问自己。我也是这样的女人吗?

但一旦进到那个位于楼角的房间——现在他们俩都认为属于他们的屋子(但她知道这不是)。在那儿,法国式门扉的合页在磨蚀,生锈的锁嘎吱作响拖开着,朝向大海和楼下路对面永不消逝的光;在那儿,能闻到海的气息,空气好像在舞蹈;在那儿,所有事情好像都是可能的。她安排人给他送来冰块和两瓶啤酒,但她进来时,它们没有打开——尽管房里热得要命。

多里戈·埃文斯指着壁炉架上绿颜色胶木制的钟。尽管分针不知什么时候从钟面上消失了,时针表明在她约定她要来的时间过后,他等了三个小时了。

"我得等做白班的人走了，"她说，"等到肯定不会有人注意我来这儿。"

"都有谁走了？"

"两个吧女，负责吧台的，厨子。米丽，那个女侍者。他们谁都没上过楼。"

"看样子今晚没人留在这儿。"

"今晚是。我把所有订房的都安排在了下面两层，所以这儿就我们两个。"

他们出去，到了深长的露台，坐在生锈的铁制椅子上，分喝一瓶啤酒。

"你很会下注，"多里戈说，"基思说的。"

"哈，"艾米说，"看那些鸟。"她指向海——在那儿，海鸟们会猛地像死了似的栽到海里。她走过去，到了熟铁制的栏杆边，上面的漆早就全剥落了，只留下一层赭红色的铁屑。她用一只手摸它粗粝如沙的氧化层——跟年深日久的矿石一样红。

"基思认为你会抓枪头。"多里戈说。

那些鸟会重新飞起来，嘴里叼着石首鱼。艾米在指间捻着沙样的铁锈屑末。她把目光移到长长的沙滩上——延伸好几英里，直到一个被海水侵蚀的古老岬角，除了最耐苦的灌木，那儿光秃秃的什么也没有。她的脑子里似乎充满了很遥远的事。他走过去，要握住她的手，但她把手甩开了。

"基思说那话了？"

"他说你总是很了解赛道、赛场、筹码和最有希望赢的马。"

"哈！"她说，又沉浸到她自己的想法中去了。从楼下的街上，一只狗的吠声让她吃了一惊。她不安地四下张望。

"是他，"她说，他能听出她声音里有恐慌，"他提前一天回来了。我得走，他——"

"那是一只大狗，"多里戈说，"听。一只大狗。不是'碧翠丝小姐'那样的杂种狗。"

她不说话。狗叫停了，能听到一个男人的声音——不是基思——在对狗说话，接着，声音听不见了。过了一会儿，她开始发泄她的不满。

"我恨那只狗。我是说，我喜欢狗。可是我们吃完了，他让它上到饭桌上。把它邪乎乎的舌头舔出来，像一条讨厌死了的蛇。"

多里戈笑起来。

"然后流口水，不停地喘，"艾米说，"一条狗在桌子上？你想象得出来吗？"

"每顿饭？"

"我能跟你说一件事吗？只跟你。"

"当然。"

"这跟'碧翠丝小姐'没关系——你绝不能跟任何人讲。"

"当然。"

"你保证？"

"当然。"

"保证？"

"我保证。"

她走回到被阴影覆盖的像洞穴的露台那儿坐下。她抿一口啤酒，长长吸一口气，喝一大口，把杯子放下，抬头瞥他一眼，重又看着镶珠子的杯子。

"我怀过孕。"

她看着手指，摩挲指尖上变潮了的铁锈屑末。

"是基思的。"

"你是他妻子。"

"怀孕是之前。我们结婚前。"

她停下不说了,伸着头四处看,好像在长长的、满布阴影的露台上找什么别的人。终于确信没别人,她重又转头看他。

"这是我们为什么结婚。他就是认为——这听起来真的很可怕——他就是认为婚外生孩子不对。你明白吗?"

"不完全明白。那时你们可以结婚。你们结婚了。"

"他是好人。他是。可——我怀孕的时候——他不想结婚。但我想。为了保住孩子。我不——"

她又停下不说了。

"爱他。不。我不爱他。再说。"

"再说什么?"

"你不会想我是一个坏女人吧?"

"为什么?"

"认为我邪恶?我不邪恶。"

"为什么?为什么我会有这种想法?"

"因为我说我要去墨尔本看杯赛。我跟人说我每次都去。我新到这儿,他们知道什么?但——"

"但你没去。"

"不。不是这样。我去了。但我也——"

她的指头快速动着,想把铁锈摩挲掉。突然,她把手指在衣服侧边擦拭,留下一片红色印记。

"我也去看了一个男人——一个大夫——在墨尔本,基思安排好的。基思说处理这种情况,这是最好的办法。那是十一月。怎么说呢。他把问题解决了。"

一阵沉默张开大口,连拍击的海浪都填不满。

"我对马从来没一点儿兴趣。"艾米说。

"但你挑中老伙计劳里来赢冠军杯。一百对一。你一定懂一些。"

"我挑中他因为他是一百对一。我挑中他是让他输。我一半儿指望他在开始的门那儿就被拿下。我挑中他,因为我恨那该死的杯赛。我恨跟它有关的每件事。"

她重新站起来。

"我不想在外头说这事。"

他们进到房间里,躺在床上。她把头枕在他的胸口上,但这样太热,过了一会儿,她挪开了,他们并排躺着,只有指尖相触。

"他坐那儿——基思,我是说。基思坐那儿说——'碧翠丝小姐'在他腿上——他在墨尔本安排了一个男人来照看我。一个男人。什么意思?一个男人?"

有一会儿,这个问题似乎占据了她的全副心神,然后,她又开口了。

"他轻轻拍着、摸着他的狗。我从没像恨那只狗一样恨过什么。他不摸我,但你看他,拍着、摸着那条狗。"

"然后怎样呢?"

"没怎样。我去见一个在墨尔本的男人。他就那样不停地摸着哄他该死的狗。"

20

路上偶尔的声音和海滩上的噪声从很远的楼下横扫上来,围绕天花板上风扇的叶片旋转——它在缓慢地剥去时间。他发觉他在听她呼吸,听浪涛,听壁炉架上的钟的声音。在某个时候,他意识到艾米的头又在他的胸口上,她睡着了,在另一个时刻,他跟她一起

121

睡着了。帘子向房内展开——海上的微风在下午三点过后有了速度，随着这风，热力消退，黄昏时被烟雾笼罩的光形成短促阵流，到了房里。等下次醒来，他意识到是夜晚了，灯亮着，艾米醒着，看着他。

"但那之后呢？"他低声说。

"什么之后？"

"在墨尔本那男人之后？"

"噢。明白了。"她说，然后，顿了一下，抬头望天花板，也可能是比天花板遥远的什么地方，眼神既是迷惑不解，又是听天由命，好像她预料所有人事总会回到天花板上那神秘的位置上去，或者回到比天花板遥远的星星里去。"明白了。"她又说了几次，依然朝上望着。终于，她把目光收回来，看着他。

"我得假装去墨尔本看杯赛。有关赛马下注，我一丝不苟地学。也许我还有点感兴趣了。这事能集中心神，我想是因为这一点吧。去了回来，我不在乎。这事跟赛马一回事。我就假装。我不知道。不管怎么说，这是为什么我时不时有些神经质的原因。"

"那基思呢？"

"我回来了，他对我很好。好得不得了。我猜他觉得他有责任。还有，我那么心烦意乱。他要跟我结婚，尽管孩子没了——也许他想重新来过。也许他比我还感到羞耻。我不知道。"

"你陷入爱河了？"

"只是陷进去罢了。什么都跟雪似的。在脑子里。你有过这种感觉吗？你有属于你的世界，然后，无论你想什么，它们全都变得跟雪似的。基思好得不得了，而我是雪。也许我为做错事而有负罪感。也许我没想别的，只觉得我很脏。那时我确实觉得我很脏。我知道我不想变成老处女。也许我想，我们能把事情改正，重新怀孕。这次不出错。但事情全不对劲。因为他好,我恨他。我恨他,直恨到他反过来恨我。他说我骗他让他跟我结婚。不知为什么,情况好像就该是他说的那样——他跟我结婚是我骗他。他说我骗他,说我做了很坏的事——这就是我为什么怀孕。也许他不当真想这些了。但有时你说一些话,这些话不单单是词。这些词把一个人对另一个人的看法一句话全讲出来。你骗了我,他说,所以我们才结婚。有那么多、那么多词语,没有一个词有意义。到头来呢,一句话把什么都说穿了。"

艾米侧身躺着,把目光投向外面海的方向。躺在她背后,他嫉妒她的枕头。他们躺在一起很长时间不说话。用一根指头,他捋着从她脸上落到耳后的头发。她耳郭的形状总让他感动。他感觉极度眩晕,好像被狂扫进一个奇大无比、永远不停下的漩流中去了,绿色胶木制的钟只看得见荧光的指针和数字,一个幽灵似的浮动的环在他们上空盘旋,发出滴答声。她滚进他怀里,他能感觉她的呼吸轻轻扫过胸口。他看见她的眼睛睁开,目不转睛地盯住他的身体,好像在注视什么不在此地、非常遥远的东西,然后眼睛闭上了。

过了很久,听到她说话,他醒了。

"你听见了吗?"她说。

透过敞开的窗户,他能听见海浪,一些男人走出四层楼下的酒吧,聊着足球。脚步声,悠闲的海滨大道大部分空荡荡的,传来偶尔的车声,一个女人跟一个孩子说话,人们在一起,被允许在一起。

"海浪,"她说,"钟表。海浪,钟表。"

他又听了一会儿。一段时间后,他的耳朵跟周围的声音调和了,下面街上安静下来,能听到沙滩上缓慢涨潮和轰鸣的声音,钟表发出丝绒般轻柔的滴嗒声。

"海的时间,"她说的时候,又一个浪潮在拍击。"人的时间,"

她说——钟在滴答。"我们按海的时间来,"她说,笑着,"我这么想。"

"既然他那么坏,你为什么留在这儿?"

"他没那么坏,关键在这儿。也许我甚至还以我的方式在爱他。这跟我们的爱不一样。"

"但爱就是爱。"

"是吗?有时我想它是诅咒。或者说惩罚。跟他在一起我很孤单。坐他对面我很孤单。夜里醒来躺在他旁边,我那么孤单。我不想孤单。他爱我,所以我不能说……那会太残忍。他可怜我,我想,但这不够。也许我可怜他。你懂吗?"

他不懂,他懂不了。他想要她,但为什么他想要她想得越厉害,他却让自己跟艾拉绑得越来越紧,这一点他也不懂。他不懂她跟基思怎么会是爱情,他们在一起好像只让她度日如年,感觉孤单,然而,在某种意义上,连接他们的纽带比他们的爱情更强韧,尽管这爱情让她快乐。她继续说着,每样发生在他们身上的事好像永远都无法由他们做主,好像他们生活在一个由很多人、很多纽带组成的世界,这世界不允许他们跟彼此在一起。

"我们不单是两个人。"他说。

"当然我们是两个人,不然我们什么都不是,"艾米说,"你这话什么意思,我们不单是两个人?"

但他不知道他这话什么意思。在那一刻,他觉得他存在于其他人的想法、感情和言语中。他是谁?他根本不知道。他没有词语或观念可以用来表述他们俩是怎么回事,什么将会发生到他们身上。在他看来,这世界好像就是允许有些事情,而惩罚其余的,之所以这样,既没理由,也没解释,谈不上对错,也不给人希望。只有当前眼下,最好还是不问为什么,只接受这个事实。

但尽管如此,她还在说,想解码一个无法解码的世界,她还是问他有什么动机,有什么想法,有什么欲望;尽管如此,他仍然觉得她想设圈套让他做出承诺,这样她就能痛快地把它驳回,说它完全不可行。好像她想要他给他们拥有的——不管是什么——取一个名字,但如果他那么做,他将杀灭它的全部生机。

微光中,他听到她发誓——

"总有一天我会离开。总有一天我会离开,他再也找不到我。"

要相信她说的话很难。他一言不发。她不说了。他觉得他必须说些什么。

"为什么你跟我说这些?"

"因为我不爱基思。你不明白?"

这句话揭示了一个令人不安的新发现,两个人都这么觉得。

有一段时间,他们都不说话。那个时间的绿色圆环等在对面,除了它,他们置身于完全的黑暗中,身体消解其中。在黑暗中,他们发现的不是彼此,而是碎片合成为一个不同的整体。他感觉他或许要飞散成一百万块碎片——要不是她的胳膊和身体抱住了他。

"听,"她说,"我们是海的时间。"

但海声渐渐消逝,唯一的声响来自只有一根指针的胶木钟。他知道这不真实;他吻她的耳廓时她睡着了,这不真实;在那一刻,宇宙间唯一实在的是他们一起在那张床上,这不真实。但他没有感到平和。

21

早晨太阳还没完全升上来前,空气就已经像烤箱了。她帮多里戈整理床铺,这样女佣就看不出他们干的为世人诟病的事了。她看着他洗澡,他湿漉漉的双手握成碗状,发光的脸从双手中滑出,像热气腾腾的布丁。她最注意他的胳膊,看上去皮肤黝黑,他捡起、然后拿着东西的姿势——装冷水的罐子,刮胡子用的刷子,保险剃须刀。温柔的力道,不是蛮劲。他的肌肉紧绷。他跟她不同。

他俯下身,把头埋进水盆,一边一只胳膊肘向外伸着,两条摇晃的腿像羊羔,但他没一点儿地方像羊羔——更像狼,她想,把自己稳稳当当把持在那儿,身体平衡,等待着,一只黑狼,他胳肢窝那的黑色毛发美极了,沾着皂沫光闪闪、滑溜溜的。他的胸脯,他的肩膀,他举起一只胳膊,像要让什么停下——汽车,火车,她的心——接着,他把胳膊放下,好像它根本无关紧要。

她想把脸埋在那胳肢窝里,当时当地,马上,用舌头尝,用牙咬,让脸跟它们挨着。她想什么也不说,只用脸吻遍他全身。她希望她穿的不是那件印花衫——绿颜色,那么难看,那么廉价,太不能体现她的优点;还有乳房,她希望它们挺起来,露在外头,不是看不见,被遮盖着。她看着他,肌肉像藏起的小动物在他背上从这边跑到那边,她看着他身体的动作,想吻那背、那胳膊、那肩膀,她看见他抬起头看见她了。

眼睛,黑眼睛。一无所见,又洞彻无遗。

她说了什么,想就此从那目光中赶紧离开,但她没动。她永远不知道他在想什么。有一次,她问过他,他说他完全不知道。后来,她想他吓着了。他很帅。这一点她也不喜欢。他太有信心,她觉得,他太无所不知——这是又一件她后来认识到她看错了的事。他无所不知,又一无所知。

他。恰好是他。

看她还在盯他看,他把目光从她身上移开,朝下看,他的脸红了。

她渴望知道有关他的所有的事,告诉他有关她的所有的事。但她是谁?她跟一个有家人在阿德莱德的朋友从悉尼过来,最终留下了，在"康沃尔国王"后面的酒吧找了一份工作。在那儿，她碰到基思·马尔瓦尼。他很乏味，却有自己和善的方式，事情发生了，她是谁？一个巴尔曼招牌画家的女儿，七个孩子中的一个，她十三岁时他去世了，他们竭尽全力往上拼。她还从没遇到过像多里戈这样的男人。

"这地板比我有意思吗？"她说。

天啦，她为什么说这话？她是一个邪恶的女人，她是一个不光彩、不名誉的女人；她知道，有时她不在乎世人也知道，如果她现在要死了，她不会后悔她是这样的女人。她什么都不后悔。她把衬衣递给他。

"不是的，"他说。

他在笑。他的微笑，他的二头肌在皮肤底下来回滚动——他从她手里拿过毛巾，把微笑埋在里面。

但她觉得他看上去好像不确定。男人全是撒谎精，他肯定没什么两样——只有一根舌头，但天花乱坠的话比公共狗圈里的流浪狗还多。她经历过像用掷骰子的方式决定的事，站在路口，每一个方向都走一次。眼下，她渴望把他含在嘴里——在所有在楼下餐厅吃饭的人面前，这会儿他给他们的咖啡里放了一点儿奶油。

陡然间，她希望他一了百了消失掉。她想把他推走，她希望她已经那么做了——但是她非常怕如果她碰他，可能会发生什么事。

"多瑞？"

请求和等待。

本不该这样，可事实如此，她想知道这一切会不会消失？感情，了解，两人连成一体的状态。

"我在这儿。"

"多瑞，你会不会——？"

"我会不会什么?"

"被吓到,"艾米说,"如果我说我爱你?"

多里戈没作答,走开了,艾米在蓝色床罩上寻找单独的棉线头,摘扯着它们。

噢,她是邪恶的女人,她对自己和基思都撒谎了,但她什么都不后悔——如果她撒谎导致了什么后果。她不想要爱情。她要他们俩合而为一。

尽管还是早上,他们又一起躺回到刚整理好的床上。他的前臂蹭在她的乳房上,他的手在她下巴下面像鸟巢似的托着。他的鼻子在她的脖子上来回蹭。她的身体来回扭动。他的嘴唇,张开,她的脖子,抬起。

"不会。"他说。

他睡着了,她站起身,绊了一下,后又重新平衡,伸展着肢体,走到外面凉台上的阴影里。远处,海滩那儿传来几个孩子在浪里尖叫的声音。热力像一种母性的力量,要求她必须坐下。她在那儿坐了很久,听海浪撞击和轰鸣的声音。感觉阴影在她抻开的腿上变短,终于,她走下三层楼,到了她和她丈夫住的那些房间。

她周身都是多里戈的气息,甚至在她沐浴后。他使她的世界香氛氤氲。她躺倒在她的婚床上,在那儿一直睡到黄昏时分过去很久,当她醒来时,她能闻到的全是他。

22

半天,一整天,没事的晚上——无论多里戈·埃文斯能搜刮到多长时间离开军营,他都跟艾米一起度过。他发现了一种新的出行工具——一辆很小的面包师有篷货车。一个军官同事赌牌赢的,因为已经有自己的车,他很乐意把它借给多里戈,无论他什么时候需要。基思很喜欢多里戈来酒店,说他很高兴——因为当他由于各种事务不在酒店时,有他的侄子来做艾米的护花使者。随着夏天临近,他这样的事务好像变得越来越多了。

多里戈在"康沃尔国王"的生活按小时计算,加起来不过几星期,但却好像是他拥有过的唯一的生活。艾米会说一些,像"等我们回到真实生活中"、"等梦做完了"这样的话,然而,只有这个生活,这些跟她在一起的分分秒秒,对他似乎才是真实的。所有其他全是幻象,在它们之上,他像影子似的经过,不相关联,毫不挂怀;当别样的生活、别样的世界想把他据为己有,要求他必须采取行动或积极思考什么跟艾米不相关的事时,他只感到愤怒。

一度占据他身心的部队生活甚至不能让再他感兴趣,更谈不上让他兴奋。他看着病人,他们不过是窗户,通过它们,他看见她,只看见她。每刀切下去,切进去,每个步骤,每个缝合都好像很笨拙,很难对付,又毫无用处。甚至当他不在她跟前时,他也还能看见她,闻到她散发麝香味的脖子,盯住她亮闪闪的眼睛,听到她喑哑的笑声,用一根手指在她稍显粗壮的大腿上摸滑而下,盯着她头发上那不完美的分缝,她的胳膊如此微妙地满盈某种女性的丰满,既不紧绷绷,也不松垮垮,对他而言,美妙无比。他每次看她,她的不完满之处就越多起来,带给他越来越强烈的快感,他感觉自己是一片未开发地域的探索者,那儿什么都是颠倒的,由此越发让他惊叹不已。

她缺乏那些丰富的和谐性,而这让艾拉那么受追捧,还引来同几个好莱坞明星的比较,艾米是由太多血肉组成,跟这些不适合。不在她面前时,他想记起的更多是她绝对的不完美之处,它们使他情欲勃发,让他快活,他越对它们念念不忘,它们就变得越来越多。

她嘴唇上边的美人痣，显露出参差不齐牙齿的笑容，稍显滞拙的步态——深思中的摇晃几乎成了高视阔步，好像她尽力想控制那不能被控制的，假扮端庄娴静，又不要暴露既具女性魅力、又具动物性的某种东西。她总在无意间提她穿的衫褂，把它向上拉，盖住乳沟，好像不这么做，乳房可能随时掉落出来。

他会记着，她越想规避、掩盖她的天性，它越在她这举动引来的注视下造反。她是一个移动的矛盾体，对她散发出的东西，她既感到不好意思，又兴奋不已。她笑时声音又高又尖，走路时身体摇摆，他闻见她周身总有一股麝香味，还有海风不规律的呼吸——一阵阵从酒店露台吹送过来，轻轻晃动敞开的法国式门扉，使它们嘎吱作响。在床上，她有时用手摸她的身体部位，盯着自己的臀部或大腿，脸上是令人难解的困惑表情：她的身体对她是一个不解的谜，对他也是，她把自己描绘成有缺陷的建造物——腿的线条，腰的宽度，眼睛的形状。

她对他的感情，他开始时拒绝信以为真。后来，他把它当作色欲加以摈弃，终于——他不再否认它的存在——他为它的动物性、它的力量、它几乎难以置信的极端性而感到不知所措。如果说对一个自我评价低得跟多里戈·埃文斯一样的男人，这种生命力量有时感觉太宏大、太难以解释，他也逐渐认识到它不可阻挡、无法逃避、压倒一切，然后，他让自己被动地被辖制。

情欲现在毫不放松地驾驭着他们。他们不再小心翼翼，抓住一切时机做爱，利用也许会猝不及防以被发觉而告终的阴影和时间，挑战世人都来看，知道他们是合而为一的，他们有些盼望这件事会发生，又有些想规避，想把这件事掩藏起来，但他们总能从中达到快感的极致。透过"康沃尔国王"由硫酸铜的蓝色结晶体组成的厚墙，传来大海升浮拍击的响声，墙内，他们做爱，缓慢融成一体，在滑溜的汗液里，身体像珠子一样流动，黏在一起。他们做爱，在海滩上，在海水里，还有不那么容易的——在篷式轿车里，在"康沃尔国王"的后街上，在凉爽、幽僻的酒窖里装库珀斯红酒的酒桶上，有一次深夜在厨房。他无法抵挡她与潮势相反的潜流。

做完爱了，他的脑海里萦绕着她的脸——毫无表情，那么近，那么远，仿佛她抬头看着他，看到他的内心里，透过他，望到他触及不到的地方。在这种时候，她好像沉迷在一种灵魂出窍的状态。眉毛那么鲜明、那么强势，眼睛给人烧灼感的蓝色在夜光里呈银色，看上去不是专注于他，而是直勾勾死盯着他，嘴唇微张，不是在笑，只是发出迂缓下来的、最柔声的喘息，他会俯身把脸颊凑上去，为了感受最微细的喘息在他皮肤上，这样他能确信这不是魅影，而是她，跟他做爱的她。他体验的不是快乐，也不是自傲，而是愕然。在被夜色染得昏暗不明的酒店房间里，他想他从未见过什么人如此美丽。

有一次，基思很早去市里开会离开了，她早晨到他房间里来。他们聊天，她要走时，他们拥抱亲吻，接下来倒在床上。她两腿在床上散放，他站着，俯身屈膝，进入她的身体。他朝下看她的脸，她好像身在别处，或者说甚至没意识到他。

她的眼睛越来越亮，但奇怪的是眼神涣散。嘴唇张开，刚够浅浅的喘息从中溜出，一阵出气声急促、重复、不可控制地倾泻而出，部分是回应他，部分是针对某种她独享的销魂体验。她的脸看上去那么不知所属，让他害怕。好像她想从他这儿得到的其实是抹消一切，一种全然遗忘，他们的激情只会导致她从这世界被抹除。好像他只是一辆车，她驾着驶到一个不是此地的地方，那地方如此遥远，他对它全然无知，这让他胸中涌起一阵为时极短的隐隐的怨愤。当她开始激烈地抓攫他，把他更深地拉入她体内时，他知道他自己的身体正以某种方式经历相同的旅程。她是否认为这全是他？他想知道。不是他。对他，这也是一个谜。

就这样继续，那个永不终结的夏天，它结束时像偷车贼的车猛地撞到那个星期天的晚上——基思告诉艾米说他知道，说他一直都知道。

23

基思·马尔瓦尼从最开始说起，显然，什么都没逃过他的眼睛。他比在正常情况下开得还慢——由于防空袭的灯火管制，街灯都没亮，看不见住家灯火，所有车灯都蒙着网格状的罩子。

"我知道，"他说，"我一直都知道。"

车板在艾米脚下颤抖。她想投入这有规律的晃动，忘记自己，但这晃动好像在对她说"多瑞——多瑞——多瑞"。她不敢看她丈夫，因此她目光笔直盯着前方夜色。

"从第一次，"他说，"他到酒吧问你我在哪儿。"

在每句话之间好像都开过几英里。黑暗无边无际，发出短促而连续的噪声，车好像在其中迷失方向了。她感觉到的全是从基思那儿散发的哀伤——好像要掏空世界——她死命想从脑中把它驱逐，但是车在颤抖，发出嗡嗡声，环绕周遭的好像只有沉默、孤独和最极致的静止。只在他深爱的妹妹去年夏天得肺结核去世时，她见过他这样。

或许这也是一种悲悼的形式，她想。没有喜乐，没有惊叹，没有笑声，没有气力，没有光，没有未来。希望和梦想是来自死火的冷灰。没有对话，没有争执。实际上，有什么可说的？它是死亡。爱的死亡，艾米想。他坐在那儿，倾身向前，那么多绝望劈成的棍子从一堆不合身的衣服中突出来：棕色牛津宽腿裤，绿色斜纹衬衫，一条泥污的羊毛领带。

"我想那真是厚颜无耻。"基思说。

艾米·马尔瓦尼竭力反驳，同时又没说出真相，她说其实那时什么事也没有。她说那时他们彼此不认识，只除了一次偶然相遇——在书店里，她提醒基思她跟他说过这件事，在那儿，她跟随潮流曾经——在那儿，什么事都没发生。

"什么事都没发生？"基思·马尔瓦尼说。他一直在笑，让她怕得要命，也羞得要命。"你肚子没搅和成一团？"他接着说，"跟他说话，你没感觉有些激动或紧张？"

不希望撒谎，她什么也没说，她知道沉默就是承认，承认让她受谴责，但说话在某种意义上更糟。

"你看，我了解你，艾米。我知道你这样感觉。"

他怎么能知道？艾米纳闷。他们还什么都没干，他怎么能知道？然而他知道。

如果他是另外一个男人，她或许会想他在吹嘘。但基思·马尔瓦尼毫无心机。他了解真相，这很不幸，真相就是自从见到多里戈她就失去自控了。她从不说最先出现在脑中的想法，而是第三个或者第四个，而且，只有当这个想法被检验过时，她才会说。但基思总说他当时当地的想法。他知道，他一直都知道，怀揣这可怕的真相，他做了那么多别的事，默默无言，忍辱负重，毫不抱怨，直到那天晚上，从罗伯逊家回来，在黑暗中，他眼前展开的情景使他不可能再承受这真相。

整个夏天，他们的婚姻生活一直很舒适——想了想，艾米觉得也许现在比以前更舒适。这种感觉就像那些婚后他拒绝更换的爱德华式马鬃家具：正塌陷下去，很舒服——如果你偎依在软和处，避开硬邦邦的地方。他无私，善良。但他不是多里戈，她发觉要骗自己说这是爱情越来越难。她感觉她的婚姻在衰萎。她回到他跟前，回到他们的床上，床上铺的黄色灯芯绒床罩越来越薄，每个炎热的夏夜，她把它叠起来，怀着善良愿望，一句话不说，但她藏起了一个内心生活，一场动荡，它们把她带往别处。

有时她有种要跪下坦白的强烈冲动。白天，她能应付负罪感。但在夜晚，在凌晨的几小时，它填塞她的肚腹，狠劲地压着她的胸口，她不得不放缓呼吸，承受它，重得能把她压碎。她不想要他原谅她的罪过，她想要那种纯粹状态——真实的她和生活达成和解，然后站起来，转过身，永远离开。

24

在"康沃尔国王"工作的最初几个月，这个年事渐高、外表像熊的酒店店主关爱艾米，送她礼物，恭维她，如果说艾米喜欢过这些——或许还无意间鼓励过他——她也开始感觉困扰。一天晚上，酒吧关门了，事情忙完了，她留下单独跟基思在一起。她想这是一个大好时机，她可以善意地告诉基思，他必须停止对她傻气的关爱，它们不会有任何结果。但这没发生，反而，她发现自己陷进一个爱抚和触摸的迷宫。她不知道何时或怎样摆脱他，到后来，比较容易而又明智的做法似乎是将就当下情势，再等另外的时机同他讲。

但有一件事——他们时而为之的事——没引起另一件事，而使一个世界整个儿破碎了。

流产后，负罪感统辖了基思，他有了结婚的想法，艾米心力交瘁，茫然失措，无法做出任何决定，基思又竭力要把她整个带入他的生活和酒店经营中，她几乎无暇顾及其他。他的求婚很有信心，也很体面；出乎意料，也违背她本意，这似乎成了摆脱困境的唯一出路。她对自己说，他们的差异看上去那么明显，但也许并不真就比任何别的夫妻间的差异更大或更小。

或许是这样。在婚后生活中，她看到一个温存、慷慨、呵护她的男人。她第一次有了经济保障和不太多但也不少的财富。考虑他们年纪有大概二十七岁的差别，基思让她来去自由，她不是不感激。不，他们的婚姻没有糟得要命。

她知道基思有很多地方让人喜欢。他可以是一个好相处的同伴。他确保酒店修缮到位，关照她的衣食住从不吝惜，冬天烧炉火，木头堆起来，夏天，厨房里冰堆起来。他对她嘘寒问暖。她觉得，对他而言，她像酒店一样，是他生活的一部分，都有他必须满足的需求，以便正常运作，这些需求跟他的利益相关，但他没把基本的激情寄托其中。他们生活空虚，他把这问题推拒在一定距离以外——通过勤勉工作，努力经营酒店，在能力所及还余下的少之又少的空闲时间里，他担任几个体育俱乐部秘书和市政委员的职务，同样很努力。

但艾米不只需要物质保障，生活方便舒适，劈柴和加冰牛奶，她想要的更多，比正褪色的黄色灯芯绒床罩要多——床罩很多年被同一样式折起来，折痕印到布的纹理中去，总是服服帖帖地沿痕迹折落。她需要失修状态，经历险境，不确定性。她要的不是方便舒适，是炼狱。

晚上，有些时候，他会面朝她的背，抚摸她的臀部、大腿。她觉出他的手在她的乳房上，像一只肥大的巨蟹蛛。接下来，这些手指会在她的两腿之间，想给她快感。她从来不做回应。她发现对付他关注的最好办法是什么也不做。她既不抗拒，也不迎合。他把一条腿搁这儿，在那儿进入她体内，她只是随他便，一声不吭。但她总不让他吻她。她的嘴是自己的。

这样做有时会把他激怒，他会一把抓住她的下巴，把她的脸扭过来对着他，把嘴唇放在她的唇上，揉来揉去，舌头像蛇在她紧闭的嘴上扫来扫去——她想那肯定像在舔门锁——然后，他会放开她的脸，有时发出呻吟，一种奇怪、可怖、非人的牛叫似的声音。

随着时间过去，他以她的条件接受了她的顺服。事儿完了，她会掀起床上的家什，一句话也不跟他说，一个眼神或手势都没有，带着一股闷气，大步走到浴室里去。

伤害他也让她感觉受伤，但她觉得，这在某种意义上是诚实必需的。如果她让他感觉像尘土、脏物、让她恶心的讨厌东西，那是有原因的，奇怪而又自相矛盾的原因。她想让他知道，知道每件事，同时，只要能力所及，她会无所不为，就为了把他蒙在鼓里，不叫他知道她和多里戈的事，不让他这么受伤。她渴望一场危机会结束一切，她不想任何事情有任何改变，她想惹他生气，又非常情急地希望他不要被她惹起来。

等回到酒店，她会再也不碰他，也不同他讲话，而是躺在床上，把背朝着他。他会靠过来，一次又一次要吻她的额头，或许因为恐慌，或许想得到什么表示，什么肯定——肯定他没错，肯定她爱他，肯定她关心他像他关心她一样。但什么也没有。

艾米会觉出，在她背后，他的身体呼哧发喘，她会意识到，爱不是善，也不是幸福。她不一定也不总是跟基思不幸福，对多里戈的感情也不总是或就是幸福感。对艾米来说，爱是宇宙触摸到一个人的内心，在其中爆破，那个人爆炸成宇宙万物。它意味着什么都荡然无存，它是那么多东西的毁灭者。

她躺在床上，觉出基思在背后无声饮泣，她懂得了爱不会终结，直到它所有的力量都在不幸、残忍和毁灭中变成邪魔被驱走，就像它在良善和喜乐中被完全消解。每天晚上，躺在那儿，她能感觉到肚腹中搅着的玻璃碎片——割着，割着，割着。

25

这样的事，艾米同谁都不能讲。"爱情是公共的，不然就不是爱情。"在打五百分牌戏的那天晚上，艾米的一个朋友说，她和基思正从那儿回来。"爱情是跟别人分享，不然就会慢慢死掉。"

每个月第一个星期天的晚上，基思和艾米都跟罗伯逊夫妇打牌，他们谈着一个最近发生的丑闻——为了一个医生的女儿，一个有名的律师离开了他妻子。这个话题引出几个胆大妄为的抛弃和卑鄙的通奸行为的故事。牌桌上的人一致同情被甩掉的那个。找了别人的那一方是被鄙视、嘲笑和祛邪的象征。一般说来是祛邪。这个人从社交圈被驱逐。

艾米渴望那样，渴望它戏剧化的结尾。但这没发生，情况反而像在流血，流啊，流啊，流啊，流个不停。不会有戏剧化的结局，她意识到，只有缓慢枯萎，结局会像基思妹妹得肺结核死去那样。流血，流出更多血。

那么多事，她想要问，想要知道。你们真的那么想？她想问他们。被藏起的爱情根本不是爱情？它真就被天注定永远不见天日？它要血流不止直到死？

她真想把牌桌掀了，她真想把牌甩到风里去，甩得到处是，她真想站起来，要求他们必须说出真心话。回答我，她想说。没被命名的爱情就不能是爱情？它能不能是一种更伟大的爱情？我爱不是我丈夫的另一个男人，她想对他们所有人说。当牌乱纷纷向地面飞落，当每人手中的牌翻开都没有一丁点儿价值，当赢的每一分都被展示为假象时，一点儿意义都没有，她会告诉他们这个男人有多棒，就是三十年不见，她还会爱他，就是他死了，她还会爱他，直到她也死了。

但她没把这些想法付诸实行，而是看着哈利·罗伯逊打出一张杰克，他和基思赢了这一局，他们一直都打联手。

"欺骗太容易了。"艾尔西·罗伯逊说，一边把牌捋起洗着，为下一局做准备。"这种行为真可怜得让人瞧不起。不管不顾地撒谎，辜负别人的信任。"

艾米以为他们在谈爱情。骗人不容易，艾米想。很难；非常难。欺骗不是什么性格失败。它是什么就是什么。它甚至不是欺骗。如果它意味着忠实于你自己，那么真正的欺骗难道不是你和你的法定配偶表演的假象？名副其实的欺骗不就是这世界和罗伯逊夫妇想要的、赞同的吗？

她等着某种标识、某个洞见、某些话出自另一位女士，告诉她不是只有她这样想。但什么也没等来。就在同一天下午，多里戈跟她说他所属的部队星期三乘船出发。或许他会死，或许他会活下来，但不回到她这儿来。她想起他说的有关希腊人和特洛伊人的话——希腊人会再次打赢吗？

她想：她的爱是不是一种根本不是爱情的大爱？既然她觉得只有经由另一个人她才真正活着，那为什么在这样的时候她感到如此孤独？

艾米确切知道：她是独自一人。

那天晚上，他们打完牌离开，艾米觉得基思很安静，这不像他。通常他喋喋不休，但近来他说话越来越少，晚上打五百分牌戏的几局，他几乎没说什么。来自他的哀伤好像要掏空世界。篷式轿车车窗发出短促、连续的嘎嘎声，路上有噪声，发动机在轻微震荡，她尽力不去想，但她满脑子还是现在深沉地转向他自己的内心的基思，这嘎嘎声、这嗡嗡声、这震荡的交接点是怎样还怎样。

"魔法消失了。"他说。

"委员们会知道你的主张是什么意思。"艾米说，接着那天晚上早些时候他们的谈话。

"委员们？"基思说，他看着她，好像他是杂货店主，她是顾客，走进店来莫名其妙地要买一袋子常识。"委员们与此一点儿关系都没有。"他说，专注的目光又回到路上去了。

尽管她知道不该这么做，她还是欢快地说："那跟谁有关系？"

这是一个谎言。现在每件事都多少是谎言。

有一会儿，基思转过头，看着她。在黑暗中，她几乎看不到什么，但她能看到他正盯着她，不是愤怒，如果这样可以理解，也不是谴责，如果这样她会觉得好受一些，是一种让她害怕的审视，她没法从中逃脱，只要他还在盯着她——怜悯，恐惧，一种受伤的眼神，黑暗不能使它模糊不清，她怕它会从此伴随她。突然间，她非常怕。

"我不知道，你知道？"他说，"也说不定。"

她没法爱他，她对自己说。她没法爱他，绝对不能爱他，永远不能爱他，根本无法爱他。

他继续说，从头到尾没提高嗓门："我原先希望我全想错了。我希望你会证明我这个老家伙多可怕，多妒忌——想着这么不堪的事。你会让我感到羞耻，想着这样的事。可是现在。怎么说呢，现在我感到很羞耻。每件事都……清楚了。"

好一会儿，他好像入神地在想什么，在算计，有关背叛的微积分。然后，他含混地慢慢说——

"当你告诉我发生了什么的时候，那就，像……像……"

他重又看着路面。

"像听到步枪扳机扣上了。"

她想抱住他。但她没有也不会做这样的事。

"也许我早该做些什么，说些什么，"基思接着说，"但我那时觉得，哎，有什么可说的？他跟她年纪相当，我对自己说，我是一个又老又肥的傻瓜。我有——"

他停下不说了。他眼睛湿了？她肯定他不会哭。他比她勇敢，她想。还比她人好。但她想要的不是美德，而是多里戈。

"我有过怀疑。是的，"基思说，语调像在跟腿上的"碧翠丝小姐"讲话，"然后，我想，怎么办，基思，老家伙，让你自己少露面吧——他在的时候。他们可以在一起，火烧过后会自己熄掉，她会回到你这儿来。这可不是我第一次犯错。"

一辆军用卡车开过，短暂、微弱的光投进篷式轿车，在黑暗中划开一道缝，借着光，她瞥了他一眼。但他的脸被阴影罩着，专注地，盯着阿德莱德大街长长的笔直道路的前方，什么也没说。

"我该让你保住孩子。"他说。

他拉下变速器，车板在艾米脚下晃动。它晃动着像在对她喊"多瑞！——多瑞！——多瑞！"

"我有过，我想是的，"基思继续说，"有过一些想法。那就是你，我……"他的舌头上下抖动。每个词都是宇宙洪荒，无边无际，又不可知。"我们俩。"他接着说。

她体会到她内心对他怀有很深的感情，尽管很强烈，但那不是爱情。

"什么事都没有，基思。"

"没有，没有，"他说，"当然。当然。没有什么事。"

"你想叫我做什么？"

"做什么？做什么？有什么能做的？"他说，"魔法消失了。"

"没发生什么事。"她又撒谎。

"我们俩，"他说，转身朝向她，"我们俩？"他问。但他看上去举棋不定，茫然失措，像法国被打败了一样。"我们过去能。我们过去能成为有意义的什么。是的，"基思说。

"是。"她说。

"我们过去能，但我们现在不能了。我们能吗，艾米？我杀了那孩子，这件事毁了我们。"

26

星期一早上，多里戈·埃文斯要带队进行一次行军演习，路线事先确定好了，目的地是阿德莱德山地，在出发前，他被叫到部队行政办公室去接家里人打来的紧急电话。办公室很大，是一间用波纹铁皮组合而成的尼森式的棚屋，在屋内，长官的助手在高温下工作——除了做糕点的烤箱和烧陶器的窑炉，没有别的地方有这样的高温。棚屋被分成很不实用的小间办公室，用涂成阴郁芥末色的单层马松奈特纤维板隔开，屋内空气变得更不流通，酷热没法散出去。受挫感使每个人都好像抽更多的烟，空气变得雾蒙蒙，与此旗鼓相当的只有屋里的气味——混合了烟草味、汗味和太多动物挤在一起时那种不新鲜的氨水味——每个人都咳个不停。

等着多里戈接的电话安在当值军官前桌对面的墙上，找出各种理由想到外面去的人从桌前川流不息地经过。在这儿，私密空间的缺失无法克服，对这缺失加以抵消的是发了疯的乱声嘈杂——打字键被重重击下，打字机滑动架被推回来，电话铃在响，男人在吼叫，咳嗽，这儿那儿的电风扇嗡嗡响，把难耐的酷热劈成一绺绺滚热的气流。

多里戈拿起胶木听筒，俯身凑近话筒，咳嗽一声，让对方知道他来了。有一会儿，什么声音也没有，接着，他听到她不可能被误认是别人的声音说出两个词。

"他什么都知道。"

他觉得自己在落下去，穿透宇宙，无法停下来。在远远下方的某地，他的身体连在听筒上，听筒连着一条线，那条线传输经过很多别的线，一直到达艾米·马尔瓦尼在"康沃尔国王"所站的位置。他能看到他把身体背转向其他人。他又咳嗽一声，这次不是有意为之。

"什么？"多里戈说。他手握成杯状，罩住听筒末端——为了更清楚地听到艾米，也为了确保除了他没人听到她的声音。

"我们的事。"艾米说。

多里戈的一根手指在汗湿的衣领和脖子间抚过。这热真让人难受。他喘着长气，想吸入足够的空气。

"怎么会？"

"我不知道，"她说，"怎么知道，知道什么，我不知道。但基思知道。"

多里戈认为艾米接下来会说她要离开基思，也可能基思把她赶出来了。无论怎样，他和艾米要开始共同生活。这他都理解，他知道他会说好——好的，他将结束他跟艾拉·兰斯伯瑞的关系，好的，他会马上着手安排他这边的手续，他和艾米能成为真的一对儿。这些似乎都不可避免，就该这样。

"艾米。"多里戈低声说。

"回去。"她说。

"什么？"

"回她那儿去。"

多里戈觉得自己绊了一下,回到了火炉似的办公室。他真想在其他随便什么地方跟她讲话——只要不在这儿——在满是灰尘的书店,在海滩上,在他现在看作属于他们的那个楼角的房间里,有油漆剥落的法国式门扉,有微风,有熟铁造的阳台,温柔地在生锈。

"回艾拉那儿去。"艾米说。

他尽可能语调平淡、不带感情地回答她,把话说得断断续续,这样坐在他身后的当值军官不会听懂他在说什么。

"什么。你的意思是,回去?"

"回她那儿去。我的意思是这个。你必须回去,多瑞。"

她不想要这样的事发生,他想。她不可能想要这样的事发生。那她为什么这么说?他一点儿头绪也没有。他的脸涨红了,身体在军服里感到太热,太庞大。他很愤怒。他需要讲那么多事,但他什么也不能说。他能感觉芥末色胶木制的墙围拢来,围得越来越近,周围卡其布军服的重压,纪律、条例、权威的重压。他感到窒息。

"到艾拉那儿去。"她命令说。

他的身体直想逃离这炉子似的尼森式棚屋,逃到——

"艾米。"他说。

"去吧。"她说。

"我——"

"我什么?"艾米说。

"我想,"他回答,"我想——"

"什么?"艾米说。

每件事都反转过来了。他越想要她,她越把他推开。接着,艾米说她听见基思正走过来,说她很抱歉,说她得走。你会感到快乐,她说。

虽然并不快乐,多里戈·埃文斯还是体验到最出乎他意料的最大的解脱感。他很快会走到行政办公室这火炉的外面,他不再会有艾米·马尔瓦尼带到他生活中的困惑两难——压倒一切,使他近于瘫痪——从今往后,他能过自己的生活,不用考虑其他,以符合常规、诚实无欺的方式跟艾拉·兰斯伯瑞相处。他认为他会无所羁束,不用为情势所迫置身于由打旋的谎言、欺诈组成的涡流中,他能心无旁骛地把自己投入发掘跟艾拉·兰斯伯瑞的爱情中去,因此,他过后从未弄明白为什么他说出下面一句话,他只知道这句话每个字都是发自内心的。仅此一句话,他放弃了那种无所羁束,随之也放弃了那个合情合理的希望——那爱情能被造就出来。

"我会回来的,"多里戈·埃文斯说,"等仗打完。为了你,艾米。我们会结婚。"

他明白,这条路通往不幸,甚至毁灭。就在刚才他连想都没想过的事眼下好像不可避免,好像除此之外,从来不可能有别的路——他们相识,在狂舞着尘粒的书店,那间卧室,油漆剥落,大海的微风让懒洋洋的窗帘起了涟漪,一间锡皮拼就的棚屋,里面跟在熏肉一样热。胶木听筒沾了汗,湿漉漉的,从他耳朵上滑下来,过了一会儿,他意识到她把电话挂了,也许他刚才说的话她一个字都没听见。

他必须见到她——他脑中只有这个想法。他一定要见到她。离出征还有两个晚上,他将不得不在其中一个晚上想办法溜出军营,跟她见面,他们就可以说话了。

"你解放了,埃文斯。"身后有个声音说。他转身看到负责第2/7伤亡人员中转站长官的一名助手军官,手里拿着笔记板。

多里戈的脑子在飞转,想着怎样不经许可跑到瓦拉达尔外面,在哪儿能弄到一辆车,在哪儿他们能秘密会面。

"第2/7伤亡人员中转站今晚赶火车去悉尼。到达悉尼，你将被命令乘坐某艘船出发。最终目的地将会到了倒霉的太平洋上的某地时告知你们。你被命令取消所有原先计划好的活动，做好准备，十七点离开。"

多里戈的脑子在翻腾，在旋转。他听到的这些话开始慢慢渗入他的意识层。

"可是——我原先想是在星期三？"

助手军官耸耸肩。

"离开这儿动弹起来是他妈的解脱，如果你问我，"他说，"你有五个小时。"助手军官抬起手腕看着表。"或者说少于五个小时。"他说。

多里戈意识到他也许永远不会再见到艾米。意识到这种可能，他知道他必须工作、手术、上床、起床、活着，去到战争把他带往的无论什么地方，没有第二个人知道他内心最深处承载着什么。

27

一天晚上，炎热似乎还没有终结，但不像两年前的夏天。战争残忍无情地推进，沙滩上那些家庭大多没有父亲的身影，来酒吧喝酒的是穿军服的，而不是穿西装或运动服的，他们的谈话中满是新词，说出的地名都是"康沃尔国王"前后酒吧里没人听说过的——阿拉曼，斯大林格勒，瓜达尔卡纳尔。这是热浪来袭的第十一天，"康沃尔国王"酒吧忙得跟战前有杯赛的日子一样。一个男人用拨火棍把妻子杀了，他推卸责任说是因为天气太热，艾米刚提前回来——晚上沿海滩散步，她的脚被破啤酒瓶割伤了。她把脚放在浴缸里洗干净，包扎好，走进他们当起居室用的房间，看见基思站在收音机那儿，正把它关掉。

"今晚这集很有意思，"他说——电波的杂声在轻柔地消散，"要是你听了会喜欢。"

艾米原先很喜欢，但她不再能容忍她丈夫在家庭生活中的诸多仪式，这还不是最让人难受的，一言不发地听他最喜欢的每周系列节目——中间只插有他划火柴、咂烟斗的声音，那只狗咂嘴的声音——现在她能躲就躲开。她恨这个系列节目，恨他的烟斗，恨他老气横秋的动作，连不得不跟他共享的空气她都恨——令人压抑，不适于呼吸，散发臭味——她在其中每天都要被淹死。

基思在一把扶手椅上坐下，"碧翠丝小姐"跳上他的大腿，呼哧带喘，流着口水，他在装烟斗。窗户全开着，来自海滩上的大海的呼吸依然让她觉得窒息。她坐下。脚在疼。夜间海上的轻风吹来，但好像只突出了浸进椅罩去的润发油气味、锈红色扶手椅上烟草熏出的陈旧味道，让她想起奄奄乏力的狗，这气味总让她想径直走到外头去，永远离开这儿。

"今天晚上市政会开过以后。"基思·马尔瓦尼开始了，艾米低头看着地毯上的狗毛，怕他又要讲一个有关市政工作如何艰难单调的故事。

"市政会文员，罗恩，"基思·马尔瓦尼说，"你记得罗恩？"

"不记得。"艾米说。

"当然你记得。罗恩·贾维思。你记得罗恩·贾维思。"

"不记得。"

"罗恩·贾维思说他辗转听说有关我们在爪哇那些孩子非常坏的消息。"

艾米抬起头。基思露齿咧嘴的笑容什么也没泄露——像在做白日梦的蠢样子，她觉得。但在那个时刻，她认识到他总比她所知道的要看得长远。

"我从没听说过罗恩·贾维思。"艾米说——虽然她现在能给那名字加上一张像格雷伊猎犬的小脸。基思想把最糟的情况涂上一些粉彩?他点燃烟斗,咂巴着,发出短促的闷响,直到烟草燃成旺火,然后,在扶手椅里倾声向前,笑容始终没有丝毫改变。"碧翠丝小姐"先是待在他的大腿中间,这时发出坏脾气的尖叫,在他肚子的起伏间调适一个舒服的体位。

"我在打听,"基思·马尔瓦尼说,"其实,不光打听。我跟罗恩说,我有一个侄子,多里戈·埃文斯——你能找到随便什么有关他和他部队的消息吗?我告诉他细节。昨天他问了回来了。情况是,艾米,消息不大妙。"

艾米站起来,退缩一下,步履维艰地走到装着玻璃框格的窗户那儿。

"是,"他接着说,"一点儿不妙。很可怕,实际上。这就是为什么保密。非常保密。"

她站在窗户边——尽管外头夜晚的空气温度比屋里低,那儿的热依然感觉很残忍,具有威胁性。她能听见令人不安的细微声响,东西干燥,裂开,破掉——草,树木,还有上帝知道的别的什么。她能听见远处上方屋顶上的波纹铁皮发出疼痛的叫声,由于阳光暴晒在收缩。她使劲用伤脚支撑身体,为了让疼痛狠劲刺到她的身心里去。

"很可怕?"艾米·马尔瓦尼说,"什么很可怕?他们是俘虏,这我们知道。还有日本人是畜生。但他们是安全的。"

"在德国的澳大利亚战俘,你能跟他们通信,也算在度假。但在亚洲的战俘,怎么说呢就没那么体面了。没消息,没靠得住的目击人证词。自从新加坡归了日本人,就没有任何关于他们靠得住的说法了。有九个月,他的部队一点儿消息也没有。他们认为有几千名战俘死在那儿了。"

"也许。但没证据说多里戈死了。"

"有人告诉他们——"

"谁告诉?谁说的?谁,基思?"

"我……他们的情报人员,我猜。我的意思是……"

"谁,基思?"

"我不能说。但罗恩——他认识人。"

"谁?"

"身居要位的人。国防部的人。"

基思·马尔瓦尼停下不说了,面具似的笑容好像显出别的什么——可怜?犹疑?愤怒?——接着,它又回复到原先那样,带着一种无法慰解的强力。

"他们料想很少人能活下来把情况讲出来。"

艾米意识到,他这次没像通常那样——问一个问题,马上自己回答。他不是想在争论中说赢对方。他想告诉她什么。这像是他已经赢了。

"他给我们写信了。"艾米说,但她能听见自己的声音又高又尖。

"那张卡片?"

"卡片,是的。还有他哥哥汤姆给你写的信,说他在塔斯马尼亚的家里人在我们收到信之后也收到一张。"

她知道她的声音音量单薄,没有说服力,连她自己都说服不了。

"他寄给我们的卡片,艾米,日期是一九四二年五月,我们十一月收到。那是三个月前。快一年了,我们没收到他的任何消息。没有只言片语——"

"是,"艾米·马尔瓦尼说,"是,是。"说得很快、很确定,好像以某种方式证实了她的观点,而不是终结了它。

"从那时候起,没有只言片语。"

"是。"艾米·马尔瓦尼说。尽管她更用力地压,伤脚根本没多疼。习惯和境况,婚姻给予的信心重建和经济保障,这些对她再也不够了。她要离开他。但考虑了一下这个苦涩念头,她立刻茫然失措。怎么离开?去哪儿?靠什么活?

"他家里人十二月收到卡片,日期是四月份。"

"是,基思,"艾米·马尔瓦尼说,"是。是。是。"

她的身体被甩起来,在滚动,她伸手想抓一些话来帮她保持平衡。她没说她写了不止一百封信给多里戈——自从他们听说他被俘了。一定的,艾米·马尔瓦尼想,一个人会想办法渡过难关,活下去。

"罗恩·贾维思还说,有从别的来源收到的报告。不妙。说那些人变得只有皮和骨头,在被饿死。"

"报上什么也没说。"

"说了。暴行。大屠杀。"

"那是宣传,基思,"艾米·马尔瓦尼说,"要让我们恨他们。"

她把全部体重都放到伤脚上,它不过是疼而已。

"但没说别的,没有接下去的报道。"

"这是战争,艾米。坏消息是没有消息。坏消息会消失掉。五分之一的澳大利亚军队中最优秀的部队失踪了,只有很少的可靠线索知道他们在哪儿。"

"这不是说他死了,基思。这像是你想叫他死。他没死,我知道。我知道。"

她意识到海上的微风停下来了。连这世间都在奋争,为了呼吸。从外面传来一片枯叶猛然落地的响声——她想她听到了。基思咳嗽一声,他还没说完。

"罗恩·贾维斯为我问了更多，"他说，一边用手帕擦拭嘴唇，"有一个战俘逃出来了。他们还没告诉家属。为了民族士气，我想是。还有，他们等着通过别的渠道加以确认。像红十字会这类机构。"

"告诉家属什么，基思？"

"我知道你会想要知道，艾米。虽然我没法说服自己把这个消息告诉他家里人——这不该我做，不管发生什么事。我是在出卖别人的信任。更不提国家安全了。这必须除了你我没有任何别人知道。"

"没什么可说的，基思。你故作神秘是什么事？"

"逃出来的战俘确认多里戈·埃文斯死在一个战俘营里了。"

艾米脑中的想法离她很远，也跟当下情境不协调。她想起基思爱她，她有很长时间没想过这一点了。

"艾米，相信我，多里戈死了。他六个月前死的。"

基思·马尔瓦尼的话，他小男孩似的嗓音，泼溅在廊道地板黑白相间的方块的瓷砖上。

"我知道你会想要知道。"他说。

他的话沿着空荡荡的门道跑下去，跑过铺在上面椰棕织的窄地毯——磨损得露线了——寻找艾米。但她不在房间里了。

基思·马尔瓦尼感觉是一个会杀死自己想吃的东西的男人。他原本还想说别的，一些大实话，能证明他刚才撒了可怕的谎。他想说，我爱你。然而他没说，取而代之的是吹着口哨，把"碧翠丝小姐"唤到大腿上。

"我想这会管用，"基思·马尔瓦尼对狗说，瘙着她耳朵下面，"是的，这会让她死心。"

他认为他没撒谎，他从这个想法中寻找安慰。死亡还没被确证，这是真的，但罗恩·贾维斯说得毫不含糊：在那个战俘提供给权威机构的名单中,有一个名字缩略是D,姓埃文斯的上校。他想他们能幸福相处。这事需要时间和努力。

"肯定的,"他对"碧翠丝小姐"说,"肯定的。"

那天晚上晚些时候,他发现艾米独自一个人在打扫餐间的厨房。厨房里一直就有的那种气味好像更浓了,但湿漉漉的奶油色瓷砖和钢制品在电灯光下闪闪发亮。她表现得无动于衷,对他说她还有事要做,又接着擦拭,他站在门道里看着。

只有在他走后,她才丢下抹布,倒在地上。她蜷缩在地板上,像一个孩子。她把脚在地板上重重地擂,但什么感觉也没有。她想对着无论什么东西祈祷。但她知道他死了,这世界没有奇迹发生的可能,人会死,她不能让他们不死,他们抛下你,你更爱他们,她还是不能让他们不死。

坐在起居室那把锈红色扶手椅里,为上床前抽最后一次烟正往烟斗里填烟草,头向后靠在椅罩上,基思·马尔瓦尼感觉到从他的左太阳穴上流下一股汗。他根本没听到爆炸,爆炸和随之而起的大火把四层石头建造的优雅酒店消解成烟消火灭的断壁颓垣、烧得焦黑的梁木和一副前后两面的门脸。

第三部

这个露水的世界
每颗露珠都是
一个挣扎的世界

——小林一茶

1

一滴水落下来。

"小不点儿。"土人伽迪纳压低嗓门说。

季风雨在击打A形顶架长形棚屋的帆布屋顶——棚屋用竹子支撑，四面透风。在这强噪声中，土人伽迪纳几乎听不见自己的声音。雨的喧嚣只使夜晚比白天更荒凉，在某种意义上更难忍受——在白天，虽然他的唯一要务是尽力活下来，但至少有同伴相陪。在层层噪声的障幕中颤抖的丛林，雨水猛击泥土，翻腾发出像击鼓似的无休止的闷响，看不见的水流发出诡异的响声，像耳光和拳击，在他听来都让人郁闷。

又一滴水落下来。

"做路标、纪念碑、墓碑的石头堆，我的好伙计，"土人伽迪纳从齿缝里嘶嘶地说，"挪过去。"

土人伽迪纳帮着把弃置的日本卡车拖回来以后回到帐篷，一点儿也不知道从那时到现在多长时间过去了；二十名战俘满满地挤睡在两张虱子肆虐的竹搭平台上，他在其中寻找他的地方，结果发现睡他右边的俘虏小不点儿米德尔顿翻身把他的铺位几乎全占了。土人只能侧身挤在小不点儿身旁，正好在一根竹竿下面，雨水顺竹竿流下，滴到他的脸上。小不点儿像一堵砖墙塌在他的身上，但土人伽迪纳想，小不点儿体重要有八十四磅算他运气。小不点儿身上长满体癣，土人真不想挨着他。他又从齿缝中嘶嘶地说——

"看在老天爷的分儿上，小不点儿。"

小不点儿米德尔顿显然什么也没听见。土人伽迪纳把手腕抬到眼前，想看时间。手腕上什么也没有——几个月前，他用夜光表换

155

了一听葡萄牙沙丁鱼罐头。他把手臂放落下来。土人伽迪纳对自己说，好事儿是天还黑着。他又湿又累，但还能歇几个小时。土人总在找好事儿——无论多么微不足道——结果他常常能找到。尽管他还醒着，好事儿是他不用起来到铁路上干活，反而能再睡一会儿。这很好；他会觉得睡眠很受用——只要能让小不点儿挪动一点儿。他把对体癣的顾虑放在一边，反推躺在旁边的身体。

"挪过去，你这胖子。"

推了一会儿，土人放弃了，他背对小不点儿侧身躺着，把头缩进怀里，这样，雨水刚好就滴不到他的脸上了。虽然知道是冒傻气，他还是认为后背染上体癣的可能性比前身要小，他说不清具体为什么。蜷缩在属于他自己的黑暗里，确信没人会知道而觉得安心，土人把手伸到头上方去够他的军用挎包，把它拉下来，放到平台上他的胸口上。在黑暗中他小心抓摸，从包里掏出两样东西，他知道会是两个小奇迹：一个煮鸭蛋和一听炼乳。

奶还是蛋？他想。哪一样？

从日本卡车上偷来的炼乳可以留很长时间不变坏，所以最终他决定最好先留着它，哪怕就几天。兔子亨德里克斯用鸭蛋换了一支绘画用的毛笔，毛笔是土人从一个日本军官的野战挎包里偷来的——这个军官在去缅甸战场的路上经过战俘营。他偷窃的手法基于速度和戒慎：从不偷到会导致盘查，而是偷得刚好够帮他"慢跑下去"。

在此之前，战俘营的日本指挥官已经给了兔子亨德里克思两个鸭蛋，请他为自己和自己的密友们画些明信片上用的素描——估计是要寄给他们远在日本的情人和家人。虽然日本人时不时地这样利用兔子的才艺，但他们很可能会杀了他——如果看到他创作的关于营里日常生活的素描和水彩画：惨不忍睹的苦工、殴打、刑罚——因此兔子亨德里克斯把它们仔细藏好。但他的创作即将结束。前一天晚上在"线"上轮值做夜工，兔子觉得肚子一阵撕裂般的绞痛，不得不马上蹲下拉屎。他还没站起来，在附近干活的大马哈鱼费伊就瞪眼盯着地上。兔子亨德里克斯转过身。在他身下，他看到大肠把他的命运写在一洼淘米水颜色的屎上。自从九天前突然出现霍乱，战俘们比日本人更怕拉出这样的屎。

大马哈鱼费伊和其他两个人帮着土人用马虎现做的担架把兔子抬回去，沿着"小甜心"爬上爬下——"小甜心"是连接"线"和三英里半以外营地的丛林小道——一个迂缓得令人痛苦的费力过程，兔子在一阵剧烈呕吐中遗失了他的假牙，他们在黑暗中寻找，更放缓了这个进程。他们在夜晚的丛林中艰难地摸索前进——回家仅有的指引是泥路的坑洼和前头生病战俘遥远的呻吟——终于，午夜将至，他们回到营地，浑身是泥巴和水样的呕吐物。兔子亨德里克斯，连同他的水彩颜料盘、素描本和秘密作品，很快消失在霍乱隔离区，越来越多的人被送到那儿，但从那儿回来的寥寥无几。从此，他存留下来的就仅有这枚发黑的鸭蛋了，这会儿，土人伽迪纳正灵巧地剥下蛋壳，只破成三瓣儿。

雨又一次更猛烈地砸下来了。这一砸带来一阵新鲜潮湿的微风，短暂吹进用作营房的僻陋棚屋，吹走屎和腐烂的恶臭，来自所有挤满棚屋、睡在两个长长的竹搭平台上的人。土人把这微风当作希望的一种形态来感受，他尽量告诉自己，这又是一件好事。但雨水又开始滴到脸上，他想翻身，但小不点儿还在那儿，他又推搡，但小不点儿纹丝不动，打着鼾，整个世界他都不为所动。

"你他妈就真的不能挪开点儿，小不点儿？"

"住嘴，土人！"平台那头有人吼。

土人对小不点儿束手无策。小不点儿闻上去也臭烘烘的。又下起来的雨下得很大，他发着烧，加上这噪声，有时很难分清哪些是他脑子里的,哪些来自外界。他脑海中浮现第一次见到小不点儿的情景——壮得像一头公牛,脱光衣服,昂首阔步四处走,收紧肌腱,挺直腰板,发出不知所云的欢叫,一个美轮美奂的身体。"像一只在周日清晨四处寻寻觅觅的公鸡。"大马哈鱼费伊说。

口粮配给少得让他们挨饿,小不点儿体重减轻好像更凸显他的身体不同凡响。好像挨饿没有销蚀,反而磨砺了他的体格。小不点儿的身体战无不胜:疟疾、痢疾、糙皮病、脚气病。这些疾病打垮并开始杀死其他人,对他似乎没影响,好像他身体的壮美本身是免疫力的一种形式。以一种未可知的方式,战俘营没能降伏他,日本人也没能使他屈服。

小不点儿的活是在岩石上打洞:用一把两只手才能举起的锤子把钢条慢慢砸进岩石,直到达到所要求的深度。等洞够多了,一个日本工程兵在里面填上炸药,轰开岩层。土人是小不点儿的帮手,把牢钢条,紧接每一锤把钢条转九十度,以便把它钻下去。跟其他战俘不同,小不点儿干起活来精力充沛,对自己最先完成工作定额感到骄傲。这是他对抗日本征服者的胜利。

"让他们这些小个子黄种畜生看看白种人是什么样。"他会说。

他好像没注意到,在他干完后,日本人强令每人都跟他一样。

"那个该死的泰山①会替我们都做完。"羊头莫顿说。

如果小不点儿又创造了新纪录——他好像隔一段时间就全神贯注于创造一个新纪录——日本工程师会依此定下新的日工作量,接下来,其他没他那么壮的人会在勉为其难完成定额时受罪。

"操你妈,告诉他。"羊头莫顿对土人说。

"告诉他什么?"

---

① 《人猿泰山》的主角。

"他妈的去死。去死。"

"说去死、去死,还是只说去死。"

"去你妈的。"

"好伙计,"晚些时候,土人对小不点儿说,"也许你得悠着点儿。"

小不点儿笑了。

"就一点儿,不是每个人都能干活干得跟你一样快。"土人说。

小不点儿是虔信的福音会成员。他神秘地微笑着说:"主给我们身体用以劳作,并在其中感受喜乐。"

"好么,又一个同性恋最近不见踪影了。但如果你不悠着点儿,不用多久我们就都见着他了。因为你不悠着点儿,每个人都会死在你手里,小不点儿。"

"主将按他的意志照护我们。对这事儿我这么看。"

小不点儿,这个肌肉发达的基督徒,把自己保持在一百一十英尺短跑冲刺运动员的状态,双手放在屁股上,身体稍微松弛,介于剧烈运动和全然放松之间,紧绷绷的,毫无瑕疵,脸上带着软塌塌、叫人发疯的微笑,他盯着土人伽迪纳。

土人渐渐恨起小不点儿。日本工程师用他们不懂的米制丈量法来设定每个新的工作定额——开始一米,然后两米,再然后三米——小不点儿都在比日本人规定时限更短的时间内完成,然后,其他每个人——发烧的,饿肚子的,濒死的——必须干完跟这疯子干的等量的活儿。其他人想方设法干得慢点儿,少点儿,好为这个由本能支配的艰巨任务节省他们被日本人控制的体力。但小不点儿不这样,他腹部起伏,胸肌鼓起,野兽似的胳膊紧绷。他把这儿当成他工作过的剪羊毛棚子,好像全都还是无关痛痒的竞赛,到了晚上,他就又被评为剪羊毛的顶尖高手。但他的虚荣心只让日本人受益,让其他人往死路上走。

"计程器"来了。从此生活没有其他,只有日本人用越来越多的殴打、越来越少的食物驱迫他们在白天越来越卖力地干越来越长工时的活儿。战俘们更滞后于日本人的调度,对工程进展的要求变得越发不管不顾。一天晚上,战俘们正筋疲力尽躺倒到竹搭平台上去睡觉,有命令让他们回去接着干切割。就这样,夜工开始了。

切割是在岩层里凿出的一条沟,六米宽,七米深,半公里长。在竹子点燃的火光中、给塞进竹子的破布浇上汽油做成的粗劣火把的照明下,赤裸肮脏的奴隶们在一个诡异的世界里开始干活——这世界地狱般充满跳跃的火焰和滑动的黑影。用锤的人必须比任何时候都更精神集中,因为锤子落下,钢条就消失在它阴影的黑暗中。

那是第一个晚上,第一次,小不点儿力不从心。他生着疟疾,浑身发抖,使锤子的动作不再是优美自如的举起再落下,而是一项意志力勉为其难的苦差事。好几次,土人伽迪纳不得不跳开躲避,因为小不点儿手里的锤子失控了。过了不到半小时——也许几小时——土人记不得过了多久——小不点儿的锤子举到一半,接着颓然落地。土人惊愕地看着小不点儿踉跄着走了半圈,像来回跳吉格舞,然后砰然倒地。

一个身材矮小、肌肉发达、脸上肤色深浅斑驳的看守走过来:巨蜥。有人说巨蜥有白癜风,所以他疯了,其他人干脆说他是疯子,最好什么情况下都别碰上他。还有人说他是魔鬼本身——不可理喻,无可躲避,冷酷无情,在反常情况下,他又令人不解地善良好心,好像正经历一种极端的痛苦。但既然在"线"上的人对上帝不再有什么信仰,要他们相信魔鬼也很难。巨蜥就是存在着,这跟很多人但愿他不存在一样。

巨蜥看了一会儿他们干活,慢悠悠地转过身去看别处,好像在思考，又同样慢悠悠地转回身。这些动作很奇怪，又不连贯，是他暴力发作的必然前奏。他用一根长长的厚竹板抽打小不点儿，打了一两分钟，又在小不点儿的头和肚子上胡乱地踢了几脚。就巨蜥打人的一般情况而言，土人不觉得这次有多狠。不同的是这次打的是小不点儿米德尔顿。

从前，他以近乎傲慢无礼的气度浑身紧绷，承受拳打脚踢，好像他的身体比任何殴打都有力量，而现在，在炸开的切割面上，他像破布、稻草做成的无生命的东西一样打滚，像沙袋一样被动承受击打和发出回声的、更着力的击打。打到最后，小不点儿的举动非同寻常。他开始抽泣。

巨蜥被震怵了。跟土人一起，他愕然地看着。从来没人在"线"上哭过。这不会是由于疼痛或羞辱，土人想，也不会是由于绝望或恐惧，因为每个人都活在其中。

摇晃着头，火焰的阴影像指爪，要钳住他被汗水玷污的肮脏身体，小不点儿开始半拍打、半抓挠胸口，好像他尽力要把阴影打跑，又打不跑。在土人看来，他在怪罪他的身体，因为这个强壮的身体从前总是得胜，带着他狭隘的头脑和渺小的心走了这么远，只是为了现在无情地、出乎意料地背叛他——在由火焰、阴影、疼痛组成的地狱般诡异的露天隧道中。随着身体在动摇，小不点儿迷失了。

"我！"他大喊，在身上拍打撕扯，"我！我！"

但这么喊是什么意思，没人真的知道。

"我！"他停一下又喊，"我！我！"

土人把小不点儿扶起来，一边警觉巨蜥，一边拿起锤子，把钢条递给小不点儿。小不点儿蹲下去，把钢条放进他们事先在打的洞里，把住了，失神的泪眼直勾勾地盯着钢条，土人举起锤子往下砸。

第二次举起锤子,他不得不提醒小不点儿把钢条转九十度。锤子落下又举起,小不点儿纹丝不动,紧抓钢条,好像它是给他提供支持、稳定和安全感的不可或缺的东西,土人再次提醒他把钢条转九十度,声音温柔得像在跟一两岁的孩子说"把手给我"。在夜晚余下的时间里,他用同样温柔的声音不断地对小不点儿说:"转了——转了,伙计——转了。"就这样,他们干着,好像一切照常。"转了——转了,伙计,"土人伽迪纳吟唱着,"转了。"

但某种变化发生了。

土人知道某种变化发生了。接下来的几周,他留心观察,看到小不点儿壮美的身躯日渐枯萎。日本人知道某种变化发生了,他们好像开始经常打小不点儿,带着更恶毒的用意,但小不点儿好像不在乎。虱子知道某种变化发生了。每个人都长虱子,但土人注意到,从那天起,虱子开始密集成群在小不点儿身上爬,但小不点儿好像不在意身体满溢虱群,他不再操心洗漱,或在哪儿大便。然后,体癣长出了。好像连菌类都知道某种变化发生了,它们感觉一个人自暴自弃,已经跟腐烂回归泥土的尸体一样。小不点儿知道某种变化发生了。小不点儿知道,在他的内心没有什么残留可以使正在发生并会导致某种结果的事停下来。

土人依然坚定地跟小不点儿在一起,但他内心有些什么使他对小不点儿感到厌恶——这个从前自以为是的男人,这个曾经傲然的男人,这个目前总在拉屎的骨架子。他内心认为小不点儿在放任自己,这是性格的失败。他知道这想法不过让他自己感觉好受些,让他觉得他会活着不死,因为他还能对这样的事做出选择。但他心里知道,他没有这样的能力。从小不点儿腐臭的呼吸中,他能闻到无可置疑的实情。无论那腐臭是什么,他担心它会传染,他只希望能躲过它。但他得帮小不点儿。没人问为什么,每个人都确切地知道。

他是一个伙计。土人伽迪纳厌恶小不点儿,认为他是一个傻瓜,同时也会竭尽所能让他活着,因为勇气、存活、关爱不只活在一个人心里,它们活在所有人心里,否则它们死去,每个人会随之一起死去;他们相信,哪怕只遗弃一个同伴,就是遗弃他们自己。

2

等剥好鸭蛋,土人伽迪纳能闻到强烈的味道,鸭蛋在指间湿乎乎,光溜溜的,肥腻得有些让人犯恶心。都要把它举到唇边了,他停下来,想了想,叹一口气。他摇着小不点儿睡着的身体,没太使劲,但很坚执。

小不点儿终于动弹了,土人把鸭蛋凑近他的鼻孔,让他别出声。小不点儿像猪似的嘟囔,土人用勺子把鸭蛋分成两半。小不点儿双手捧成杯状,好像那半个鸭蛋是他正接受的圣餐礼——这也是为了不落下一丁点儿碎蛋黄。紧接着,土人往小不点儿捧成杯状的手中加上半个小炸饭团——他把上餐省下来,藏在了毯子下面。

在湿漉漉的黑暗中,没人能看见或听到他们,在墨色的孤独里,没人会问他们怎么有多出来的食物,他们偷偷摸摸地吃着。土人吃得很慢,一点儿一点儿品尝,嘴里分泌出那么多唾液,他担心咀嚼发出液体搅动的响声会惊动别人,但这响声被夜晚其他湿漉漉的噪声吞没了。

他舔掉手指上煤烟色的油脂。鸭蛋和米团在胃里是不舒服、不成形的一堆,在嗓子眼儿留下酸溜溜、油乎乎的火烧火燎的感觉。他不会死了。他不再在乎小不点儿把铺位差不多全占了。他还能感觉米粒在唇上,还能尝到嘴里美妙的油脂和肥腻的蛋黄,他头晕,想睡觉。他不确定是他溺水了,还是在某张床上也有一张桌子，桌上摆满小龙虾、苹果、带杏儿的碎面包和烤羊腿，干燥的床上放着干净毯子，床脚有一盆火，雨夹雪在抽打小卧室远处的窗户。他吃过了。他希望吃更多，他沉得越来越深，他在桌边，睡着了。

等再醒来，他的肚子硬得像拳头。天还黑着。他嘴里有一股肥皂味儿，一阵可怕的疼痛绞着他皱巴巴的肚子，使他无暇顾及其他。他呻吟着坐起来，因为费劲喘着气，他抓起铺位下装满水的煤油罐，开始赤脚穿过黑暗、淤泥、雨水，向"便所"走去，那是日本人坚持对营里排泄场所的称谓。

"便所"离睡觉的棚屋有一段距离——一条二十英尺长、两个半英尺深的沟，人岌岌可危地蹲在沟上黏腻的竹垫上方便。下面起伏的粪便盖满蠕动的蛆——"像拉明顿蛋糕密密撒着椰仁屑。"大马哈鱼费伊曾经说。"便所"令人作呕，令人毛骨悚然。当俘虏们争相设计干掉他们最痛恨的看守时，他们开玩笑说要把巨蜥淹死在"便所"。即便对他们，要想出比这更可怕的死法也很难。

日本人下令必须通宵点着的老虎火早被不止歇的雨水浇灭了。世界黑暗，季风云层几乎遮灭星月的光亮，丛林使所剩的大部分东西都湿透了。土人伽迪纳慌忙两脚交替，小跳前进，用多出来的手紧捂肚子，尽力不使任何动作太大或太猛，以致牵扯到肚肠，使它们过早失控。九十度曲腰，他循着鄙陋营地隐约在黑暗中的主要特征来确定方向。从摇摇晃晃、竹子搭建的棚屋里传出其他战俘的呻吟、鼾声和喘气声，或许源自疼痛，或者源自悲伤，或者源自回忆，或者因为死之将至。或者混杂了所有这些。暴雨势不可挡，发出单调持续的低响，把精疲力竭、身心哀毁，以及希望发出的每个声音都冲到淤泥中去。

钳制腹部的疼痛使他完全醒了，为了不走路时把屎拉在身上，他付出如此艰苦的努力,以至于他短促费力地喘着;当他从小道两边腻歪歪的高处滑落到满是淤泥的路中央,脏泥巴齐到脚踝,土人离便所还有一段距离。一瞬间,他惊恐万状。为了重新站到坚实一些的地面上,他不假思索地连滚带爬,刺激了肠胃。他感到极度紧张的猝然释放,随着一阵化解疼痛、恐惧、焦虑的排泄,他意识到他在营地主道中间把屎拉在自己身上了。

身心交瘁感强烈得可怕,把他压倒,肛门像火烧,他头晕目眩,只想躺倒在泥中拉屎,永远睡过去。但他跟这个想法较劲,因为肚子又像螺旋绞刑器一样收紧,他再次感觉一股臭气熏鼻的卤汁样的稀屎溅射出体外。为了努力不让自己躺倒,他气喘吁吁;他肚子拉空了,紧接着又觉得满满的。

他把自己拱手交给身体,又拉了一次,他恨自己做出这样的事:连走到便所都做不到,在明早其他人会走过的路上,把屎弄得到处是。他想着"大家伙"命令他们遵守严谨的卫生习惯,他们全都认为清洁——在其可行的范围内——对他们活下去必不可少。虽然对发生的事无能为力,他仍然感到愧疚,觉得被打败了。

没办法把屎流成的溪涧同深深的淤泥分开,无边无际、永无终结的污浊、悲惨的世界。它被雨水翻耕,变成别样的东西,一种无可逃避、不可逆转的衰退,发生在每样东西、每个人身上,正把它们全都归返丛林。下次——他告诉自己——无论发生什么,他都要走到那该死的糟糕透顶的厕所。最后一阵排泄没让他爽快,他知道拉出的不过是一些带着一条油乎乎血痕的黏液罢了。

等拉完了,这件耗神费力的事让他头晕,土人慢慢用力站起来,直到挺直全身,踉跄几小步。他离开主道,然后,他开始用煤油罐里的水尽可能把自己洗干净。屁股麻木得跟绞索差不多。他花了一些时间清洗肛门——在衰毁的肉体上,肛门怪异地凸起,留给他一种难以释怀的深重厌恶感。他突然觉得发冷,大腿、小腿剧烈抖动。水泼到腿上杯口大的热带溃疡上,他不习惯地猛抽一口气,遏止住一声尖叫,他安慰自己说,使伤口保持清洁是好事儿。伤口必须保持清洁。他脑子感觉不对劲——他猜是疟疾,他的感官又敏锐又迟钝,但在他心里,至少有一点仍然鲜活生动,毫不妥协,他至少明白这一点:要放弃很容易。不管土人脑子烧得多厉害,他明白放弃不仅是一件坏事,而且是仅此一件最坏的事。通往幸存的路是永远在小事上不放弃。放弃了就走不到便所。下次,他发誓,他会走到那儿——无论多么难。

他的脚埋进淤泥,被迫留在污秽中,对此他无能为力;就这样,尽可能洗干净了,他趟着屎和稀泥走回棚屋,回到平台上属于他的地方。他爬回到脏兮兮、臭烘烘的毯子下面,把他不幸的脚一起拖上来。一种湿漉漉的衰竭把他带入梦乡,他睡前最后的意识是他又饿了。

3

号手吉米·比奇洛吹的"起床曲"余音袅袅散入湿冷的清晨,公鸡麦克尼斯睁开眼。灰光弥散,给没墙的棚屋、屋外丛林中战俘营的臭泥地、污秽和绝望上了色,把它们变成铁和煤烟色的暗影。更远处,柚木雨林是一堵黑色的墙。

公鸡麦克尼斯在还没完全醒来时,就和每天早晨一样,用一项练习拉开早晨的序幕——为了培养自律,他设定了几项练习,他坚信这几项练习会在心理、生理、伦理方面确保他会活下来。他开始轻声诵读前一天晚上背下的一页《我的奋斗》。他发现书中涉及犹太人的部分最容易——这本书很多部分讲到他们。它们有大踏步行进的节奏，背起来不那么难，"犹太人"这个词是循环反复的副歌，帮助他记忆，但到了讲纳粹党在巴伐利亚早期历史的部分，他记不起了，他尽力想记起来。犹太人在哪儿？公鸡麦克尼斯想，当你真正需要他们的时候？

"炮弹落在白金汉宫，"附近有一个声音说，"杀死国王和格雷西·菲尔德斯①。"

他把自己拖到竹搭平台的边缘，挠着大腿，更起劲地挠胯裆，始终低声自语纳粹德国冲锋队员的英勇。他在胯裆里摸到一个硬得像壳似的东西，把它碾碎，又摸到一个，再又摸到一个，直到这时，他才开始感觉瘙痒和掐捏似的痛感，是住在竹板缝隙间的虱子在咬他。

"我为日本人说一句公道话，"注意到他在挠痒，一个老人说，"他们把你整得筋疲力尽，就是虱子把你的阴囊当早饭，你也照睡不误。"

公鸡麦克尼斯知道是羊头莫顿在说话。他看上去像一个枯槁憔悴的七十岁老头，但他实际年龄不可能超过二十三或二十四岁。

"我想有人说过格雷西·菲尔德斯跟一个拉丁人打得火热，"手拿坑坑洼洼的军号，吉米·比奇洛走回棚屋里说，"他们不是叛逃到墨索里尼那儿去了吗？"

"只是闲言风语，"大马哈鱼费伊说，"我从前几天打营地经过的荷兰人那儿弄来一些好消息。我是地道的荷兰人。他们大部分是欧洲人跟印度人的杂种。他们说俄国佬在斯大林格勒打了败仗，美国佬入侵了西西里，墨索里尼被推翻了，新意大利政府在呼吁

---

① 格蕾西·菲尔德斯（1898—1979），英国女星，涉猎电影音乐和音乐剧等，一九三八年被任命为大英帝国负责娱乐的总指挥官。战时从事娱军等服务，在政界娱乐界声望很高。

和平。"

公鸡麦克尼斯长着散乱的黄棕色胡子,集中思想时习惯把下唇的胡子吸吮上来在齿间咀嚼。嚼着胡子,他想起上周有传闻说俄国人在斯大林格勒打了胜仗。显然是布尔什维克的宣传,他想。最有可能是土人伽迪纳说的。他会说这类话。公鸡麦克尼斯恨布尔什维克,但总的来说,他更恨土人伽迪纳——粗鄙下流,不值得信任,跟大部分欧洲人和印度人的杂种一样。他也无法接受伽迪纳的习惯——在"计程器"终止一切跟干活或睡觉无关的事之前,有时在"线"上干了一晚上的战俘蹒跚走回来,他会站在营地边的柚树墩上唱《假如没有一支歌》。其他人好像喜欢他那么做,公鸡麦克尼斯恨他那么做。

对公鸡麦克尼斯来说,恨是一种强大威力,像食物一样。他恨有色的外国佬、意大利佬、吉卜赛人和拉丁人。他恨日本佬和越南佬,作为一个公正的人,他也恨英国佬和美国佬。在他们澳大利亚人自己的种族里,他没发现什么可崇拜的,有时他意识到自己在找理由证明他们活该被征服。他重新开始低声诵读《我的奋斗》。

"你又在叽咕什么,公鸡?"吉米·比奇洛问。

公鸡麦克尼斯转身看这个号手——他最近刚转到他们棚屋,对他的晨练仪式一无所知。公鸡麦克尼斯认为吉米·比奇洛属于维多利亚时代,所以他无所顾忌地告诉他,这些罪犯所生的塔斯马尼亚人玩牌,崇拜足球,有赛马瘾,跟理想的澳大利亚人根本不沾边,他们俩都身不由己住在他们的棚屋里,生活在他们中间,他的知性日渐迟滞,为了阻止这个退化过程,他给自己布置了一项任务——把一整本书背下来,一天背一页。

"对极了。"吉米·比奇洛说——他没敢告诉公鸡麦克尼斯他家在胡恩谷,他跟伽利波利·凡·凯斯勒一样是征兵征来的。但作为活过这场战争的手段,他接上说,"确实还有比四个人玩克瑞布①更糟糕的事。"

"理智!"公鸡麦克尼斯说,"理智,詹姆斯!"

伽利波利·凡·凯斯勒问他想没想过玩五百分牌戏,又说尽管有人说五百分牌戏也许比克瑞布更得动脑筋,但他不完全同意这个说法,五百分牌戏也许更对公鸡的口味。说白了是不带臭牌手的桥牌。

"当然,是不是有哪本书能帮他们,我没把握。"公鸡麦克尼斯说——为了不看伽利波利·凡·凯斯勒,他环视同住的其他人。"他们带着命定的烙印。"

"对极了。"吉米·比奇洛说,他根本不明白公鸡在说什么,公鸡只是喋喋不休,说他恨《我的奋斗》,恨希特勒,恨必须每天背下一页这个吃香肠家伙的胡言乱语。但当他开始这项心理自律的练习时,在位于爪哇的日本战俘营里只能找到这本书;另外,他说——他的胡子沾了口水有点发亮——了解敌人的论证有好处,无论怎样,书的内容跟练习要达到的目的完全不相干。他没说希特勒的宣言在他看来那么有道理,这让他很吃惊。

"前些天经过这儿的欧洲人跟印度人的杂种荷兰人,有一个真的读懂了这本书,我告诉你,"大马哈鱼费伊说,"我相信他。我把厚大氅卖给他了。"

公鸡麦克尼斯问他用大氅换来什么。

"三块钱加一些棕榈糖。还有一本书。"

"一件大氅至少值十块。"公鸡麦克尼斯说——他也恨不管来历不明的荷兰人。"一本什么书?"

---

① 一种赌牌游戏,可以两个到四个人玩。

"一本讲美国西部的好书。"

公鸡麦克尼斯勃然大怒。

"你可能想读没有《印第安人牧场谋杀》或者《马圈上的落日》好的书,"他冲口而出,"但如果这是澳大利亚人的普遍心态,我愿上帝拯救澳大利亚。"

大马哈鱼费伊问公鸡麦克尼斯愿不愿意用《我的奋斗》交换这本书吗?他举起一本脏兮兮的《太阳正落下,苏族人正崛起》——已经被拇指磨损得很厉害了。

"不,"公鸡麦克尼斯说,"不,我不。"

尽管晨光依然暗淡,却正慢慢地使棚屋凸显在靛蓝色中。醒来的俘虏热闹起来的谈话骤然停止,全从公鸡麦克尼斯的肩膀上望过去,看着同一个方向——一阵压低的笑声在平台上此起彼伏,俘虏们一个接一个揉眼睛,不相信他们所看到的。公鸡麦克尼斯转过头。这是迄今为止一个最令人匪夷所思、最出乎意料的情景。他把胡子吮进嘴里。

饥饿和疾病使他们几乎全都丧失了性欲,很多战俘开始担心这会对他们战后的性生活产生持久影响。医生说这不过是饮食问题,让他们重树信心,说只要饮食合理,他们的性能力不会有问题。但俘虏们还是担心,当苦难煎熬结束了,他们会不会是正常人。他们中没有一个人能记起上次勃起是什么时候。有的人担心回家后能不能让妻子快活。伽利波利·凡·凯斯勒说他不知道有谁在几个月里有过一次勃起,羊头莫顿声称他有超过一年没勃起过了。

因此,他们眼前出现的是最不可思议的奇观——不容错过,非同凡响。

"小不点儿,我的伙计,"伽利波利·凡·凯斯勒说,"看啦,敲着死神的门,还像一根他妈淋着雨的竹子。"

从小不点儿米德尔顿依然熟睡的、骨瘦如柴的形体上挺立起一个勃起的硕大阴茎——像军团旗杆向空中矗立。这个曾经肌肉发达的基督徒自己仰卧着，对所有的注目无知无觉，正开心地梦见一次邪恶的猎艳经历，他的性欲丝毫没受到饥饿和疾病的影响。

大家一致认为这件事令人欢欣鼓舞；尽管在过去几周里，小不点儿堕落到那么下贱的地步，这件事依然令人欢欣鼓舞。这奇观如此非同凡响，每个叫醒别人又打手势让他们看的人都压低嗓子。这奇观引来低低的笑声、黄色笑话和众人分享的欢乐，一个人却发出反对的声音。

"我们能做的只是这些吗？这样最好？"公鸡麦克尼斯问，"在一个人低落时嘲笑他？"

大马哈鱼费伊评论说，他认为小不点儿看上去士气很高昂。

"你们这些人不正派，"公鸡麦克尼斯嘟囔着抱怨，"对别人不尊重。不像老派澳大利亚人。"

"我来替你把他盖上，公鸡。"土人伽迪纳说。他从大腿边拾起一大片鸭蛋壳，靠过身去，小心翼翼地把它放在勃起阴茎的顶端。

小不点儿继续熟睡。他戴帽子的阻茎升到他们上方，像生机勃勃的森林蘑菇，在清晨的微风中竟然轻微颤动着。

"取笑别人不对，"公鸡麦克尼斯说，"如果这么做，我们不比糟糕的日本人好到哪儿去。"

土人伽迪纳指着蛋壳儿——看上去像罗马天主教主教戴的某种头饰。

"他被提拔为罗马教皇了，公鸡。"土人伽迪纳说。

"见你的鬼，伽迪纳，"公鸡麦克尼斯说，"别打搅这可怜人，给他留一点儿体面。"

他把自己向上拖，直到坐起来，然后站起身，走到小不点儿米德尔顿睡觉的地方。在小不点儿摊开的两腿间屈身向前,公鸡麦克尼斯伸手要去拿掉在他看来是侮辱人格的玩笑东西。

就在他手指握住蛋壳的时候,小不点儿米德尔顿醒了。四目相对,公鸡麦克尼斯的手僵在蛋壳上,或许还把它稍微捏破了一点儿。小不点儿米德尔顿把自己拽起来,显出一股愤怒和能量,跟他枯槁的身体完全不相称。

"你妈的变态狂,公鸡。"

满怀羞辱,在所有人的取笑,特别是土人伽迪纳的笑声中,公鸡麦克尼斯回到平台上他睡觉的地方,之后,他有了一个惨痛发现。他在军用挎包里翻找《我的奋斗》,用来比照背下的内容,发现他的鸭蛋不见了,他三天前买了藏在包里的鸭蛋不见了。他琢磨丢了的蛋,琢磨土人伽迪纳放在小不点儿米德尔顿身上的蛋壳,他确信黑衣王子偷了他的蛋。

他当然不能有所举措——伽迪纳会否认偷蛋,别人更会取笑他,也许还会觉得偷蛋这想法很逗。但在那一刻,他恨伽迪纳——偷了他东西,又用偷来的东西羞辱他——这恨强烈凶残,远胜过他对日本人的敌对情绪。对公鸡麦克尼斯来说,恨无往不在。

4

土人伽迪纳穿好衣服;跟其他人一样,他的衣物只有戴在头上的宽边军帽和日夜穿着的兜裆布——一根只盖住阴茎的脏兮兮的G形破布条——他一下子就穿好了。他整理床铺——那床算不上床,也一下子就整理好了。他把军毯叠成大日本帝国陆军要求的通常样式,放在大日本帝国陆军军纪规定该放的地方——竹搭平台上他铺位的尾部。雨停了。丛林滴水声停了,代之而起的是丛林鸟叫细碎成粒的音响。

他拿起他余下的八件财物中的一件：他的军用餐盒——两个凹痕处处的锡碗，一个套一个，当盘子、水杯和饭盒用。他正动手把餐盒上用金属线做的把手像发梳似的穿到兜裆布上，有人叫起来。几个看守正往他们的棚屋走来，做突击检查。棚子里突起一阵骚乱，情急之下，他们把毯子叠好，把军用背包抖抻放好，把各种违禁品尽量藏好。

巨蜥领着两个看守，沿着棚屋中间的走道向里走，俘虏在走道两边他们分享的军用床前立正站好。巨蜥把一个军用挎包死命摔进外面的泥地，不知何故抽了另一个人一记耳光，在土人伽迪纳面前停下来。

巨蜥从肩上取下步枪，用枪筒顶尖把土人伽迪纳的毯子挑起，抛到泥地上——动作缓慢，漫长得令人难捱。他低头看了一会儿那脏兮兮的毯子，又抬头看土人伽迪纳。他嘶喊一声，使尽全力把枪托砸在土人伽迪纳头的侧边。

俘虏猝然倒地，另一个看守朝他脸上乱踢，他抬胳膊去遮挡的动作太慢。他忍痛往走道旁扭动身体，躲到竹搭平台的下面，但在到达那儿之前，巨蜥在他头上又是狠命一脚。接着，正如开始得突如其来，这场殴打出人意料地戛然而止。

巨蜥继续以他与众不同、僵硬造作的步态顺着走道走，莫名其妙地抽了大马哈鱼费伊一记耳光，然后跟随从一起消失在棚屋另一头的出口。土人伽迪纳站起来，有些摇晃，脑子仍然昏乱，嘴里的血咸咸的，身上盖满平台下脏臭的泥巴。

"折的样式。"吉米·比奇洛说。

"还不算太糟。"土人说。

他指的是挨打。他吐出一块血团。对他这样衰萎的身体，这血

173

尝着太咸、太浓厚。他头晕。他把一根指头伸进嘴里，摸着刚才被踢到的臼齿。臼齿松了，但如果运气好，还不会掉。他脑子感觉不对劲。

"你忘了怎么折毯子了。"羊头莫顿说。

"我他妈把该死的毯子叠好了。"土人伽迪纳说。

拇指和食指间夹着一个烧着闷烟的烟蒂，吉米·比奇洛指着自己的毯子。

"看。"他说。

"毯子该向外折。"

"你的毯子朝里折的，"羊头莫顿说，"违反了日本佬的军纪，你知道。"

"巨蜥以为你逗他玩儿，"吉米·比奇洛说，"抽一口。这儿——"他把拿着湿漉漉烟蒂的手伸给土人伽迪纳。

吉米·比奇洛手上覆满张裂的死皮，感染严重，全是黄脓和红肿。疾病让土人伽迪纳感到恐怖。它抓住你就不放手。

"这儿，"吉米·比奇洛说，"拿去吧。"

土人伽迪纳没动。

"这儿只有死亡在传染，"吉米·比奇洛说，"但我没得那病，是吧？"

土人伽迪纳接过烟蒂，把它举到张开的嘴边——没让它碰嘴唇。

"对极了。"吉米·比奇洛说。

土人抽了一口。他看见四个人抬着一个竹担架，跌跌撞撞地朝医院走。

"我想是吉卜赛人诺兰。"大马哈鱼费伊说。

烟打着卷滚入土人嘴里，味道酸涩、辛辣、地道。

"那是我们玩克瑞布四人组中的一个废掉了。"羊头莫顿说。他转向公鸡麦克尼斯。"你有兴趣接他的班吗？"

"什么？"公鸡麦克尼斯说，他还在感受蛋壳儿事件中所受羞辱的刺痛。

"吉卜赛人。他——怎么说好呢。走了。他特别喜欢玩克瑞布。他会特别不高兴，想到他就要——"

"死了？"

"咋说呢。差不多吧。我是说，那伙计也许是一个白痴。但他特别喜欢玩牌。这是我记得的吉卜赛人，所以我坚信他会希望我们继续玩。"

"玩克瑞布？"

"为什么不？桥牌从不是吉卜赛人的拿手活儿。"

土人伽迪纳又深长地吸一口，把烟吞进去，憋住气。瞬间，世界静止无声。随着浓厚滞腻的烟而来的是宁静，仿佛世界停下了，烟在嘴和胸腔里停多久，世界就会停多久。他闭上眼，把烟蒂伸出去，让吉米·比奇洛拿回去，随着浓重的烟而来的是弥漫全身的虚无一物的感觉，他让自己沉溺其中，但他的脑子感觉不对劲。

"我恨打牌。"公鸡麦克尼斯说。

雨又回来了。它是噪声，不给人带来祥和安适，不让人释然开怀。雨不是轻轻扫过柚树和竹子，它不叹息，没带来烦嚣后宁和的寂静。相反，它冲撞着进入多刺的竹丛，在土人伽迪纳听来，瓢泼的雨声像很多东西在碎裂。雨声响得使他们不可能讲话。

他走出去，站在暴雨中，洗掉身上的泥巴。雨形成溪流，纵横流过营地，脚下出现肮脏的细流。他凝神看一个锡饭盒顺着水流过他们的营房，过了一会儿，他看见一个拄一双竹拐杖、只有一条腿的西部澳大利亚人单脚跳着，追赶那个锡饭盒。

但他的脑子感觉不对劲。

5

多里戈·埃文斯每天早晨刮脸,他相信他必须为了他们在困境中注意形象,因为如果连他都看起来不在乎,其他人还会在乎吗?向军用小镜子里看去,透过模糊的镜面,他看到一张朦胧不清的脸——镜子里的这个男人不再是他:比之前老了、瘦了、颧骨突出了,那种严厉表情不是真实的他,他比以前更矜持冷漠,越来越多地仰仗几件可怜的道具:玩世不恭地斜戴军官帽,一条红围巾在脖子上打着方巾结,那种吉卜赛人的风味也许更多是为了他自己的喜好,而不是为了他们。

三个月前,他走去一个位于河下游的营地取药,碰到一个坐在溪边等死的泰米尔"劳务者",穿着破烂的红纱笼[①]。对多里戈·埃文斯能提供的帮助,这个看上去很老的人完全漠然。像旅行的人在等汽车,他在等着死亡降临。一个月前,沿同一条路走回去,他再次遇到那个看上去很老的人,现在是一副被野兽、昆虫吃干的骨架子。他把骨架上的红纱笼拿走,洗干净,撕成两半,把较完整的一半系在脖子上。当死亡降临时,他希望像那个泰米尔"劳务者"一样去面对——尽管他怀疑他是否会真的这么做。他不遵从生命的既定公论,他想,他也不会遵从死亡的既定公论。

他注意到他的兵也很老了,远比如果幸存下来慢慢变老要老很多。在内心深处的某个地方,他们是否明白他们只是必须受苦,而不是必须施虐于人?他知道对基督的崇敬把受苦变成美德。他跟随军牧师鲍勃争论过。他希望基督是对的。但他不同意这看法。他不

---

① 一种在马来西亚、印度尼西亚和太平洋诸岛男女都会穿的服装。

同意。他是医生。受苦就是受苦。受苦不是美德，也不造就美德，美德也不必然就从苦难中生成。随军牧师鲍勃在恐惧、疼痛、无望中尖叫着死去，多里戈·埃文斯知道，看护鲍勃的人战前被达林赫斯特黑手党雇佣——令人胆寒，心狠手辣。美德就是美德，跟苦难一样，它没有因果可供解释，没有本质可供知性分析，没有意义可供理解。在随军牧师鲍勃死去的那天晚上，多里戈·埃文斯梦见他跟上帝在一起，在一个地洞里，他们俩都是秃子，在争抢一副假发。

多里戈·埃文斯对俘虏身上的人类特质并没有视而不见。他们说谎、欺诈、抢夺，饶有兴致。最坏的装病，最骄傲的装没病。高尚常常与他们无缘。一天前，他碰到一个兵，病得那么重，脸朝下躺倒，鼻子几乎埋进泥里，躺在标志"小甜心"到头了的那片岩面的底部，没力气走完回家的最后几百英尺。两个兵从他旁边经过，视而不见，他们精疲力竭，帮不了忙，也尽力想为自己能活下去节省所剩无几的力气。他不得不命令他们把那个赤裸的兵送到医院去。

然而，他每天用人格魅力引领他们，照护他们，约束他们，把他们切开，又缝合，为了他们的灵魂扮演诸多角色，为了多救一条命跟死神周旋。他也说谎、欺诈、抢夺，但那是为了他们，总是为了他们，因为他爱上了他们。他每天都有所察觉，在爱他们方面他力不从心，每天都有越来越多的人死去。

他很久没想女人了。但他依然想她。在他身处的这个世界之外的那个世界缩小成了她。不是艾拉。是她。她的声音，她的微笑，她嘶哑的笑声，她熟睡时的气息。他在脑子里跟她谈话。是不是因为不能拥有她，他才爱上他们？他无法拥有她。他无法对自己回答这个问题。他无法回答。

多里戈·埃文斯对澳大利亚不具代表性，他们也同样，这些志愿兵来自他们辽阔祖国的边远地带、城市贫民区、争端迭起的地区：

为集市赶送牛羊的人，诱捕动物者，在码头上搬卸货物的人，射杀袋鼠的人，坐办公室的书记员，设陷阱捕澳洲野犬的人，剪羊毛的人。他们是银行职员和教师，柜台上的小伙子，占卜者，投机者，大萧条赤贫者中的幸存者，寡廉鲜耻的机会主义者，顽劣的流氓，没教养的小痞子，玩弄女人者，罪犯，蠢蛋，又臭又硬的混球；一场萧条的强力破坏塑造了他们，使他们在没电的小破屋中长大，使他们的父亲在"一战"中死去、残废或发疯，使他们的母亲勉力过活，教育和希望，在部队驻地，在发放赈济的棚子里，在贫民区和鄙陋小镇，一个踉跄着走进二十世纪中期的十九世纪的世界。

虽然每死一个人都削减他们的数量，"埃文斯的J部队"最早离开樟宜的一千名战俘仍然是"埃文斯的J部队"，混合了在爪哇投降的塔斯马尼亚人和西部澳大利亚人，在新加坡投降的南部澳大利亚人，在澳大利亚皇家海军HMAS"纽卡斯尔号"战舰沉没后的幸存者，一些在其他军事挫败中被俘的维多利亚省人和新南威尔士人，以及几个澳大利亚皇家空军飞行员。他们作为"埃文斯的J部队"到达战俘营，也必须作为"埃文斯的J部队"离开战俘营，一千个灵魂始终强大，即使最后只有一个人活下来，也要以行进步伐走出战俘营。他们是长达数十年残酷匮乏时代的幸存者，他们被剥夺得只剩下一个小之又小的最小值，那就是对彼此的信念，当死亡降临时，他们只会更坚定地持守这个信念。如果活着的遗忘那些死去的，他们的生命就不再有意义。他们自己还活着，这个事实要求他们必须团结成一体，直到永远。

6

一辆轮子陷在泥中的卡车，带来了一麻袋寄自澳大利亚的信件。

真是一件出人意料的罕见喜事。战俘们知道日本人一般会扣下几乎所有信件,他们情绪太激动,早饭没吃完就有人打开麻袋,分发信件。收到差不多一年以来的第一封信,多里戈很高兴!甚至连笔迹都还没注意,他从硬邦邦的卡纸做的信封就知道是艾拉的信。他下决心到晚上再拆开,为了体验一种愉悦,感受在另一个地方有一个跟此地不同的美好世界在继续——一个他在其中有一席之地、有一天会重返的世界。但欲望几乎马上就反叛了,他撕开信封,展开两张信纸,激动得把两张信纸都撕破了一点。怀着贪恋的激情,他开始读信。

第一页看到三分之二,他停下了。他发现自己无法继续。读信的感觉像跳进一辆加速行驶的轿车却直撞到一堵墙。艾拉雅致的铜版体字迹中的字母不断四散,从页面上浮起,像尘粒,越来越多的尘粒互相碰撞,然后弹开,他觉得在脑中重现她的脸很费力。这种体验似乎太实在,又完全不真实。

他不知道这是否因为疟疾——他还在康复期——或者因为身心交瘁,或者因为收信引起突发的内心波动,差不多一年了,这是他收到的第一封信。他把信重读一遍,但他魂不守舍,神游于影像分明又迷离恍惚的记忆中,尘粒更明亮,更杂乱无序,下午的阳光从没这么炫目过,但他不能在脑中清晰呈现她的脸。他想:世界是怎样就怎样。世界就这样。

他能想起开着奥斯汀面包师的迷你型货车向海岸驶去,他能闻到车上马鬃织的遮盖物刺鼻的气味和陈面粉的气味,在阿德莱德的炎热中,他能感受到它对官能情感尖锐强烈的刺激——当他开始定期造访他叔叔的酒店,他的胃紧张得翻搅,他口干舌燥,衬衫太紧,心跳像带闷响的擂击。酒店在他脑中清晰浮现,像又身处其间:廊道又深又暗,精雕细刻的老旧铁栏杆锈片剥落,风掠过海面,到处闪着蓝晶石的光亮,莱斯利·哈钦森在唱《这些冒傻气的事》,嗓音疏离、嘶哑,听着像身体顺浅浪滑行。但艾米的脸他一点儿都想不起来。

他渴望跟她在一起,只跟她在一起,日夜跟她在一起。他想听她讲她收集的趣闻逸事,哪怕最乏味的。他想听她讲她观察到的事,哪怕最显而易见的。他想用鼻子滑过她的背,他想感觉她双腿绕着他,听她呼唤他的名字。他想知道,这吞没他生活中其他东西的欲望是什么?渴望她,他腹部钝痛,胸口窒闷,头脑强烈眩晕,这怎么解释?怎么表达如下事实——随便用什么词,除了最直白浅显的——他只有一个念头,这念头更像一种本能:他必须靠近她,跟她在一起,只跟她在一起。

她渴求感情的证据。最没新意的礼物总是能打动她,向她再次确证他对她的爱没有消失。对她来说,这些礼物、这些表白不可或缺。她还有别的什么东西可以证明他们在一起吗?不可能成为夫妇或情人,这是她能拥有的唯一证据,证明她体验过这样的喜乐,现在证明,以后也证明。也许艾米骨子里是现实主义者,跟多里戈完全不同。也可能是他这么认为。于是,有一天,他们一块儿在城里,他取出几乎所有积蓄,给她买了一条珍珠项链。一粒孤零零的珍珠玲珑镶嵌在一条银链上。让他想起越过她的腰际望向窗外月亮照映海面形成的那条路。她觉得他不应该买,两次让他退掉,但她的喜悦是不争的事实,因为她拥有了她渴望得到的——虽然她永远不能公开戴它:他们在一起的证明。即使现在,他还能在脑子里看见那条项链,但她的脸他却一无所见。

"你第一次在书店看到我,"他把三角形链绊扣上,吻着她的后颈说,"记得吗?"

"当然记得。"她说,一边用一根手指抚摩那颗珍珠。

"现在我想知道,是不是就在那一刻,你不知怎么的就加入我们中间来了。"

"你这话什么意思?"

但他不知道他说这话想表达什么,他被思绪引领他要去的地方吓坏了。如果是那样,他对他的生活就只有这么一点儿控制力吗?他记得,有一天早晨,在海滩边游泳,等她从镇上回来,一条暗流紧抓住他,把他带出去几百英尺,他才从中逃脱。

"跟潮势相反的暗流,"他说,"我们的。"

她笑了。"这项链很美。"她说。

即使现在,他还能看见项链上缩小的月亮使店里电灯光漾起波纹,他还能看见三角形链绊憩息在她的后颈上,框住那最微细、最诱人,像针叶树外缘形状的一圈初生毛发。但尘粒忽然四处弥漫,雨声越来越响,他看不到她的脸,听不见她的声音,布洛克贝克在他身旁说:"是集合点名。"艾米不在那儿。

"如果不马上去,"布洛克贝克说,"我们会迟到,天晓得他们会叫哪个倒霉蛋去上工。"

那一刻,多里戈·埃文斯对他身在何处迷惑不已。还没有完全弄清楚,他就把信放下,放在床边,走出去,走到雨中。

他想着:世界是怎样就怎样。它就这样。

7

公鸡麦克尼斯很晚才加入疲惫不堪的人群——遭神谴的他们正从营地向厨房走去,淋着雨,趟着淤泥。如果不算上兜裆布和澳军军帽,他们大多裸体;他们的衣着看上去越是匮乏,身体看上去就越衰萎狼狈,戴军帽的样子就越像匪帮小流氓穿着粗俗鲜艳的衣服招摇过市,好像又在巴勒斯坦,要出去享受一个喝啤酒、逛妓院的夜晚。但不像从前,他们眼下不给人惊鸿一瞥的深刻印象。

　　柴火的烟气,几个粗制泥火灶周围的地面干燥温暖,形成一个小小圣所,将被喂食的兵悠闲平和,谈话引起低沉的嘈杂——在多数情况下,这些都使营地厨房在一个充满敌意、冷漠、拒斥的世界中给人一种家庭式的亲和友善的感觉。但那天早上,雨瓢泼似的进到厨房里。几小股水从亚答屋屋顶落到火灶上,冒起蒸汽,落到熟铁制的大锅里,给锅里的米饭点缀上从脏得发黑的梁木冲下来的煤烟屑末。地面在至少两英寸深的水下。

　　公鸡麦克尼斯蹚着水,把军用套餐盒的扣绊解开,轮到他,他把两个碗都伸出去。一小杯当早饭吃的水一样的米汤被泼进一个军用饭盒,一个当中饭吃的脏兮兮的饭团落进另一个军用饭盒。

　　"往前走还是怎么着?"他身后一个声音说。

　　公鸡麦克尼斯站直身体,哗哗地蹚着水,步履维艰地走回到季风雨中。现在,他要么试着端着米汤走下那条滑溜溜的斜坡,回到他们棚屋聊胜于无的遮蔽中,要么就地坐下吃早饭,或者像很多战俘一样,站在雨里把米汤尽快吞下去。归根结底,这不是食物,是勉强维生而已。

　　他看着土人伽迪纳向他们睡觉的棚屋走去。他是那些把吃饭变成小仪式的俘虏之一,好像他为之煞费苦心做准备的不是几勺子臭烘烘的米粒,而是安息日烤牛肉。而公鸡麦克尼斯——尽管他尽力想不要狼吞虎咽——却总是不成功。他懂得推迟一两分钟再享用食物会让人获得快感——在等待中,你知道你终于可以吃到饭,这期待带来快感,你享受这快感几乎跟享用食物一样,你细嚼慢咽,你咂摸几口,甚至让它们变多,在勺里把它们分成很多小团儿,但他永远做不到。

公鸡麦克尼斯痛恨那一刻——当他吞下自己的米汤,抬头看见土人伽迪纳还在慢条斯理、心平气和地吃,碗里还有没吃完的。这时,公鸡麦克尼斯会尽量不去看,尽量不去理会在空肚子里痛苦地膨胀的妒忌,尽量屏除在狂暴的脑子里喧腾的愤怒。他发誓,下次他也会心知肚明、小心翼翼、慢条斯理地吃;他发誓,下次他公鸡麦克尼斯会让所有那些苦巴巴的骷髅脸,皮包骨的大鼻子,那些大得出奇、黯淡无光的眼睛全转过来,贪婪地注视他,渴望从他的泔水中分得一杯羹。他发誓,下次他会拥有这种奇异的尊严,这尊严把吃泔水变成了一个勇敢甚至富有挑战性的举动。

但他永远做不到。

他的饥饿像狂暴的野兽。他的饥饿感气急败坏,横冲直撞,命令他不管找到什么,只管马上吃,尽快吃到肚里;只管吃,他的饥饿嘶叫着——吃!吃!吃!他一直以来都知道是饥饿感在吃他。

他听到一声喊,抬头看见土人伽迪纳在稀泥中滑倒了,米粥泼得到处是。他的视线跟土人伽迪纳懊恼的眼神对上了,那瞬间比他希望的要长,然后,把视线往下移,他看见大雨已经在把褐色淤泥中的米泔水稀释成一片发亮的灰色污迹。

公鸡麦克尼斯把头转开,背对土人,急忙大口吞下剩余的泔水。不一会儿就没了。就像什么也没吃,他想。一个人要吃十倍这么多当早饭。

"这些日本脏猪猡要把我们都饿死。"他自言自语地说。

说完,他转回身,看到小不点儿米德尔顿,他的身体奇丑无比,消瘦的臀部像大象两扇耳朵似的突出来——正笨手笨脚地扶土人伽迪纳站起来。公鸡麦克尼斯一边把军用饭盒舔干净,一边看着那具骷髅捡起土人伽迪纳的锡碗,用勺子把他自己的米泔水舀出一半到碗里,把碗递过去。

183

公鸡麦克尼斯"啪"地合上军用套餐盒——午餐饭团被扣在里面——然后把餐盒卡在 G 形布条上。在他看来,一个被羞辱的人牺牲一半自己的食物去帮助羞辱他的人,这真是荒唐透顶。他能想象,这样的人既不知羞耻,又没有自尊。幸亏他还不用跟别人分享早餐,他如释重负,感觉像大获全胜,怀着这种奇异的感觉,他走到那两个人跟前,把一只手放到土人伽迪纳沾满泥巴的肩膀上。

"要搭把手吗,土人?"

"我没事儿,公鸡。"

注意到其他人在往集合场走,公鸡麦克尼斯急忙跑开,加入正朝营地西面边界方向行进的参差队列。在那儿,一个两房、竹墙、亚答屋屋顶、从地面架空的小屋被用作日本工程师的临时办公室。小屋前是一片泥沼地,被用作集合场。在这儿举行早集合,在这儿他们被清点人数,再被分成小组完成一天的工作。

快到集合场了,公鸡麦克尼斯看着从营地四面到来的其他人——有的瘸着,有的被同伴撑着,有的被背着,有的爬着。他发现自己挨着吉米·比奇洛——他在诅咒这日子,也诅咒上帝。

"美极了。"公鸡麦克尼斯说,他感觉只有比较优雅细腻的想法才合适说出口。他发现比较优雅细腻的想法有时也会产生一种效果,让站他旁边的这伙人灰心丧气。俘房们倾向于跟同住的伙伴黏在一起。在运气最好的几次,决不仅仅是这几次这样的同志关系没给公鸡麦克尼斯带来多少好处;经历了这天早上的羞辱,这样的同志关系更不值了。当他不能使手段置身其外时,他就想分裂它。

"这是大自然的大教堂。"公鸡麦克尼斯一边说,一边指着一片高大的竹林。

吉米·比奇洛朝天抬起塌陷的眼睛,只看见依然黑乎乎的清晨的天空,以及天空下丛林的缺口。

"对极了。"吉米·比奇洛说。

"你看它们怎样向彼此靠过去,形成宏伟的哥特式拱顶,"公鸡麦克尼斯说,"在它们后面,柚树画出像金银丝镶嵌的线条,像拼接彩画玻璃的铅条。"

吉米·比奇洛死死盯住树梢反衬天空形成的阴沉沉的剪影。他问公鸡麦克尼斯是不是说它们跟《金刚》一样。他问的口气很不自信。

"我相信美中有维他命。"公鸡麦克尼斯说。

吉米·比奇洛说他认为维他命在维他命中。

"美,我说的是。"公鸡麦克尼斯说。

对这类事他压根儿不相信,但他听兔子亨德里克斯喋喋不休胡扯过这些。像这样比较高尚的感情,正因其比较高尚,即使从别人那儿偷来,也被他看作证明了比较优雅细腻的人格,把他同较低贱的人群分开,从而确保他能活下来。

一片黑色雨云以始料不及的速度遮蔽天空。从竹林漏泄的天光顿时黯淡,柚树的枝干又模糊成一片灰色,一些肥硕的雨点突突落向地面,眨眼间变成狂啸的洪流。丛林变形成了一个独立自足的整体,让人备感压抑。强势冲击的水流从树梢中猛跌下来,落在集合场边的地上,又反弹溅起,好像连土地都厌恶这雨,想让它消失。但它不离开,好像渴望凌驾万物。它下得更密,更强势,更狂暴,雨声这么响,这些兵连吼都不吼了,直到最大的雨势过去。

俘虏们不断到达集合场。生病的比任何时候都多。那些站不起来的沿集合场边一根柚树原木或坐或躺,那地方被称作"哀嚎墙"。透过层层雨幕,公鸡麦克尼斯看到一名澳军士兵在淤泥中向集合场方向爬,另一个俘虏走在旁边,给他做伴,好像他们正要去看赛马。爬的那个似乎不愿得到帮助,走在旁边的那个似乎不会提供任何帮助。然而，当从天而降的洪流使他们变得模糊不清，宛如一人时，公鸡麦克尼斯觉得好像有什么把他们连在一起了。

他们终于靠近了，他看清爬的是小不点儿米德尔顿，土人伽迪纳走着陪他，好像这是世界上最天经地义的事。有两次，他看见土人伽迪纳想要帮同伴站起来，扶他走，但小不点儿米德尔顿好像铁了心要靠自己爬到那儿。

看着他从心底里鄙弃的人——那个废物和他的朋友，那朋友也许会取笑那废物，但不会弃他而去——看着连最卑下的人都好像具备、而他知道他不拥有的东西，公鸡麦克尼斯不能理解，他胸中即刻充满了最强烈的仇恨。他转回身看竹林，再次想把它们想象成哥特式拱顶，把关押他的监狱想象成大教堂，让美充满他的心。

8

俘虏们在瓢泼大雨中集合站好，多里戈站在最前面，日本人在用作行政办公室用的小屋里等着，直到最强的雨势过去才出来。看到中村跟在一起出来，多里戈·埃文斯很惊讶。一般情况下是福原中尉监管甄选当天上工的人。福原总是煞费苦心把自己打理得在集合场无可挑剔。跟他相反，中村的军官制服软塌塌、脏兮兮的，衬衫上有黑色霉菌花朵样的斑点。他停下脚步，把拖在泥里的一根绑腿带系上。

多里戈·埃文斯等着，身体紧绷，像从前在球场上为对战敌手做好准备。俘虏依次报号，每个人必须吼叫他的日文番号，这是一个漫长乏味的过程。作为俘虏的指挥官和高级军医，多里戈·埃文斯向中村少校报告，前一天白天死亡四人，晚上两人，除去他们，战俘人数现为八百三十八人。在八百三十八人中，得霍乱的六十七人,现住霍乱隔离区,一百七十九人因重病在医院。另有一百六十七人因病只能胜任轻体力劳动。他指向靠那根原木支撑的俘虏说,那儿还有六十二人,今天早晨报告生病了。

"这样,剩下三百六十三人可以在铁路上做工。"多里戈·埃文斯说。

福原做了翻译。

"ごひゃく。"中村说。

"中村少校说他必须有五百名俘虏。"福原翻译说。

"我们没有五百个合适的人,"多里戈·埃文斯说,"霍乱在毁掉我们。它——"

"澳大利亚人该跟日本士兵一样洗澡。每天泡热水澡,"福原说,"就没霍乱了。"

不能泡澡。就是能,也没时间把水烧热。在多里戈·埃文斯听来,福原的话充满敌意的取笑。

"ごひゃく!"中村怒吼道。

多里戈·埃文斯对此毫无准备。上周他们被要求出四百人,一番讨价还价后,通常定在三百八十人上下。但每天死的人越来越多,生病的越来越多,能干活的越来越少。现在来了霍乱。但他怎么开始就怎么坚持,重复说三百六十三人可以胜任工作。

"少校说从医院里多出一些人。"福原说。

"那些人在生病,"多里戈·埃文斯说,"如果被拉去做工,他们肯定会死。"

"ごひゃく。"中村说——还没等福原翻译。

"三百六十三。"多里戈·埃文斯说。

"ごひゃく!"

"三百八十。"多里戈·埃文斯说,盼着终于可以定下来。

"さんはち。"福原翻译说。

"よんひゃくきゅうじゅうご。"中村说。

"四百九十五。"福原翻译说。

定下来不会是一件容易的事。

他们继续针锋相对，讨价还价。经过十分钟或许更长时间的争执，多里戈·埃文斯决定，如果必须选病人上工，那必须基于他的医学知识，而不是中村丧心病狂的指令。他说可以出四百人，他再次提出生病人数以资佐证，列举他们数不清的痛苦。但多里戈·埃文斯心里明白，他的医学知识既不能当论据，也不能当保护伞。他感到一阵难以招架的无助——伴随从内而外蚕食他的饥饿，他尽力不去想那块他没等考虑周全就拒绝吃下的牛排。

"即使超过四百，"他最后说，"我们也没法为天皇多做贡献。那些人会死掉。如果等他们身体好些，他们会很有用处。四百是我们能召集的最多人数。"

没等福原翻译，中村对一名下士叫喊起来。一把白色曲木椅被急忙从用作行政办公室的小屋里搬出来。登上椅子，中村用日语对俘虏讲话。讲话很短，讲完了，他下来，福原上去。

"中村少校对带领你们修铁路感到很享受，"福原说，"他很遗憾发现在健康方面问题严重。他认为这是由于缺乏日本信念：健康跟着意志力来！在日本军队，因为健康问题而不能达到目标的人被认为最可耻。献身直到死去是好的。"

福原下来，中村少校站到椅子上，又开始讲话。这次他讲完了没下来，继续站在椅子上，看着远近一排排站着的俘虏。

"要理解日本精神。"从他在下面站着的位置，福原喊起来，像鸬鹚似的脖子一伸一缩，好像在把囊中鱼吐出来。"日本准备好了去工作，中村少校说，澳大利亚人必须工作。日本人吃得越来越少，澳大利亚人吃得越来越少。日本很抱歉,中村少校说。很多人必须死。"

中村从椅子上下来。

"走运的杂种。"羊头莫顿对吉米·比奇洛轻声说。

什么东西倒了。没人动。没人说话。

站在第一排的一个俘虏砰然倒地。中村大踏步走过去,沿着那排俘虏走,直到走到倒下俘虏的跟前。

喂!中村吼道。

这声吼叫或第二声吼叫没得到反应,日军少校向这个人的肚子上踢了一脚。俘虏摇晃着站起来,又倒下去。中村第二脚踢得非常狠。俘虏又站起来,又倒下去。他巨大的黄疸病人似的眼睛凸出来,像肮脏的高尔夫球——来自另一个世界、被疏离、被遗落的物件——无论中村怎么踢、怎么吼也不能让他再动一动。枯瘦的脸和萎缩的脸颊使他的下巴看着大得出奇,像野猪的嘴鼻。

营养不良,多里戈·埃文斯想——他一直跟着中村,现在他蹲下去,把身体放置在中村和俘虏之间。这个人躺在泥里,了无生气,像一把被废置的耙子,覆满脓肿、溃疡、剥落的皮肤。糙皮病,脚气病,天晓得还有什么,多里戈想。臀部跟几根烂绳索差不多,肛门凸出来,像脏绳索上盘头巾样缠结的绳头。一股散发恶臭的橄榄色黏液渗出来,流到跟线绳一样的腿上。阿米巴痢疾。多里戈·埃文斯把这个糟糕可怜的人搂到胳膊上,重新站起来,转向中村,病人像一捆沾满泥巴、折断的棍子,从他的胳膊上吊下来晃悠着。

"三百九十九。"埃文斯说。

按日本军人的一般身高论,中村个子很高,也许有五英尺十英寸,体型健硕。福原开始翻译,但中村抬起一只手打断他。他转过身,朝多里戈·埃文斯反掌抽了一记耳光。

"这个人病得太重,不能为日本工作,少校。"

中村又抽他一记耳光。中村继续不停地抽,埃文斯把全部精神都集中在不要放手让病人掉到地上。身高六英尺三英寸,多里戈·埃文斯在澳大利亚人中算高的。刚开始,身高的差距利于他顺着耳光的重击移动身体,但这重击在缓慢地发生效力。他把重点放在使两脚均匀受力,放在下一记重击,放在保持身体平衡,放在不承认感觉到任何疼痛,假装这是游戏。但这不是游戏,这绝不是游戏,他也知道这不是游戏。在某种意义上,他认为他该当受罚。

因为他撒谎了。

因为三百六十三不是真实数目。三百九十九也不是。真实数目是零,多里戈·埃文斯想。没有一个俘房能满足日本人的期望。每个人都不同程度地受着饥饿病痛的折磨。为了他们,他像他一贯在竞技中表现的,声东击西,诡计多端,他力所能及只能这么做。多里戈·埃文斯知道,除了零,还有一个数字也是真实的,这个数字他必须算出来,把最不可能死掉的加进这三百六十二个目前病得最轻的人。每一天,这令人惨然的算术都是他的责任。

他开始大口喘气。中村的重击继续砸在他脸上,他集中心神又过了一遍医院的病人——正在康复的,能从事轻体力劳动的;中村抽了他这边脸又抽那边,他又数了一遍医院病人的人数,其中也许有四十个,如果照顾得好,刚好能做轻体力活儿——只是活儿必须真的非常轻——再从担任轻体力活儿的人中挑出身体最好的四十个,加到做工人数中去。加起来是四百零六。对,他想,这是他能提供的最多人数,四百零六人。然而今天,中村一次接一次抽他耳光,他知道这个数目不会过关。他将不得不拱手交出比这数目还要更多的人。

像开始那样让人始料不及,中村少校突然停下手,走开几步。中村抓挠刮过的头皮,抬眼看着澳大利亚人。他全神贯注,似乎要穿透什么似的直盯澳大利亚人的眼睛,后者用同样的眼光回视他,在目光交流中,他们表达了所有福原没翻译出来的意思。中村说,无论怎样,他都会赢,多里戈·埃文斯回答,他棋逢对手,不会让步。只等到他们无声的对话终于结束,讨价还价才又在这诡异的、攸关生死的义卖场上重新继续。

中村提出四百三十这个数目后拒绝让步。埃文斯大声反驳,坚持他提出的数目,大声列举更多理由。但中村早已经开始狂怒地挠胳膊肘,他眼下说话咄咄逼人。

"天皇意志决定这个数目。"福原翻译说。

"这我知道。"多里戈·埃文斯说。

福原没吭声。

"四百二十九。"多里戈·埃文斯说,同时鞠了一躬。

就这样,上工人数约定了,一天的任务开始了。有一刹那,多里戈·埃文斯琢磨他赢了还是输了。为了打这场比赛,他竭尽所能,每天都输得比前一天更惨,这输是用其他人的性命来量化的。

他走过去,来到"哀嚎墙"跟前,把病人放下,跟其他病人一起靠着原木,然后,他起身去医院甄选病人上工,这一刻,他感觉把什么东西弄丢或放错了。

他转回身。

以它漫过原木、枕木、竹料、铁轨和数不清的其他无生命物体同样的方式,雨水正蛇形蔓延到小不点儿米德尔顿的尸体上。天总在下雨。

9

"这是你的,不是吗?"羊头莫顿问,一边把一把重锤递给土人伽迪纳——他们在俘房领取工具的地方。羊头莫顿有一双钳子似的巨手，脑袋据他自己描述比走出罗斯伯瑞军营的路还要坎坷不平。他的外号不是来自他的外貌，而是来自他小时候在昆西镇的生活——昆西镇是开采铜矿的边远小镇，位于塔斯马尼亚西海岸，一片拥有等量雨林和神话的土地——在那儿，他家有一段时间穷得只吃得起羊头。他清醒时那么和蔼，其和蔼程度只可与他酒醉后的狂暴等量齐观。他非常喜欢打架，有一次喝醉了跟整整一车从开罗休假回来的澳军士兵叫板，非要他们带上他。上车后，有人叫他闭上臭嘴，好好坐下，他把脸转过来冲向吉米·比奇洛，厌恶地摇头，只用几个词就把他的满腔鄙夷淋漓尽致地表达出来："从小老鼠你变不成大老鼠，吉米。"

"小不点儿的。"土人伽迪纳说。

这是营地工具中最好的一把锤子，小不点儿在把手上刻上了一个T形凹槽，为的是他和土人能每天早晨认出它。

"这是最好的一把锤子，"羊头莫顿说——这样的事对他意义重大，"把手有点儿开裂，但锤头比别的肯定重上一磅都多。"

从前小不点儿有力气，他们还在计件工作制下干活，那时这是最好的一把重锤。每一击都因为多出的重量而产生超越同侪的力量，把钢条砸得更狠、更深，帮小不点儿和土人很早完成工作定额。只是你必须像曾经的小不点儿那样健硕有力，才能不停地把锤子举起，再精准地砸下去。

"他以为这能帮他。"羊头莫顿说——他在等土人伽迪纳把锤子接过去。

然而对他们所有人来说，现在的关键不是把活儿干完，而是把这一天活过去。土人伽迪纳太虚弱，他举不起这把沉重的锤子，一小时接一小时，每次把它控制到位，使它精准下落，力量均匀、干净利落地砸在钢条上，一击接一击。他现在只找不重的锤子，没用的锤子，轻敲慢打拖时间，尽力不伤到自己或者随便哪个把钢条的人，尽量省出足够体力打下一锤，尽力能又多活一天。

"帮着把他送进坟墓。"土人伽迪纳说——他捡起一把锤头松着、不重的锤子。

无论什么，他们现在都只想拿着轻点儿，举着轻点儿，让他们多活一天容易点儿。他能塞一根竹子固定锤头，土人伽迪纳想。一天到头，他会觉得精疲力竭的程度稍微轻那么一丁点儿。他把锤子把手横架在锁骨上，使它平衡在能让负重感尽可能舒服的支撑点上。他感觉放在那儿的锤子很轻，这让他几乎高兴起来——要不是他的头越来越沉。

一阵轻微的飒飒声扫过俘虏，像微风，然后消失了。确实，这儿难道还有什么可以诉诸言辞的吗？他们拖着腿，离开发放工具的地点，开始顺着"小甜心"朝"线"上走。最前面是两个日本看守，还有几个走在队列后头；他们扇形散开，组成单行队列。病得最轻的在前面领路，紧跟着是抬七副担架的人，担架上的人病得走不动，而日本人按例认为其身体状况足以出工，他们之所以在"线"上是因为能给其他人当帮手，而其病的程度又不会妨碍任何人的进度。跟在后面的是处于衰朽状态不同阶段的人，走在最后面的人拄着各色权当拐杖用的棍子。

"整个儿一个圣诞游行盛会。"土人伽迪纳身后有人说。

他把心神专注在前面人的腿上。它们肮脏枯瘦，小腿大腿的肌肉萎缩成疲塌塌的筋络，消失在原先该是屁股的地方。

没等这奇形怪状的商队走到营地最远边界处的小峭壁，土人伽迪纳就想躺倒睡觉，永远不起来——等到了峭壁下面，俘虏必须爬一段金属丝绑着竹子做成的梯子，一个玄乎玩意儿，每一级都得先试试牢靠不牢靠,时刻不能想当然。从梯子上去后是一溜踏脚的坑洼,积着雨水和臭烘烘、和泥的屎,黏糊糊、滑溜溜的——清早攀爬的剧烈运动在近乎裸体的俘虏体内引起了必然反应。

通过人链,他们齐心协力把工具递了上去,把较虚弱的拽上去,居然把担架弄上去而没出差错。这传达出了集体的力量,使土人伽迪纳爬到顶时觉得疲惫感较先前稍微轻了那么一丁点儿,体力较先前也强了那么一丁点儿。他必须用上他所有的力量——他当天是负责一个六十人团队的中士。

晨光依然暗淡,离开峭壁进入丛林,世界就变黑了,小路好像比土人伽迪纳记得的还要更隐蔽、更杂乱。土人伽迪纳一直尽力想做一个称职的团队头领,尽可能使手腕让看守不找麻烦,千方百计虚报、谎报工作量,只要机会送上门就偷一些有价值的东西,同时保证不被发觉,把被看守殴打维持在最低的几率,帮团队成员又活过一天。但今天不同以往。他发高烧——登革热、疟疾、恙虫病、脑型疟——很难弄清是由于什么病,说到底,弄清了也没意义,他转而集中精力去帮他手下的兵。从少不更事的大马哈鱼费伊身上,他把死沉的一卷湿麻绳拿下来,大马哈鱼费伊的胫部害溃疡,烂得一团糟。他借他表哥的出生证应征,在军中待了三年,还没满十八岁。土人见过一旦生活跟他们敌对,跟大马哈鱼一样的男孩子会像细棍子被折断一样垮掉。他把卷起的缆绳甩到左肩,跟右肩的重锤保持平衡。

在小路上前行,土人伽迪纳把注意力集中在查看眼前路径,约束他衰弱的身体这样而不是那样放下一只脚或一条腿,都是为了不伤到自己。他一贯身段灵活。即使感觉要跌倒,在身体这么虚弱的情况下,他也仍然具有恢复平衡的能力。在大腿和小腿部位,他还有足够的力气娴熟地小跳和扭摆,躲开一个障碍物,或者,利用另一个障碍物——一块岩石，一根断木——避开某个会使体力流失的水洼和由倒卧、多刺的竹子形成的陷坑。

他再次对自己说，这一天很不错，他感觉有力气，这很幸运，帮助他保存实力；土人伽迪纳明白，虚弱只会引起更大程度的虚弱，每错一次会导致再多犯一千个错；他明白，每次站到一块嶙峋的灰岩上，把身体重心平衡在脚趾上，至关重要的是集中精力向下一块嶙峋的灰岩，或者覆满黏液的断木，迈出恰到好处的下一步，就不会摔倒，伤到自己，于是，明天和明天过后的每一天，他可以再依此行事。但他不相信身体会救他于水火，像小不点儿米德尔顿相信过的那样。他不想最终落得抓挠胸口大叫"我！"。土人伽迪纳没有什么信仰。他不相信他独一无二，或者他有什么先定的命运。在属于他自己的内心世界里，他认为这类想法全是无稽之谈，死亡随时可能找上他，像它正找上那么许多其他人一样。生命跟脑子里想的不搭界。生命跟机运有些关系。但在多数情况下，生命是码满货物的船甲板。生命只关乎走对下一步。

俘虏们听到一声咒骂，他们印第安人的行列随之停下。抬起头朝后看，他们看见土人伽迪纳的靴子严丝合缝地卡在一条灰岩岩隙里。土人扭着、拽着，终于把脚拔出来。有人在笑。靴面在脚上，但靴底脱落了——凑合的针脚都开了，缝合线被扯开——还卡在岩缝里。

土人弯腰去把靴底拽出来，靴底断成了两截。他放开手，肩膀耷拉下来，也许他骂人了，也许没有。他们太专注于自己求生的艰苦战斗，没有注意。他们别无选择，只有抬步继续走。他也跌跌撞撞朝前走，发着抖，靴子的剩余部分在脚踝上晃荡。过不多久，他疼得大叫，猛地把腿抽回来，摔倒在地，再也站不起来了。

"他看着不大妙。"大马哈鱼费伊说。

"他的鞋子不大妙。"羊头莫顿说。

"一回事儿。"大马哈鱼费伊说。

没有靴子或鞋子的多数人勉强而又奋力地拖延时日。没有靴子或鞋子,脚被竹刺、岩石和爆破的尖石碎块划到或割伤只是几天或几小时的事,整个岩层切割面都铺满了碎石块。有时候,伤口几小时就开始感染,几天后变成化脓性感染,几星期后变成热带溃疡,把数不清的人送上死路。一些在荒林野地生活过的人好像不会受太大影响,复原得也不错,有些还宁愿打赤脚。但土人伽迪纳不像公牛赫伯特是澳大利亚西部牧场主,或像罗尼·欧文是澳大利亚土著。他是霍巴特码头的装卸工,他的脚柔软而又容易受伤。

队列停下来等着,为了能歇歇脚而感到轻松。土人伽迪纳在想他吃过的一个饼——牛排和腰子,配上奶油点心和浓郁的酸辣酱——任何把他带离丛林的东西。他的嘴里在分泌唾液,酸辣酱微黄,玫瑰色卤汁里放了胡椒末。但他还在喘个不停。

"伙计?"羊头莫顿说。

"在呢,伙计。"土人伽迪纳说。

"好点儿没,伙计?"

"好点了,伙计。"

"会好起来的,伙计。"

"是,伙计。"土人伽迪纳说。

他大口呼气吸气半分多钟,想恢复正常呼吸,这期间,他一直在看一只猴子。它弓着背,坐在几乎挨到地面的树枝上,这棵树在离小路几英尺的地方发着抖,毛发湿透了。

"看那个小可怜儿该死的澳洲佬。"土人伽迪纳终于说。

"他是自由的,你这白痴。"羊头莫顿说,一边用他像咸猪肉熏肠似的红红的手指把他自己同样湿透的毛发朝两边分开,再戴上军帽。"自由了我就回家，回昆西镇。我要拼命喝酒，不喝到一百不会停下。"

"是，伙计。"

"到过昆西没？"

雨在接着下。有一会儿，两人都没说话。土人伽迪纳嘶声喘着。

"没，伙计。"

"那里有一座大山，"羊头莫顿说，"山，其实是，一边是昆西，另一边是哥曼斯顿。偏僻得很。两个采矿的小镇子。先前是雨林。矿上死过很多人，连一根蕨草叶子都没留下给你擦屁股使。世界上找不着像它的地儿。妈的像月球。星期六晚上，你把自己灌醉，爬过山，在小可爱哥曼斯顿干一架，再回家，回到小可爱昆西。世界上还有别的地儿你能这么干吗？"

10

他们等着，很少再说话，因为可以诉诸言辞的事确实几乎没有。在体力劳动对他们发动攻击之前，每个人都在试着休养生息，让身体能不活动就不活动；他们没有为不时之需而储存的体力，也没有从事强体力劳动的体能，这两样或许能使他们承受住"线"上的劳苦。羊头莫顿点上一支自家卷的烟——用本地烟草和从日军手册上撕下的纸卷成——深吸一口，传给别人。

"我们抽的是什么？"

"《爱经》[①]。"

"那是中国的。"

[①] 古印度梵文经典，最早系统讨论人类性生活的典籍之一。

"中国的又怎样?"

"他脚怎样了?"远远儿的队列后头有人问。

"不妙。"羊头莫顿说,他拿起土人的脚,掸掉上面的一些泥巴,然后把脚抬到脸前,上下左右移动,好像它是用来确定方位的导航仪。

"大脚趾和旁边脚趾中间的筋断了。很糟糕。"

有人建议说等晚上回到营地,给鞋面做一个新鞋底。

"那再好不过,"土人伽迪纳说,"靴面还在,是吧?"

没人吭声。

"只要拼凑起一个靴底子就一切照常。"

"绝对的,土人。"大马哈鱼费伊说。

谁都知道营里找不出过硬的皮革或橡胶,做不成一个哪怕能勉强撑过到"线"上去这段路的靴底子,更别提穿着做一天苦工。

"要是你想着好事儿,就总有好事儿。"土人伽迪纳说。

"绝对的,土人。"羊头莫顿说,他打开餐盒,把午饭饭团分成两半,把一半放进嘴里。

这话题就此打住。他们无能为力,很快就得又开始行进。躺在那儿,土人伽迪纳感觉他的锡饭盒在身侧被紧紧压着,他想起他有多饿,想起在小锡盒里有一个高尔夫球大的饭团,他眼下就能吃。他摔倒时饭盒沾满泥巴,但里面是吃的。在营里还有炼乳,他即刻决定当晚把炼乳吃掉。这也是好事儿。

他硬挺着坐起来。这么多好事儿,土人伽迪纳想。但他脚疼,他的头持续钝痛,他越想能吃到东西就越饿。要不是有这些不痛快,情况就会能有多好,就有多好,全盘考虑是这样。

他能听到身旁羊头莫顿在吞咽。有几个人在学他的样。有的人只吃掉饭团上的几颗米粒,有的人把饭团囫囵一口吞下去。

"什么时候了?"土人伽迪纳问蜥蜴布兰库西——不知用什么法子,他居然保留下来一块表。

"早上七点五十五分。"蜥蜴布兰库西说。

如果现在吃饭团,土人伽迪纳想,接下来有十二个小时他会没东西吃。如果把饭团留着,到午饭休息有五个小时,在这期间,他至少能期待午饭。但如果现在吃,他就会既没东西吃,也没什么可期待的。

好像他身体里面有两个人。一个坚持理智、谨慎、期待——吃了等于没吃,为什么还要克制自己?因为想着活下去的人会这么做——另一个宣布自己站在欲望和绝望一边,因为如果等到午饭时间吃,午饭后不是还有七个小时没东西吃?十二个小时没东西吃,或七个小时没东西吃,难道它们之间有什么区别?挨饿跟挨饿之间到底有什么区别?如果现在吃,难道不会使他活过今天的几率大些,躲开看守重击的几率大些,有体力不迈错步的几率大些,有体力不失手砸下那也许致命一锤的几率大些?

眼下欲望的邪魔在土人伽迪纳身上很强大,他把手伸向腰间,正要把军用饭盒从 G 形布带上扯下来,羊头莫顿把他拉了起来。其他人重新站起来,蜥蜴布兰库西把土人伽迪纳肩上的重锤拿过去,这不是出于悲悯之情,而是因为在这事件中——跟在那么多事件中一样——他们是一种说不清道不明的动物,一个由单个部分组成又不可分割的有机整体,通过某种未确知的方式,这些部分联成整体而存活。被剥夺了吃东西的时间,土人伽迪纳异常愤怒,同时又如释重负,因为他还是会把饭团留着,直到吃午饭。怀着这种混合着愤怒和释然的奇怪情绪,他又开始费力地朝前走。

然后土人伽迪纳第二次摔倒。

"给我一点儿时间,兵哥儿。"他说——他们正走上前要把他再拉起来。

他们停下来。一些人把工具放下，或蹲或坐。

"你知道，"土人伽迪纳说，他躺在那儿，躺在丛林地面湿漉漉的黑影中，"我老想那些可怜得要命的鱼。"

"你又要絮叨什么，土人？"羊头莫顿问。

他在絮叨尼基塔瑞斯鱼店。在霍巴特。他从前总带他的艾迪去那儿吃一顿好吃的——星期六看完电影以后。

"蔻塔鱼和薯条，"他跟他们讲，"星鲨很好吃，但蔻塔鱼更好吃。店里有一个大水箱，装满鱼，鱼在里面游来游去。不是金鱼——是真的鱼，乌鱼、翘鳍三文鱼，还有像金枪鱼、沙丁鱼、鲑鱼这类肥腻腻的鱼——跟我们正吃的鱼一样。我们能看到它们。"土人伽迪纳说，"那时候艾迪就觉得它们在水箱里待着肯定难过，从海里被捞出来，呆在那该死不好受的水箱里，等着下煎锅，落得这下场。"

"他总唠叨尼基塔瑞斯鱼店。"蜥蜴布兰库西说。

"我从没想过那是它们的监狱，"土人伽迪纳说，"关它们的俘虏营。想着那些鱼可怜得要命，我真不好受。"

羊头莫顿说他是没有包起来的土豆饼。

土人伽迪纳让他们接着走，不然巨蜥会找他们麻烦。他说等好点儿他会自己慢慢走到。

没一个人动。

"接着走，伙计们。"他说。

没一个人动。

他说他只会在那儿再躺几分钟，想着艾迪的乳房，他说它们美极了，他想跟它们单独呆一会儿。

他们说他们不会留下他。

他说他是负责的军官,他让他们走。

"走!"他猛地吼起来,"这是命令。走!"

"是命令?"羊头莫顿问。

"对,很搞笑,土人伽迪纳说,"跟公鸡麦克尼斯背《我的奋斗》一样搞笑。接着走。滚蛋。"

坐着的人站起来,站着的人挺直腰板,慢腾腾地开始抬步走。土人几乎立刻就从视界中、从脑海里消失了。小路变得泥泞险恶,穿过崚嶒的灰岩层上满是稀泥的沟沟坎坎,脚被严重割伤是常有的事。很快,队列间距拉开了——一个俘虏在队列中的位置或多或少取决于他的病。一小组人——不超过十个——奇迹般地依然健康,他们走在队列前头,另一头是不停跌倒、绊倒、有时爬行的人,中间是轮到抬载有病人担架的人。再有就是那些人——尽管健康,但仍跟伙计们留在后头,减轻他们负担,扶持他们,从不放弃他们。

就这样,他们悲惨的行列继续前行,沿着他们在丛林巨大的柚树和多刺竹丛中踩踏出来的狭窄穿廊,柚树和竹丛生得太厚、太密,其他形式的通路都不可能。他们继续艰难地走着,跌倒着,他们继续绊倒,滑倒,诅咒,想着吃的,或者什么也没想。他们继续爬行,拉屎,怀揣希望,没完没了,这一天连开始都还没开始。

11

"但丁《神曲》第一节《地狱篇》。"多里戈·埃文斯自语道,他正从用作溃疡病房的棚屋走出来,穿过小溪,走下山包,去霍乱病人营地继续早间巡视——营地是一些棚子的荒凉组合,棚子没有墙,做屋顶的帆布在腐化,在那儿,霍乱病人与世隔绝。在那儿,大部分人死掉。他为他们的苦难起了一个拉丁文名字——通到"线"上去的小路叫苦路（Via Dolorosa）①，俘虏们当仁不让加以采纳，把它叫成小甜心罗斯，再后来干脆叫成小甜心。他一边走一边像孩子似的把赤脚在稀泥里犁过，像孩子似的低着头，像孩子似的只对脚在泥里犁出又瞬时消失的沟痕充满好奇，对正要去哪儿和接下来会发生什么毫无兴趣。

但他不是孩子。他猛地抬起头，挺直身体。他必须向观众传递决心和信心——即使他根本没有决心和信心。有些人被救活，是的，他想，或许想说服自己他比蹩脚演员略胜一筹。有些人我们救活了。是的，是的，他想。他们被隔绝，他们就救了其他人。是的！是的！是的！或者说其他人中的一些人。全是相对的。他相信自己能超越同侪，他想——但他不愿相信，他不愿思考，他是没有南方的西北偏北，这是他能想到的全部，荒诞不经的词，连想法都不是自己的，别人的鹰爪。事实上，他不再知道去想什么，他住在一个狂躁、混乱、喧嚣的地方，这地方用不着隐喻、借指之类，更用不着理性和思想。他能力所及只有行动。

只有身受骇人的病痛之苦的人和他们的看护才允许通过霍乱区的边界往里走，他在那儿被自愿报名来医院当勤务兵当布洛克贝克迎住，告诉他又有两个勤务兵得霍乱倒下了。自愿报名来医院打杂本身是一种死刑判决。多里戈把自己所冒的风险看作身为医生的分内之事接受下来，但他不懂为什么能避开的人选择这样先定的结局。

"你来这儿多久了，下士？"

"三个星期，上校。"

布洛克贝克的年轻身体，穿着一双大得难以置信、现在破旧不

---

① 中译为"苦路"，位于耶路撒冷旧城，据传是耶稣背负十字架行进到他被钉死地方的路途，为基督教徒朝圣热点之一。

堪的布洛克鞋。这鞋子是他跟一帮日本人在新加坡码头上做工时弄到的,跟鞋子一起的还有一纸箱布洛克鞋粉——一天之内,鞋粉消失得无影无踪——这带给他将伴他一生的名号"布洛克"。其他人一下子老去几十岁,十六岁变成七十岁,布洛克贝克却反方向发展。他二十七岁,但看起来十七岁。

布洛克贝克认为,他之所以重返青春是因为日本在战争中失利。尽管对身处暹罗丛林深处的战俘营中的其他人,这不是一目了然,但对布洛克贝克,日本战争失利是明摆着的。他认为这场战争是德国和日本发动的极其强势的军事行动,针对的是他个人,其唯一目的是杀死他,就凭他现在还活着,他就在赢。战俘营不过是一个不相干的旁枝末节。布洛克贝克总在多里戈·埃文斯心里激起一种他从未有过的好奇。

"从瘟疫一开始,布洛克?"他问。

"是的,长官。"

他们向第一个棚子走去,那儿安置着最近住进来的病人。很少人活过来被移住到第二个棚子,在那儿,幸存者尽其所能恢复健康。很多人被送进第一个棚子后几小时内就死了。对埃文斯来说,这棚子在营区棚子中一直最让他绝望,但也是他的真正事业所在。他转向布洛克贝克。

"你可以回去了,布洛克。"

布洛克贝克没吭声。

"回主营区。你做完分配给你的事了。比分配的做得还要多。"

"我想我宁愿留在这儿。"

布洛克贝克在棚子入口处站住,多里戈·埃文斯跟他一起站住。

"长官。"

多里戈·埃文斯注意到他把头抬起来,第一次直视他。

"我宁愿这样。"

"为什么，布洛克？"

"总得有伙计留下来。"

他掀起破烂的帆布帘子，多里戈·埃文斯跟着他穿过棚子像喇叭口似的张开的孔洞，进到恶臭中，闻着像凤尾鱼酱和大便，那么刺鼻，吸入嘴里有烧灼感。在多里戈·埃文斯眼中，一盏罩着罩子的煤油灯黏滑的红火苗好像在使黑暗跳跃、扭动——一种怪异虚渺的舞蹈，好像霍乱菌是活物，生存活动在它的肚肠里。在棚子最靠里的那头，一个外貌特别凄惨的骨架子坐起来，微笑着。

"我要回玛利去了，弟兄们。"

他的笑漾了满脸，也很柔和，这使他像猴子似的脸更加丑怪。

"是时候去看老爸老妈了，"来自玛利的男孩说，"胳膊像撑持花朵的茎秆，在挥动，黄色溃烂的嘴开着花。天哪，看见他们的莱尼回家，他们会不会有哭有笑！"

"刚来时这孩子多少有些无赖，现在变得像一个低能儿。"布洛克贝克对多里戈·埃文斯说。

"就这样了？嗯？"

没人回答这个脸像猴子、有着朦胧微笑的来自马里的男孩，如果回答了，那是低低的呻吟和轻泣。

"维多利亚省管征兵的不管什么样儿的小子都征来，"布洛克贝克说，"他用什么法子骗他们参军的，我想不明白。"

马里男孩乐滋滋地又躺下，好像正被妈妈抱上床。

"他下个月满十六。"布洛克贝克说。

在泥巴和粪便混成的稀浆里，长长的竹搭平台上躺着其他四十八个人——处于身心剧痛的不同阶段。或者说看上去这样。一个接一个，多里戈·埃文斯检查着这些非正常衰老的缩皱的躯壳：

脱落的皮肤，上着泥巴的底色，布满阴影，紧抓扭曲的骨头。身体，多里戈·埃文斯想，像美洲红树的根茎。有一刻，在他眼前，住着霍乱病人的棚子好像在煤油烧起的火苗中旋转。他能看见的只是一个恶臭扑鼻的美洲红树沼泽，满是扭动、呻吟的美洲红树根茎，永不止歇地搜寻泥土，好住在里面。多里戈·埃文斯眨巴一下眼，又眨巴一下，他担心这也许是前期登革热导致的幻觉。用手背擦了一下流清涕的鼻子，他继续检查病人。

第一个看上去在恢复，第二个已经死了。他们把他卷进肮脏的毯子，留给分管葬礼的人搬走焚烧。第三个，雷·黑尔，恢复得太好了，多里戈告诉他他可以当晚离开，第二天参加轻体力劳动。第四和第五个，多里戈·埃文斯也宣布已经死亡，他跟布洛克贝克同样把他们裹在气味浓重的毯子里。死亡在这儿无足轻重。多里戈想，死亡里有一种聊胜于无的解脱，同时，他也跟这想法做斗争，认为它表现了怜悯，有欺诈之嫌，但他还是这么想了。活着是在恐惧和苦痛中奋力挣扎，但他对自己说，一个人必须活着。

为了确定他没脉搏了他把手伸下去，抓起下一具蜷曲的骨架上皱巴巴的手腕——一堆纹丝不动的骨头和恶臭扑鼻的脓疮，一阵抽搐从顶至踵掠过这具骨架，骷髅样的头转过来。怪异的、半瞎的眼睛毫无神采地凸出来，视线似有若无，好像直勾勾地盯在多里戈·埃文斯身上。声音稍微有些尖厉，一个男孩的声音遗落在一个垂死老人身体的某个地方。

"对不住，大夫。今儿早上我死不了。叫你失望真抱歉。"

多里戈·埃文斯把那手腕轻轻放下，放到胸口肮脏的皮肤上，皮肤松垮垮地塌在支愣着的肋骨上，好像晾在那儿，等着被风干。

"就该这样，下士。"他柔声说。

然而，多里戈·埃文斯的眼睛有一刻曾抬起来，无意间被布洛克贝克的注视抓攫住了。在他大无畏上司的眼睛里,这个勤务兵看到了无助——他未曾在他的上司身上见过——有一小会儿,这无助几乎成了恐惧。埃文斯匆促地低下头,又看着那病人。

"不要对死神说'好吧'。"他对这个垂死的人说。

骨架子慢慢地把头滚回原来的位置,回复到那种不可思议、纹丝不动的状态。那几句话把他掏空了。多里戈·埃文斯用指尖打理着他皱巴巴的前额上平直、没弹性而又湿漉漉的头发,把它们从他眼睛上梳开。

"对我,对随便哪个王八蛋,都不要说。"

就这样,这骨瘦如柴的两个人:高个子医生和他矮个儿的帮手继续巡视,两人都近乎赤裸——勤务兵穿一双大得离谱的布洛克鞋,傻得令人喷饭,戴着宽边军帽,在因非自然原因而紧绷的脸上,帽檐显得异常宽大;医生系一条脏得打滑的红头巾,斜戴军官帽,像正去城里找女人寻乐子。就医生感受而言,这整个巡视过程是对某种理想的模拟,低劣到亵渎的程度,他扮演的是最残忍的角色:在没希望的地方给人希望,还指望别人接受。用挂在竹竿上的破烂拼凑的漏雨的棚子算不上医院,床算不上床,而是用竹子拼起的薄板,上面毒虫肆虐,地面除了秽物还是秽物,他这个医生几乎没有医生医治病人不可或缺的设备和药品。他有脏得打滑的红头巾、斜戴的军官帽,和一种性质暧昧的权威——用以疗救,他只有这些。

然而,他也知道,如果不坚持下去,不进行每日巡视,不继续寻找孤注一掷的办法帮助病人,情况会更糟。无缘无故地,他的脑海中浮现出一个情景——那个病症令人反胃的杰克·彩虹饰演的费雯丽在长达一辈子的分离后在桥上遇见了她的情人。他觉得作为对现实的表现,这些兵先前表演的节目远没有他的医院和医疗实践荒诞离奇——为了这些节目,他们极富创意地用竹子和旧米袋制作场景、服装来模拟电影和音乐剧。然而,像剧场一样,这表演在某种意义上是真实的。像剧场一样,这表现对事情有帮助。有时人没死。他在尽力帮他们活下去,他拒绝放弃努力。他不是一个好外科医生,他不是一个好医生,他打心眼儿里认为他不是一个好男人,但他拒绝放弃努力。

一个勤务兵在使出浑身解数安装一个新的营地排水装置——用新的竹子做材料砍出粗劣导管,把它接上土人伽迪纳前一天晚上从日本人卡车上偷来的橡胶管。橡胶管向上通到一个旧瓶子,瓶里装满生理盐水溶液,溶液用经过灭菌处理的水制成,水在用煤油罐和竹子做成的蒸馏器中进行过灭菌处理。这个勤务兵是少校约翰·美纳杜,按军阶论,他是营里位居第三的长官。他集荧屏偶像的外貌和特普拉会修士①的社交能力于一身,但当他不能不讲话时,却大多打结巴。当勤务兵的他最快活——该做什么有人告诉他。

虽然日本人强制所有军阶低的人做工,但出于对等级制的尊崇,他们对军官没这样要求;军官留在营区,还令人不解地从大日本帝国陆军拿到很少的薪水。除了等级制的戏剧化一面对他有利,埃文斯对等级制没有丝毫敬意。他规定从军官薪水中提取一定数额以备公用,还命令他们在营区劳动,帮助看护病人和卫生保洁,修建新厕所、下水道和供水系统,参与营地一般性的保养修缮。

约翰·美纳杜在费力地搜寻病人脚踝处的血管——为了把竹导管插进去。用的手术刀是一把磨快的约瑟夫·罗杰斯折叠刀。脚踝皮包骨,在紧绷的皮肤上面,勤务兵上下摸索。

---

① 一个罗马天主教教派,实践静修寡言。

"别怕把他弄疼,"多里戈·埃文斯说,"这儿。"

他接过折叠刀,模拟演示一个精准决断的切割,然后手法灵巧地重复这个动作,在踝骨骨结紧上方的部位深深割下去,把血管切开。他迅速把自制导管插进去。霍乱病人猛地一缩,但手术的速度和信心意味着手术刚一开始,就差不多已经结束了。

"现在他会挺下去。"多里戈·埃文斯说。

他最大的成功不是他对个人卫生的坚执,而是这种液体补充。仅仅在过去两天,这个办法就救下好几条性命,有几个人会活着走出霍乱营地,而不是被搬到火葬堆上去。他觉得这对所有人都是希望。

"在这儿,你要么死,要么挺下去。"一个澳洲佬耳语似的说。

"妈的我还没死呢。"那个刚被插上导管的人用低低的、带摩擦音的刺耳声音说。

他们沿着竹搭平台的边沿走下去,检查身体,查看生理盐水刻度,插上导管,有时把运气好的几个人移到比这小很多、用于康复的棚子里去。霍乱病人像在退缩,要躲开他们。当多里戈·埃文斯走近时,看到所有人看着根本不是人,这可怕的病只用几小时就发作,常常致命,身体在几小时内被销蚀殆尽。腹内痉挛在消解他们的身体,蚕食他们的生命。有的人在剧痛中呻吟,其他的用低沉单调的声音哼哼要水喝,有人的眼睛像石头似的从黑影沉沉、塌陷的眼窝里向外呆视。他们走到那个长着猴脸、就要回家到爸妈那儿去的兵跟前时,他已经死了。

"有时他们是这样,"布洛克贝克说,"变得乐滋滋的。要想赶回家的汽车,去看妈妈。那时你就知道他们完了。"

"我来帮你一把。"一个看护拿着担架到了,多里戈·埃文斯对他说。这个看护为人所知的唯一名字是中东辣酱,他把一本破旧不堪、现在发霉了的《比膝太太食谱》①带到暹罗丛林最深处,由此变得很有名。担架是两根粗竹竿中间撑几个旧米袋。

巡视到此告一段落,多里戈·埃文斯帮着中东辣酱和布洛克贝克把莱尼干枯的尸体抬到担架上。他好像不比一只死鸟重多少,多里戈·埃文斯想。一事无成,尽管如此,感觉似乎还是有帮助,感觉他在做事情。要把担架全撑上布,没有足够的米袋——这儿有什么东西够用吗?多里戈·埃文斯想——莱尼的腿在地上拖着。

他们从这被诅咒者之家向外走,莱尼的尸体不停地滑下来。为了不让它从担架上掉下来,他们不得不把尸体从腹部抬起来,翻上去,把"皮包骨"的腿像鹰翅一样分开,搭挂在竹竿上。大腿上的皮肉销蚀殆尽,肛门极不雅地凸出来。

"但愿莱尼没觉得肚子疼,要喷最后一泡稀屎。"中东辣酱说——他正把担架的后面的把手抬起来。

12

从瘟疫一开始,吉米·比奇洛就被分配到营区干活,为了他在每日必需的葬礼上履行号手的职责。传令让他到瘟疫区时,他正在营区边界处等候,他们抬着几副担架走出来。抬最后一副担架前把手的是多里戈·埃文斯,他戴着得意洋洋的军官帽,围着一条红头巾。还有布洛克贝克,他的鞋子让人忍俊不禁,总让吉米·比奇洛想起米老鼠。中东辣酱抬担架后把手,奇怪地把头向后仰成斜角。

吉米·比奇洛跟随这个令人怜恤的葬仪行列穿过湿漉漉的阴暗丛林,军号穿在一根打结连起的破布条上,挂在肩膀上——原先穿

---

① 伊莎贝拉·比滕(1836—1865),英国维多利亚时期人,烹调治家写作的前驱,为维多利亚中产阶层提供系统的治家指南,有《比膝太太食谱》传世。

在军号上的皮带烂了,这破布条成了权宜之计。他想到他多么爱他的军号,因为丛林里的一切:竹子、衣服、皮革、食物、肉体都会烂掉。只有它好像不会被渐渐腐蚀,最后烂掉。他没什么想象力,但他觉得他其貌不扬的铜号角有点永久性,它已经超越了数不清的死亡。

搭建火葬堆的战俘在一块湿冷的空地上等着,经验告诉他们,烧掉一个人需要很多柴火。火葬堆是一个巨大的矩形、齐腰高的竹堆。一具霍乱病人的尸体连同屈指可数的几件不值钱的个人物品和毯子已经被放在上面。吉米·比奇洛认出那是兔子亨德里克斯,感觉到自己几乎什么感觉也没有,他很吃惊,这感觉总让他吃惊。

霍乱病人碰过的东西任何人都不许碰——只除了搭建火葬堆的人——为了防止传染蔓延,霍乱病人的每样东西都必须烧掉。搭建火葬堆的人把新来的三具尸体和他们的东西抬放到竹堆上。其中一个拿着兔子亨德里克斯的素描本走到多里戈·埃文斯跟前。

"烧掉。"多里戈·埃文斯说,摆手让把它拿走。

搭建火葬堆的人咳了一声。

"我们不知道该不该这样,长官。"

"为什么?"

"这是记录,"布洛克贝克说,"属于他的。这样,未来世界里的人就会,嗯——知道。记住。这是兔子想要的。人们会记住这儿发生的事。发生在我们身上的事。"

"记住?"

"是,长官。"

"到最后,每件事都会被忘了,布洛克。我们现在活着比以后被人记住要好。"

布洛克贝克看上去没被说服。

"唯恐我们忘了,大伙儿都说,"布洛克贝克说,"大伙儿不是这么说吗,长官?"

"我们是这么说,布洛克。或者说在一个音阶上没完没了地哼哼。也许这不全是一回事。"

"这就是为什么这本子该留着。这样,发生的事就不会被忘记。"

"你知道这首诗吗,布洛克?吉卜林写的。它不是关于记住。它是关于忘记——每件事怎样被忘记——

  被远方的声音呼唤,我们的船队渐渐消逝;
  在沙丘和海岬上火焰沉陷:
  看啊,所有我们昨日的荣耀
  和尼尼微和泰尔城一样灰飞烟灭!
  国家的裁判,仍免我们于灭亡,
  唯恐我们忘记——唯恐我们忘记!"

多里戈·埃文斯向搭建火葬堆的人点头示意,叫他们把竹堆点燃。

"尼尼微,泰尔城,一条在暹罗神鬼不知的铁路。"多里戈·埃文斯说,火焰的阴影在他脸上画出虎斑一样的条纹。"如果我们记不住吉卜林的诗,记不住每件事怎样被忘记,我们还能记住什么别的?"

"诗不是律法。不是天造地设的定律。长官。"

"不是。"多里戈·埃文斯说,但他恐惧地意识到,对他而言,它实质上是。

"这些画儿,"布洛克贝克说,"这些画儿,长官。"

"它们怎么了,布洛克?"

"兔子亨德里克斯死活都相信，无论什么事发生到他头上，这些画都会留下来。"布洛克贝克说。

"人们会知道。"

"真的?"

"记忆是最真正的正义，长官。"

"也可以说是新恐怖的制造者。记忆只是像正义而已，布洛克，它是另外一个让人感觉是正确的错误概念。"

布洛克贝克叫一个搭建火葬堆的兵把素描薄翻到一页，上面用煤烟灰混成的黑墨水画着新加坡被占领后日军砍下来戳在一排尖木桩上的中国人的头。

"这里有暴行，看见了吗?"

多里戈·埃文斯转头看布洛克贝克。但他只看见浓烟和火焰。他无法在脑中重现她的脸。透过烟幕，画上砍下的人头像是活的，但它们是死的，不复存在。在他们身后，竹火升腾起来，火焰是唯一在自然状态中存在并活跃的东西，他在想她的头、她的脸、她的身体、她插在发间的红茶花，但尽管他用尽全力，仍然记不起她的容颜。

"没什么能持久。你不懂吗，布洛克?吉卜林说的是这个意思。帝国不能，记忆不能。我们什么都记不住。也许一年、两年，也许大半生——如果我们能活到那时候。也许。但接下来我们会死，过后谁会对这件事有哪怕一丁点儿理解?也许当我们两手放在心口，为了不忘记故作姿态，却只能记住那些无足轻重的事情。"

"这儿还有刑罚，看到了吗?"

他把薄页翻到一张钢笔速写——一个澳大利亚人在被两个看守殴打。翻到一张水彩画——那是溃疡病人住的病房。翻到又一张——骷髅一样的兵在做苦力，在切割面上把巨石砸开。多里戈·埃文斯发觉自己渐渐恼怒起来。

"强过一部布朗尼盒式照相机,我的兔子老伙计,"布洛克贝克笑了,"他到底怎么弄到颜料的,我永远不会晓得。"

"以后的人谁能知道这些画表达的是什么意思?"多里戈·埃文斯简明扼要地说,"谁来下定论?一个人也许把它们看作奴役的证据,另一个看作有倾向、有目的的宣传。象形文字告诉我们在鞭子猛抽下修金字塔是什么感觉吗?我们谈论这个吗?不,我们谈论埃及人创造的华美壮大。罗马人创造的。圣彼得堡的,但我们根本不谈埋在下面数不清的奴隶的枯骨。或许他们也会这样记起日本人。或许到最后,他的画儿全会这样被利用——用来卫护这些人形怪物,说他们很了不起。"

"就是我们死了,"布洛克贝克说,"它也让人们看到在我们身上发生过什么。"

"那你得活下去才知道。"多里戈·埃文斯说。

他很生气,无意间让这些兵中的一个看到他发脾气,他甚至更生气。火焰烧起来,他感觉他已经在忘掉她,他早就感到在脑中重现她的脸、她的头发、她唇上的痣很困难,早在那个时刻,他就已经在忘掉她。他能记起和她在一起的零星片段,亮闪闪的余烬,跳舞的火星,但记不起她,她的笑声、她的耳垂、她扫到一朵红茶花上去的笑容。

"来,"多里戈·埃文斯说,"在火燎上来以前,我们把他放上去吧。"

13

他们抬起裹在带有大便斑块的肮脏毯子里的兔子亨德里克斯,把他和别的尸体并排放,把军用挎包放在他身边,把素描本跟军用挎包放在一起——挎包里只有一个军用套餐盒、一把勺子、三支画笔、几只铅笔、一个小孩用的水彩颜料盒、他的假牙和一些放久的本地烟草。得霍乱死的人总轻得让人毛骨悚然。自从随军牧师鲍勃死后，主持葬仪的就成了林赛·塔芬，他原先是英国国教教会的牧师，因为某些不得而知的邪行被剥夺神职。但他踪影全无，火开始烧灼尸体。

"上校？"中东辣酱开口了。

在这种情况下，时间紧迫，责任所在，按军阶首当其冲，多里戈·埃文斯临时承担了举行葬礼的事宜。葬礼总让他感到无聊，所以他记不得正式葬仪应该怎样，他表演了一个戏剧，他希望他的演技差强人意。开始前，他必须问清楚后来被抬来的尸体的姓名。

"米克·格林。炮兵。西部澳大利亚人，"中东辣酱说，"杰基·米诺斯基。纽卡斯尔的锅炉工。"

多里戈·埃文斯把这两个名字存储到一个永不磨灭的记忆中，它只被唤起过两次，在两个非常重要的时刻：他主持的葬仪和多年后他的临终遐想。给葬仪收尾，他说在这儿他们向上帝举荐四位好人。但他并不清楚上帝跟这一切有什么瓜葛。没人还谈起上帝，连林赛·塔芬都不。

多里戈·埃文斯低头致敬，从火堆前走开，吉米·比奇洛走上前；为了把可能藏在里面的蝎子或随便什么节肢动物赶走，他把军号甩了甩，举到唇上。他嘴里一团糟，上颚在一块块脱皮，嘴唇肿得老高，舌头又肿又疼，米粒尝着像炮弹爆炸射出的滚热铅粒，在嘴里动弹不得，像一块让人极不舒服的木头，拒绝履行本职。"大家伙"说他得的是缺乏维他命导致的糙皮病。他只知道目前舌头挡住了嘴必须压进号角里去的空气，这样，他就无法吹号。

然而，把军号举到唇上，开始演奏他烂熟于心的曲调，他还是陶醉在这旋律的非同凡响中。开始只是低音符,他能应付。然后,音调加速——他一直坚信这是这首《最后岗位》变得气势磅礴的关键——为了吹出音符上必需的短促停顿,他必须做出耗尽心力的努力,与整个身体对抗——旋律渐进,达到高潮,再慢慢变成袅袅余音。吹奏时,他感觉舌头不复存在,他是在用一个长宽四英寸、厚两英寸的木块轻叩号嘴,他盼着这能使音符暂停,使音调具有靠舌头伸缩控制气流所能吹出的旋律,使这曲子被赋予魔力。

像应对这黑暗阴郁的丛林世界中的其他事情一样,吉米·比奇洛不得不临场发挥——舌头像鲸鱼,巨大沉重,他就让气流从它周围的间隙溜过,以此骗过它;神经末梢在尖叫,他就集中注意力把音节吹得毫厘不差,恰到好处,为所有将留在丛林、永远找不到归乡路的他们把曲子再次吹得浑然天成,以此骗过尖叫的神经末梢。演奏完毕,眼泪让他尴尬,这不是由于任何感触,在那一刻,他的感触不比昨天或昨天前的那一天在五个葬礼上演奏时更多,它来自身体的疼痛。他快速把脸转向别处,为了不让人知道吹奏一个简单音调对他而言变成了怎样一场艰苦试炼,为了不让人以为他出人意料地变得多情善感了。

吹奏这支令人心悸的军号曲,这篇死亡乐章,他浑身像火烧,然而,尽管如此,他照常继续吹奏,再听一遍,不懂它什么意思,怨愤他们死了,知道他必须老是吹奏这首他恨它超过所有其他曲子的曲子,但他下决心永远吹奏它。他曾经被告知它讲的是哪些事,但它讲的不是那些事。比如,战士可以安息了,他的天职完满了。什么天职?为了什么?有谁死后会得到安息?他眼下吹奏它,在有生之年他不会停止吹奏它,问这些问题——在澳新军团日,在战俘聚会上,在官方活动中,时不时,在家里,在深夜,当记忆如潮,把他淹没。他希望人们就事论事地解释它。但人们把它变成其他种种,他对此束手无策。音乐对问题发问,这些问题永无终结,吉米·比奇洛的每次呼吸都在一个铜质圆锥体中变得壮大,涡旋状延展,冲出来,冲向人们分享的对超越意识、时间、现世等极限的梦想,这梦想在这声响生成的同时也消亡了,这梦想与人失之交臂,直到下一个音符、下一个乐段、下一次……

战争刚结束,人世间就变得好像战争从未发生过,只时不时地像床垫上让人睡不舒服的鼓包,半夜冒上来,把他带进一种不愉快的清醒状态。无论怎样——中东辣酱后来说——它并不真的长得要命,它就是好像该死的永不到头。后来,它到头了,有段时间,很难回忆起太多。每个人都有更令人难以置信的故事——在阿拉曼,在图卜鲁克,在婆罗洲奋战,乘北海战舰航行。再说,现在有生活要过。战争是现实世界和现实生活的暂停。工作、女人、房子、新朋友、老家、新生活、孩子、升职、解雇、病痛、死亡、退休——霍巴特是在战俘营和那条"线"之前就有,还是之后才有,也就是说,是战前就有,还是战后才有,吉米·比奇洛很难记起来。要相信发生在他身上的事全都确实发生过,要相信他见过那些他曾见过的事,这变得很难。有时很难相信他真的参过战。

吉米·比奇有过一些好年景,有了孙辈,慢慢变老,然后,那场战争越来越经常地出现在他的意识中,那场战争之外他活过的九十年缓慢消解。最后,他几乎不想别的,不说别的——他认为除了那场战争,别的几乎什么也没发生过。有段时间,他能像战时那样吹奏《最后岗位》,怀着一种与己无关的感情,把它当作责任,当作他之为军人的一项工作。那之后,很多年,几十年,他一次都没吹过它,直到他九十二岁,第三次中风,躺在医院,奄奄一息,他用那只还能动的胳膊把军号举到唇上,再次看见浓烟,闻到烧灼的人肉味,猛然间,他意识到,只有它曾经发生在他身上,除此以外,什么也没发生过。

"跟上帝我没什么可争的。"多里戈·埃文斯对布洛克贝克说,他们把竹子向火葬堆上推着、捅着——为了让火焰把尸体包裹起来。"我压根儿也不想跟人讨论他存在还是不存在。我恼火的不是他,是我自己。那样给葬仪收尾。"

"哪样?"

"好像我信上帝似的。念叨上帝这上帝那。"

然而,因为他在不与世俗仰的人中最遵从习俗,所以,与初衷相反,每当找不到别的话可说时,他就口齿含混、飞快地说起上帝、上帝、上帝,他先前就发现,对于夭折和无谓的死亡,必须说的话近乎于无。他的兵看上去满意了,但多里戈·埃文斯受不了事后在嘴里滚来滚去的恶心感。他不想要上帝,他不想要这些火,他想要艾米,但他能看到的只有火焰。

"你还信上帝,布洛克?"

"不知道,少校。是对人我开始拿不准了。"

尸体燃烧发出裂开和爆破的响声。筋腱因为热力而收紧,一具尸体竖起了一只胳膊。

搭建火葬堆的成员之一也向它挥手致意。

"旅途愉快,杰基。你终于离开这鬼地方了,伙计。"

"也许葬仪就该这样。"布洛克贝克说。

"该不该我不敢说。"多里戈·埃文斯说。

"这些兵觉得这样有价值。我猜。即便对你没有。"

"有吗?"多里戈·埃文斯说。

他想起在开罗一家咖啡馆里听到的笑话。大漠深处,先知对没水喝而快要死了的旅行者说他需要的只是水。"没水。"旅行者回答。"是没水,"先知表示赞同,"但如果有水,你就不会口渴,就不会死。""那我肯定要死。"旅行者说。"你不会死——只要你喝水。"先知回答。

火焰蹿得更高了,空气里满是烟雾、旋舞的竹灰、尚燃的余烬,多里戈·埃文斯退后一步。这气味很香,但让人想吐。他发觉嘴里在分泌唾液,感到一阵强烈的厌恶。

兔子亨德里克斯坐起来,举起双臂,好像要拥抱正烧焦他脸的火焰,接着,他体内有什么爆裂开,带着那么大一股力量,他们全都不得不往后跳,以免烧着的竹子和余烬弹落到身上。用竹子搭起的火葬堆烧成一场越来越狂暴的大火,兔子亨德里克斯终于侧身倒下,消失在火焰中。又有一具尸体爆破,发出很大、很突兀的响声,每个人都蹲下身去。

"大家伙"站起来,抓起一根竹竿,帮搭建火葬堆的人把尸体推到大火中央去——在那儿,它们会最彻底、最迅速地被烧成灰。他们一起使劲,把竹子戳起来,猛一扔,扔回到越升越高的饕餮的火焰中。他们流着汗,大口喘气,没有停下,也不想停下,只想把注意力投入升腾的火焰中,忘掉其他,只想让这状态多持续一会儿。

当尸体都被烧完了他们要走时,多里戈·埃文斯注意到泥地上躺着一件东西。兔子亨德里克斯的素描本——除了有稍微烧焦的地方,本子还是完好的。他猜它是被那次小爆破的力量冲到了火堆下面。纸板做的封面不见了,连同前面几页。现在最上面是土人伽迪纳坐在一把覆满小鱼的富丽的扶手椅里,喝着咖啡——在叙利亚的一个村子里,一条被炮火摧毁的路上,在他身后,其他几个人散开站着,其中有澳洲小龙虾布罗斯,手拿盛着热粥的盒子。兔子亨德里克斯肯定是在澳洲小龙虾被炸飞后把他加上去的,多里戈明白了。这张画是他残留世间的唯一踪迹。

多里戈·埃文斯捡起素描本,向火葬堆走去,要把它投到火中,但在最后一刻,他改变了主意。

14

越来越多的人反超过了土人伽迪纳。这些人奇形怪状,腹内空空,无精打采,嘴巴阴森地紧闭或不自觉地大张,眼光像干泥巴,不再灵活移动,而是抽筋似的抖到这儿,甩到那儿;他在行列中越来越落后。所有东西都离他远去。留下的是病痛,在头颅和身体里,剧烈且急迫。患溃疡的腿连擦到树叶都会瞬时一阵剧痛,好像来自体外,一种纯粹而又绝对的痛,起起落落,割裂他的身体。

即便这样,土人伽迪纳还觉得自己很有运气:他还有靴子,他对自己说,有一只暂时没底子,但今晚他会想办法修好。准没问题,土人伽迪纳想,即使被同性恋强奸,有靴子也是好事儿。在这么令人沮丧的时候,想着有这样的好运气,他又鼓起劲了,把那捆粗重的麻绳拉上来卡在锁骨处,免得滑落,耸动肩膀,把它更舒服地靠脖子安置好,然后继续走。

尽管还在往后落,被甩得离行列越来越远,他还是尽力前行,越来越深入丛林。他把这一天看作是一系列打不赢的战斗,但他会赢。先到达"线"上,在"线"上工作,直到午饭时间,再然后是午饭以后——依次类推。目前的每个战斗都等同于那不可能迈出而他要使它从不可能变成现实的下一步。

他摔倒在一个多刺的竹丛里,摔倒时伸手去抓攫支撑物时,他的手被割伤了。挣扎着站起来,他不能再平稳地站在一块岩石上,向另一块岩石上跳跃,他没有这样的灵活和力量了,迈不出这跃起再跨越的大步。每件事都开始不对劲。他不停地绊到东西。他运用所剩无几的能量储备来尽力保持身体平衡,却一次一次摔倒。每摔倒一次，重新站起来都变得比上次更难。

在东倒西歪地向这绿色荒原深处走去的途中，他再次抬起头，意识到他孤身一人。原先远远走在前面的人已经在一个斜坡处消失了，不管谁在后面，那是在很远的后面。麻绳吸入更多雨水，在肩上变得更沉。绳圈越来越松，散落成参差不齐的一股股，缠到植物、根茎、藤蔓，使他跌跌绊绊。每次停下把缆绳重缠一遍，把绳圈在肩上再放平稳，它都变得比上次更沉重、更难掌控。

他跌跌绊绊继续走，感到极度虚弱，脑子像浆糊，一片混乱。缆绳又钩到什么，他绊了一下，脸先着地，摔进泥里，他慢慢翻身，体侧着地，躺在那儿。他对自己说他休息一两分钟就会没事。紧接着，就昏了过去。

醒过来后，他在黑暗的丛林里，身边散乱着一堆绳子。他摇晃着站起来，一根指头伸进鼻孔，用鼻子喷气，把鼻屎和泥巴弄出来，摇了摇晕眩乏力的脑袋。他挣扎着犹疑地向前迈了一步，摔倒在岩石露出地面的断面上，摔倒时撞到一块悬垂的岩层上松着的灰岩，灰岩落下来，砸在他的肩头。

必须想办法接着走，他想，或者他想象他在想，他脑子那么涣散，感觉像分离在身外的什么东西，一个重物，一块大石头；他确切地知道他怕得要死，曾经瞬间昏过去了。

把各个身体部位收拢来，他又站起来，站稳；对这岩石、对这世界、对他的生活感到气愤，他低身捡起石灰岩碎块，使出他软弱无力的愤怒能从发烧的身体里搜寻到的力气，把石块狠命地投向丛林。

他听到一声轻微的闷响，同时一声咒骂。他的身体收紧了。

"去你妈的，土人。"一个听着耳熟的声音嘶嘶地说。

土人伽迪纳四下张望。从一个竹林里，公鸡麦克尼斯迈腿走出来，用手摸着头。

"你是跟我们走,还是要把我们卖了?"

公鸡麦克尼斯身后出现另外六个俘虏,他认不出是谁,在他们身后是伽利波利·凡·凯斯勒,他向土人行了他那为人熟知的、有些吊儿郎当的纳粹礼。

"我们以为你发现了。"凯斯说。

"发现什么?"土人伽迪纳问。

"我们以为你知道,你只不过在小心行事,假装要睡一小觉,"公鸡麦克尼斯说。

"知道什么?"土人伽迪纳说。

"我们的休息日。日本人不给,我们就自己休一天假。"

土人伽迪纳转过头,向小路前方望去。

"今儿早上我们点过名,日本佬不到回营地晚集合不会再点人数,"公鸡麦克尼斯喋喋不休,"在那边'线'上,他们肯定不点名,肯定注意不到。我们躲在别处养精蓄锐,在别的人回营地的路上再排回队里去,跟他们混在一起。站好,反正点名的东条是你叔叔。"

"你不能指望别人替你隐瞒,"土人伽迪纳说,"这瞒不住。"

"我们上周就这么干的,那些眯缝眼儿杂种一声儿没吭。今天我们又这么干。"

"但今天你们这些家伙归我管。"土人伽迪纳说。

"那又怎样?"公鸡麦克尼斯说。

"这么做对别的伙计公平吗?"

凯斯说他们在半英里外找到一个吊挂下来的峭壁,雨淋不到。没人能听到或看到他们,他们有一副牌,只缺一张方块杰克。他问他打五百分牌戏的手艺怎样。

"他们会扒了你们的皮。"土人伽迪纳说。

"他们怎么会知道?"公鸡麦克尼斯说。

"他们会有法子,他们会揍死你。"

"你会替我们隐瞒,"公鸡麦克尼斯说,"今天你是负责这队兵的中士。上次小公牛就这么做的。什么也不说。把组重新分分,让每个活儿都还有人干。每组只少一个人。"

凯斯说丢了一张方块杰克让玩五百分牌戏更有意思。而且——

"关键不在这儿,"公鸡麦克尼斯打断他,"关键根本不在这儿。关键在于拒绝跟日本佬的战争机器合作。我们必须在某个时候、在某件事情上采取立场,这就是我们的立场。"

土人伽迪纳想了想他的话,但没想太多。

"我受不了玩五百分牌戏。"土人伽迪纳说。

凯斯说:"实话说,在那儿没什么别的事可干。要么玩五百分牌戏,要么睡觉。也许应该有耐性。可谁知道有耐性为了什么?"

"妈的!"土人伽迪纳说,在他听来,能睡觉真好,他的头又一阵阵发昏。"我累得要死,没劲跟你们争。但有个命令。你们旷工我不管,但如果其他人为这事儿遭罪,我一定会管。"

"没人会遭罪。"公鸡麦克尼斯说。

"你会,"土人说,"如果你不听我的。我们走吧。"

他捡起缆绳,把它再次卷起来,再次扛到肩上,重新开始朝"线"上走去的不幸征程,但只有伽利波利·凡·凯斯勒跟在他身边。

"作为一名中士,伽迪纳是一个大软蛋,他什么也不会说。"公鸡麦克尼斯说——他们正转过身,朝偏离小路的方向走向丛林深处。"不是一个像老派领袖的头儿。"

15

担心的事变成了现实,这一点儿都没让幸田上校吃惊。泰国人成群结伙时不可信任,单个儿时让人瞠目结舌的贼。在夜间的四个小时——从他和司机把卡车留在丛林深处,到战俘组成救援队把卡车推回营地的这段时间里,一些泰国强盗偷走了几根输油管,卡车不能发动了。为情势所迫,他不得不滞留在营里,等一个看守从距离最近的另一个战俘营取来代用的输油管,这看守被命令天黑前回来。

既然白天不得不留在此地,幸田上校决定去视察线上的工程。带着巨蜥当向导,他朝"线"上走去,路上碰到两个俘虏,一个坐在泥里,另一个躺在泥里。坐着的那个跳起来站好,但横躺在路上的那个一动不动。他好像对什么都没有知觉。他们以为他死了,但巨蜥用脚把他翻过来时,他们发现自己错了,就开始对他吼叫。这没起作用,巨蜥就狠命踹他一脚,但这个人只是呻吟。他们明白,威胁和殴打都无法影响到他了。

幸田上校觉得这情形让人绝望。我们怎么能把铁路建成,他想,如果他们连工地都走不到?接着,他注意到土人伽迪纳的脖子。

幸田上校命令巨蜥用胳膊和腿的力气把土人摆放成跪着的体位,头低着。他更仔细地查看了澳大利亚俘虏的脖子。脖子皮包骨,脖纹里有污秽。

对了,幸田上校想。这肉粘满泥巴,灰色,像把尿撒上去的灰土。对了,对了,幸田上校想。脖纹居然像爬行类动物,图案令人费解,这激起了蛰伏在他脑海深处对一件往事的记忆,一件盼着再次发生的往事。对了!对了!幸田上校知道,他是在某种疯狂的非人势力的威慑下,这势力留下一条遍及亚洲的死亡和毁灭的轨迹。他杀人越多——那么不假思索,那么欣欣然——他越能意识到他自己的死亡将是唯一不在他掌控中的死亡。对别人生杀予夺,决定何时何地让别人死,确保死亡体现为一种斩截利落的终结技能,他能做到。以某种奇怪的方式，这样杀戮感觉像在对他自己生命尚残存的无论什么施行控制。

不管怎样，幸田上校眼下在想：让另一名俘虏把病人扶回营地只会把他该用来修铁路的宝贵力气白白浪费，到了营地，宝贵的粮食会浪费在病人身上，因为，照理说他反正过不了多久就死了。

他把剑从剑鞘中拔出，用眼光示意巨蜥把水瓶递给他。幸田少校能看到自己的手在发抖，他很奇怪，因为他没感到任何恐惧或良心的顾虑。

只有月亮
和我，在我们相会的桥上，
孑然一身，变冷。

幸田上校把菊舍尼的俳句吟诵两遍。但他必须让手停止发抖。他从水瓶上取下盖子，水瓶在眼前微颤的空气中剧烈抖动，他把水浇到剑上，注视水珠在剑身亮闪闪的表面一起滚动，湿漉漉、鞭状的蛇扭动着离开。这情景之美使他心定神清，稳若磐石。

他抬起头，集中注意力，使呼吸变得舒缓，然后，集聚心神，小心翼翼地使剑沿着一条精准的轨道慢慢下落，直到触着土人的脖子，之后，它停在上面，一动不动。他把住剑，使他的意图一目了然，把身体调整到施行下一个行动的理想状态。

"闭上眼！"巨蜥对土人伽迪纳吼道，"闭上眼！"

他点上一支烟，眨了两次眼，作为示例。

幸田上校两腿分开站好，使身体重心平衡，狂叫一声，把剑高举到空中，然后，他最后一次吟诵菊舍尼的俳句。但他记不起中间一行的字符顺序。他在脑子里总把这首诗歌弄混。

所有人都在等——幸田上校把持着悬在俘虏上方的剑，巨蜥把一支烟举在唇边，伽利波利·凡·凯斯勒目瞪口呆地看着。只有土人伽迪纳什么也看不到，他只感觉湿热像毯子，闭着的眼睛上有汗，糟烂一团的身体因为恐惧而蜷曲，他只能知觉到悬置在他和太阳之间的那把剑。

他不敢张嘴吸气。

他能闻到幸田上校，一股来势汹汹的鱼在腐烂的气味。他能感觉剑刃在上方微微颤抖的空气中急不可耐。他能听到血流的声音。他的，他们的，变得越来越大声。

幸田上校相信世间万物都有对称和秩序，他的智性在痛责自身的缺失，他烦躁起来。他完全迷惑了。他失去了对事物发生序列的掌控，这意味着他失去了对这例死亡的掌控，以某种奇怪的形式——这形式在他看来又毫厘不差地符合逻辑，他失去了对自己生命的掌控。这他不能同意。

在他看来，土人伽迪纳的脖子令人震惊。他盼着一剑劈下，这件事或许就此结束。他不清楚剑是否已经猛然下落，他的头是否已经——

"他走了。"土人伽迪纳听见凯斯说。

一个人走开的脚步声，一阵短暂的寂静，又是同一个人走回来的脚步声。

"他滚了，"凯斯说，"我查证了。你可以睁眼了，土人。"

土人伽迪纳睁开眼。

幸田和他的剑消失了。巨蜥走了。只有凯斯还在，苹果籽似的眼睛从上面盯着他。土人伽迪纳转移视线，看着附近崖壁顶上竹林阴郁的线条，再远些，柚木林反衬着天空的剪影。

"啊哦，天，"凯斯说，"看那些偷窥者。"

他听到几只猴子在尖叫。

闻到丛林脏污的泥土的味道。

在感受周围生命的过程中，土人伽迪纳第一次感知到了自己的死亡。他明白，这一切会继续存在，他会踪迹全无，就连关于他的记忆——尽管会被几个家人、朋友留存几年，也许几十年——最终也会消失，其价值不会多过一根倒卧的竹子，不会多过这无可逃避的泥土。土人伽迪纳看着小路前后，想着只在一英里外，赤身的奴隶在累死累活，他感觉世间最骇人的暴怒攫住了他。一切都会继续，继续，再继续，只有他会消失。无论看哪儿，他都看到最生机盎然的世界，这世界不需要他，连一眨眼的工夫都不会用在考虑他为什么不见了，会把他忘得一干二净。这世界会在没有他的情况下继续存在。

"你没事儿吧，伙计？"凯斯问。

土人伽迪纳的眼光快速地从一处跳到另一处，在每一处，他能看见的世界全一样，对这世界而言，他莫名其妙，无足轻重，等同于子虚乌有，它不需要他。他们会把他投到一堆竹火上，说点儿什么，或者什么也不说，吉米·比奇洛会吹奏"最后岗位"，十年或二十年后，那些活过来的人也许都会成为某个新大日本帝国的奴隶。五十年或一百年后，每个人都会认为它完全合情合理，它的一切不会比现在情况好，也不会比现在任何情况糟，唯一不同的是他不会在那儿。猛然间，他觉得那么瞌睡。他非得睡觉不可。他翻过身，仰面躺在那儿，感觉身体好像在消解，回归到泥土中。

"我们得继续走，"凯斯说，"你不走，他们会杀了你。"

凯斯弯下身要把土人伽迪纳拉起来，这时，他听到一声沙哑的喊叫，看见巨蜥正大跨步沿小路走回来，他吓得魂飞魄散。巨蜥将凯斯一把推开，踹着土人吼道："医院，医院。"同时用手指着小路通向营地的方向。虽然神志昏迷,俘虏好像还是觉得要相信这样的事很难。

"医院?"土人伽迪纳费力地呼吸,不相信自己的耳朵,重复了一遍营里日英混杂的对医院的称呼。

"医院!"巨蜥又大叫,再踹上一脚以示强调。

使出他能集聚的全部力气,土人把自己拉到双膝、双手着地,像一只疲沓的狗,掉转头,开始朝营地方向爬去,赶在看守改变主意之前。凯斯迅速开始向反方向行进,向岩层切割面走去。巨蜥全速跑过他,为了赶上那位访问营地的上校。他从视野中消失了,凯斯停了下来。

他惊讶地看着:他左腿无缘无故地开始剧烈抽搐,到处踢跳,好像被通到电缆上似的。接着,他的身体不能自控地抖起来:一种猛烈、疯狂、不规律的抖动,持续好几分钟。终于,发抖停下了,他能重新开始朝"线"上走了。

16

正午刚过,中东辣酱把脏兮兮的灰饭团当中饭吃了;他在去厨房的路上,想在那儿再找一个煤油罐,当烧瓶安到坏了的蒸馏器上,也指望有一个厨师或许能给他一些菜皮、稻麸什么的。

中东辣酱比多数人大很多,说不定快三十了,他的眼睛让每个人都想到满得溢出的烟灰缸,跟他古怪、阴沉、少言寡语的天性相配,这使有些人怀疑他是疯子。他战前是为了获取兽皮用活套、陷阱之类捕兽的人,塔斯马尼亚山地森林中的游牧者,随身连小包也不带。他应征入伍收到发给他军服一部分的两套内衣,这是他第一次穿内衣。从此,他就没能从部队生活的奢侈中缓过神来,这奢侈带有异国情趣，可以用他在爪哇的一场二十一点游戏中赢得的食谱来概括。中东辣酱说，在他意外发现土人伽迪纳瘫倒在集合场的泥巴地里之前，他正一路遥想比滕太太做猪肉卷的配方。

"基督知道他怎么顺着'小甜心'一路回来，"后来，中东辣酱对其他战俘中的几个人说，"可是他回来了。"

他们也都好奇土人伽迪纳怎么靠着手和膝盖回来，爬上丛岩、根株、藤蔓，穿过污泥、水洼，爬下峭壁，他们装作惊奇，其实是恐惧，因为明天，下个星期，也许他们中的一个就得这么做，到那时，他们就必须在自己身上找到土人伽迪纳身上的品质，无论它是什么。

"他的肚子完全不中用了，浑身是屎，可怜的伙计，"中东辣酱对他们说，"我猜他在那倒霉该死的道上只顾爬上爬下，一路上把屎溅得到处都是。"

听的人变得全神贯注。

"可怜倒了邪霉的伙计，去死吧，妈的你不会晓得他在那儿躺多久了。像大风天被虫咬得满是眼儿的树叶，烧得人事不知。我以为他死了。他看起来真他妈惨透了。接着，我看他还有一口气。我想，别的我都不管，就想把他弄到日本人看不见的地方，因为就算你死翘翘了，日本人还是当你旷工——如果你不在病人名单上。我把他弄起来，一个糊满屎的骨架子，他靠着我，我靠着他，我一边东倒西歪地搬，一边像拖个脏兮兮、用旧的稀巴烂的笤帚一样，算是把土人给弄到竹澡堂子里。找了一些水，找了一些破布烂条，从上到下，里里外外把他洗干净。我给他洗脸，给他擦脏屁股。"

他们能想象中东辣酱架起土人，站在竹子做的淋浴头下面。他们明白那得多么尴尬，两个裸体男人像两棵树倒下来，塌在彼此身上。他们能看见那条接到溪流里的竹制水管上落下水流，中东辣酱说:"干干净净的真好,兵哥们。"他们能看见土人在中东辣酱的臂弯里松垮垮地晃悠来、晃悠去。他们能看见水像藤蔓似的在土人肩骨和脖子间的凹处、在他鸡肋似的胸脯上爬过。中东辣酱说:"把他妈的臭气从你身上赶走,赶出去。"他们不知道他们中有谁有哪怕一半中东辣酱的善良——这个脏话连篇、脑子缺根弦的中东辣酱。

中东辣酱告诉他们,后来"大家伙"的二把手警眼儿泰勒到了,派头照常跟黑手党匪徒一样,风风火火,但全身上下没有一丁点儿硬汉味;土人缓过来一点儿,他告诉警眼儿泰勒日本军官怎么要砍他头,又没砍,还有接下来巨蜥怎么叫他回来。

"你永远不能把始终如一当罪名栽到日本人头上。"警眼儿泰勒说。他摇着跟黑手党匪徒一样的大头,伸出跟黑手党匪徒一样的手,开始给土人检查身体。"这次,土人的话让人摸不着头脑,"中东辣酱说,"他不停地絮叨战前怎么经常带他的女人到霍巴特北边的尼基塔瑞斯鱼店吃蔻塔鱼和薯条。又絮叨说他就是不能不想那些鱼——每次去都在鱼店窗口大水箱里游来游去。胖头鱼,胭脂鱼,黑背三文鱼。不是什么特殊的鱼,土人说,同时警眼儿在他身上乱戳,抬起他的眼睑,在胸口上敲敲,全是医生那套滥玩意儿。"

"就是普通的鱼?"警眼儿问。

"是,"土人说,"普通的鱼。该死的倒霉玩意儿,关在玻璃箱里朝外看。"

"把舌头伸出来,土人。"警眼儿说。

"在阿瓦隆看完日场电影,"土人继续瞎扯,"总到尼基塔瑞斯鱼店,两份蔻塔鱼、薯条、油炸扇贝裹面粉、牛奶、鸡蛋、黄油涂面包。"

"开始他们非叫每个快死的人上工,"警眼儿说,"接着又打发这可怜家伙回来。舌头伸出来,土人。"

土人继续不停地瞎扯,说艾迪怎么怎么喜欢看完电影再吃鱼。

"再然后呢?我想问来着,"中东辣酱说,"但他又接着扯他怎么不能不想那些鱼,在尼基塔瑞斯的水箱里游。不该这样。它们也是俘虏。他回去后要到鱼店去,把鱼全舀出来,全带到船码头,把它们全放了。我不在乎老伙计尼基塔瑞斯会怎么想,土人说。我会把它们全买下,我会去抢劫饭店、酒吧,我什么都干得出来,只要能把鱼弄出来,把它们放回海里去,它们就该在那儿。"

"警眼儿叫他别那么激动,他说他全身上下都是病,要进医院里待着,需要待多久就待多久,等他出院了,鱼和他的女人都会不得安生。"

"土人像一根草梗子摇来摆去,"中东辣酱说,"要知道他在想啥很难,连他知不知道他在哪儿都弄不清楚。也许他的脑子里正过电影儿,跟艾迪在那儿吃鱼呢,之前在阿瓦隆消磨了一晚上,"中东辣酱说,"也许他在笑那箱子里的鱼。也许他压根儿没注意那些鱼,也许他别的全不管,只看着艾迪的乳房,也许艾迪叫他别总看那些鱼,让他多注意注意她。也可能不这样。也许她说,你在看什么?土人听她问,就变得怪不好意思,就看那些鱼,在箱子里游的鱼,想着他是里面的一条,也许他是没穿衣服的俘虏,在丛林里头,用胳膊箍着我,这时候,警眼儿泰勒叫我把他带到医院去。"

"叫他们用找来的奎宁让他镇定镇定,"他说,"还有治腹泻的土根碱。"他转向我,用黑手党匪徒一样的大眼睛看我,压低嗓门说,"那儿没奎宁,那儿没土根碱,那儿几乎没吃的。但至少他能歇着。"

"这时候,"中东辣酱说,"说了你不会信,但土人开始笑,就像他不是跟我们在这儿,在这该死的丛林里,他是在回开战前尼基塔瑞斯鱼店的路上。不要奎宁,他说,不要土根碱。来两份蔻塔鱼,一打儿油炸扇贝裹面粉、牛奶、鸡蛋,再来一些抹黄油的面包。警眼儿问,他刚才说什么?我说,两份蔻塔鱼,一打儿油炸扇贝裹面粉、牛奶、鸡蛋,再他妈来一些抹黄油的面包。长官。"

"警眼儿开始笑,"中东辣酱说,"我也开始笑。土人继续笑。笑得打不住。两份蔻塔鱼,土人说,一打儿油炸扇贝裹面粉、牛奶、鸡蛋,一些抹黄油的面包。甭管别的,哥们儿攒住彼此,在妈的这烂泥地里边,把肚皮笑破。猪肉卷的味道我根本不知道。可要说热乎乎、咸丝丝、油腻腻的鱼裹着面粉、牛奶和鸡蛋?没哪个澳洲佬忘得了。"

17

走近溃疡病人住的棚屋,多里戈被笼罩在正腐烂的肉散发的恶臭里。作为勤务兵看护,吉米·比奇洛陪着埃文斯巡视霍乱营区外的其他病人,以便需要时帮忙。像肉坏了的强烈臭气太难闻,在有些情况下,他不得不走开,到外面去呕吐。

进到棚屋里,恶臭更强烈了。多里戈·埃文斯把一只手抬到鼻子跟前,又迅速拿开,他考虑到捂鼻子是对这些人自尊心的又一冒犯,他们已经够遭罪了。两个长长的竹搭平台上躺满溃疡病人,他沿平台中间的走道往里走。恶臭现在闻着不一样,除了变得更强烈,还更刺鼻,辛辣得让多里戈的眼睛变得水汪汪的。成排的裸体男人像竹节虫,在一阵奇形怪状的扭动后静止下来等死,很多人像蝉壳一样在竹垫上竖起又倒下,不是并排躺,而是彼此形成奇怪的斜角,黯然失神的眼睛凸出来,撑得老大,里面空无一物,胸部像拔去毛的鸡,一起一伏,这是唯一可见的生命体征。偶尔,他觉得确实在他们眼睛里看到了什么,但都让人汗毛倒竖,妒忌,或者一种触目惊心的听天由命,再或者,一种令人眩晕的恐怖,他们在其中越落越深。直面这些费力耗神，要视若无睹更费力耗神。很多病人对周围一切浑然不觉，多数人根本不加留意，有的悄无声息，有的在谵妄中说胡话，头从一边滚到另一边，有的喃喃自语，有的无休止地呻吟——当疼痛像雨迅疾流下竹枝一样流过他们的身体。

多里戈·埃文斯在平台间走动，和颜悦色地拉家常，好像这里是周六下午的乡村酒馆，他正跟故交好友在一起，但看到两个勤务兵抬着杰克·彩虹进来，他坚执英勇、精力旺盛的样子瞬时弃他而去，他腹部绞痛。一个勤务兵用破布捂在杰克·彩虹右腿仅剩的细瘦短小的断根上，想止住从那儿不断流出的血。多里戈·埃文斯给他做过两次手术，第一次截去膝盖以下的部分，他腿上的溃疡已经腐蚀到了小腿和踝骨。第二次是断肢周围感染坏疽，他不得不把大部分大腿截掉。那是三周前，现在他又在这儿。两个勤务兵把他放到竹桌上，病人都躺在那儿接受手术，用打磨锋利的勺子挖出溃疡腐肉。多里戈·埃文斯走过去查看那条腿。

但他没看到就先闻到了。

他用尽全力让自己不要呕吐。

同样的情况又发生了，本该伤口愈合的地方只有颜色发黑的化脓感染，血从那细瘦短小、像棍子似的断肢上一阵阵涌出。多里戈·埃文斯知道，当初缝合股动脉的线肯定松了，不知掉哪儿去了。

"坏疽，"他说，并没针对某个特定的人，每个长鼻子的人都知道了，"止血绷带。"

没人吭声。

"止血绷带？噢，上帝，不。"多里戈·埃文斯说，他意识到他在溃疡病人的棚子里，这儿没有止血绷带或任何这类设备。他急忙解开皮带扣，把皮带从短裤上拽下来，缠在杰克·彩虹大腿截余的部分——这个瘦伶伶的东西不比下水管粗多少，看上去像用臭烘烘的沥青制成的纸杯。他轻缓地抽紧皮带。杰克·彩虹发出一声低低的呻吟。出血量减少了。

"把他弄起来。"

勤务兵把杰克·彩虹拉起来坐着,用胳膊环住他。其中一个让他从锡罐里喝水,但他的嘴抖得厉害,衔不住罐边,水泼出来了。

"我们这就带你去无菌外科手术室,彩虹下士。"多里戈·埃文斯说。一个勤务兵停下一眨眼的工夫,挠挠鼻子,多里戈·埃文斯用平静的语气低声说,"快。"

勤务兵知道,他的语气越平静,声音越低,发出的指令就越紧迫,必须马上行动。他们抬着担架急速离开,埃文斯转向另一个勤务兵。

"把泰勒少校找来,说我要他马上到无菌外科手术室。还有,你能给我找一些带子、绳子什么的让我把短裤系上吗?"

上校和他的帮手一起跑向无菌外科手术室,上校不得不用一只手提住短裤,这好像没影响他的速度,他迈着长腿大步流星地在泥里跑过,吉米·比奇洛极力不要落在后面。

无菌外科手术室是一个小棚屋,最突出的优点是它所处的位置:在医院到溃疡病房的中间,把病人和随病人而至的不能克服的卫生问题隔离开了——这卫生问题几乎无法克服。屋顶不是帆布,而是亚答屋屋顶,这使棚子在一定程度上没被水淹。棚子里的设施跟小孩对无菌外科手术室的幻想很相像。被天才组合起来的是竹竿、装食品和煤油的空罐子,以及形形色色从日本人那儿偷来的小物件——瓶子、小刀、卡车输油管——这是一项把魔法设计变成现实的巨大成就。还有蜡烛,放在锡罐做成的反射镜凹面上,一个用煤油罐做成的灭菌器,一张竹子做的手术台,从机器上偷来的铁制部件被打磨成手术器械,被放进一只行李箱,箱子稳稳当当放在桌子上，这样大老鼠、小老鼠和无论别的什么都不能在它们上面爬来爬去了。

我能做什么？多里戈满腹疑虑地想，一边动手把器械准备好，以便消毒。他根本不知道他能做什么。"到底什么钻到你脑里去了？"有一次，为了解救中村要惩罚的一名俘虏，他极力斡旋，之后，警眼儿泰勒这样问他。"我只有一个想法，"多里戈坦白说，"那就是向前冲，跟风车对战。"泰勒当时笑了，但多里戈是当真的。"警眼儿，"他解释说，"只有当我们相信幻象，生活才是可能的。"这是他说过的最接近自我告白的话，"是对现实的信仰导致我们每次都被利用、被欺骗。"

他每天都虚构生活，他越相信他脑中的观念，它们好像越发挥作用。但现在怎么向前冲？在棚子离手术台很远的地方，他开始擦洗双手，从竹制管道流出稳定的水流，他在下面洗掉手上黏糊糊的血，这管道是营地输水系统的又一个权宜装置，这些兵把它拼凑起来，把水从附近溪流引过来，他怀疑溪流里也许带有霍乱菌。每样东西好像都被毒化了，有时每次尝试都好像只会使情况恶化，都会一事无成，会导致越来越多的死亡。多里戈·埃文斯把吉米·比奇洛叫到一张桌子跟前，桌上放着一煤油罐珍贵的蒸馏水，他让吉米·比奇洛把水慢慢泼到他手上。

他冲洗着，尽力让自己定下神来，使头脑和身体放松。

他知道恐惧让他快发疯了。他定下神来，尽量按部就班地进行术前常规清洗。确保每根手指都彻底清洁。他告诉自己，这他能做到。指甲，要确保指甲底下干干净净。他不相信他能做好手术，但其他人相信他能做好。那么，如果他对他们的信任抱有信心，也许他能把握自己。手腕——别忘了手腕。这一切都很荒唐，然而，他告诉自己，要活下去就必须有一个荒唐的信念，那就是你能活下去，这信念高于一切。

勤务兵抬着杰克·彩虹到了，他什么声音也没有。他们正把他往手术台上放，警眼儿泰勒进来了。那个找到警眼儿的勤务兵找来几块五颜六色的破布，他把它们结起来，再跟一条毛糙糙的绳子拧在一起，呈递给上校。

"我的腰带？"

"是莎丽。一眼能看出来。"

上校笑了。

"可以让我裤子不掉，还换个服装风格，太好了。这儿。"他说，用两肘指向短裤，一边继续洗手。

勤务兵把替补腰带在他的短裤上绕一圈，在体侧打结，这给高个子外科医生的窄臀添上了一股旧时海盗的神气。

警眼儿泰勒的外号取自那个有名的墨尔本匪徒①，他跟那个匪徒一个姓，跟他一样有一股魅惑人的邪乎劲儿，他有袋类动物似的潮乎乎的眼睛，很警觉，同时又毫无防备，加上一副"一"字形的唇髭，更突显了那种邪乎劲儿。原先外表光鲜的警眼儿泰勒现在瘦骨伶仃，这赋予他原先从未有过的大反派神气，使这个外号跟他本人更相配。他在阿德莱德郊区当过医生，这样的身世背景跟他外表的惊人出奇一样一目了然。除去给多里戈当帮手学到的，他对外科手术的了解仅限于医科培训时的纸上谈兵和有关名医的趣闻轶事。

"上校？"

"截肢，"多里戈·埃文斯说，"再截一次。"他还在洗手，没抬头。

"多里戈，"警眼儿泰勒说，"你看过截肢？"

"我明白。"

---

① 约瑟夫·莱斯利·泰勒（1888—1927），一个主要在墨尔本活动的著名澳大利亚匪徒，因其黑眼睛目光锐利而得了"警眼儿"这个外号。

"没什么可截了。"

多里戈感觉他的一只手正掐捏另一只手——它们必须洗干净。

"我明白。你能——"多里戈·埃文斯说,欲言又止。

他更使劲地拧手。他能吗?

"看上帝的分儿上,吉米,"他厉声说,"这水比不兑水的纯麦芽威士忌还贵重。不是用来灌田的。慢慢倒,我说过了。"

"他会失血过多死掉,多里戈。"

"如果不截,他会死。这是坏疽。还——还有救,如果在臀部上截。"

"还有救?"警眼儿泰勒说,"即使在最现代化的医院,臀部截骨只会死人。身体创口太大。在这儿这么做没意义。"

"我们还有多少麻醉药?"

"够用了。"

"我给臀部截骨当过一回助手,"多里戈说,"在悉尼,一九三六年。老安格斯·马克纳美依做的。最好的一例。"

"他活下来了?"

"她。一个土著女人。活了一天。也许两天。我记不准确了。"

"为什么不干脆做大腿高位截肢?那还有救。"

"坏疽感染到大腿太高的部位了。"

"我不是外科医生。但那并不太高。把止血带以下的部分截去。"

"不管从哪儿截,从大腿根还是臀部,都没地方扎止血带,他会出血不止直到死。妈的已经没腿了,警眼儿。这是问题所在。"

"如果我能用什么扁圆的东西向下使劲压住这儿。"泰勒说,一边用手指捅他自己的腹股沟——他在靠触摸感知动脉管、肉体、这两难局面达至的极限。"这儿,"他说,两根手指推压进大腿根处,"这儿,在股动脉上,这么做也许能阻止大出血。"

"也许不能。"

"也许不能。"

"或许用把勺把弯成圆形的勺子这类的器械会管用?"

"也许。"

"也许。"

"那准行。希望能让血流得少一些,慢一些,这样你能手术。他还会出血。但你只管把断肢截掉,把动脉管合严,缝起来。他还会继续出血,但不会糟到会死掉。"

"我必须动作飞快。"

"你从不拖拉。"

杰克·彩虹衰毁的身体在微微发抖,低低的咝咝声从嘴里有规律地一进一出。

"行。"多里戈·埃文斯说,一边甩掉手上的水。他叫吉米·比奇洛拿一把餐勺来,然后走回到竹桌子跟前。

"我们只把腿再往上削掉一点儿,杰克,切掉这臭烘烘的坏疽,然后——"

"我冷。"杰克·彩虹说。

18

多里戈·埃文斯看着这张枯槁的脸——像牛肉汁一样暗沉沉的,硬得像保险丝的白色胡茬,负鼠一样的眼睛,短短的翘鼻子,沾满灰土的雀斑。

"拿一张毯子来。"多里戈·埃文斯说。

"你有长红烟吗,大夫?"

"抱歉,杰克。可是等手术完了,我保证你好好过瘾。"

"要提神没有比来一支长红烟更好的了，大夫。"

说完，杰克又笑着，咳着，抖着。

万德渥德带着自制麻醉药到了。吉米·比奇洛从厨房拿来一把餐勺和一把备用汤勺。几支蜡烛、两盏煤油灯点上了，但它们加起来似乎只加深了棚里的黑暗。

一个勤务兵摁亮手电筒。

"现在还不要，"多里戈·埃文斯说，"我们没有多余的电池。让你用的时候再用。"

他打手势让吉米·比奇洛和警眼儿泰勒沿桌边站着，把手塞到杰克·彩虹身下。

"我数到三，先生们。"

他们把杰克·彩虹翻过去。警眼儿泰勒把针顺滑地插入杰克的脊柱，杰克口中发出一阵像人猛跃入水中激起的乱杂响声，像下水道被突然抽空。他们用输液管把麻醉药注入他体内。瓦特·库尼是厨子，从厨房拿来锯肉用的锯子——他身体和五官小得出奇，耳朵像从装满抱子甘蓝的袋子里偷来的。

万德渥德配制的麻醉药很好，但药效时强时弱。杰克·彩虹很快失去知觉，他们把从厨房拿来的锯子和几件手术器械放在水里煮，为截肢做准备。一切终于停当，多里戈·埃文斯给出准备开始的信号。输液管被取走，杰克·彩虹被翻过来。

"我们要尽快，"多里戈·埃文斯说，"规范程序。关键是把出血量制约在绝对最小值。抓住他，"他对着吉米·比奇洛和瓦特·库尼说，"勺子准备好了？"他问警眼儿泰勒。泰勒举起掰弯的勺子，向他敬了一个开玩笑的军礼。

"跟风车对战。"多里戈·埃文斯说。

他深吸一口气。泰勒把勺子顶部轻柔地但也越来越坚定地推进到杰克·彩虹衰萎腹腔的基底。

"手电。"多里戈·埃文斯说。吉米·比奇洛几步向前,把手电光柱投射到断肢上。

从医院那边的棚屋传来吵闹,但几乎同时就被杰克的尖叫淹没了,多里戈·埃文斯开始截掉腿根。已经坏死的肉散发的臭气太强烈,他竭尽全力才没有呕吐。但杰克·彩虹的尖叫向多里戈·埃文斯证实了他做的正是他不得不做的:把手术刀切进还没坏死的肉里去。

一个勤务兵赛跑似的冲进棚里。

"什么事?"多里戈·埃文斯头也不抬地问。

"巨蜥把土人伽迪纳从医院带走了。"

"什么?"

"我们拦不住他。他们拽着他胳膊,把他拖出去了。跟'线'上有人没上工有关。现在正在点名。他们要教训他。"

"晚点儿再说。"多里戈·埃文斯说,他的脸低到几乎跟杰克·彩虹散发恶臭的残腿齐平,全神贯注在手头的工作上。

"美纳杜少校说只有你能拦住他们。"

"晚点儿再说。"

他切开股动脉,血流得非常多,但不是喷涌而出。

"夹钳,"多里戈·埃文斯说,"对这事我现在什么也做不了。夹钳?王八蛋。夹钳!"

他把股动脉合拢钳住,但细胞组织马上分开,从鼓胀的血管喷出血,一股股落到桌上,又不断像水泵一样把更多血抽上来。

"再使劲点儿压。"他对泰勒说。他想他应该在医院制止那样的暴行。他也在想蒸馏器坏了,他想亟需从泰国货商那儿买到更多麻醉药,他想将来第一次手术一定无一例外保留尽可能多的肢体部分,给截肢后会发生的触目惊心的恐怖留下余地,这样的恐怖已经发生在杰克·彩虹身上。

第二次钳住股动脉,第二次脱落,他不得不向上推进到恶臭扑鼻的坏肉里,把它再次钳住。他停在那儿不动,等着。这次它合拢了。

"行了,"他说,"行了。"

他把更多的肉切掉。不一会儿,他把剩余的坏肉切掉了。伤口在流血,但泰勒说对了,血流得不太多,腿还留下够长的部分,刚够施行截肢。在这一小时内,他第一次稍微放松了一下。

"把勺子拿开?"泰勒问。

"还不到时候。"多里戈·埃文斯说。他指着桌上那些切下的腐肉对吉米·比奇洛说,"看上帝的分儿上,把它们处理掉。"

下一步,埃文斯剥下一块皮肤,一端连着肢体,一端片状垂下,用来覆盖术后伤口。然后,他把腿上没坏死的肉从骨头上齐整地分开,以便把骨头再切除一部分,这样,在切割后的骨根上,肉会慢慢愈合,形成一个耐久的断肢。

"锯子。"他说。

一个打下手的递给他厨房锯肉用的锯子。锯子力道不够,很难产生理想的附着摩擦力,所以他一下紧接一下,动作轻柔、短促,在大腿骨上部锯出凹槽,尽量不使切割面产生尖刺,或更多地伤到切割处周围的肉。不久,一块手指长的骨头掉下来。

三个人全神贯注在手术上。多里戈·埃文斯动手缝合股动脉,缝合用的肠线是万德渥德用猪大肠的肠衣凑合做的。清洗干净,用水煮,切成细条,第二次清洗,第二次用水煮,手术前第三次用水煮。跟外科结扎线比,这线很糙,但能使缝合不裂开。但这一次,多里戈·埃文斯穿针引线是在虚无中,在液体里,在细胞组织和血混成的一片模糊中。手电筒的光在暗下去，他把全部意识都集中在把每一针精准地缝合到位。

流血止住了。

他成功了。他把股动脉缝住了，杰克·彩虹会活下去。他觉出自己呼吸沉重。他笑了。他开始着手把骨头切割处周围的肉和那块一端附着肢体、一端垂下的皮肤拢合到大腿骨的断根上。他抬头看警眼儿。

"勺子拿开，少校。轻轻地。"

警眼儿泰勒拿开勺子。多里戈·埃文斯继续手术，动作更慢，更小心。杰克会活下去。他会救下他。手术后要经过恢复期，可能感染。但目前他活下去的几率很大。也许不是特别大，但还是很大。他集中精神，尽力把手术做到最好，他脑中浮现中年的杰克·彩虹跟孩子们在一起，断腿放在软垫上。活着。被爱着。他知道他做的不是无用功，他知道他没有失败。

"关掉手电。"他说。

手术很完美。

他站直身体，搓揉着背，朝吉米·比奇洛使了一下眼色，又把目光投射到断肢上。他没料到手术这样干净利落。他对他的手艺感到自豪。他注意到，在他把皮肉刚缝合好的地方，少量的血在往外渗，但瓦特·库尼在清洁断腿，把血抹掉了。

多里戈点燃一支烟，把令人心旷神怡的烟气深吸进去，笑起来。

"一把勺子。"他说。

"一把他妈掰弯的勺子。"警眼儿泰勒说。

"关于这把勺子，可以写一篇论文发表在《柳叶刀》[①]上。"

[①] 创办于一八二三年，是世界上历史最悠久的发表高新医学论文的杂志。

他回头看一眼杰克，又有些血珠出现在断肢上。

"为什么不把断肢包扎绑好？"多里戈问瓦特·库尼，他正第二次把血抹掉。

好像在回答他的问话，他的话音刚落，血又出来了。缝合处的皮肉鼓起来，少量渗出的血变成涓涓细流，开始从伤口到处往下滴。瓦特·库尼惊恐地抬头看多里戈。

"结扎股动脉的线肯定松了。"警眼儿泰勒说，把多里戈不希望有的想法说白了。一瞬间，他僵住了。

"勺子！"他猛吼起来。

"什么？"吉米·比奇洛问，他在棚子另一头。

"股动脉上的结扎线掉了。我们得再把伤口打开。"

警眼儿泰勒拿着勺子跑回来。

"手电！吉米，手电！我们只有半分钟。"

他知道，半分钟后，杰克·彩虹的心脏会把他体内的血抽干。他还没能拿到勺子站好位置，杰克·彩虹的身体抽动起来。

"勺子！"

杰克·彩虹的身体在抽搐。

"勺子！"多里戈·埃文斯吼道。

警眼儿泰勒探身把勺子压下去，但在上下弹跳的身体上，他无法把它压稳、压紧。吉米·比奇洛摁亮手电，站到原先的位置，但手电光变得更暗，接着熄掉了。

"手电！"多里戈·埃文斯吼着，"妈的手电在哪儿？"

那个身体跳着，摁压不住。

"固定住他！把他摁住！使劲摁住。勺子！使劲！摁住这家伙！"

"我他妈在使最大的劲儿，但这家伙停不下来。"警眼儿泰勒吼道。

到处是血，竹桌上，他们身上，血滴到下面黑泥地里，流成滑溜溜的一条条。吉米·比奇洛和瓦特·库尼又用了好一会儿才抓牢杰克·彩虹，把他稳住，但那骨瘦如柴、小得可怜的身体还在上下抽动，好像从顶至踵通着电；他们摁着他，但手在血里打滑，眼下似乎所有东西都黏糊糊沾着血。

"腿，"多里戈·埃文斯说，"抓住腿！"

但那儿的确没腿可抓，只有一个怪兮兮在动的东西，满是血，它好像只想独个儿待着，不受打搅。大腿仅剩的一小截被血弄得溜滑，在上面手术非常难；在昏暗的光线和血肉模糊中，多里戈·埃文斯什么都看不清楚。抽搐减弱，停下来，他努力找到缝合皮肉的线，他能顺着它找到股动脉，他快速把线结一个个剪开，杰克·彩虹又在猛烈抽搐。警眼儿的勺子在血糊糊的黏液里滑脱，血喷出来，划成一个很有劲道的圆弧，射得老远，直落到杰克·彩虹那条好腿的脚上。

他火急火燎地用手指摸索杰克残腿断面上那湿乎乎、软塌塌的一堆，想把针插进去，他掐捏黏液，使它们堆拱起来，在泔水似的稀浆里乱摸，使它们起伏荡漾，然而什么也没有，什么都插不进针，什么都穿不住线。动脉管壁像湿漉漉的吸水纸。血像被水泵抽着，不停地涌出来，杰克·彩虹的身体进入痉挛状态，一阵阵发作变成了一个令人心惊胆战的连续系列，多里戈·埃文斯感到越来越恐怖，他意识到他无能为力了。但肯定有些什么他能做，他告诉自己。好好儿想！好好儿想！仔细看！

每次触电般的抽动都带出一股小喷泉的血，好像杰克·彩虹的身体心甘情愿把自己抽干。多里戈·埃文斯尝试在动脉管尽可能往上的部位缝合，血还在狂涌而出，警眼儿泰勒没法止住它，到处是血，他气急败坏地想有什么办法能争取时间，但什么办法也没有。他在缝，血在喷涌，没有光，针脚不断脱开，没什么能穿住线。

"再使点儿劲压，"他对警眼儿泰勒吼，"把你妈的这血止住。"

但无论警眼儿泰勒使多大劲，血还是奔涌而出，溅在多里戈·埃文斯的手上、胳膊上，流到桌下亚细亚的淤泥、亚细亚的沼泽里去，他们无法从中逃脱，亚细亚的炼狱拖曳他们所有人，使他们离它越来越近。

一阵阵抽搐变成了颤抖。多里戈·埃文斯把手更深地推进到断肢里去，他继续手术，皮肉在分离脱落开，在某一点上，针碰到骨头。他想思考，他想找到什么办法，他不想放弃希望，他听到杰克轻声说出几个词，跟呼吸时呛气和卡喉没什么区别。

"大家伙？"

"杰克？"

"我要死了吗？"

"我想是。"

"冷，"他说，"真他妈冷。"

多里戈·埃文斯在杰克的残腿上纹丝不乱地继续手术，赤脚到踝骨处都淹在竹制手术台下和血的稀泥里，他知道，在内心最剧烈骚乱的时刻，他也会保持外表平静，这很奇怪。他继续找那截动脉管，想在手术中发现什么他能把握得住，无意识中，他用脚趾抓挠地上的淤泥。

他终于找到了，他做着手术，认真细致到极致，他要确保这次缝合会持久，杰克会活下去，等他做完手术抬起头，他看到杰克死去好几分钟了，没人知道怎么把这件事告诉他。

19

幸田上校发现韩国中士越来越令人恼火。一举一动都看着不可信、不可靠。连走路时做作的步态和异常缓慢地转脸都像伪装。看着这一团糟，滚木、岩石、脏土、铁轨和赤身的奴隶蟑螂似的劳作，幸田上校明白为什么前线作战部队永远不能征用韩国人。

他视察线上的工程——路基、岔轨，巨大的切割面穿过岩石崚嶒的山丘，石灰岩的灰色峭壁抬举起黑色云层，叹为观止的柚木林像栈桥跨越丛林深谷，在季风雨中像彩虹一样弓起——他脑子里只有一个念头：在小路上，他没杀掉俘虏，韩国中士目击了他的反常举动。然而，即便此时此刻，他仍然记不起那首俳句音节的准确序列。韩国中士让他极其恼火——假惺惺地笑，对幸田说的每句话都愚蠢至极地表示赞同，吹嘘夸大作业效率，全为了取悦他。幸田上校确信，在每句恭维的背后是轻蔑，在每次赞同的背后是嘲讽，在每句吹嘘底下是大不敬的优越感。他下令清点俘虏人数，预感到这么做的最佳效果会让这个韩国人陷入困境，再不济也会让他生气；他下命令不为别的，只为他能下命令。

看守们惊呆了，点数的结果是少了九个——九个俘虏不在工地。有人传话，半小时后数第二次，八个人神秘出现了。脸像深海斧头鱼的日军上校命令原先藏起来的八个人站出来受罚，并且交代第九个是谁，在哪儿。

没人站出来，他命令找出谁是负责这帮人的战俘中士，对他严加惩治，以儆效尤。一阵嘈乱后确认，还没露面的第九个就是这位中士，他不在"线"上，而在营里。

黄昏时候回到营地，幸田上校痛斥中村，促使他发怒的动因是羞耻——他忘掉了一行俳句，没能对俘虏施行斩首，而这还发生在一名韩国看守的眼前。相应地，日军少校感到奇耻大辱，他找来他从不记得名字的韩国看守，狠抽他几记耳光，问出那个显然躲在医院里的俘虏的名字，下令检阅，这名俘虏将在集合的战俘面前受罚。

至于巨蜥，挨耳光对他毫无影响，但他不怎么欣赏这个命令：他跟俘虏伽迪纳有来有往，再说，在他看来，这指控比大部分指控都还要没道理。尽管伽迪纳时不时唱歌、吹口哨的派头让他恼火，在某些情形下，他是很有用的。就在几天前，巨蜥从伽迪纳那儿给所有低级军官弄到一些新鲜牛肉。伽迪纳受罚令人遗憾，但他想，挨完了打，伽迪纳还会需要他，他也还会需要伽迪纳。就这样继续，不会停下。你可以向世界宣战，但世界总会赢。对此他能做什么？

如此这般，伽迪纳在巨蜥打发他回去的地方被找到——在医院里。他走不动，巨蜥命令跟他一起的两个看守把他拖到集合场受罚。

20

白日将近，天气凉下来，俘虏们想，在这儿，至少他们不被逼着干活。几分钟，或者不管集合会用多长时间，在这期间，他们可以休息，休息总是受欢迎——在他们的世界里，除了吃饭，休息最受欢迎。但他们不想待在这儿。

一百名左右的俘虏站在集合场中，他们是营里干轻活的，天刚黑下来，他们被集结在季风雨中，见证土人伽迪纳这个会可怜一个被打湿的猴子的人，为了他没犯下的罪行挨巨蜥的打。集合场上的人数慢慢增加，从"线"上陆续回来的俘虏被看守赶着，加入这阴惨的集会。

巨蜥打累了，另外两个看守上前接着打。有一瞬间，丛林里扫过来一阵带果味的湿润香气，使有些人记起雪莉酒，跟家人一起过圣诞节，还有妈妈总做的巧克力松糕。一个看守左右开弓抽土人的脸，另一个看守用拳头猛击他的胸腹，俘虏中有些人努力在对烤南瓜、烤羊肉、梅子布丁和着啤酒吞下肚的回忆中保持心情愉悦。虽然土人被打的记忆将伴随他们直到死——六天后或七十年后——但眼下,这件事就像一块正落下的岩石,或者一场突然降临的风暴,他们对它没有控制权,因此,在他们的意识中,这件事也不比一块正落下的岩石或者一场突然降临的风暴占有更显著的位置。这件事就这样发生,对付它最好的办法是找别的事分散注意力。

羊头莫顿用脚趾头戳泥巴,像他战前有时当劳力做过的那样,又在和泥打房基,为了不引起别人对他犯禁举动的注意,他动作缓慢,小心翼翼。吉米·比奇洛把拇指尖沿食指侧边滑动,这最轻柔的触摸把他带到一张床上,一个女人的手指顺着他的屁股私语出一条线。他记得她唇上的一层绒毛——当她把他拉向她要吻他的时候。

又过了十分钟,巨蜥休息停当,或许觉出他们心不在焉,他命令全体俘虏向前六步。现在,痛打、抽耳光和拳击的声音能被这些集合的兵感同身受了——尽管这声音不清脆也不响亮。他们别无他法,只能看着这个近乎裸体的人被穿制服的看守殴打。每次看守用拳头或竹棍打到他,他湿漉漉的肿起的脸上都显出奇怪的惊诧表情。

"救命!"土人伽迪纳在呻吟,"救救我!"

也可能他的叫声听起来这样——被耳光和重击搞得断断续续。土人伽迪纳每次不寻常的费力呼吸,部分是嘶喘,部分是带血的漱喉,偶尔带有咕噜声,他的身体也在全力应对怎样活过这场打,每个声音都不能被他们屏蔽在感官之外。然而,他们确实做到了把它们屏蔽在感官之外。

蜥蜴布兰库西尽力在脑中重现梅西的脸。他每天都充满爱意地看兔子亨德里克斯画的速写,但当他除了画上所画的还想看到其他,当他努力回想,就全模糊了。对美亚·维斯特的遐想越来越强烈,梅西,像她如其本来的那样,变得越来越弱。尽管如此,当看守不停手地打土人时,他还是尽力回想,因为他明白,目前活下去的办法是能相信什么，随便什么，只要不是眼前发生的。

他们看到了，但视而不见；他们听到了，但充耳不闻；他们对这件事知根知底，但他们还是尽力想不去懂得。然而，有时看守使出新花样，把俘虏的注意力骗过来，比如，巨蜥把找来的小柚树干朝土人头上摔，或者，用一根有他胳膊那么粗的竹棍抽打土人——就像俘虏是一块特别脏的地毯。一下接一下，打在怪物脸上，一个怪物呈人相的面具。

俘虏们饿得要命，他们越来越多地想着晚饭——不论多少，它还是真实的，还在等着他们，这场打在攫夺他们享用晚饭的快感。他们干了一整天，支撑体力的不过一个小黏米饭团。他们在淤泥和雨水里做苦力。他们砸开岩石，搬运灰土，砍倒、拖走巨大的柚树和竹子。他们从营地到工地来回都走七英里。但不到打完，或者，不到土人被打死，他们不能吃饭，他们有一个说不出口的愿望：无论结果怎样，这件事能赶早不赶晚地快些结束。

更多从"线"上回来的人趔趄着加入队列，俘虏人数增长到两百，然后超过三百。他们别无选择，只能观看另类人把一个跟另类人同样是人的人打垮在淤泥中，他们中没有一个能说什么或做什么来改变事态无法改变的进程。

他们很想猛然迅疾地向看守发起进攻，攫住巨蜥和另外两个，打得他们不省人事，砸进他们的头盖骨，直到灰色流质的脑髓流出来，把他们绑到树上，用刺刀乱戳他们的肚子，在他们还没死的时候，把一圈圈花花绿绿的肠子叠放在他们头上，这些看守或许会理解他们仇恨中很小的部分。俘虏们想着这些，然后他们想他们不可以有这些念头。这场打持续得越长久，他们枯瘦、空白的脸只变得更枯瘦、更空白而已。这时，这些不是男人的男人，这些不能为人的人听到一个熟悉的声音在喊——

びょうき①！

他们转头看见多里戈·埃文斯向他们跑来，立刻有精神了。患溃疡烂了的脚踝擦到一个劈开的竹子码成的堆，多里戈·埃文斯喊得更使劲了——

びょうき！びょうき！

但巨蜥对澳大利亚指挥长官完全不予理睬。另一个看守推搡他，让他跟最前排的俘虏站在一起，这时，中村少校大踏步穿过集合场向他们走来，来视察这次示众，福原中尉跟在后面。

多里戈·埃文斯从队列中站出来，恳请日本长官停止惩罚。有些俘虏注意到，中村对上校微微鞠了一躬，表示对上校高级军阶的恭敬，他们也注意到，上校没有回鞠一躬，这让那个日本人相当生气。

他们听到他说："这个人病得非常重。他需要休息、服药，不能打。"

同时，在他身后，殴打在继续。

21

听着福原翻译，中村把身体重心放在脚后跟上，前后摇晃。他浑身发痒，嘴里发干，感到愤怒，狂躁不安。他需要麻黄碱，只要一颗。观看俘虏被打没给他带来快感。但对像这样的人，你能怎么办？怎么办？好心和善的父母把他抚养成一个好心和善的人。打人是他的命令，这惨景让他痛苦，这证明他是多么彻底的好心和善的人。不然他怎么会这么痛苦？但正因为他是好人，把优良品质理解为服从、敬畏、履行令人痛苦的职责，他能硬心肠下令刑罚。

---

① 日文中"病"的意思。

因为这场打有助于更重大的事业。一夜之间，完成分配给他们路段的难度似乎无限增加了。今天，俘虏尤难对付，看守们对此有所觉察，轮到他们变得心神不安，惩罚俘虏可以让看守重树威信，也提醒全体俘虏他们负有的神圣职责。

再有，是幸田上校发觉战俘旷工，这羞辱了他和他手下所有的工程师和看守。这刑罚跟犯错无关，跟荣誉息息相关。他别无选择：一个人要么为天皇和铁路而活，说到底，铁路是天皇意志的化身，要么就没理由活下去，连死的理由也没有。

福原翻译说，澳大利亚上校又在说药的事。中村想，什么药？总指挥部什么也没送来，没机械，没食物，肯定没药品，只有用旧、用烂的工具，还有完全不切实际的指令：在这什么都没有的绿色沙漠中建造奇迹般的铁路。送来了韩国人。毫无用处的韩国人。怪不得前线作战部队不征用他们。甚至不能靠他们看管澳大利亚俘虏。他也需要药。他需要麻黄碱。如果不能按时完成归他负责的路段，除了羞愧自杀，他别无选择。他不想自杀，但如果被证明对天皇无用，他就不能回到家乡。他不至于无耻到那个地步。要完成接下来几小时内必须完成的事，他的确需要一点儿麻黄碱。

殴打在继续。中村注意到，韩国中士好像打得不像原先那么用力，没有显示决心和目的性，这使中村异常恼火。韩国人就是韩国人，他没在规规矩矩履行职责是再明白不过的了。也许他累了，但这不能作借口。中村下令打，这命令无法规避，名正言顺，然而，这个看守好像没在认真执行。

福原继续翻译澳大利亚上校的陈述：俘虏什么错也没有，因为病得太重，他被看守命令返回营地医院；中村继续站在那儿，身上痒得要命，白白浪费他的时间，看着韩国人像用鸡毛掸子掸土似的打俘虏。俘虏看上去在昏厥中摇晃，但仍然设法用身体驾驭看守不着力的击打。俘虏一摇晃，中村就认为他在通过摇晃把竹棍的击打导向一边，然后身体顺势一滚，看守对结束这出笑剧没采取任何行动。俘虏正把刑罚变成令人啼笑皆非的闹剧。这使中村气得发疯，使他皮肤更痒——他就是得吃一片麻黄碱，但还得等多久，看着这无能至极的表演，看着这愚蠢至极的表演？

为了结束这场打，澳大利亚上校改变策略了，他像在抗议他的权威被侵犯了。福原告诉中村，澳大利亚上校声称，他，一个上校兼指挥官对韩国中士发话，他却完全置之不理，韩国中士藐视了他的军阶和尊严。

中村把身体一摆，朝向福原。他现在要结束刑罚，他们就都完事大吉，演出很蹩脚，但达到目的了。但当中村转身时，他的左脚踩在他永远拖曳在地的绑腿带上，右脚上的靴子像开塞器一样打旋；不知怎么，要抬起左脚，他绊在右脚的靴子上，四仰八叉摔在泥里。

所有人都一声不吭。殴打瞬时停下，接着又慌忙继续，日本少校站起来，一只裤腿的侧边被污泥弄脏了，衬衫很脏。

把敌人和同伙的脸一视同仁地扫视一遍，中村严重地意识到每个人都看到他摔倒了。俘虏。韩国人。他的军官同事。这让他失去尊严了，他非常痛苦。他受够了。他累了。从早上三点到现在。他还有很多事要做，白天已经接近尾声，铁路比任何时候都更滞后于日程表。被羞辱、被激怒、满身是泥的中村看到俘虏扔成一堆的工具，顿时头脑清醒了。他理解了这位让人无法容忍的澳大利亚上校的问题，作为军官，他觉得受到侮辱了。他知道如何解决澳大利亚上校的问题和他自己的问题了。

他走到工具堆跟前，选出一根鹤嘴锄把，在手里掂掂分量，把它像棒球棍一样挥舞，他目不斜视从澳大利亚上校身边走过，来到韩国中士抽打俘虏的地方。他叫这个看守立正。中村站稳脚跟，两臂抽回鹤嘴锄把，挥动它像挥动一把武士刀一样，狠狠地向看守左肾部位砸去。

韩国人呻吟着，前后摇晃，几乎一头栽倒，费了很大力气才把自己拉回到立正姿势。中村把鹤嘴锄把举过头顶，强有力地一甩，把它结结实实砸在巨蜥的颈项上，最后反手一扫，把鹤嘴锄把砸在他侧脸上，巨蜥单膝跪倒。中村用日本话向他吼叫，将鹤嘴锄把扔在他头上，然后走回到多里戈·埃文斯面前，鞠了一躬。无意之间，多里戈·埃文斯回鞠了一躬。

中村低声说着。福原向澳大利亚上校翻译说，这名看守为冒犯澳大利亚上校受到惩处，对俘虏的惩罚可以继续了。

在他们跟前，巨蜥站起身，一把抓起鹤嘴锄把，跟跄着朝土人伽迪纳走几步，站稳身体，把鹤嘴锄把高高举起，带着一股重新发现的热情，狠击他的背。土人伽迪纳双膝跪倒，使尽全力要重新站起来，巨蜥正对他的脸踢了一脚。

澳大利亚上校又开始抗议，但中村摆手让翻译走开。

"这不是犯错没犯错的问题。"他疲惫地说。

土人伽迪纳的动作不再优雅，他衰萎的裸身想在下一记打击落下之前及时回复平衡，协调移动来防护自己，但他的动作不再优雅。他不再能适时保持适当体位。当他从地上站起身时，看守的竹棍正好狠击在他侧脸上。他的头啪的一声向旁边猛甩，他嘶喘着，向后摇晃，想要不倒下去，但他身体已经不灵活了。他跌了几步，倒在地上。

看守轮流踢土人伽迪纳，中村低吟一首芭蕉的俳句。福原用询问的眼光看着他。

"是的，"中村说，"告诉他。"

福原还是盯着他。

"他喜欢诗歌。"中村说。

"在日文里非常美。"福原回答。

"告诉他。"

"我想在英文里不美。"

"告诉他。"

两手捋着裤子侧边，福原转身朝向澳大利亚人。把身体挺得笔直——这使他脖子显得更长——他吟咏自己对小林一茶俳句的翻译：

　　一个疼痛的世界——
　　如果樱花开花，
　　它开花了。

22

多里戈·埃文斯看着狂挠大腿的中村。他懂得了要建成铁路，要使那条铁路变为现实，土人伽迪纳必须受罚；这条铁路是成千上万人眼下遭受巨大磨难的唯一理由——这条荒谬的"线"由路基、岩石、切割面、尸首组成；由凿开的地面、堆积的泥土、炸碎的岩石、更多尸首组成；由竹子架构、竹子铺设的栈桥、柚木枕木以及更多的尸首组成；由数不清的狗头道钉和坚不可摧的铁轨组成；由绵延无尽的尸首组成。在那一刻，他崇敬中村可怕的意志力——他对此的崇敬的程度甚至超过他对土人伽迪纳被打感到的绝望——这阴郁严苛的力量，对不容置疑的公平法则自信不移的遵从。多里戈·埃文斯在自己身上找不到对等的生命力量来与之抗衡。

脸上肌肉纹丝不动，穿着破烂得像苦行僧的军上衣，抽打了巨蜥，刚才发布命令时狂叫着，在多里戈·埃文斯眼中，中村不再是前一天晚上一起玩牌的那个令人难解但有人情味的军官，不再是他早上与之做过人命交易的那个严酷但讲求实际的指挥官，他成了一种恐怖势力，控制着个人、团体、民族，使他们违背自身天性和判断，屈服于它，被它扭曲，以一种不管不顾的宿命方式毁灭它眼前的一切。

巨蜥躬下身，像消防员似的把土人伽迪纳搂起来，甩到肩上，然后把他放下来，让他站着。一个奇怪的暂停，好像刑罚结束了，但土人伽迪纳刚站稳，三个看守又用竹棍和鹤嘴锄把打他，打到他又倒下去。就这样形成了殴打、倒下、踢踹、拉起再打的模式。

为了再次把他打倒，巨蜥又把土人伽迪纳弄得站起来，然后迅速反掌抽了他两下，看着这情景，多里戈·埃文斯感觉就像一种令人惊悚的震动在晃动地球，他们全体人的身心都无法自控地随之发出鼓点似的响声。那不祥的鼓点是生命的真相。

"必须停下，"多里戈·埃文斯说，"这样做不对。他病了。他病得非常重。"

但这甚至都不成其为一个论争；中村只是抬起一只手，用他从前没有过的和善口气对他说话。

福原翻译说，中村少校说，他有多余的奎宁用来帮助病人上工。天皇意志这样指示，铁路需要病人上工。

鼓点在继续，声音越来越大。

多里戈·埃文斯明白，中村尽力想帮忙，但对他下令施行的刑罚，他无能为力。奎宁可以帮助其他人。中村能帮他力所能及能帮的人，奎宁会帮他减轻那些人的痛苦。但他不能使这鼓点停下。他帮不了土人伽迪纳。铁路使此次刑罚名正言顺。中村知道它的重要性。多里戈·埃文斯必须接受这个事实。在铁路修建中，他也有一份角色。中村有一份角色。土人伽迪纳有一份角色，他的角色是被残忍地殴打；他们所有人，每个人以他自己的方式，都必须对这骇人的鼓点做出回应。

想要遮护自己，土人伽迪纳的身体、胳膊和腿猛烈突兀、不规律地动着，这些动作对看守成了天然障碍物，像雨水或竹子或岩石，要么忽视，要么砍除，要么折断。只有当他停止挣扎了，他们才不再把他架得站起来；他的呼号被长声、缓慢、哮喘似的嘶鸣替代，像破烂风箱发出的响声；他们蛮野的殴打放慢了，采取更偏于适中的节拍，带有体力劳动的性质了。

看着这一切，多里戈·埃文斯思潮翻涌。在这儿，三百个人看着三个人毁灭一个他们认识的人，然而，他们什么也没做。他们会继续看，他们会继续什么也不做。不知怎么，他们认同了正在发生的事，他们与这鼓点保持相同节奏，多里戈是他们中首屈一指的一个，来得太迟，做得太少，眼下又鬼使神差地认同了正在发生的事。他不明白怎么会这样，他只知道已经变成这样了。

有一瞬间，他觉得他明白了恐怖世界的真理，在这个世界中，没人能成功地逃脱恐怖，在这个世界中，暴力永恒，威力巨大，是仅此无二的实在，比它造就的文明还宏壮，比人类崇拜的任何神祇都伟大，因为它是名副其实的唯一的神。好像人类之所以存在就是为了传延暴力，确保暴力永远主宰世界，因为这世界没变，暴力一直存在，永远不会被根除，人们会在其他人的拳打脚踢和恐怖中死去，直到时间终结，全部人类历史是由暴力构成的历史。

但这些感受太离奇，太可怕，让人把持不住，它们在多里戈·埃文斯脑中挣扎一会儿，然后消失了。在他身后，中村在离开。日本军官的思绪也同样混乱芜杂，令他不安，他不能理解它们，更不能把持住它们。它们被别的想法取代了，这些想法更能使他恢复信心，让他感到安抚——关于职责、天皇、日本国的想法，关于明天铁路建设近在眼前的事务性担忧；像在转轮上奔跑的老鼠，中村的思路又回到顺服地完成分配给他的角色上去了。

没用十分钟，他就把刑罚置之脑后，才用一小时，他就意识到这事情还没完，往回走经过集合场，他看见俘虏们还立正站着。因为已经是夜晚，另外两个看守举着防风灯给这场景照明。俘虏身上没有了原先穿着的破烂，全身赤裸，三个施行刑罚的看守制服上粘着雨水、污泥和血，变成了黑色。俘虏不再试图抵抗或躲避，而是像一袋麸皮，毫无回应地消极承受。不用棍子的时候，看守就像踢破球似的把他踢得四处滚。但话说回来，他看上去也不再像人，而是什么反常的、非自然的物件。

中村宁愿这场打早些时候就结束了，但看起来他最好不要干预。三片麻黄碱让他精神旺硕，他正在去找友川下士的路上，叫他去河边营地从一个沿河贩货的泰国人那儿买一瓶湄公河威士忌。中村想，一点儿麻黄碱和威士忌就是他的全部所需了。

鼓点持续在响，其他看守累了停下，巨蜥仍在继续，勤谨顺从，节奏感很强，用鹤嘴锄把打着土人伽迪纳。

对他击打的鼓点，只有一个结尾。

23

土人伽迪纳睁开眼，眨了眨。雨点落在他的脸上。他把两手插进泥里，但它们不停地往下陷。他在大粪里游。他想站起来。这不可能。他在越来越深的大粪里游。他想蜷起身子保护自己。这没改变什么，他只是重又陷进脏臭的洞里。如果闭上眼，他又在那儿挨打。如果睁开眼，大粪在淹没他，他想浮在上面，想爬出来。但这儿那么滑，那么黑，他找不到可抓的东西；当抓住什么了，他又没力气爬出来。他的身体帮不了他。他的身体只对踢踹和重击有回应，它们从心所欲，想让他哪儿变形，他就哪儿变形。他不知道在这儿多久了，有时感觉似乎一直在这儿，有时又好像在这儿根本没一会儿。有一刻，他听到妈妈的声音。他觉得呼吸困难。他感觉更多轻柔的雨点落在脸上、身上，看见反衬棕色淤泥的鲜红油彩，听到妈妈又在喊他，但听不清她在说什么，在叫他回家？或许是海的声音？一个世界存在着，他存在着，把他跟那个世界连起来的线拉伸又拉伸，他想把自己拽上去，拽到线的那一头，他不顾一切想把自己拖回家，拖到妈妈在叫他的地方。他想喊她，但思绪从嘴里涌出，涌成一条流向海洋、长而又长的河。他又眨一下眼。一只猴子在尖叫，牙齿白白的。山脊线上，微笑的月亮。没有什么托举他，他在下沉。他听到海的声音。"不，"他说，或者他认为他在说，"不，不是海。不！不！"

24

他们深夜找到他。他头朝下浮在便所里，那条又长又深的沟被用作大家伙儿的厕所，里面满是雨水搅和的粪便。不知他怎么把自己从医院拖到那儿，殴打终于结束，他们把他散架了的身体抬到医院。据推测，他蹲着时失去平衡，栽到沟里。没力气把自己拽上来，被淹死了。

"总在拉屎的地儿拉屎。"吉米·比奇洛说——他自告奋勇让人用绳子把他放到满是屎糊糊浆水的洞里，把尸首弄出来。"对极了，"站在齐大腿深的粪水里，他向上面拉绳子的人喊，"对极了！"

把第二根绳子拴在尸体身上，他对着尸体讲话。

"咳，你妈的蠢猪，土人。你怎么就不能跟别的伙计一样，干脆在床上把屎拉自己个儿身上？你怎么就不能按该死的要求叠好被子？"

他们把土人的尸体拉上来，吉米·比奇洛凑着煤油灯的光瞟瞟它：覆满了蛆，看着那么怪异，伤痕累累，七歪八扭，满是污秽，那么肮脏零落，一时间，吉米·比奇洛认为尸体不可能是他。

他们把尸体抬到医院。羊头莫顿用一煤油罐的水和像矿工一样的手，如此坚定、如此轻柔地把发黑尸体上的脏污清洗掉，准备好第二天埋葬。

这曾经是等死的一天，不是因为这一天不同寻常，而是因为这一天很平常；每天他们都在等死，他们迫在眉睫的唯一问题——谁是下一个——已经有答案了。然而，对死的不是自己而感到的慰藉在侵蚀他们的良心，伴随着饥饿、恐惧、孤独——直到这问题以新的面貌、新的时效性再次千真万确地摆在眼前。他们能做的唯一回答是他们拥有彼此。对他们来说，自此以往，直到永远，单个的我不能存在，只有我们。

25

第二天早上，公鸡麦克尼斯把手伸进军用挎包的底部找那本《我的奋斗》，打算用十分钟背诵来开始这一天。他半夜醒来，被一个念头困扰得不行：如果那时他站出来说躲着不上工是他的主意，土人伽迪纳就不会死。但如果他那么做，也许死的会是他——他这样分析。也可能不会。也可能他们两个都已经死了。他对自己说，跟日本人打交道，这说不定。他安抚自己说，反正土人命定得死，他是负责他们那帮人的中士，还是一个病人。

前一天，公鸡麦克尼斯站在切割岩石的工地上，日本人命令躲着没上工的俘虏站出来，当时在他脑子里轰鸣的不是日本人的吼叫，而是伽迪纳的笑声——早上小不点儿猛醒过来,看到他的手正放在蛋壳儿上,伽迪纳笑了。在那个瞬间,他可以站出来,但他满脑子是伽迪纳从他这儿偷走的发黑的鸭蛋和后来伽迪纳用来让他出丑的蛋壳儿。前一天早上在伽迪纳手里遭受的羞辱记忆犹新,比晚些时候伽迪纳挨打的记忆更让他痛苦。不,他不会帮这么一个人,公鸡麦克尼斯想,但他并不想害死他。

"不,我没想要害死他,"他嘟囔道,"不。我没这么想。"

吮着姜黄色胡须,他在挎包底部摸到军用饭盒,又摸到那本《我的奋斗》发潮的、凹下去的纸板包装皮。正当他要把书从包里拉出来时,他的手扫到一件制服衬衫,经历了他的那些辛苦历练,他不知用什么法子把它保留下来。他总把它叠得平平整整地放着,现在它却是鼓起的。他放开书,在包底四处摸,从挎包里拿出一个鸭蛋。他的下唇惊得要掉下来。找到蛋的释然几乎马上就被无法言传的恐惧压倒。他迅速把鸭蛋放回包里,好像它是某种莫大的耻辱,必须藏起来。他取出《我的奋斗》。

尽管付出很多,还是什么也记不住。

26

几十年后,吉米·比奇洛会坚持要求他的孩子这样叠衣服——衣服永远里朝外叠。在他们位于霍巴特郊区的有外墙隔板的房子里,他会打开柜橱抽屉查看,以确保孩子是安全的,衣服是朝外叠的。如果他们没朝外叠,他永远不会打他们或抽他们。他会请求哀恳,他会命令强求,最后被惹恼了,他会自己把衣服重新叠过,重新放好,孩子们则站在旁边,紧张地等着。他会感到莫名的恐惧,难以形容的恐惧无法言说。这是一种困惑——孩子们同样会终其一生感受到，它既是爱，又是怕，它不止于橱屉的开开关关，它比爸爸的失望、困扰和喃喃自语要严重得多。他知道他们不懂。但他们看不见吗？他们怎么会不懂？他们必须懂得的事应该已经昭然若揭：你永远无法预知什么时候一切也许会发生变化——一种情绪，一个决定，一张毯子。

一条命。

他们对此一无所知。他们只知道，无论他们做什么，他永远不会伤害他们。在最坏的情形下，他会把他们甩到膝盖上，抬起一只手，把手举在那儿，悬在他们屁股上方。有时，他们会从他的膝盖和大腿上觉出他在发抖。他们抬眼偷看，见他的手在抖，眼睛泪汪汪的。他们怎么能知道爸爸正不顾一切要保护他们，不让枪托子冷不丁砸进他们柔软的脸颊？要警示他们这个严酷的世界给不戒备、不明智和无准备的人预备了哪些恐怖？要让他们准备应对那些永远没有谁能完全准备好应对的事？他们只知道一件事：他永远不会伤害他们。

在时光流逝中，他身体前后摇晃，他们知道他是什么意思——当他说"对极了"，猛一下把他们从大腿上举起一甩，放回到地上站着。避开他们的视线，他会张开一只手挥着，叫他们走开。

"这次就这样。好吗？一定。下次一定朝外叠。朝外。永远朝外。好吗？"

然后他们会跑到外头阳光里去。

他纳闷，也许他没为爱情辟出该专属于它的时间或空间。他使自己适应爱情，爱情扑棱走了。也许他以某种方式优先选择了工作，而不是爱情——工作是可预测的线，爱情是狂乱无序地打圈圈；在叠起一张毯子和解开紧缠的胳膊之间，他也优先选择前者。为什么？他说不出来。

但有时爱就在那儿：从敞开的窗子直盯外面，他看见小茱迪抬头向上看，朝他挥手，露出灿烂的笑容；他感到震惊，看到爱情在后院嬉戏，从喷水头洒出钻石般的水流，下面是褐色草地；他感到震惊，想到他运气好得能活着，经历爱情，去爱和被爱。他会看着孩子在外面阳光里玩耍。他很羞惭。他很讶异。天空总是阳光灿烂。

27

那条"线"发生了什么？随着全球性大日本帝国的梦幻破灭成带辐射的灰土，铁路失去了存在的理由，也失去了存在的基础。负责督造铁路的日本工程师和看守被监禁或被遣返。留下保养这条"线"的奴隶被释放。战争结束后几周内，这条"线"开始迎来它自己的终结。泰国人不要，英国人把它拆了，部落土著把它拖走卖掉。

又过了一些时候，这条"线"开始弯曲变形。路基开裂，堤防、桥梁被冲走，岩层切割被填平。荒芜让位给新生。在死亡一度肆虐的地方，生命回归了。

这条"线"迎受雨水、阳光。群冢长出新草，在头骨、腿骨、鹤嘴锄把的断块中间，沿着四散的狗头道钉和锁骨，无叶的藤蔓伸出地面，在柚木、枕木和胫骨、肩胛骨、脊椎骨、腓骨、大腿骨之间，它们执着推进。

这条"线"迎受杂草在路基里外生长，这路基曾是奴隶喊着号子搬动的泥土和岩块；这条"线"迎受白蚁在垮下的桥梁柱上筑巢，这梁柱是奴隶曾砍伐、搬运、抬举起的；这条"线"迎受锈蚀覆满铁轨，这铁轨曾被排成长列的奴隶扛在肩上；这条"线"迎受腐朽颓坏。

最后，剩下的只有炎热和雨云，昆虫、鸟儿、动物、植被，无所知也无所感。人类不过是诸多事物中的一种，所有这些都渴望活着，活着的最高形态是自由：人成为人，云成为云，竹子成为竹子。

几十年会过去。几个路段会被那些认为记忆很重要的人清理出来，最终变成诡异地死而复生、没有躯干的腿，成为景点、圣所、民族纪念地。

这条"线"断了，像所有的线最终都断了一样；这条"线"的一切全是徒劳，没有什么还保持着它当初的样子。人们继续渴望拥有意义，拥有希望，但关于过往的纪年是一个内容混杂无序、意义朦胧不清的故事而已。

至于那无边无际的莽莽荒墟，它沉埋地下，孤绝平展的丛林向远方延伸。帝国梦和死去的兵，留下的只有长长的草。

第四部

这露水的世界
不过是露水的世界——
然而

——小林一茶

1

沿着新宿区罗生门崚嶒的檐顶，芝麻粒似的散着的乌鸦被一块扔来的石头惊起，飞向东京上空，这个东京的过去是灰烬，它还没在这灰烬中积聚成型。在乌鸦扑扇的翅膀底下，这座城市几乎不能称其为城市。就在不久前，同样的乌鸦以烧黑的尸首为食，尸体在那时被火肆虐的城区随处可见。它们现在飞在一片被掀得底朝天的、焦黑的广阔平原的上空，飞在怪异、拥挤的街区和迷宫上空，天空下面游走着孤儿寡妇，神色颓靡、缺胳膊少腿的退伍兵——发疯的，濒死的，绝望的——他们的路径不时地被一辆美国陆军吉普车截过。在一九四六年严寒的冬天，战后重建不过是一些帐篷、简易房屋和用锡皮搭建的棚子，运气稍好的蜷缩在里面，其余的凑合栖身在地铁、火车站或者废墟间的孔道空穴中。

以前扔过石头的那个男人，中村天智，前大日本帝国陆军第二铁路团少校，正从苦雨中逃到一个奇形怪状的廊道下面——房屋被炮火轰炸，梁柱和碎木料落下来，随意的爆破加上一些考虑实用的挪置，就形成了这条拱廊，坐落在一条后街上。好像这废墟是通向他们宏伟都市的凯旋门，必须通过这条脏乱通道往来于新宿区破毁狼藉的红灯区的人们把它叫做"新宿区罗生门"。狐狸、老鼠、娼妓、小偷是新宿区罗生门最常见的居民，住在它的地洞、窝和半塌陷房间里。即使从晃悠悠的大门，中村也能瞥见富士山又矗立在他们生活之上，跟一百五十年前伟大的葛饰北斋①画它时一样历历在目，瞬息万变又不可更改，纹丝不动且永存。

---

① 葛饰北斋（1760—1849），日本江户时代著名浮世绘画家。

然而，如今富士山主宰的人间真是命悬一线，每天都有人死去，但还得接着活。街上躺满没知觉的人，要么喝了甲醇兑水的"烧酒"，要么吃了从部队库房里偷来的麻黄碱，要么两者兼具——甲醇兑水是挨饿和绝望者的首选，廉价但足以致命。中村穷得叮当响，他服用麻黄碱的习惯中断了，他下决心要摆脱这习惯。饿狗成群，很具威胁性，它们在曾经是马路、现在塌陷了的羊肠道上游荡，比狗还饿的孩子在街上掏包、乞讨、拉皮条。

狼，全是狼，中村想。

他们目光迟滞，动作突兀，他们身上有些特征让中村觉得古怪——弱不禁风，又让人感觉受到威胁。看上去是瘦弱的六七岁小孩，实际上经常已经是十几岁的少年。女人到处卖身，有些不卖给美国鬼子，从中发现一种让人好奇的尊严，同时收入减少了，然而大部分都尽情享受做军妓带来的物资富足。一天晚上，他睡了一个这样的女人，事后，他对她做的生意感到气愤，从中看到他目下生活的反映，他问她怎么能跟美国鬼子干那事儿。把一支刚点上的好彩烟叼在微笑的红唇上，她问他——

"我们现在不都是军妓？"

自从两个半月前从部队遣散，中村就生活在这样一片废墟里，在这儿，他什么都不是，为此他感到高兴。他只装有一根撬棍，既用作工具来维持岌岌可危的生计，也用作防身武器——每隔几分钟，他都从发痒的身上抓下更多虱子，用棍子碾死它们。他从塌毁的建筑下面，从曾是东京的瓦砾、泥巴、灰烬中撬出屋梁的断块，极尽所能把它们分开，把碎片卖给烧炭人。鼓捣着帝国曾经伟大的首都被烧焦的残余，他的心思时不时地转到在哪儿也许能喝点儿酱汤，或吃一碗米饭。偶尔，这样翻找会带来意外收获：一天前，他挖出一些置放很久的橡树果，深埋在瓦砾堆里连老鼠都没发现。但从吃完它们到现在，他什么别的都没吃。

为了把心思从饥饿上转移开，他捡起踩在地上的一张报纸。报纸是几天前的，他费力读完几个故事，一个字也没读进去，直到一则报道突然使他全神贯注。他读得很仔细，也很焦急。报道讲的是美国人发布通告要逮捕更多可能犯有战争罪行的前战俘营管理人员，结尾是被通缉疑犯的名单，在名单中间，他看到让他这么长时间生活在恐惧中的事——他被列为一名待审的B级战犯。

中村又浑身发痒。他压根儿不是战犯，美国人才是战犯，但如果可能，他们会把他杀了，把他的经历编造成谎言。狂怒在他的胸中酝酿。但在愤怒的下面，在日复一日想着怎么活下去的间隙，他感到一种钝滞却又无法摆脱的恐惧，像一只野兽意识到厄运将临。到处好像都有美国人拙重喧嚣的身影，中村听说他们正以残酷不妥协的效率追捕他们认为是战犯的人，跟战俘有关的人列在名单最上面。中村铁了心要活下去，要不被抓住，要不被处决，他的荣誉感要求他必须这么做。浑身刺痒难捱，他把手伸进裤子，在耻骨处猛抓，揪出像伤口结痂似的混着皮肤、毛发和虱子的一团，把它甩到地上。

等着天气好转，中村把手指在撬棍暗涩的绿色表面滑上滑下，压死他手上停在指甲和撬棍间的虱子。他仔细考虑自己的处境：靠捡木头没法活；撬棍顶头起钉子的一个铁齿断了一半，他侧脸一阵阵发疼——两天前一根带齿缺的梁木冷不防落下来，砸在他身上，把他砸伤了；严酷的寒冷躲也没处躲，只让他感觉更饿，眼下美国人在追捕他。又看着报纸名单中他的名字，中村恐惧地意识到美国人追捕他少说已经好几天了——有条不紊地寻找线索，排除错误的信息，集中精力抓捕他——每过一小时，他们都更逼近他，他都更接近绞索上的死亡。他意识到要活着他必须做些什么，这意味着他将不得不考虑铤而走险。但紧接着，这种抗争情绪让位给一种彻底绝望和失败的感觉。他能做什么？什么？中村想，要卫护荣誉就得像其他人一样自杀。

正当他决心把命运掌握在自己手中尊严地死去时，他听到上方传来被闷住的叫喊。他满脑子是无法遏制的好奇，想知道是怎么回事，好像干点儿什么，随便什么，都强过沉思他的霉运。

他从那个空处爬出来，站在雨里，慢慢转头，留意听。他听到女人的嘘声来自头上某个地方，在那堆形成"罗生门"左手部位的废墟里。

在瓦砾堆上尽量不弄出声响，中村紧抓撬棍，悄悄地爬上由松落的砖石和断壁颓垣构成的大山包——这山包形成了拱廊的左翼。在废墟里，他看到拳头大小的一个洞。从洞口看进去是一个房间被轰炸后的残余，原先该是里墙上部的地方开着口，光从那儿进来。中村能看出这房间原先或许整齐悦人，但现在，菊花图案的墙纸透过一层厚厚的灰土和煤烟的污渍只隐约看得出来，在中村眼里，这房间变得跟兽穴一样了。一张朽坏的榻榻米剩余的部分加上一些垫子组成一张床，靠着它是一张三条腿的桌子，被破砖支起，桌上摆着一面脏镜子。

女人的嘘声又响起来，现在离他很近，朝这声音传来的方向扭过身子，中村看到房间那边的一个角落。那儿站着一个军妓和一个少年——也许十六岁或十七岁，拿着一把长长的厨刀。他们脚边躺着一个穿制服的美国军人，喉咙刚被割开不久，血还在慢慢涌出。军妓在斥责男孩，问他为什么杀这美国人，但她没伤心，只是很生气。

躲在他们的视线之外，中村迅速地把一切全看在眼里，但吸引他眼睛的不是所发生的事——他根本不在乎——而是躺在那张凑合用的破桌上的东西：两个锅贴和一块美国巧克力。

2

中村小心翼翼从窥视孔那儿爬下来，没弄出什么响声，他慢慢爬到"罗生门"顶部，绕到房间里墙上部被炸开的缺口处。他慢慢把头伸到一排松垮垮连着、原先用来撑持屋顶的铁栏上往下看——军妓在乱翻死人身上的口袋。她把美国人的尸体翻过来，他低低嘟囔一声。她向后跳起来，但随后意识到那不过是肺里的空气被挤出来了，又低身去搜他的衣裤，从衣服里侧一个口袋里，拉出一卷美元钞票。

但吸引中村全部注意力的是锅贴。他回想在伪满洲国时他们整天吃这个，那时他全不在意。回忆那时吃的锅贴，想着眼下又能吃到了，他的嘴里满是口水。

除了特别想吃那两个锅贴，中村想不起别的，他蜷起身子把自己摔进缺口处，掉了下去。在房内，他就地一滚，跳起来，站好，舞着撬棍。一时间，在美国人尸体旁边，三个人大眼瞪小眼盯着彼此——军妓穿着价格不菲的印花衫、宽松便裤和发亮的黑色木屐式凉鞋，手拿一叠美元，男孩拿刀，中村拿撬棍。

男孩发出一声吼，举刀跃向中村，中村感觉自我意识被激发了——一种很恐怖也很宁静的体验——他的身体稍微下蹲来更好地保持平衡，挥舞撬棍像挥舞一把剑。撬棍在空中划过一道角度很宽的弧线，在弧线的终结点上，砸在男孩头上，发出轻柔的液体泼溅声——像锤子砸进西瓜，陷在里面。中村感觉这声音在空中停留了很久。这诡异的永恒也只是一瞬间，男孩向前冲刺的狂暴势头戛然而止。在他悄无声息倒地之前，中村感觉时间似乎不可理喻地停止了。

中村和军妓都没出声。男孩的身体猛烈抽搐，但他们知道他死了。血开始流出来，抽搐减缓，最后停下；中村留意到男孩脏污的长发蜂拥着虱群，好像遭受到了突如其来的恐慌。房内充斥着潮湿尘土冷飕飕的气味，他开始对这气味异常敏感。

军妓开始呜咽。中村两步走到三条腿的桌子前，把两个锅贴一起塞进满是口水的嘴里。吞咽的时候，他两眼紧盯住她，脑子里出现又一个想法。

他用撬棍示意，指着她手里的美元。她抖着手把钱递给他。他把钱放进兜里，再用伸出的撬棍头挑起她印花衫的边沿。她慢腾腾地把视线从撬棍上抬起，看他的眼睛，接着，鞠一躬，退一步。她开始脱衣服。

脱光后她是罗圈腿。大腿瘦得让人感觉不舒服，上面长满的小疮是毛茛花的黄色。胯部柔顺的阴毛与毛下脱落皮屑的白皮肤形成鲜明对照。乳房不像乳房，而像凸起的肿块，肤色很不健康。中村能闻见她身体的味道，她很久没洗澡，满是汗酸味，像冬末畜栏中的母牛。

她走到三条腿的化妆桌旁，在脏污的榻榻米垫上躺下，脚冲着他。他听得见她呼吸发出短促的喘息。她令他作呕，卖身给美国鬼子，又用她被糟践过的下流身体为他服务。他捡起军妓脱下的衣服，把巧克力装进兜里，走到缺口处，打算爬出洞穴时，他停下来一会儿，看着两具尸体。

在他眼里，美国人已经不存在了，日本男孩有一张长满痘痘的脸。从杀戮中构想出的东西太多了，中村想。也许他该有悔意，该有负罪感——刚开始在伪满洲国，他有过，但没用多久，死人的脸就模糊了。他很难记起任何一张死人的脸。死人是死的，不过如此，他想。尽管如此,两具尸体,一个美国人……如果不小心从事,这对他意味着麻烦——他已经被通缉了。

为避免踩到那一大洼黑血,中村在美国人跟前蹲下身。他闻到滴滴涕的气味——被遣散时他们用滴滴涕给中村除过虱。他觉得这美国人属于某个另类物种,块头看上去大得出奇,跟这地方好像格格不入。在丛林里,澳大利亚人看着根本不这样——像这个大块头、死翘翘的美国人这样。

确保绝不触碰到尸体,他灵巧地扭转撬棍一头,把它塞进美国人半张的拳头,把撬棍横置在胸口上。然后,他考虑了一会儿,把撬棍在这人手里摩搓,把它向他手指上推压,最后,让撬棍落在那汪黑血里。只要军妓不见了,对谁都只字不吐,美国人和警察会得出显然的结论:拉皮条的想要劫美国人,他们打起来,结果双双毙命。

这样想着,他转身走到像兽穴入口的齐胸高的洞那儿,开始把自己向上拽,同时听到在他身后军妓站起来了。中村对她毫不留意,直到觉出她正要抓住他的脚踝。为了摆脱开,他不得不狠狠蹬她两脚,她四仰八叉向后倒在美国人的尸体上。

他滑下洞外的瓦砾堆,听到身后传来叫喊。他转身看见军妓胳膊环抱在粘血的乳房上,从洞里探出身,好像在说美国人强奸她,她兄弟赶到,他只想保护她。中村没听懂她讲的故事,也没兴趣听懂。他手脚并用,快速爬回到洞口,紧抓她的肩膀,把一块砖头举在她发出呜咽的头附近。

"把这事儿忘了,"中村说,"忘了他,忘了你兄弟,忘了我。"

军妓更大声地哀号,他把砖头向她嘴上推。

"忘了你才活得了。"他怒冲冲地说。

他把她推回洞里,手脚并用,快速地从新宿区罗生门爬下来,向城里方向前进。

用从军妓那儿抢来的五十美元,他买到假造的身份文书。把军妓的衣服卖给另一个军妓,他得来一些钱,买了去神户的火车票。在所有窗户被吹得大敞的三等车厢里,他正穿过一个严酷冬天的夜晚,离开他作为前铁路团少校中村天智的过去,进到他作为前大日本帝国陆军二等兵木村芳雄的未来。

神户情况不比东京好。同样是弹坑和泥土,堆积成山的砖块和像绳子一样扭绞的铁料,在这片糟烂中,日本人像蟑螂似的到处爬。但中村感觉在他和死去的那个美国人、那个男孩之间拉开了必需的距离。有几个月,他只要有机会就小偷小摸,靠做黑市生意买卖勉强糊口。但他从来不觉得安全。有一回,他想他从远处认出了从前战俘营里的一个高个子澳大利亚人。中村怕得要命,接下来有一周,他只在夜晚才敢出门到街上去。

一有审判战犯的消息他就注意。他读到一个日本兵被判犯有战争罪行被吊死,因为他打过一个几次逃跑的战俘。中村发现这难以理解。

打了一次?

在日本军队他一直被打,打别的兵是他的职责。不是吗?受训期间,他被打昏两次,有一次导致耳膜破裂。因为清洗上司的内衣显得"不够热忱",他被用棒球棍打屁股。当新兵时,因为听错命令,他被三个军官打得失去知觉。他被命令一整天立正站在操场上,当体力不支倒下了时,他们因为他不服从命令就扑到他身上,把他打得不省人事。

那么,怎么打了一次战俘就让他成了战犯?再说,战俘是什么人?《战地行为准则》不是特别写道被俘军官要自裁吗?战俘是什么人?什么都不是,就是这。没羞耻的男人,没荣誉感的男人。一无是处的男人。

打了一次？

他是一个好心的军官，对大部分违纪行为，他只处以抽耳光的刑罚，其他军官中的一些人为此训过他。

"你太有同情心了。"他记起幸田上校对他说——在中村为友川下士行为不当扇他耳光之后。"这样的事只扇耳光？要是我就用鞭子抽得他永生不忘。"

想到这里，中村恨不得对着神户清朗的天空尖叫："战俘是什么人？什么人啊？"

3

崔胜民在黑暗中坐在一把竹凳上——作为被判有罪的人，这是给他的优待。他听说一些前战俘在曼谷妓院里找到李金，干脆把他从楼顶抛下去。在他看来，这做法合情合理。他只希望在被甩出去摔死之前，李金吐他们唾沫了。跟他一样，李金是看守，杀过战俘，所以，战争结束他们杀了他。这似乎完全可以理解，跟他的处境不同，他的处境不可理喻。他鄙视澳大利亚人的伪善，把报复掩饰成执行正义的仪式。他内心知道他们一直想把他也杀了，那么，这些假惺惺所为何来？

他没表也没钟。除了凭直觉，他没法知道这夜晚还会持续多久。但直觉似乎不再管用，夜晚长得漫漫无期，却总从他身边匆匆离开。樟宜监狱夜间上锁了——也许在两小时前。如果想到此，他会推断现在将近午夜，然而事实是他想不起任何事。崔胜民迷失在思考无法触及的地方。时间流逝，他的心情在两种感受之间翻覆。一是恐慌，像一阵无法抑制、没完没了的咳嗽突如其来，使他在樟宜牢房内发疯似的来回走,想找到逃跑的法子,结果发现没法逃,逃不出牢房,也逃脱不了近在眼前的死亡。

然后,他的心情会猛然转向愤怒,不是因为厄运将临或是无法逃走,而是针对一个让他备受折磨的事实:既然他被当作日军一员被关押,那么,他们必须支付他五十块钱的月薪,但战争结束到现在两年了,他一块钱都没拿到过。他的愤怒不是源自于算术或贪婪,而源自于一个关于动机的认识,也是一种遭受不公正待遇的感觉。五十块钱是他在战俘营当看守的唯一理由,那么为什么不让他拿到这五十块钱?

他心里明白再也不会收到钱,他知道这五十块钱荒诞至极,但他又觉得这五十块钱被莫名其妙地抢走了,他的心情回复到恐慌,又开始在牢房里来回走,手指在墙上四处摸,手在窗户上、铁栏上、牢门上推着、摸着,寻找逃走的办法,直到再次发现不可能逃跑,他的心情又变成愤怒——对被剥夺五十块钱而感到愤怒。

审判在一个澳军军事法庭上进行,持续两天。除了向他直接发问,各种程序全用英文,他几乎什么也没听懂。法官的脸像被风吹的蜡烛,嗓音像掘墓的,审判结束,他第一次直视崔胜民对他讲话。翻译把视线坚定不移地胶着在法官的嘴唇上,对着崔胜民的耳朵低声说着七零八碎的日文句子。

翻译说:"由于——由于提呈的证据——书面形式的证词显示的矛盾——对曾经参与杀害——澳大利亚帝国军队弗兰克·伽迪纳下士的指控——不成立。"翻译转而用随便一些的语气加上一句"这是非常好的消息,非常好"。

说完,他继续磕磕绊绊地翻译。

"对下令杀害二等兵瓦特·库尼——的指控——成立——以及其他几个情节较轻的指控——虐待,包括不供给食物药品,导致可以避免的痛苦和死亡——被判为 B 级战犯——你将——被——被处以绞刑。"

这一次，翻译没加自己的注释。

还说了更多，但崔胜民再也听不见了。法庭向他提问，他想解释作为一名韩国中士，他根本不能下令处死俘虏，但澳大利亚律师征引对一个叫幸田上校的日本军官的审讯供词，说命令是他下达的。幸田的证词在让几个韩国籍和中国台湾籍看守获罪中起过作用。崔胜民还听说他后来无罪获释。崔胜民提出，当处决令被下达的时候，库尼不在那个战俘营。但营里的记录乱七八糟，缺东少西，没材料证明情况是他说的那样。

判刑宣布后，澳大利亚籍辩护人劝他向法庭提交请求宽大的呈文——辩护人满身肉疲塌塌的，湿漉漉、亮闪闪的眼睛让被判绞刑的韩国人想起手术刀的锋刃。崔胜民下定决心要死在国外，他看不出把这精神折磨拖延得更久有什么意义。崔胜民，还有其他关在樟宜监狱、被判为 B 级和 C 级战犯的韩国人和中国台湾人，注意到盟军胜利者常常会释放跟日本贵族有纽带关系的军官，让他们这类级别低的人当替罪羊被吊死。崔胜民想到中村少校——他根本没被捕，毫无疑问也永远不会被捕；他想到幸田上校——他又自由了。这两个人也许都正在哪儿为美国人做事。

"都一样。"崔胜民说。

"什么？"辩护人问，湿漉漉的眼睛像刀刃似的四处割。

"都一样。"崔胜民说，他想表明他对人事听天由命，全盘接受，但辩护人把它理解成崔胜民同意他着手使他免于绞刑，争取减刑。律师提交了请求宽大的呈文，崔胜民的生命和精神磨难被延长了四个月。

崔胜民注意到在樟宜的每个人对自己的命运都有不同构想，并依此编造自己的过去。有些人对指控干脆直接否认，但尽管这样，他们不是被绞死，就是会被监禁很长时间。有些接受罪责，但拒绝承认澳大利亚人有审判他们的权力。同样，他们不是被绞死，就是被监禁更长或短一些的刑期。另外有些人否认自己有责任，他们指出，地位低下的看守或士兵不可能拒绝认同日军体制的权威，更别说不按天皇意志行事。私下里，他们问一个简单的问题。如果他们和他们的所作所为都只是天皇意志的表现，那为什么天皇还是自由的？为什么美国人支持天皇而把他们绞死？他们不过曾被用作天皇达到目的的工具而已。

但他们心里明白，天皇不会被吊上绞索，而他们会。原先为了天皇，他们施行殴打、酷刑、杀戮；跟这同样千真万确的是现在为了天皇，否认罪责的人将被吊上绞索。他们被吊在绞索上，与承担罪责和矢口否认被指控罪行的人一样被吊在绞索上，一样可怖；他们一个接一个在活板门下来回荡悠，他们的腿都抽搐着，肛门仍然拉着屎，猛然肿胀的阴茎喷射出尿和精液。

审判中，崔胜民知道了很多事——《日内瓦公约》、军令的约束力、日本军事构架等，此前他对这些只有似有若无的认识。他发现他原先既怕且恨的澳大利亚人曾把他当作异类，用不寻常的方式戒备他：一个他们称为巨蜥的怪物。得知在他们的仇恨中他如此具有威胁性，崔胜民没有感到不快。

他感到澳大利亚人蔑视他，他知道日本人蔑视他，两种蔑视是同样的。就他理解，他又什么都不是，跟小时候在韩国一样，被逮住小声说韩语而不讲日语，他在教室后头被罚站；跟原先在日本人家做活儿一样——他的位置比不上那家的宠物；跟在日本部队里一样，一名看守，比级别最低的日本兵还低贱。李金的下场比他好。然而，他认识的有些人干过的事比他或李金干过的要坏得多，但他们的命被保住了。怎么会这样？为什么？这全都没道理。

从另一个角度说，打澳大利亚俘虏原先很有道理。不管为时多么短暂，打比他个头大那么多的澳大利亚兵，他觉得自己是一个人物，他知道他想抽多少耳光就可以抽多少耳光，他可以用拳头，用棍子、锄把、铁杠打他们。这使他成为某样有价值的东西，某个有性格的人，即使这只持续到澳大利亚人猛然倒地呻吟。他隐约知道有人被他打死。不管怎样，他们也许都要死。那种地方，那种时候，无论你怎么冥思苦想，你对所发生事情的理解也不会有多少的区别。现在，他唯一后悔的是没杀更多人。他惟愿他从杀戮中得到过更多快感；活着有那么大的部分都跟杀戮相关，他惟愿他从那样活着得到过更多快感。

在审判期间，澳大利亚人彼此交流，崔胜民突然明白这审判不止于仇恨。它是一种对生活有把握的感觉，他从没有过这感觉，高高在上的日本人一直有。被赋予了对澳大利亚人生杀大权，最初他打他们不过因为他从小被教养的日本习惯，他看不出打一个他觉得干活太慢或在偷懒的人有什么大惊小怪的。

在釜山，他经受了跟大日本帝国陆军二等兵同样严格的军事训练。不过他们不是日本人，全是韩国人，所以他们压根儿不会成为士兵：他们将看管软弱得不敢自杀才投降的敌军士兵。除了行军、射击、捅刺刀，他也被教过"面打"，就是抽耳光，日本人连最细枝末节的错误都非抽耳光不可。即使只有一个人犯错，所有人都得挨耳光。他们每天让所有受训的韩国看守面对面站成两排，每个受训者必须抽站在对面的受训者，右手抽左脸，左手抽右脸，两排轮流挨耳光，直到被抽得脸高高肿起才停下。所有命令必须服从。崔胜民的生活就是"面打"和服从——右手抽左脸，左手抽右脸。他想逃回家，但他知道，如果这样做，日本军方会找他家人的麻烦。再说，他不用多久就能每月赚到五十块钱。

他记得自己悄悄地跟站他对面的受训者说他不会使劲抽他——如果对方也同样行事。他们的计谋很快被日本教官发现。教官长相俊美，新手都仰慕他。崔胜民甚至模仿他走路和转身的姿态——当有人对他讲话时，他总是缓慢地、不偏不倚地转过身。教官对着崔胜民震耳欲聋地叫喊。

"想装？"他吼道，"那么假装这不疼。"

他用短铁棍狠击崔胜民的左右肾，过后好几天他都尿血。第二天早上，新手又站成两排，彼此抽耳光；带着不管不顾的狂怒，这狂怒从未完全离开过他，崔胜民抽对方耳光，右手抽左脸，左手抽右脸。

刚被派到荒远岛上的丛林，他小个子，干巴瘦，是一个十六岁的韩国孩子。他怕比他个子高得多、年纪大得多的澳大利亚人，他们宽背、粗胳膊，是大腿毛茸茸的猩猩。他们总在吹口哨、唱歌。在他的经验中，韩国人和日本人在公共场合不怎么会这么做，他恨死这种他不熟悉的快活劲儿，因此惩罚他们的时候，他比严格来讲该做的要做得过火——为了让他们牢记他比他们更有男人气，为了表明他们的快活劲儿该收场了。过了一些时候，这些人个头开始变小，开始变得有气无力，胳膊在萎缩，腿肌在销蚀，口哨吹得少了，只有时唱唱歌。

老实说，俘虏们罪有应得。他们想方设法旷工，躲不过就潦草马虎，懒洋洋地干活。尽管比先前少多了，他们还会时不时吹口哨或唱歌——当他在附近的时候。他们什么都偷，什么都被他们偷走——食物、工具和钱。如果能把活儿干糟，他们把这看作胜利。人皮加骨头，他们会正干着活就那么一撒手，死在工地上。走去上工他们会死，下工走回来他们会死。睡觉时他们会死，等吃饭时他们会死，挨饿时他们有时也会死。

这让崔胜民对人世间感到愤怒，对他们感到愤怒——当他们死了。没吃的、没药不是他的过错。发生疟疾、霍乱不是他的过错。他们是奴隶不是他的过错。那是命，身在战俘营是他们的命，也是他的命。死在那儿是他们的命，死在这儿是他的命。他必须每天满足日本工程师要求的上工人数，要多少就得有多少；他必须确保他们上工，毫不懈怠地干日本工程师要求完成的活；他别无选择。这些他做到了。没吃的、没药，但铁路线必须建成，任务必须完成，最终，情形变得跟它们一直以来就朝其发展的结果一模一样，对他们、对他都如此。但他做了这些事，他完成了他的职责，由他们负责的路段建成了。崔胜民感到骄傲，这是他短短一生中唯一的成就，除此之外，他一事无成。他做了这些事，这些事让他感觉很好。

怒火完全失控，他感到无比陶醉。在他暗昧无知的生活中，这样的时刻让他感到自由，此外，它们让他生气勃勃，这在他生命中前所未有。当使别人受罪时，他的仇恨和恐惧，他的愤怒和骄傲，他的胜利和荣耀，全都集聚起来，或者说，在他目前看来好像是这样，在那么短促的时间里，他的生活拥有了某些重要性，或者说价值。在这样的时刻，他从仇恨中脱身了。

工程师要把铁路建成的压力确实逼人，但他从中也感到快感和趣味——他打得越狠，他们的男人味儿就越少，他们很少吹口哨或唱歌了，他知道他比他们男人气概多得多。只要他不停地用脚踹，用拳头揍，用棍子打，他就从压抑禁锢中解放了。他听说过在新几内亚，大日本帝国陆军吃掉过澳大利亚人和美国人，在他看来，这不只是由于饥饿，还有其他说不清的原因。他知道无论原因是什么都不能作为辩护理由，对澳大利亚人来说，对眼睛像手术刀的澳大利亚律师，或者对像蜡烛滴泪一样的澳大利亚法官，这全会被看作扯谈。当看守，他像兽一样活着，他的行为像动物一样，像动物一样去理解，思考。他认为这兽性的人从来都是他获准成为的唯一有人形的东西。

他从他的动物性中发现了他的人性，他对此并不感到耻辱，他只对他身上的动物性引领他到达的状态感到困惑不解。被处绞刑的判决被翻译给他听，他像动物一样承受，根本没听懂，但他又有一个钝滞模糊的意识：他拥有过属于他的自由，现在他结局已定。

法官的眼睛像蜡烛芯似的跃动着火苗，朝下看他，他用已经无神的眼睛朝上看，头来回摆动，感觉一个庞大可怖的东西降临到他身上。他想问法官他的五十块钱呢，但他什么也没说，现在他再次发觉自己在牢内乱走，寻找一个或许能逃走的办法。但没有，从来没找到过。

4

他们的人数不可思议地急剧减少，死于车祸、自杀和悄然而至的疾病。他们的孩子好像大多生来带着毛病和麻烦，或者残废，或者智障，或者明显与众不同。太多婚姻摇摇欲坠，如果维系下来，那经常更多是因为当时的社会准则和习俗，而不是他们自身具有把所有不对劲之处纠正过来的能力，对他们中的有些人，事情不对劲得难以承受。他们与世隔绝，离群索居，他们跟其他人住在城里酗酒无度，他们变得有些疯疯癫癫，像公牛赫伯特，酒醉开车，驾照被没收，想喝酒就骑马进城。他想喝一杯的时候太经常了——他跟老婆定下自杀协议，一同喝下毒药，醒来看到老婆死了，自己活着。他们要么闷闷不语，要么滔滔不绝，后者像公鸡麦克尼斯——撩起衣服炫耀割除阑尾的疤痕，喋喋不休地讲日本人怎么用刺刀捅他。

伽利波利·凡·凯斯勒有一天走进墨尔本的宽草地退役军人联盟，正赶上这场表演。

"别担心，"公鸡麦克尼斯说，"那不过是凯斯。捅我的日本人叫'山狮'，战后审判这杂种，我做证来着。"

不过，他们喝酒。他们喝，他们喝，无论喝多少，都不能让自己醉过去。退役时，部队的江湖骗子对他们和他们家人说不要谈论战俘营，还说谈也无益。本来不是什么英雄传奇。不是澳军、日军对垒的科科达战役，不是德国鲁尔河谷上空的四引擎兰卡斯特轰炸机。不是德国"提尔皮茨号"战舰，不是关押危险战俘的科尔迪兹要塞，不是英国和轴心国争夺的托布鲁克。那是什么？"是给黄种人当牛做马。"在"希望与锚"酒吧集会上，大马哈鱼费伊这么说。

"真不是什么吹牛的事儿。"羊头莫顿说。

伙计们不知怎么了，全怪兮兮的。有的消失了。罗尼·欧文娶了一个意大利女人，她告诉羊头莫顿的太太萨莉，说结婚两年她才知道他先前当过兵。就这样。

"布洛克贝克好多年对战俘营一字不提，后来，有一天晚上，"吉米·比奇洛说，"他拿着一把短枪走到烤箱那儿，把它打了个稀巴烂。看着像奶酪刨丝器的背面。然后他又什么也不说了。"也就这样了。

"可怜的老伙计蜥蜴布兰库西。"羊头莫顿说。他的故事太让人伤心，没人想再提起。在不同战俘营间辗转，在驶往日本的地狱船上，他随身带着妻子的铅笔速写；在长崎三菱船厂，他当牛做马，在原子弹爆炸中，船厂消失了，而他居然活着，他还保留着它。他把它带到山里安全地带，经过像劈柴一样漂着填满河道的死人，还有奔逃的活人，皮肤脱落成海草似的长飘带；他跌跌撞撞经过炭化的人像，人像或走着，或骑着车，或跑着；他经过在燃着蓝火焰、

281

下着黑雨的喧嚣地狱中受煎熬的日本人,跟他记得的战俘一样,他们临死前喊妈妈。在这样的行程中,他始终想看见兔子亨德里克斯所画的梅西,在早晨,在叙利亚一个小村里,村子散发着人类处于困境的气味。

他尽力要把她想象成世界上独有的造物,跟他眼前所见天壤之别,那么,只要她在,他就不会死,不会疯,只要她在,世界就是好的。在搭乘一架美国运输机去马尼拉的途中,他把画着速写的明信片给美国海军看,他们一致认为他运气很好。他坐上开往墨尔本的船,途经弗里曼特尔时下船,在那儿给家里打电话。

"这是戴维和梅西家,"一个男人的声音回答,"我是戴维。"

蜥蜴布兰库西把电话挂了。他乘坐的船喷着蒸汽驶出弗里曼特尔,在船上的第一晚,有人看见他无声无息从船侧翻过去,再没被找到过。

啤酒,猛然间对他们而言像燃油。他们喝酒,想使自己对火一样感觉跟正常人不喝酒时感觉一样,战前他们不喝,现在他们喝是想跟那时感觉一样。那个晚上,他们觉得自己强劲有力,毫发无伤,还没被毁掉,对所有发生的事,他们大笑不已。当他们笑着说战争根本不算什么时,每个死人都在他们心里活着,发生在他们身上的事,微细到点点滴滴,就那样在体内震荡跳跃,那么猛烈,他们得马上再喝一杯——为了让这种感觉慢下来。

那个晚上,蜥蜴布兰库西在他们心里活着,小瓦特·库尼在他们心里活着,澳洲小龙虾布罗斯、杰克·彩虹、小不点儿米德尔顿在他们心里活着,那么多死去的人。羊头莫顿说,他有时甚至宽容地想起公鸡麦克尼斯,那个拆烂污的下贱杂种该死了才对。伽利波利·凡·凯斯勒来时穿着一条粗纺羊毛的旧裤子,裤边磨损得好像裤子是从稻草人手里买的,他提起土人伽迪纳,吉米·比奇洛开始唱——

"每一天，在每个方面，都在变得好那么一点儿。"

那天晚上，他们在"希望与锚"的壁炉周围站着，炉火把屁股烤得太热，这又迫促他们再喝一杯。一九四八年，也可能是一九四七年。不管哪一年，那都不太像夜晚，在屋里待着真好，暖洋洋的。退伍后他们还没聚齐过。吉米·比奇洛不怎么说话。他回来后发现婚姻生活跟他参军离开前完全两样，也可以说他跟参军离开前的那个他完全两样了。

"我在尽量往好的做。"他在聚会上说。

孩子。他有四个孩子，被称作家庭型男人。他不是。他是一个有四个孩子的男人。关于土人伽迪纳，没人再多说什么，只有伽利波利·凡·凯斯勒说："尼基塔瑞斯？"

"是啊，"羊头莫顿说，"该死的尼基塔瑞斯鱼店。他老说起，是不？"

5

吉米·比奇洛什么也没说。他在努力，这是关键，是这样吧？但他不讲话。他希望成为一个音乐人，具有重要性的人，有价值的人，但没做到。他是锡器厂的仓库管理员。他喜爱的多人爵士伴舞乐队不时兴了。时下流行打击乐和现代爵士乐，在他听来，它们不是音乐，是假装从交通拥堵也能创造出音乐的强噪声。你不能随之舞蹈，不能随之堕入爱河，吉米想。这不是阿尔·鲍里。这不是本尼·古德曼。这不是杜克乐队。这是音乐的终结。对像吉米·比奇洛这样的人来说，这是希望的终结。虽然还没解散，但多人爵士伴舞乐队大都不景气。

很多他坚信的东西正向海洋出发，在消失，永远找不到了。他原以为他正回归到它们中来。那些他指望自己能成为的，那些他指望能实现他生命的，现在一文不值。他对生活不再有归属感，生活在停止运作，那些合乎正轨的——工作、家庭——好像在分崩离析。他想使他和妻子的关系正常化，他想使他和生活的关系正常化，他想使他和打击乐、摇摆舞的关系正常化，可是都完了。他愿意把事情正常化，他想，但这不可能。

但并不是因此他们才离开酒吧，走上伊丽莎白街，走向尼基塔瑞斯鱼店，去把错的纠正过来。他们离开是因为快半夜了，酒吧关门的时间早过了，他们喝醉了，被赶出来了，他们没有别的更好的事做。

那些霍巴特春夜的一个夜晚，冷冰冰的，雪密集地落在山上，带着一股强力，港口奔涌着泡沫，雨夹雪在抽打、抓挠窗户和锡皮屋顶，像被锁在屋外的酒疯子。

他们步伐坚定沉重，走在伊丽莎白大街上，跟随大步流星走在最前边穿一条破裤子的伽利波利·凡·凯斯勒，向尼基塔瑞斯鱼店走去。你就是朝街上发射迫击炮弹也打不着谁。鱼店不像他们在战俘营想象的那样：满处是人、蒸汽、食物煎炸的味道，土人的女朋友坐得笔直，在等他们走进来，做他们必须做的事。不，根本不是这样。

"门像修女的口头禅一样严丝合缝。"到了鱼店门口，羊头莫顿说。

尼基塔瑞斯鱼店关着——门上锁了，店内一片死寂，灯全灭了，只剩下照亮店前长水箱的灯。鱼在玻璃后面来回游。几条扁头鱼，一条刺鱼，两条银鳟，一个皮夹克。除了盯着水箱的他们，被夜色舔得油光水滑的街上空无一人。

"嗯……不能说它们看上去一点儿也不快活。"羊头莫顿说。

"也许在战俘营,我们也不是任何时候看着都不快活。"吉米·比奇洛说。

他们散开站着,手插进口袋,缩起肩膀避寒,交替两腿跳着,像在等午夜列车到达,或者说等它离开。

"没有什么人比一帮醉鬼还没用,连女人都能干点儿什么。"伽利波利·凡·凯斯勒说。

吉米·比奇洛觉得除了别人看得见的外在表象,他的心里空空如也。他觉得发生感情很难。他希望有感情,但那不是希望有就有的。他捡起一块石头,放在手掌上转弄。他抬头看鱼店窗户。窗户由大块的平板玻璃组成一体,每块上面都漂亮地漆着"尼基塔瑞斯鱼店"的字样,醒目花哨。他把手扬起,直到身后,然后,猝不及防地使出浑身力气,把石头向窗户砸去。

他们听到玻璃裂开。不是一下子全裂开,而是像时间,一条长长的裂缝慢慢张开,带着一声叹息。吉米·比奇洛笑了,像有什么人把他的嘴从两个嘴角那儿割开了。

然后,他们都在扔石头,窗户破了,碎块掉了,他们进了鱼店。伽利波利·凡·凯斯勒具有一个果农的天赋,凑合用手里有的就能办成事,他抓起炸薯条用的煎锅,用它把鱼舀出来。虽然有几次意外,他们还是把鱼全装进两只涮拖把的圆桶,沿着街道下坡走回码头,一路上小心不让水泼出来。

涨潮居然从那么远的海上一直深入到港口里来,几只捕小龙虾和蔻塔鱼的船在长浪中摇摆,听得见港湾外的海域刮着令人痛苦的腥风。站在宪法码头靠海的边沿,羊头莫顿把头伸进一只桶里吼道:

"你他妈自由了!"

把桶翻一个底朝天。

鱼落入水中。

6

　　第二天晚上，在"希望与锚"，这件事被兴致勃勃地传讲，但越来越强烈的羞耻感也在围困他们。最后，吉米·比奇洛说他们得去见尼基塔瑞斯，赔他窗户钱。天还早，店里亮着灯。窗户已经换好，但还没漆上字。

　　里面有几个老妇人在煎锅上正忙乎，在店内卖鱼的地方，一个男孩正使着浑身劲儿擦洗展示柜台。羊头莫顿问尼基塔瑞斯先生在不在。这个工作狂不见了，接着又从店面后头冒出来，身边跟着一个小个子老头——干巴巴的身体完好保留了年轻时当泥瓦匠时说话不多却坚定不移的气派。他满头银发，皮肤是一种有人想擦干净但又没擦干净的污渍的颜色，黑眼睛潮乎乎的，有一种荒芜、贫瘠的感觉，身上散发着烟草和八角香料的气味。

　　"尼基塔瑞斯先生，我们……"吉米·比奇洛说。

　　"想吃什么到那位女士那儿点。"

　　"我们……"

　　"帕菲迪斯太太在那儿，她会照应你们。"他一边说，一边用一根骨节凸出的手指点着。

　　"我们来向你说对不起。"吉米·比奇洛说。

　　"我们有一个同伙。"羊头莫顿开始说。老希腊人这次没说话，听羊头莫顿讲关于他们的故事。他身体前倾，弯得很低，很难看到莫顿的眼睛，而莫顿则一直盯着铺着黑白瓷砖的地面。

　　羊头莫顿讲完了，吉米·比奇洛说他们想赔钱给老伙计尼基塔瑞斯——打破的玻璃，那些鱼，还有所有别的损失。

老希腊人迟迟不作答。他抬起眼睛四下看,转着头把他们逐个打量,微微点着头。

"他是你们的伙计?"

跟所有移民一样,对不是母语的英语中那些历史最长、意思最实在的词,他似乎有一种无懈可击的直觉。他说"伙计"的语气完全没有"同伙"这个词容易发生歧义的滞重感。

"他是我们的伙计,"羊头莫顿说,"我们大家的伙计。"

羊头莫顿掏出钱包。"该付多少钱,尼基塔瑞斯先生?

"我的名字是马库斯,但叫我马可。"他说。

"尼基塔瑞斯先生。那是你的窗户,可是我们把它砸碎了。"

他伸出一只颤巍巍的苍老的手,把它摆着。

"不,"他说,"把钱拿开。"

他问他们饿不饿,不等回答就说他要请客,说他们不得推辞。

"坐下吃,能吃是好的,孩子们。"老希腊人说。

这些兵互相看着,不知道该怎么办。

"你们是我的客人,"他说,一边拉出一把座椅,把一只手放在吉米·比奇洛肩上,"请,请坐下,你们一定得吃。"

就这样,这些兵坐下了。

"你们喜欢葡萄酒?我有些红葡萄酒,你们也许会喜欢。按理说我不能给来店里吃饭的客人上酒,所以别大张旗鼓,但你们想喝多少就喝多少,孩子们。"

他走到煎锅那儿,给滤网内装满薯条,走回来。

"你们喜欢星鲨还是蔻塔鱼?有人喜欢星鲨,可是听我的,蔻塔鱼骨头多,这没错,但味儿好。非常好。你们一定得吃。能吃就好。"他说。

他把鱼和薯条拿来,放到桌上,在柜台后面用小玻璃杯斟满红葡萄酒,也拿过来了。他跟他们坐在一起。他们吃,他让他们聊天。他们说得没劲了,他捡起话头,说今年冬天这样,预示明年夏天杏儿的长势会好,是的。然后,他第一次说起他自己,说他来自利普索斯岛,那儿生活很美,但也很严酷,他说起死去的妻子,他说他们都年轻,日子还很长。富足的日子。好日子。是的。他说起人们跟他说,来他店里吃饭让他们感觉快活。他希望真是这样。

"我真的希望是这样,那就没白活着。"

"你有孩子吗?"吉米·比奇洛问。

"三个女儿。好女孩。结婚有了好人家。还有一个男孩。好孩子。好……"

老希腊人结巴了一会儿,听不清在说什么,脸好像从它原本就艰于维系的主轴上歪斜了。他把一只指节凸起的手抬到脸上,像修剪过的杏树老枝在强烈秋风里摇动,好像他想用那只手把脸重新撑起来,使它回复先前对万事有把握的表情。

"一九四三年,他在新几内亚被杀死了,布干维尔岛战役。"他说。

店里客人慢慢少了,店员打扫,收拾,锁门,离开了,店外街声静下来,只很偶尔地,一辆车开过水洼,溅起水花。在店里,他们止不住地跟老希腊人谈这说那,直到时间晚得没一个酒吧还开着门。但他们不在乎。他们继续坐着。他们谈起钓鱼、食物、风向和泥瓦匠的活儿;他们谈起种西红柿、养家禽、烤羊肉、捕小龙虾和扇贝;他们谈起讲故事,说笑话;他们谈的是什么意思根本不重要,他们谈得如行云流水最重要——这本身是易碎却美好的梦。

很难讲明白炸鱼、薯条、便宜红葡萄酒下肚感觉有多好,尝起来味道很好。老希腊人自己给他们做咖啡,装在小杯子里,又浓又黑又香,他给他们吃女儿做好的核桃糕点。一切很异样,又亲切热情。椅子简简单单,让人安适,这地方也同样让人宾至如归,心满意足,吉米·比奇洛想,只要夜晚不到头,除了待在这儿,世界上随便哪儿他都不想去。

7

一九四八年秋天,多里戈·埃文斯在悉尼走下道格拉斯DC-3运输机,看到她在等他,感到既惊骇又深受触动。日本人、德国人或许在一九四五年屈服了,但多里戈·埃文斯还没有也不打算屈服。他要英勇地继续他的战争,热情接受每个送上门来跟逆境、阴谋、风险外交、冒险行动打交道的机会。这些机会自然送上门来得越来越少。多年后,他觉得很难承认,在战争期间,他在某种本质意义上是自由的——虽然有三年半他是战俘。

因此多里戈·埃文斯尽可能推迟回国,在遍及东南亚的各种部队机构里做事——经手遣返军人、建阵亡者墓地、战后重建等各项事宜。这样工作了十九个月,资金用罄,他面临一个选择:继续军队里的常规职业还是考虑平民生活的诸多可能性。他完全不了解这些可能性会是什么,但突然间它们似乎很有吸引力,而军队不再是无拘无束找乐子的短途旅行,它的失败,它的胜利,还有活着的人——活着的人!——它们不断地把既定的东西撕成碎条,把每样紧实的东西溶解成空气。财富、名气、成功、吹捧——所有这些后来发生的事好像只会加剧那种漫无目的的感觉,他将在平民生活中体验到这种感觉。他从未能向自己坦承,是死亡赋予过他的生活以意义。

"逆境使我们的潜质得以最好发挥,是平常日子在毁掉我们。"坐在他旁边的那个矮胖的阵亡者墓地委员会军官说——当时那架

DC-3 上下颠簸得非常厉害,正向下盘旋,穿过一阵强气流,进入悉尼上空。

他穿过停机坪,向一小群他从未打过交道的陌生人走去,他决心已定,要有效应对他不熟悉的平民生活,在他们最后一次见面之后的七年间,他克服了那么多障碍,这次也同样——凭着魅力和勇气,知道时间会很快冲刷掉之前做过的种种蠢事,时间好像对世间万物都这样,或者说在他看来如此。

"向前冲。"他对自己低声说,同时把脸收聚成一个他认为被人看作是很有魅力的微笑。

一个按大众标准说很漂亮的女人挥动着一只戴手套的手,他知道这个手势约定俗成的意思是传达满腔的感情,这些感情约定俗成——欣悦、狂喜、释然——那是爱,他假定;是被确证的忠诚,他害怕。这些对他全值不得什么,因为他对它们一无所感。虽然谈了几句,他认出她的声音,但这儿的暑气好像温乎乎、空荡荡的,在习惯了亚洲必有的热气蒸腾之后,这空气不知怎的让他感到受挫;他们亲吻,甚至到这时候,他还记不起她的名字。她的嘴唇似乎很干,很让人感觉受挫——像亲吻尘屑——然后,谢天谢地,他终于记起来了。

"艾拉。"他说。

对,就是这个名字,他想。这名字感觉比锈铁还被销蚀得严重。

"噢——艾拉。"

"噢,艾拉。"他更柔声地说,希望只要使劲说她的名字,说的次数够多,别的什么话——自圆其说的话,把这名字、他和他们连贯起来的话——或许会滚到舌尖上。但是没有。艾拉·兰斯伯瑞只是微笑。

"什么也别说,亲爱的,"她说,"不要说假惺惺的话。我不能忍受假惺惺的男人。"

"但我彻头彻尾地假惺惺。除此之外,我什么也不是。"他说。

他话音未落,她又在笑——索然无味,无所不知,又全然无知——他会发觉这笑越来越令他不快,那出乎意料的干巴巴的嘴唇告诉他事情全安排好了,他什么都不用担心。他想起一九四一年他向她求过婚,为了亲吻她的乳房。他记得那是最后一晚,大家将得知那晚是他出征前和艾拉共度的最后休假时间,他无法停下来不想艾米。为了从艾拉的追问中得到解脱——她问他为什么还没求婚——为了逃避他对艾米无休止的念想和由此而生的负罪感,他努力想在这迷径交错中找到脱身之计,结果被领到艾拉的乳沟,结果他不得不向她呈上那个高深莫测的疑团:"艾拉,你会跟我结婚吗?"

她真的还不知道他那时其实在想什么?她真的还不知道?

在她的乳房间他没找到遗忘。跟艾拉相关的每样东西只让他越来越痛苦地想起艾米。那时他感到羞愧,现在他比羞愧还难受。

"就为了这个,我爱你,阿尔文。"她说。

阿尔文?有一会儿,他完全摸不清她说的是谁。然后,他记起阿尔文是他。这称呼也感觉比生锈了还被销蚀得严重。

"因为除了不假惺惺,你无所不是,无所不能。"

从她拥抱他的体态,在令人窒息又无法逃避的烟障中,接下来几天他见到的所有人都确信他们要结婚了——七年前,在战争庞大吓人的阴影中急匆匆行了订婚礼,接着,他即将出征海外,目前人们相信,这毫无疑问会很快达至一个结果,这结果不再需要仔细思量和重新考虑。在这七年间,他经历了几次生命,而她唯一的生命——或者说在多里戈·埃文斯看来——奉献给了一个关于他的观念,他几乎认不出这个观念中的他来。他时不时地感到内心有种愤怒、叛逆，但他还感到从未有过的厌倦；让更清晰显明的公众意愿来安排生活？还是按他自己个人的、非理性的、毫无疑问被错置的强烈恐惧来安排？前者似乎简单得多。无论怎样，他觉得他的头脑是充满恐惧的战俘营。他赋予它一定的重要性，但不希望超出他所必须赋予的。他意识到身边有那么多人为了他的婚礼将至而兴奋不已，他们比他清醒得多，理性得多，这清醒和理性与他越来越古怪的想法如此不协调，他让自己屈服于他们的清醒和理性，盼着他们也许能把他拽进一个他未曾经历的、更令人满意的所在。孩子气也是他天性的一部分，未曾经历的未知事情带来兴奋感，总是吸引他，尤其当它们让他害怕的时候。没有什么比跟艾拉·兰斯伯瑞结婚更让他害怕的，所以三周后他跟她结了婚——在酒精导致的恍惚中，穿着一件她选中的新西装——之后，他总觉得他看上去装腔作势，跟他们在圣保罗大教堂举行的婚礼一样。

甚至到该亲吻了，他又忘了他的名字，在她的香粉气味中，他感到迷茫，然后，他终于想起来了。阿尔文，是的，就是这名字——"我，阿尔文。"他说。他转身看她——脸上、身上全装饰起来，框在蕾丝花边和橘黄色花朵里，但他看见的只有那张窄脸，奇怪的鼻子，总让他有些反感，细细的弯眉毛，他看不到她有任何吸引力。"接受你，艾拉。"他更柔声地说。而艾拉·兰斯伯瑞——很快就是艾拉·埃文斯了——只是微笑，嘴唇微张，但什么也没说。

在婚礼后的招待会上，他想说，我不是阿尔文，我全是在假装。但相反，他撒谎，他谈起爱情，他说，经历了长达七年的分离，爱情依然存在，七年是神秘的数字，配得上尤利西斯和他的随从。虽然跟他类似的唯一古典英雄是神话里的山羊——听众哗然大笑——但艾拉真是他的珀涅罗珀，他很高兴终于到达他的伊萨卡岛——满堂掌声。

在接下来的全部生活中,他将服从客观情势和他人的期望,渐渐把压力称为责任,他跟这压力格格不入。他对他的婚姻越觉得愧疚,对他开始当丈夫、后来做父亲的失败越觉得愧疚,他越是全身心从事只在公众生活中才是有益的事,越像要抓住最后一根救命稻草。有益的事,职责所在,永远都最容易到手的退路,躲也躲不过,正合他的心意,这些全都是别人期望于他的。一无是处、不道德的是他本人,他想——他第一次跟不是他妻子的女人睡觉,是在蜜月过后的第二个月,她是他妻子最好的朋友,名叫乔依·纽斯泰德,有着催人入眠的潮湿嘴唇,笑容狡黠。下午三点,在苏连托,一个简陋的木屋,其他人都不知哪儿去了,这正合适。

> 迄今为止,所有经历都是拱门,透过它
> 微光闪耀着行者从未踏足的世界……

事后,他对她耳语,一根手指在蚊帐上面滑动,转回身,朝向她,把头放落下来,用下唇边缘拨弄她深色的乳头,诵读丁尼生,呼吸轻柔,触着她那只乳房:

> ……它的边界退后
> 总在我走向它的时候

那天晚上有一个户外烤肉晚会,肉挂在冷藏柜里,因为天气热开始变坏,尽管刚取消对肉的配给供应,好好儿的肉如果浪费,他们还是觉得难受。也许喝多了,也许喝得不够多,他后来想,反正他头很晕,肚子痛得像针扎。他觉得胀得满满的,绷得紧紧的——

有些什么横插在他和艾拉之间，像庞然巨物，不道德又不见天日——从现在起，他不想有任何事瞒着艾拉，而乔依·纽斯泰德又妒忌多里戈关注她最好的朋友：他的妻子。他在干什么？他不懂。他希望被发觉？

牛肉被切成厚块，在一床火热的赤桉木炭上炙烤，但等他切进去，肉还没全烧透，有一会儿，他又回到那儿，那一天，在季风雨中，在"计程器"期间，穿过营地去进行每日巡视的第二部分。接近溃疡病人住的小棚，多里戈被笼罩在腐烂的肉散发的恶臭里。他记起坏肉的臭气那么强烈，吉米·比奇洛会时不时必须到外面去呕吐。

8

被判刑后，崔胜民被转到樟宜P厅，在那儿，所有犯人作为同类住在一起——日本人、韩国人、中国人。他领到一件标有英文CD字样的土棕色制服。有人告诉他这两个字母意味着他被判了死刑。崔胜民注意到那儿的每个CD都像热锅上的蚂蚁，想用这样或那样的活动填充时日，每个人看着都既不颓丧，也不明显担忧未来会发生什么。他自己感觉一块石头落地，有些别的什么东西正慢慢像裹尸布似的罩住他，他感觉这两种情形都千真万确，他一直都有说不清的害怕和自卑的情绪，它们似乎烟消云散了，那些都不重要了，因为现在轮到他要被杀了。

每天早晨，他们被赶出牢房，被迫洗漱，开始又一天填满空虚的时间。他们不穿衬衣，坐在牢房围起的热得像烤炉的廊道里要么下围棋，要么下象棋，要么重读手头上的几本书或某本杂志，要么独自坐着。每隔几周，一个印度籍上尉会过来宣布处决令，他戴银丝边眼镜，镜片后亮晶晶的蝌蚪眼慢悠悠地左右游动。犯人们会一言不发地等着，吓得一动不动，想知道要死的是谁，听到不是自己而是旁边那个人，每个人都如释重负。

印度籍上尉第三次到访，崔胜民知道他要死了，这不是因为他自己有这样的感觉，在那个时刻，他好像什么感觉也没有。他也不是从递给他的那张纸上知道的。他拿着那张纸，有人告诉他纸上写着什么，但他无法把他自己、他的命跟那内容联起来。

他抬头四下看P厅。那是一张纸，一点儿价值没有，而他是一个男人。一个男人有价值，很重要，崔胜民在心里这样理论。一个男人充满那么多念头，那么多变化，崔胜民想说。一个男人，无论好坏，都意义重大。这个毫无价值、永不变化的东西不可能意味着在他内心里活动变化的东西的终结善的、恶的、宏大的。

然而，它的确意味着这终结。

从其他人如释重负的表情中，他终于明白他将于第二天早上被处决。他感到其他人的如释重负像炙热的火焰。

监狱为四个将死的人提供了日本料理和香烟。一个和尚跟他们一起就餐。从没对宗教想过太多，崔胜民记起他父亲有一次说他是天道教徒，他也从没太多想过他父亲，这个和尚在场让他很愤怒。

崔胜民低头看着那份米饭酱汤和天妇罗。他渴望能吃到母亲做的辣泡菜，他痛恨这清淡寡味的日本料理。但目前愤怒和仇恨对他没好处。如果他吃了他的最后一餐，这会是他的最后一餐；如果他不吃，那么，不等到真死了，他不能算死。也许在他同意哪一餐该是他最后一餐以前，还会有几餐。但他不同意这一餐是他最后一餐。吃最后一餐表示他同意他的死不可避免。但对他的死亡，他没有同意。

他抽着分给他的烟，其他要被处死的人谈起亲人，他一言不发。

他跟他们的谈话格格不入，一张纸反对着他如有着广阔力量的生命。

吃完饭，看守抬进几样测量仪，把它们放在地上，打手势叫他站上去，他一直一言不发。他们称他的体重。他们量他的身高。他知道为什么，有人告诉过他。想不通他们是怎么知道的。他们告诉他就好像他们对绞架的知识从吃娘奶时就有。

他们说，刽子手会依照他的身高体重来确定麻制绞索的长度和承重量，以确定他被吊起的高度恰好，并最大化落下时的拉力，从而瞬间拽断他的脖子。刽子手会装满一个跟崔胜民等重的沙袋，把它系在绞索上，吊上一整夜——为了使绞索拉伸、绷紧——这样，明天崔胜民从活板口落下吊起时，身体就不会在绳上弹跳。没弹跳，脖子应该会马上被扯断。

他记得一个日本军官在被绞死的前晚表现出惊人的镇定。看守来给他称体重，他用磕磕巴巴的英语告诉他们，他将为日本而死，让战俘为天皇努力工作，他不感到羞耻，作为军人，他认为，只因为他的国家战败了，他才要死。

崔胜民渴望也能有这样的明晰和肯定。日本人有，至少他过去一直觉得日本人有。现在他能看清他原先在战俘身上感觉到的是什么，他极力要用拳头、靴子从战俘身上砸出来的是什么——澳大利亚人也有这样的明晰和肯定。每个人都有，世界上每个人都有。也许除他以外。

绞架在穿廊后面，崔胜民和其他三个人坐在那儿，等最后一次被铐起来。哪天如果有绞刑，行刑日期没定的死刑犯就在厅里静悄悄地等，能听到那天要被处死的人走上绞架的脚步声和他临终说的话。日本军官喊"天皇万岁！"活板门啪的打开，几乎同时是一声沉重的闷响。

但对他，一个韩国人，这样的态度有什么价值和好处？崔胜民想。他为他的国家什么也没做过，他的国家为他什么也没做过。他没有什么特别的信仰。他想到他的父母，想象他们得知他死讯后的剧烈痛苦，他明白，关于他为什么死，他连一个充足理由都给不了他们——除了五十块钱一个月的薪水。

他们在等待死亡的接待室里候着，一个被判死刑、名叫最上健二的看守在唱歌。他们在同一个战俘营里干过一阵子。他们叫他"山狮"，但他从没伤害过任何人，他也得死。崔胜民记得一个澳大利亚人唱歌，还有他怎样使这个澳大利亚人不唱了，但对最上健二唱歌，他无法干预。日本军官单个儿行事充满自信，对别人满不在乎。接着，他们被带回各自的牢房。

他睡不着。他几乎痛苦地感到活着、醒着，想要品尝、经历他生命的每一秒。对无法逃走感到恐慌，对没拿到五十块钱感到愤怒，为了使他的心不要在这两者之间狂乱地反复，他尽力去想其他人在被绞死前是怎样应对的。

"为伟大韩国加油！"走着他厄运难逃的十三步，一个韩国人高喊。

什么伟大韩国？崔胜民不明白。我的五十块钱呢？我不是韩国人，他心里对自己说。我不是日本人。我是一个殖民地的人。我的五十块钱在哪儿？他想要知道。在哪儿？

当农民的父亲想让他受教育，但日子艰难，上了三年初级小学，知道了一些日本神话和历史，他就离开学校，到一个韩国人家作用人。他们给他提供住宿，每月给他两日元，经常殴打他。他当时八岁。十二岁时，他到一个日本人家做工，他们给他住，给他每月六日元，给他视情况而定的抽打。十五岁时，他听说日本人在招募看守——为了叫他们去位于帝国其他地方的战俘营里工作。薪水每月五十块。为了相似数额的薪水，他十三岁的妹妹向日本人报名去伪满洲国当慰安妇。她对他说她会在医院里帮着照护军人，跟他一样，妹妹非常兴奋。她不认字，也不会写字，他再没从她那儿收到一言半语，自从知道慰安妇是干什么的，他尽力不去想她，如果想了，他盼她死，为了她好。

他有很多名字，韩文名崔胜民，在釜山，他们给他取的日文名是三谷明也，点名时他对这名字说"到"，现在看守用他的澳大利亚名字"巨蜥"，他意识到他根本不知道他是谁。被判死刑的其他人中，有些对韩国和日本持有坚定不移的看法——战争、历史、宗教、正义。崔胜民认识到他对什么都没看法。但在他看来，其他人的看法好像不比没看法强，因为那不是他们的看法，而是口号里、无线电里、讲演里、部队手册里的观点，跟他们在日军受训时吸收的观点一样，在吸收过程中，他们忍受了没完没了的殴打。在釜山，因为声音太低，站姿不正确，他们扇他耳光；因为太韩国化，他们扇他耳光；为了向他演示怎样扇别人耳光——能多狠就多狠——他们扇他耳光。崔胜民对此恨死了。他想离开，回家去。但他知道，如果这么做，他会受惩罚，更糟的是他的家人会受到惩罚。他们说抽他耳光是为了使他成为意志坚强的日军战士，但他知道他永远不会成为日军战士。他会是监狱看守，看守那些算不上人的人，在死亡和投降之间优先选择后者的人。

坐在死囚牢里，在无望中，崔胜民多想拥有一个自己的看法。他希望，在这长夜之间，一个看法最终灵光一现，使他能自由表达，一个使他理解、同时体验到内在宁静的观点。他希望跟信仰天皇的日本军官或信仰韩国的韩国看守一样。也许他原先该要比五十块钱多的薪水。但没有什么看法灵光一现，倒是早晨来得真是太快了。

牢房开始亮起灯，他渴望拥有宁静，他需要这种感觉——当他是一个孩子，在日本人家里做工时，他首次经历了这种感觉。那个日本父亲是苏格兰训练出来的工程师。他穿斜纹软呢，也像英国人一样，有一只宠物狗，它比崔胜民吃得好得多，在这家的餐桌上，总有上好的食物喂它。那家人爱那只狗，崔胜民每天的任务之一是带它散步。狗的眼睛很大，看崔胜民时头上下耸动，等着他再甩出一根棍子。有一天，它跟崔胜民一起去集市买东西。崔胜民抄近路走几条后街，不小心大脚趾磕到横在路上的旧砖头。在狂怒中，他捡起砖头，狗把充满无保留的信任和喜爱的眼神投向他，头左右摆动，等崔胜民像扔球和棍子一样把砖头扔出去。崔胜民把砖头举起，狠狠地砸在狗头上，一下接一下，直到血和软骨把手弄得又黑又黏。

他把死狗卖给屠夫，得了十块钱，然后走回他做工的日本人家。空气很好闻，柔风吹在脸上，凉爽惬意，走过的每个人好像都面带微笑，很友好，他感到无比祥和，无比满足。

他多渴望再次拥有那种感觉，再次经历那个令他精神奕奕的时刻，充满难以解释的力量与自由的时刻，那种感觉曾经随着杀死另一个活物一起到来，但牢房里没有什么他能杀死，从而重新找到那种感觉，是别的人很快会从他的死中得到快感，跟他从前通过杀死日本工程师的狗得到快感一样。牢房越来越亮，他最先能看见他的手，然后，他的腿，再后来，他的脚，他感到腹部聚起一阵突兀而至的恐惧。崔胜民知道，他将再也不会在晨光中看到自己。

看守进来把他带去绞架那儿，他跟他们打斗。当时他看见一只蟑螂，特别想把它杀死。但没有时间。他们把他两手捆在背后，一个大夫应召而至，翻译转达给崔胜民一个问题，问他想不想吃镇定药物。崔胜民尖叫着。他还是能看到那蟑螂。有人把四片苯巴比妥放进他嘴里以稳定情绪，但他的身体太亢奋了，他把药片直吐出来。在大夫给他注射吗啡之前，他设法用靴跟踩死了蟑螂。他感到恶心，稍微有些发晕。由两个看守两边扶着，他走完出从 P 厅到绞架的短距离路程。现在每件事都发生得非常快。他们走进院子，他看见两个沙袋靠墙立着。院里大概有十个人，也许更多，六个人在绞刑台上，多数人在下面。他们同他一起走上覆着草垫的斜坡，到了绞刑台上。绞索比他想的要粗很多，他被吓住了。让他想起船上的缆绳。他感觉硕大强劲的绳结传达出一种欢天喜地的兽性。他想对绞索说，我明白，你想要我。他思维镇定，甚至恍惚间有一种愉悦，但他的脸在抽搐。这么多人，没一个说话，他的脸止不住地抽搐。在他旁边大约五米远，一个相同的活板门打开着，无精打采，从活板口升起一根紧绷的绳子。他明白，在绳子头上他看不见的地方荡悠着最上健二。

　　有人问他想不想说什么。他抬起头。不知道什么地方的钟声响起。他想说他有一个看法。有人悄声在笑。他朝下看着那些士兵和记者。他什么看法也没有。他拿过五十块钱，但五十块钱连一笔好交易都称不上，更不用说一个看法了。五十日元什么都不是。在他跟前的活板门上，他看到用粉笔画的线，他知道这线标识了他的脚该站的位置。五十块！他真想说。两个士兵继续抓着他的胳膊。他能看见粉笔灰，好像白色大石头。他低下头，头罩落在头上。他闭上眼又睁开。过去几个月缓慢得似乎永不到头，现在每件事都发生得太快。他能觉出做头罩的帆布，不知怎么好像黑得比他自己眼睛里的黑夜还要吓人，他又闭上眼。早晨已经很热。头罩里很闷。他感觉活套落在头上，感觉脚踝正被捆起来。他要请他们放慢一些，请他们等一下，但随着用力而有决断的一操，他感觉活套锁紧脖子，他发出的唯一声响是不由自主地倒抽一口气。他开始感觉呼吸困难。他的脸不能自主地剧烈抽动。他连向他们吐唾沫都做不到，他曾经希望李金在被杀前向他们吐唾沫。抓着他两边胳膊的士兵架着他，向前走两步,他知道他正站在活板门上画的粉笔线那儿。他脑子里最后的念头是他得挠挠鼻子——他感觉脚下地板陡然消失,听见活板门啪地向下打开,发出撞击声。"停下!"他想喊,"我的五十块钱怎么……"

9

很多年过去了。中村曾经遇到一个叫川端郁子的护士,这个年轻女人的父母在战争最末几个月神户被投掷燃烧弹引起的大火中死去。战后和平时期,她哥哥饿死了。那座城市也成了荒原,遍地烂砖碎瓦、到处断壁颓垣。郁子的故事太平常,像那么多其他人一样,她觉得还是不谈起为好。

郁子皮肤亮丽,右颊有一颗很大的胎记,两者都让中村心动——尽管他不太情愿承认。她的笑懒洋洋的,在他眼中,又撩人情欲,又令人恼火。她会用笑来结束他们之间的任何争执,他觉得这对他很合适,但有时又觉得这也暗示了她性格中的愚钝软弱。

通过郁子,中村在医院找到活儿干,开始打杂,后来做储藏室看管。他很高兴不用再做黑市买卖——既挣不来多少钱,也不特别安全,他总担心自己被发现交到美国人手里。即便在新工作中,他也避着人,但话说回来,很多人都这样,在中村看来,每个人好像都明白为什么那么多人既不希望被人认识,也不希望被人了解。他搬去跟郁子住,为了能疏离人群,也因为希望有人相伴。她很健康,也会管家,他很感激找到了一个具有这些品质的女人。

尽管为人行事不合群,他还是开始跟医院一个名叫佐藤贺茂哉的医生下围棋,这成了习惯。经过几年时间,习惯变成信任,接着,信任变成一种不张扬的友情。来自大分市的佐藤对病人非常尽职,是一个寡言谦卑的人，不像别的医生，他有一个奇怪的习惯：从来不穿白大褂。佐藤围棋下得比中村好得多，一天晚上，这个曾经的军人问这位外科医生，下好围棋的秘诀是什么。

"是像这样，木村先生，"佐藤说，"万事万物都有一个程式和结构。只是我们看不到。我们的任务是找出这个程式和结构，然后，作为这个程式和结构的一部分在其中运作。"

佐藤看出老兵显然没怎么听懂。由此，用两根手指轻轻推压中村的腹侧，他接着说。

"如果我要切除阑尾，我会从这儿开始，按照我在九州学到的程式和结构，把肌肉分离开，然后，我能在那儿把发炎的阑尾切除，给病人造成的危险和压力都尽量小。"

从这儿，他们谈起九州这个日本最好的医科大学之一。中村记起在报上读到一个报道，说是一些医生受到审判并被关押，因为美国人指控他们不用麻醉药活体解剖美国飞行员。读的时候，中村很愤怒，现在提起还怒气冲冲，讲完了，他情绪激烈地说——

"美国人撒谎！"

佐藤从棋盘上抬起头，又低下去，把一粒黑子放下。

"我在那儿，木村先生。"佐藤说。

中村盯着佐藤，直到谦卑的外科医生抬起眼睛，也盯着他，眼神格外锐利，是中村未曾见过的。

"战争快结束时，我是那儿的实习医生，在石山福次郎教授手下。有一天，我被叫去把一个美国飞行员从他被看押的牢房里带来。他个子好高，鼻子很窄，一头卷卷的红头发。他负了一处伤，是被抓他的士兵用枪射的，但他信任我。我向他指了手推四轮担架床，他就自己躺到了上面。我被告知把他带到解剖学系的解剖室，而不是外科手术室。"

中村的好奇心被激起了。

"到了那儿呢?"

"到了那儿,他还信任我。我指着解剖台。房间里满是人,几个医生,以及护士和其他实习医生,再加上几个军官。石山教授还没到。美国人实际上是自己站起来,在解剖台上躺下的。接着,他向我眨眼。你知道美国人这么做是什么样子。眨一下眼,然后满脸笑,就像我在跟他玩恶作剧一样。"

"接下来,他被麻醉,石山教授在伤口上动手术。"

佐藤把又一颗棋子握在手里,拇指来回摩挲它打磨得圆滑光致、凸面透镜形状的表面,像在按摩一只失明的黑眼睛。

"不,"佐藤说,"两个勤务兵把他的四肢、上身和头用皮带绑在台上。这期间,石山教授到了,他开始向其他人讲话。他谈到解剖活体有利于获取重要的科学资料,会在将来临的大战中帮助我们的战士。要做到这点很不容易,但所有伟大的科学成就都要求牺牲精神和坚定执着。通过这种方式,他们作为医生和科学家就有能力证明自己配得上是天皇的忠仆。"

中村看着棋盘,但他脑子里想的不再跟棋局有关。

"我记得那时我为自己在那儿感到骄傲。"佐藤说。

在中村听来,佐藤说的一字一句都完全合情合理。说到底,同样的论证——在不同情况下被设计得不同——也控制了他整个的成年生活。尽管他没细想过,但佐藤讲的事有他熟知的程式和规律,它们使中村再次确信,即使石村教授不用麻醉药,他的做法也合乎常规,合乎道德。

"美国人还不反抗,"佐藤接着说,"他做梦也想不到要发生在他身上的事。石山教授动手前,我们所有人向病人鞠一躬,就像是一例常规手术。也许这又让他安心了。石山教授首先切进他的腹部,把肝脏切去一部分，然后，把伤口缝合。下一步，他割掉胆囊和一部分胃。刚开始，美国人看上去是一个聪明有活力的年轻人，然后就变得衰老、虚弱。他的嘴被堵住，但他很快连喊都不喊了。最后，石山教授割掉他的心脏。心脏还在跳。他把它放在秤上，计量针在抖动。"

佐藤的故事淹没了中村，像涨水的河淹没堆积着大石块、突出地面的岩床。水在他的四周缓缓流动，在他的身上冲刷，最后淹没了他。但他的内心一无所动。尽管这故事说明美国人讲的是真的，而他中村错了，但在中村看来，这件事发生的理由再合理不过，以至于他觉得把活着而且意识完全清醒的人切开没什么大惊小怪的。

"这件事让我感觉很奇怪，但刚开始，我并没想太多，"佐藤继续讲，"说到底，这是战争。但在接下来的几天，又有几例对其他飞行员进行的另类操作：把一个飞行员的胸腔隔扇打开，把另一个飞行员的脸部神经末梢切断。在我做帮手的最后一例中，他们在那军人的颅骨上钻了四个孔，将一把刀插入脑髓，看会发生什么。"

他们是在为医院员工修建的小花园里下棋的。正是春天，在佐藤讲话的间歇，中村能听见夜晚早间的鸟声。一棵枫树把阳光将逝前长长的射线变成了光影交错、明灭闪烁的丝丝缕缕的光线。

"石山教授战后在狱中上吊了，"佐藤说，"他们抓到别的一些人，判他们死刑，接着给他们减刑，最终把他们全放了。有一段时间，我想我或许也会受审，但如今，那样的日子早过去了。美国人希望它被忘掉，我们也同样。"

佐藤把他原先在看的报纸推到中村面前。

他指着一篇带照片的短文，讲的是内藤良一先生的慈善事业，他创立了日本血液银行，血液银行是经营血液买卖很成功的一家公司。

"我有些同事在伪满洲国跟他共过事。我们最优秀的科学家在伪满洲国从事过类似工作，内藤先生是他们的领导之一。活体解剖。还有许多别的事。在俘虏身上实验生化武器，炭疽病菌，还有鼠疫菌。有人告诉我，在俘虏身上实验火焰喷射器和手雷。这是一个庞大的战争机制，有来自政府最高层的支持。内藤先生现在是一个很受尊敬的人物。为什么呢？因为我们的政府和美国人都不想把过去倒腾出来。美国人对我们的生化武器研究感兴趣，这有利于他们准备对苏作战。我们用中国人做生化武器实验，他们想用在韩国人身上。我的意思是，如果你运气不好或者是个无关紧要角色，你就被吊死，要么你是韩国人，但美国人现在想做交易。"

"我们也是战争的受害者。"中村说。

佐藤没做出回应。在他作为人的最深处，中村觉得他跟全体日本人一样，是受害者，是的——他、郁子、他被处决的同伴、日本国本身。这个看法基于情感，解释了发生在他身上的事，甚至他的悲惨生涯——机密和规避、伪造身份、与他人之间越来越大的距离。但佐藤的故事让他激动起来，其中仿佛有一个恢弘自由的远景。

"您听到过地震快结束时那种怪响吧？"佐藤问。在暗下去的天光里，他疲乏的脸越来越模糊，"震荡和狂摆完了，所有东西——挂在墙上的画儿、镜子、窗框里的玻璃、钩上的钥匙——全抖起来了，发出怪声？在屋外，你经历过的每样东西也许永远消失了？"

"当然听到过。"中村说。

"好像世界正发出在热浪中抖动的响声？"

"是。"中村说。

"美国人的心脏被放到解剖室的称重仪上，不锈钢秤盘发出嘎嘎的声音，就好像这样的响声。好像地球在颤抖。"

佐藤把脸收紧成一个奇怪的笑容。

"你知道他为什么信任我?"

"石山教授?"

"不,美国飞行员。"

"不知道。"

"他认为我穿白大褂意味着我会救治他。"

10

　　中村和佐藤没再谈起佐藤的过去。但他故事中有些东西开始困扰中村。在接下来的几个月,他们棋下得越来越少。这个外科医生原先在中村眼里是一个那么有趣又和蔼的伙伴,现在不知怎么了,中村发觉他又迟钝、又乏味,下棋成了一个任务,必需忍耐下来,而不是让人愉悦的享受。他察觉这感觉在变成相互的,这变化是怎么发生的?他从前从没经历过,也觉得无法解释。佐藤不再出现在储藏部办公室,跟中村一起抽烟小憩,中村发觉他自己也在避免去医院可能会碰到佐藤的区域。终于,他们不在一起下棋了。

　　跟佐藤变得疏远的同时,中村跟其他人亲近起来,为了作为人在某种意义上活得更真实,他发现了自身的力量。他渐渐懂得了有很多人也把自己看作战争受害者。这些人在战时尽职尽责完成任务,他们下定决心不让自己有羞耻感或负罪感。他意识到一个时期结束了——在那个时期,每个人都不是自己所说的样子。每个人都不是表面上看上去的那个样子,每个人都只记得能诉诸言说的事。当最后一个被关押的战犯被释放后,中村弃除掉所有欺骗性的伪装,他确信诚实地过日子最好,他改回他的真实姓名。第二年,他跟郁子结了婚。

他们后来有了两个女儿，健康的孩子，随着她们长大，她们深深地爱上了温和的父亲。小女儿冬子六岁时被校车撞了，差点儿死掉。关于那时，冬子最重要的记忆是父亲日夜守在床边，头低着。在女儿眼中，他几乎像另一个世界的人：把衬衣扣子扣错，忘记系皮带，还操心不要伤到蜘蛛或蚊子——他把蜘蛛捉住，拿到屋外，他拒绝拍死蚊子。

　　他变成了一个他想象中的好人，只有他体会到这种转变核心的奇怪之处。伪善？救赎？负罪？羞耻？刻意为之还是无意识的？谎言还是真实？无论怎样，他督办过很多例死亡，有时他觉得他甚至可能参与过其中一些，这让他有一种近乎残忍的自豪感，这自豪感毋庸置疑，也绝不矛盾。但他不觉得负有任何责任，时间洗刷掉他对所犯罪行的回忆，让他的记忆转而培育好事和关于情有可原的环境的故事。随着年月逝去，战俘营使他寝食难安的记忆变得少之又少，他发现只有这少之又少的记忆也令他寝食难安。

　　更多出于好奇而不是乐观，一九五九年春天，中村申请了日本血液银行的一个职位。他出乎意料地得到了面试机会。一个冬天的清晨，他很早坐上火车去大阪。在日本血液银行总部，他们叫他等着，直到快吃午饭了，他终于被引进一间非常宽敞的主管办公室——他原以为会在一间会议室。他被安置坐下，又等着。办公室里没人。过了一刻钟，身后的门开了，一个声音告诉他不要起身，不要转头看。他感觉有手指沿着一个新月形划过他的后颈。接着，在身后，一个男人的声音开始吟诵：

　　　　海行水渍尸，
　　　　山行草生尸……

中村当然知道《海行》，这首古诗在战时曾经那么流行，每次收音机里都是以它来宣布一场战斗的开始——一成不变地宣布日本士兵有尊严地死去了，没有屈辱投降。中村吟诵最后两行，好像它是接头暗号。

  天皇身边死，
  无悔无返顾。

他感觉那只手又在他脖子上。
"这么好一个脖子，美妙的脖子。"他身后那个人说。
中村回过身，向上看，这个人头发白了，刺棱棱的，体形更肥壮了，但脸还是原先的鲨鱼鳍，虽然更松弛一些了，现在还在笑。
"我必须看见你的脖子。我就是得弄清楚你跟我认为你是的那个人是同一个人。你看，我绝对什么都记得。"
碰到中村质询的目光，幸田做了解释。
"几个先前在伪满洲国的伙伴认为我或许能在这儿做一些有用的事。"
面试剩下的部分是走过场，好像一切都早已安排妥当。中村将要离开时，幸田恭贺他得到了新职位。那天晚上，回到家，中村告诉了郁子发生的事，他几乎失控，要抽泣起来。
"你怎能事先料到这样的慷慨？"他问郁子。

★★★

几十年后，年轻的日本民族主义记者大友太郎上门拜访现年一百零五岁的杰出军人幸田四郎，他希望纠正大部分既定的、关于日本在大东亚战争中角色的误解。他读过幸田在二十世纪五十年代晚期发表在一些禅宗杂志上的几篇文章——讨论日本武士道深刻的宗教精义。幸田论证说,在禅宗启发下,日本人认识到在终极意义上,生死之间没有界限,这使日本在物质条件不足的情况下也有如此令人可畏的军事力量。大友太郎随同辖区官员和当地电视台摄制组前往祝贺幸田一百零五岁生日,但家里没人。

大友太郎年轻,求成心切,不愿放弃,他煞费周章访到幸田的大女儿良子,向她再次表达他的良好用意,希望通过她见到这位年迈的老兵。但良子不赞成大友太郎这么做,说她父亲身体不好,不宜跟生人讲话,尤其关于那场战争和他的军人生涯。他这么老了,在这样的年纪,他努力要变成一个活菩萨——她告诉大友太郎。

大友看出良子显然对她父亲没兴趣。他决定最好把她撇在一边,开始跟几个信仰民族主义的朋友为幸田一百零五岁生日组织庆祝会。庆祝会将恭敬庄严,尽力向参战老兵传达敬仰之情,也要向公众宣传日本在二十世纪诸多战事中被误解的宗教精义。但每次大友去见幸田,家里都像没人。

良子的言行举止和幸田令人费解地拒绝应门都让大友太郎开始不安。一天晚上,跟桥本武喝酒,他讲了这么多——桥本武是他多年学生时代的朋友,现在是警察中尉。

桥本感到事有蹊跷。经过一些周折,他设法查看了社会福利登记,发现良子对她父亲的事务有代理权。两个月前,两百万元从幸田的账户上被取走。桥本获得许可去搜查幸田的公寓。公寓在市内一个从前很受青睐的地段,楼层组合一度时髦过,但近几年失修破损了。一楼上方的外墙上有些拼凑起来的粗糙金属护网,用螺栓固定,用来接住从墙面脱落的灰泥。电梯门按钮后都打不开,桥本和三个手下不得不爬楼梯上到七楼。

公寓里排满书架，架上全是诗歌，桥本看到一具年代久远的男人木乃伊化的尸体躺在床上。屋里没气味。他死了很多年了，也许几十年，桥本想。桥本把左手伸下去，缓慢地揭起印花床罩。逐渐分解的尸体流出的体液在床单上留下一块厚重黏滞的暗色污迹，像圣徒头上的圆形光晕，在污迹的中心躺着幸田四郎，皮肤像羊皮纸，塌在骨头上。

这个目前已死的活菩萨，在他身旁的床头柜上放着一本版本很旧的芭蕉的经典游记——《奥の细道》。有一页用一片干草叶标记着，桥本翻到那一页。

"日日月月都是到达永生的行者。逝去的年份也是如此。"

11

作为杰克·彩虹的指挥长官，约翰·美纳杜原该负责办这件事，但约翰·美纳杜没这心思，他从来对什么都没心思——过去在"线"上没心思，回澳大利亚以后也没心思。多里戈·埃文斯收到布洛克贝克的一封信，说他听说还没人去看过杰克·彩虹的遗孀——约翰·美纳杜保管着杰克·彩虹的勋章，有人应该把勋章交给她，但他好像总没法办到这件事。就这样，蜜月回来过了几个月，他婚姻的真相变得昭然若揭，没什么值得他留恋，于是他就搭乘澳大利亚国家航空公司的航班到了霍巴特。在跟尼基塔瑞斯鱼店相隔两个门面的酒吧里，他找到约翰·美纳杜。

在丛林里的时候，约翰·美纳杜发现他根本不是做领袖的材料。约翰·美纳杜想，领袖都是"大家伙"这样的人当了，但他不是，这很奇怪——因为从他父亲口中，约翰·美纳杜知道他是当领袖的料，他父亲说，当领袖除了跟品质有关，跟其余的全不相干。在哈钦斯男子中学①,他从校方知道他是当领袖的料,因为只有领袖才被招进哈钦斯男校。从人们口中,他知道当领袖是他的命,因为这是所有生来就有领袖才能的人的命,哈钦斯的男孩都是这样。世界不停地这样告诉他,约翰·美纳杜就一路畅通进了军官学校——由于他的教育和有影响的社会关系,由于他无可置疑的品质和无法更改的命运。约翰·美纳杜相信这全是真的,不证自明,相信他自己是当领袖的料,直到到了"线"上。然后,他发现他首要关心的不是帮助别人,而是保自己的命——关于当领导需要的品质,他父亲讲对了,但关于他儿子,他讲错了。

约翰·美纳杜明白什么是权威。那天,坐在跟尼基塔瑞斯鱼店隔两个门面的酒吧里,他们一点儿都没动那一磅重的蔻塔鱼片,他的好相貌依然如故,他的生命毫发无损,他知道他完全不具备这样的权威。他想知道是什么让它生在像多里戈·埃文斯这样的人身上,他这么一个可鄙的好色之徒,长相近乎丑陋,躲在人丛里的孤独者,对任何权威都不在意,只除了他自己经由上帝没心没肺的恩宠所掌握的那一种。他把给约翰·美纳杜帮忙弄得看上去像一件琐事。

"我很抱歉,"约翰·美纳杜对多里戈·埃文斯说,"我去看了莱斯·怀特的太太。那次以后,我没法再来一次。你记得莱斯吧?"

"记得。在《魂断蓝桥》里,他演罗伯特·泰勒相当神妙。演对手戏的是杰克·彩虹,他真是超凡绝伦,不是吗?"

"这我不记得了。你听说过他怎么死的吗?"

"没听说过。"

"他辗转到了日本本土的战俘营,在煤矿给日本人当奴隶,煤矿在濑户内海海平面以下。他们饿得要死。战争结束时,美国佬用降

---

① 哈钦斯男子中学是位于塔斯马尼亚的一所只收男孩的寄宿学校,创建于一八四六年,是澳大利亚历史最悠久的学校之一。

落伞向那儿的战俘营空投物资。'美国解放者'投下四十四加仑钢制圆筒，里面塞满了吃的。圆筒忽悠着往下落——'轻柔得像夏天的蒲公英'，一个伙计这么说。到处都是欢呼雀跃的人。然后，四十四加仑开始着陆，撞穿屋顶，落在什么上就砸烂什么。一个装满好时巧克力的四十四加仑落在莱斯身上，把他砸死了。"

他递给多里戈·埃文斯一个鞋盒子，里面装着一些丝带和几个勋章，它们在里面滚缠在一起。盒盖上粘着一块胶带，上面写着杰克·彩虹太太的姓名和地址。

"这算什么死法？"约翰·美纳杜说，眼睛盯着鞋盒子。"一个人饿得要命，却死在吃的上头？死在自己人手里？死因是好时巧克力。真他妈要命，多里戈，该死的好时巧克力。对这你能说什么？"

"见到她，你说什么了？"

"该说的话。谎话。她神态举止非常有尊严。小个子，胖墩墩的，但很有尊严。她听我撒谎，很长时间一声不吭。然后她说：'你知道，我压根儿没真的了解他。这最让人伤心。我惟愿在他死前要是懂得他就好了。'"

杰克·彩虹太太住在内卡附近，离大山半腰上的森林小村几英里远，大山俯瞰着霍巴特。听到多里戈·埃文斯在打听方向，酒吧服务员把他介绍给一个小个子男人，他开瀑布酿酒厂的运货卡车，正往那个方向送一批货。他能让多里戈·埃文斯搭顺路车，两小时后在送货回来的道上再把他接上，带回住处。

出了霍巴特一小会儿，天开始下雪。卡车挡风玻璃上只有一个雨刷，颤悠悠地清除出一个小小的圆锥形，通向一个冬天的世界，在那儿，尤加利树和伟人蕨被新雪压得向路面倾斜。一切都消失在白茫茫中，多里戈·埃文斯感觉他的思绪也随之消失了。他把一只手伸出车外，把手指推压进空气，想弄清楚是否还有某种他不知道的止住股动脉大出血的方法。他的手指推铲着匮乏、寒冷、雪白、虚无。

"冷得生疼,嗯?"注意到他在活动手指,酿酒厂司机说。"这就是为啥我有这个。"他说,一边从方向盘上抬起一只戴羊毛手套的手。"不然就他妈死在冻疮上,妈的南极的斯科特①,那是我,伙计。"

他们向山上进发,穿过椤林,开过内卡,驶下山,到达大农场的背面。酿酒厂司机让多里戈·埃文斯在一个农庄入口处下车,入口是两根覆满苔藓的柱子和一扇七零八落的门,倒卧在白雪覆盖的小路靠路边的地方。农庄看上去很破败,皑皑白雪,还有随之而来的繁嚣后万物停滞的绝对寂静,让这地方感觉像被废置了。篱笆、畜栏歪着,有些地方垮了。牲畜棚像不堪重负,一间用木板垂直搭建的烤制啤酒花的小窑房松塌塌的。

在一个用三合土建的加工奶制品的棚子里,他找到她——正在打黄油。她穿一件印着旋绕的红色芙蓉花的棉裙和很旧的自制羊毛套头毛衣,一个肘部在脱线,裸着腿,腿毛没剃,腿上有淤痕。在他眼里,她的脸只会承受破碎的希望,嘴的线条在抖动,每抖一下都在线尾拖出很多细纹。

他告诉她他的姓名和部队番号,没来得及再说什么,她就带他走过厨房,厨房中央的燃油灶使房内很暖和,接着又进到又冷又暗的会客室。她称他"长官"。他说根本不必要,她就称他"埃文斯先生"。他坐进一把潮乎乎的、填得鼓鼓的扶手椅。

目光越过房间和一条开敞的门道,他看见用漆成鲜艳奶油色的珐琅珠子穿成的帷幕墙,直伸到天花板,帷幕墙前面有一张铁床。他希望她跟杰克在那张床上经历过一些欢乐。他想象他们在一起,

---

① 罗伯特·福尔肯·斯科特(1868—1912),英国皇家海军军官,领导过两次南极探险。第二次到达南极,他和他的团队死在归程中。

在冬夜,跟这个短短几小时就要来临的冬夜一样的冬夜,他想象他们暖暖和和地在一起,也许望着卧室里生的一堆火正烧成余烬,杰克吸着他的长红牌香烟。

12

"我们有五个孩子,"她说,"两个男孩,三个女孩。小维尼,跟她爸一个模子套出来。最小的特里,杰克离开后出生,从没见过他爸。"

很长时间的沉默。从当医生的经验,多里戈·埃文斯学会了等人们说出他们真想说的话。

"我受不了一个人待着,"她终于说,"我对孤单怕得要命。他参战不在,我跟孩子睡。"想到这情景,她笑了,"我们六个人睡在那张床上。很好笑,嗯?"

水壶在叫,她从会客室里消失,去了厨房。他后悔让她把他的军大氅拿开了。她从厨房带回一只装着茶的绿色珐琅壶和一个吃剩下的很大的奶油蛋糕。

"真安静,"她说,"因为下雪。雪下得像一张大得了不得的大毯子。这是为什么我喜欢孩子们在身边。可是今天小的在杰克姐姐家,大的在学校。"顿了一会儿,她又说:"杰克很喜欢雪,可是——上帝!有时它让我难受。"

她递给他一些蛋糕,他拒绝了。她把盛蛋糕的碟子放在靠墙的小桌上,用食指把桌沿上的蛋糕屑往里扫,扫了一会儿,她眼睛仍盯着桌面说——

"你相信爱情吗,埃文斯先生?"

他没料到她会问这个问题。他知道用不着回答。

"因为我觉得你得让爱情发生。如果别人把它给你,你就没得到它。你得让它发生。"

她停下来,也许在等一句评论或断语,但多里戈·埃文斯都没给,她反而好像更大胆了,又接着说。

"我是这么想,埃文斯先生。"

"请叫我多里戈。"

"多里戈。我真这么想,多里戈。我想过杰克跟我,我想过我们会让它发生。"

她坐下来,问他是否在意她抽烟。在家的时候,杰克抽烟抽得像蒸汽火车,那时她完全不抽烟,她说:"可是现在,怎么说呢,烟某种程度上就是他,抽烟会让他感觉稍微好过一些——那个不在此地不在别处的他。"

"长红牌,嗯?"她说,一边从鲜红的烟盒里抽出一支,"英国伍德拜牌杰克不抽。杰克说,要赔补上那么多罪孽,那烟有点儿太上流社会。他总是一针见血,杰克。'一针见血,再跟一个嘴不饶人的女人喝得醉醺醺,哪样的傻瓜还不快活?'他过去经常这么说。"

她吸了一口,把烟架在烟灰缸上,盯着它,说:"但你相信爱情吗,埃文斯先生?"她没抬头。

她把烟点着的一头在烟灰缸里转来转去。

"你相信吗?"

在房外,在这座山和山上的雪的边际之外,有一个数不清多少人的世界,他想。他能看见他们,在城市里,在热和光里。他能看见这所房子,那么偏僻,与世隔绝,离得那么遥远,他有一种感觉,对她和杰克来说,这房子肯定一度像以他们两人为中心的整个世界,即使这种感觉只延续很短时间。一刹那,他在"康沃尔国王",跟艾米在一起。在那个他们认为属于他们的房间里,海洋,太阳,阴影，法国式门扉上成片剥落的白漆和锈迹斑斑的门锁，下午三点后的微风和夜深时海浪的击打——他记得那儿一度也像整个宇宙的中心。

"我不相信，"她说，"是的，我不相信。爱情这个词儿太小，你不觉得吗，埃文斯先生？我有朋友在樱林教钢琴。很有乐感。我自己是音盲。但有一天，她对我说，每间屋子都有一个调子，只是你得发现它。她开始唱起来了，高高低低的音。过了不久，一个音调猛地回到我们这儿来，就那样从四面墙上弹回来，从地板上升起来，房里充满那种一点儿杂声都没有的哼唱。就像你抛出一颗梅子，一个果园回到你跟前。你不会相信，埃文斯先生。两样根本不同的东西，一个调子和一间屋子，找到彼此。那调子听上去……丝毫不差。我说这些是不是很好笑？你觉得我们说的爱情是不是就是这样，埃文斯先生？那个回到你这儿来的调子？那个就是你不想被它找着也找到你的调子？就像有一天，你碰到一个人，跟他们有关的每件事、每样东西都回到你跟前，不停地哼一个调子，但你不懂这是怎么发生的？刚好合适。好听极了。我没把我的意思讲清楚，是吧？"她说，"我不是很会讲话。但我们就那样，杰克跟我。我们不是真的了解对方。并不是他的什么我全喜欢。我猜我有让他恼火的地方。我是那间屋子，他是那个调子，现在，他不在了。什么声都没了。"

"我当时跟杰克在一起，一直到最后，"他开始说，"他临死前特别想抽长红牌。"

13

床垫凹凸不平，中间有一个洼处，用一件北部霍巴特足球队的旧外套垫着，但效果不佳。他侧过身，灵活地调整睡姿，使它适应床垫的起伏，它的溪谷平原，它的斜坡、洼地、沟壑。使自己与床垫融合无间了，他靠紧她，把膝盖伸到她的膝盖下面，把大腿伸到她的大腿下面，把一只臂肘放在她的臀上，把手伸到她身前，就这样抱着她。他们好像如释重负——把同时困扰两人的那么多事表达出来，又丝毫不跟语词混淆起来。她受不了独自待着。也许他们躺在一起是为了取暖。也许他们搂住彼此来跟这死寂对抗，期盼那声音会回来。两个人都知道，躺在身边的这个人懂得那声音绝对不会回来了。他听得见雨夹雪开始刷着锡皮屋顶。跟她一起很暖和，这就足够了。也许那儿有的也就这些。他感觉一种无边无际的年纪。到七月份他三十四岁。他们一声不响，搂着彼此，直到他听见车道顶部传来酿酒厂卡车的喇叭声。

他走后，她把勋章扔进燃油灶的火中，几天后，用耙子清除灶灰，把灶灰倒到养鸡场的地上。有一会儿，她不能确定灰篓里熔化的矿渣是什么。十九年后，一九六七年，发生在塔斯马尼亚的大火横扫霍巴特，毁灭它途经的一切。当时她儿子在经营那个种植啤酒花的农场，她的木头房子和他更新的砖房，她和杰克的照片，全都付之一炬。一度曾是勋章的矿渣半埋在一度曾是养鸡场的地里，大火过后，新一层灰土在上面安身。又过去很多年，那儿长出水蕨、山茱萸、香桃木，直到变成曾是杰克生命里梦想的森林，森林里落下树叶、树皮、枝条；又过去更长时间，灰土消失在更多复层的腐殖物、泥炭土和新生命的下面。

她跟一个比她年轻的男人结了婚，他对她好，她对他好，但这跟她和杰克从前不是一码事。他在一次拖拉机事故中死了，她比他也活得长久。

在生命的最后时日，她意识到她不再记得起杰克长什么样。她也不再记得起他说话的声音，他闻起来什么味道。还有，当屋外下着雪时，他怎样搂着她，爱抚她，慢条斯理地抽他的长红牌。有时候，入睡前，她觉得闻到了他长红牌的烟气。有时候，她记起一间屋子在哼唱。但无论是这气息，这念想，还是这声音，她都无法永久留住，睡意在把她带往某个更深层、越来越远离此地的地方。她一直在努力，但什么都想不起来——只除了有段时间，很短的一段时间，她不感到孤独寒冷。

卡车向山下开，多里戈·埃文斯像陌生人相遇时会表现的那样，跟卡车司机交谈，讲他在那儿的原因。

"他们之间有些什么很了不起，"他说，"他死了，我活着，但他有的我从没经历过。"

"那是什么？"

"他们是一对。"多里戈·埃文斯说。

"一对，"卡车司机说，"我妈和我爸，他们是一对。我，我太太，怎么说呢，我们是'诺曼底登陆'，每天都是。"

他踩了两次离合器，几乎直立在了刹车板上，为了使卡车减速到爬行状态，驶过某一条U形弯道的，这些弯道组成了穿越森林的蜿蜒道路。等道路变得稍直了，他把车速调回到二挡，接着说。

"但一对？我说我们不是。我太太是一个好女人。可是爱情？"

"爱情，"多里戈·埃文斯说，"是，我猜是爱情。"

酿酒厂司机深思了一英里，也许两英里。然后说：

"也许好多人压根儿没经历过爱情。"

这个想法从没在多里戈·埃文斯脑子里出现过。

"也许。"

"也许我们的脸，我们的性命，我们的命运，我们的幸运与不幸就这么着给了我们。有些人得到很多，有些人得到很少，或者压根儿没有。爱情也这样。像啤酒杯子大小不同。你的杯子里很多，你的杯子里很少，或者压根儿没有，你把它喝了，它就没了。这你知道，然后你不知道。对这种情况，我们也许什么办法也没有。没人像造墙或盖房子似的把爱情造出来。他们跟得感冒似的爱上了。先是让他们难受得要命，接着就过去了，如果你假装不这样，那你没救了。"

"就这些？"

"她这么着在过……"卡车司机说，"你刚说你从哪儿来？"

"大陆。"

"我猜也是。"卡车司机说，对他而言，这个发现好像解释了为什么他们会有这次极其私人的对话，同时也终止了这次对话。

飞往墨尔本的午后航班倾斜机身转向，然后持平飞行，多里戈·埃文斯能从舷窗里看见碧蓝如洗的天空衬托着皑皑雪山。世界是怎样就怎样，他想。世界就这样。接下来，它消失在白茫茫中，他发觉他的思绪也随之而去。他伸出一只手，用手指推压空气，好像他还能及时找到那根股动脉。

"你能觉出冷气从这儿过来。"庞大的螺旋驱动器发出震耳欲聋的震颤，形成一个亲密的茧，从这茧中，一个悦耳的声音说。多里戈·埃文斯转过身，第一次意识到身旁坐着一个招人喜欢的女人，蓝玉米色的提花衫露出由两个雪白的乳房推涌起来的顶部勾画的乳沟的起始。

"能感觉到。"他说。

"你去哪儿？"她问。

他笑了。

"你的手看上去冷得像冰,"她说。

"所以她走了。"他说,突然意识到他的手指向外伸着,在推挤匮乏、寒冷、雪白、虚无。

第五部

今世
我们行走在地狱的屋顶
凝视繁花

——小林一茶

1

中村天智的嗓子沙哑几个星期了，为了他在代理的账目部副经理职位，他接受了一次长时间面谈，之后，他摩挲僵硬的脖子，摸到一个不正常的肿块，嗓子自此就沙哑了。他没在意，他确实没有时间精力去在意，他在人事部门的工作比任何时候都忙，他又很可能要升到高级主管的职位，让自己记挂病痛不可能不对升职产生负面影响。

但嗓子更疼了。开始时，他觉得吞咽很痛，他把食量减到最低，主要靠喝酱汤维持。直到开始咳血，他才改变想法去看医生。诊断结果板上钉钉：中村得了喉癌。

肿瘤被割除，手术在一定程度上影响了他的嗓音，但中村毫无怨悔地承受了这个打击。他已经把自己看作幸存者，微弱尖细的嗓音成了他随身佩戴的荣誉标记。他觉得蒙受恩宠超乎他相信他所应得的。可是三个月后，把手指沿脖子摸过，他摸到一个小突起，紧致又不寻常。他把这件事置之脑后。但突起在变大，他经历更多手术，伴随化疗，化疗导致他虚弱衰老得远超过他的年纪。唾液腺被毁，现在只能吞流食，甚至连这都很困难。通过这次磨难，他认识到郁子是一个多么特别的女人。她全身心投入对他的护理中，无论多困难，永远明媚悦人，她似乎不在意他身体干巴巴的，还有气味。在对身体的损伤中恢复的过程里，他强烈地意识到她闻着总那么清新甜美，皮肤总那么光洁亮丽，好像她的身体是全部美好东西的总和。有时他被她散发的健康圆满深深打动，她没完没了、懒洋洋的微笑好像把这种健康圆满体现到了极致。

每天早晨离家上班前，她都会早起两小时——为了把他需要的东西全安顿好。他钦佩她讲求实际的天性，但只有她的身影和触摸让他觉得自己离不开。过了一段时间，为了让她挨着他坐，为了让她把手指背面轻轻滑过他的侧脸，他愿意使出千方百计，不计任何代价。虽然她觉得这样坐着什么也不做——她是这么说——纯粹是浪费时间，但这种无所事事却是中村生命中最有意义的东西。在这样的时候，他感觉不到害怕，疼痛在短时间内又可以忍受，他很纳闷怎么会这么长时间对妻子的好品行视若无睹。

还有更多：妻子的好品行带出那么多他身上的好品行。他不哼不哈地忍受病痛，还有幽默感。他找时间去看望其他病得比他重的人，竟然还替一个为老人送饭的慈善机构做事。他更好心，更体谅别人：家人，朋友，邻居，甚至陌生人。从自身发掘出这样的善良品行，中村天智很吃惊。我是好人，他考虑后得出结论。这给予他无比的安慰和面对癌症的处变不惊，后者让认识他的人全都惊叹不已。

2

正当虚弱的中村天智在恢复体力期间，正当他认识到他在生活中蒙受了多少恩宠时，一封来自友川亚纪的信找到了他，在铁道上，这个人是他分队中的一员。这个他原先手下的下士找他的指挥官找了很多年，信中写道，他希望这封信或许终于把他找到了。

友川狭隘谄媚，过去总让中村恼火，但现在他用一种全新的眼光来看他原先手下的下士，他把他看作一个和他共过甘苦的高尚好人。中村也被他的忠诚感动了，在他看来，这忠诚跟妻子的良善似乎同类，跟每晚都坐下同他讲话的女儿的良善似乎也同类，它要求他必须用行动来回报其好意。自从那天在新宿区罗生门从疑犯名单上读到他的名字，中村就定下准则，避免跟原先的同伴有任何接触；除了最后为幸田工作这件鬼使神差似的事，他迄今为止一直坚守这一准则。

但眼下，他觉得这种态度非常自私，非常荒谬。盟军施行报复的时期早过去了。几经迁移，现住北海道北岛的友川好像找到了他们原先同事中的很多人，好像还了解到他们彼此各异、被改变的命运。而且，他们原先团里的铁路工程师甚至组团回过泰国，这个以前被称作暹罗的地方，找到了一九四四年驶完暹罗到缅甸全程的第一列火车头正生锈的壳子。他们在对它进行修复，最终目的是把它运回日本。

得知这一惊人之举，中村天智意识到，在他随年龄渐长而累积的福祉中，也包括他不再需要害怕了。随着畏惧的消失，他希望对自己感到骄傲，希望分享其他人的骄傲。友川的来信标志了他心路历程中的一个时刻，他终于从畏惧的羁勒中逃脱了，从在新宿区·罗生门的那一天起，他一直都生活在这羁勒之下。中村决定，尽管生病，他也要到遥远北方严冷的札幌，去再见一次他原先的弟兄。

到达时正值隆冬，为札幌年度冰雪节要做的准备正如火如荼地在进行。中村从电视上知道一九六六年冰雪节主题是变得非常受欢迎的日本电影和电视中的怪兽。从札幌机场坐出租车前往友川公寓，他看到日本自卫队的士兵在帮着制作奇大无比的冰雕。

司机一定要在开过时点出它们的名字：加美拉，吐火的海龟；哥斯拉，机器巨兽；生着庞大额头、上齿凸出的红眼镜蛇；魔斯拉，奇大无比的毛毛虫；长着大头和触须的断头台皇帝。这些名字没有一个对中村有哪怕一丁点儿意义，然而他欣赏这精湛的日本工艺。

友川住在一所政府高层住宅楼里，中村在楼区中迷了路。等找到那个单元，寻找的过程和天气的寒冷已经使他筋疲力尽。友川！

再见他有多好！他胖些、秃些，甚至还矮些了，中村想，但还是那个脑袋像白萝卜的友川，即便这白萝卜也沾上一些他脸上斑驳的黄褐斑，让中村觉得类似爬行类动物。就算他仍然有些让人不舒服，友川见到过去的长官那么高兴，那么坦诚，那么毫不做作，中村当下决心要把友川身上他原先认为令人恼火的东西看作是可亲爱的，甚至还讨人喜欢。

友川太太比友川还矮，而且很遗憾，她下齿咬合在上齿前面，这使她有时给人印象在把正说的话吃下去，而不是在讲话。尽管如此，或者正因为如此，她信心十足，就中村的喜好而言，她在这方面表现得有些过分，但他宁愿把她冒昧地跟他套近乎看作是证明她热情、善良，看作是突显了友川太太作为一个独特的女人的为人品质。

"您真是一个多才的人，指挥官。"友川太太说，一边领他走进会客室，会客室装修成西洋风格，其点睛之笔是两张非常大的软乎乎的扶手椅。"您不仅是一个军人，商人，还是咱们自己的北斋！"

中村天智用一个微笑来掩饰他的困惑，他不能肯定她是把他跟那位不朽的画家弄混了，还是只不过把半个词吃下去了。但她弄混了。

"您还画画儿吗，指挥官？"

她拿着一张部队明信片，把它递给中村，上面画着友川一九四三年在铁路上时的小像。很显然，友川太太认为小像是中村画的，因为在卡片背面，中村写了问候语和很短的留言，说友川身体棒得不能再棒。

外面，雪云堆积，天色暗黑。

"对不起，但我必须休息一会儿。"中村说。

他说要坐下。他发现西式扶手椅在精神层面上很粗陋，在实用层面上很不适，坐在里面好像被什么怪物搂得喘不过气。旅行比他所能预期的更让他疲惫，还有吗啡，为了这次旅行，他试着把剂量减到最低，这样他就不会看着神智昏然，它好像比平常对他的影响还大。

他体验到一种奇怪的漂移和分离的感觉，并不全然让他不舒服，他变得对室内每个声音、每种气味，甚至空气流动都有强烈意识。家具陈设成了活物，连糟糕的扶手椅都是活的，他觉得对一切洞彻无遗，但每次他想把这感觉诉诸言辞，它都离他而去。他突然想回家，但他知道，不等造访友川夫妇的虚文浮礼全部完成，他不可能回家。他继续闭着眼睛，意识到环绕周遭，人世间活着，那感觉就像他从没意识到它活过似的，当他终于把自己向这喜乐开放时，他意识到他要死了。

3

多里戈·埃文斯中年发胖，看上去变得体型阔大，任情善变，好像在各种意义上都过分夸张、过度紧张了，好像"收音机音量被上调到十一"，艾拉喜欢这么说，近在眼前让人感到威胁，但又保持一种古怪的距离，眼神奇怪，充满疑问。对他的崇拜者来说，这表现了魅力，甚至高雅。对想把他从尊荣的高位拉下来的人来说，这又表现了他令人气愤的与众不同。他男人气质的坚定没变。他知道，配上身高和人到中年的上体前倾，这坚定经常被误解为不苟言笑，他对误解带来的掩蔽不是不心怀感激。

战后几十年，他感觉他的灵魂在睡觉，尽管他尽力想唤醒它，通过不间断、有时同时并进的婚外遇的惊情冒险，通过感情爆发，通过没头没脑地同情别人，也通过胆大妄为的外科手术，但这些都不起作用。它继续沉睡。他尊崇现实，作为医生，他宣讲现实，努力把它付诸实践。他实际上不信任灵魂的存在。法老式奴隶制拥有一位神圣的太阳王的巅峰时期，他曾经是那体制中的一员，这使他把非现实看作生存中最强大的力量。他感觉目前生活是一个不朽的非现实，使他感到惊悚，感到困惑；在其中，每样不要紧的东西，职业野心、对地位的个人追求、墙纸的颜色、办公室的大小，或者有关专人专用停车位的问题，都被赋予最重大的意义；不知为什么，每样要紧的东西：快感、喜乐、友谊、爱情，都被看作不相关或不重要。在多数情况下，这让他感到无聊，一般说来，这让他觉得怪异。

他发现自己不再害怕封闭的空间、人群、街车、火车，所有把他向内心挤压、把光屏蔽在外的东西，但他把许多别的看作对那光的避讳。他已经见过太多，不会再被余下的填充物吓到，它们填充夜晚、白天、岁月，有时还有生命中最好的部分，但他确实觉得这填充物很无聊。尽管如此，他依然能对付，也对付了——数不清的纪念宴会、筹款早餐，慈善活动，雪莉酒会，以及应酬晚宴令人眩晕的恐怖，后来，在医院和大学理事会的会议上，在争取到他做赞助人的慈善机构、俱乐部和协会的会议上。

所有的人和事都让他感到无聊。艾拉让他感到无聊。艾拉的朋友让他感到无聊。家带来一阵令人疲倦的头疼。他让自己感到无聊。常规手术越来越无聊，他知道特例手术应该尽量向常规手术转化，非常规病例才发生并发症，才出错，生命被毁或陡然终结，有时又被救过来。婚外情的性让他感到无聊，他猜想这是为什么他越来越热切地追逐它们，幻想在某个地方肯定有某个人能打破这使他心如槁木死灰的咒语，打破他难以解释的灵魂的睡眠。时不时地，一个女人会误会他，幻想与他共度未来生活。他会马上从她脑中驱除这个不健康的浪漫理想。从那以后，她们认为他只对肉体快感有兴趣，事实上，没有什么比这更让他觉得乏味。

他越向前冲，风车就向后退得越远。他想起希腊人对惩罚的构想，在你最渴望得到的东西上，你不断受挫。西西弗斯把岩石成功地推到悬崖顶上，只是为了它再次落下，回到原处，他不得不返回山脚下，第二天重复做同样的工作。永远又渴又饿的坦塔罗斯把诸神的食物带给人类，因此受到诅咒：他站在湖边，每次俯身喝水，水都退走；头顶压满果实的枝干，每次伸手取食，果实都升到他够不着的高处。多里戈得出结论，或许地狱就这样，相同的失败被重复无数遍，或许他已经在地狱里。苏格拉底在喝下毒堇汁死去时发现灵魂不死，像他一样，多里戈在真爱缺席的情境下发现真爱：当他跟不是艾米的其他女人在一起的时候。

当热情开始离开他，他转向感官享受的剧场，他发现比起不加装饰的性，它更让人沮丧。荒诞可笑，令人难以置信，也肯定不属于墨尔本社交活动中可谈的话题——这些活动是他生活其中的社会环境。他宁愿在别人面前他嘲笑过自己，但这不可能。

他知道，在他内心里，有一种沉睡的、威力巨大的躁动不安藏得很深很远，他既不能理解，也不能触到，它也是一种空虚，一种未完成之事。他喝酒，他怎么会不喝？午饭喝一点儿葡萄酒，有时喝早茶加一杯威士忌，晚饭前一两杯内克罗尼鸡尾酒（在大阪跟占领军一起，他从一位美国少校那儿学到这个习惯），吃晚饭喝葡萄酒，晚饭后白兰地和威士忌，之后，更多点儿威士忌，再后来，又更多点儿威士忌。他的阴沉脾气更加无法预测，无法控制，有时很恶毒。像冬天里的狮子，用他的言语，他的漠然，他的盛怒伤害艾拉，这盛怒针对的是她的爱情和勤谨。她父亲的葬礼结束后，他无缘无故或者甚至出于恶意地向她吼叫。他想要爱她，他希望他能爱她，他害怕他真的爱她，但不是以一个男人该爱他妻子的方式在爱；他想伤害她，直到她跟他达成共识，承认他跟她不合适；他想得到一个回应，这回应或许能把他从睡眠中劫取出来。他等待一个根本不会到来的结局。她的受伤，她的痛苦，她的眼泪，她的悲伤，没有结束他灵魂的休眠，反而加深了它。

4

艾拉不能理解没有爱的生活。她曾经被父母爱着，她回报他们以深爱。爱是她的全部，她一直寻找可倾注爱的对象。她倾听多里戈谈在医院碰到的问题，他失去一个病人时，她同他一起悲悼。她分担他跟蠢官僚作对所受的罪，他说这些官僚不仅会要他的命，还会毁掉澳大利亚医疗事业，他跟那些不赞同他的外科医生做斗争，她分担他在斗争中受的罪。

她成为了一个引人注目、年事稍长的女人，漆黑的头发染过后更加出众，皮肤黝黑，其他女人钦佩她高雅的平和气质和着装风格，钦佩她对人的同情心，钦佩她随和的天性。不知是因为体态丰满还是肤色光洁，她的外表充满活力，这使她看起来比实际年龄年轻。男人们喜欢她看起来的样子，她活动时的样子，夏天里她黝黑的腿，以及她用心听这些男人谈他们自己时微笑的样子。她唯一的瑕疵是鼻尖微微上翘，不知为什么，这使她的脸从某些角度看几乎像漫画。大多数人根本没注意到，但随着年月逝去，多里戈越来越经常地看到它，直到有时候，比如早上刚睁眼，或下班后刚回家，除了这鼻子，他几乎看不到她别的。

她那么相信多里戈和多里戈生命中好的东西，以至于她重复着他的看法，好像这些是她自己的看法，她这么做总让他感觉受挫。

"该死的官僚活见鬼,他们不只会要病人的命。"她会说。要么她会开始絮叨蠢大夫在医疗方面如何孤陋寡闻,还会提供一些细节。

他听着,他只能看见她稍微上翘的鼻子,还有鼻子怎样使她的脸看上去令人发笑,这张脸曾经看着非常美丽,他想她其实根本没那么美,正相反,她长得很怪。每次听她重复一个月前或一星期前他说过的话,他都会对这话的平庸无奇感到吃惊,又对她重复这些话表现出的忠诚深感诧异。然而,如果她当时大胆暗示他说的话平庸愚蠢,他会怒不可遏。他想要她跟他意见一致,但像这样无条件得到他想要的,他又鄙视它。

有关孩子的事她也会跟他意见一致,这让多里戈很恼火。

"父母的责任是养育,他们的责任是生活。"他会对她说。

说完了,他会尽力藏起他的不满,为了不把注意力全集中在她的鼻尖上,不得不把视线从她脸上移开——

"但我跟你想法一样,"她会说,"真的一模一样。如果父母不养育孩子,我们在这儿干什么?"

多里戈、孩子们、她的朋友,以及她非直系的亲属,他们是她凭直觉了解世界的途径。这世界有他们比没他们是广大得多、神奇得多的地方。尽管她希望从多里戈那儿得到爱的回报,尽管在希望中她失望了,她并不觉得没有他的爱是不去爱他的理由。问题在于她爱他。她的爱没理由,也永远不会被理性说服而放弃。尽管渴望得到相应的回馈,在终极意义上,她的爱对此并不强求。

但当他夜不归宿时,她会醒着躺在床上,无法入睡。她会想着他跟她,感到排山倒海的悲哀。她也许是一个依赖型的女人,但绝不愚蠢。她重复他的话,模拟他的看法,不是因为她没有自己的想法,而是她希望按他人的意愿来生活,这是她的天性。如果没有爱,世界是什么?只有目的、手段、光亮、黑暗。

该死的官僚见鬼去。蠢大夫。噢,那个差劲得不能再差劲的男人,她会说。一说再说。然后,难以解释地,她会哭起来,直哭到再也哭不出来。

5

中村天智有几分钟一言不发。他努力想记起那个参战前他对之充满信心的日本,他曾经为之服务。然而,想起战俘在暹罗给他和他的手下画肖像,他被困扰了,但为什么这回忆困扰了他?他根本不知道。因为回忆很费力,或者由于吗啡的药效,无论他刚才在想什么,他紧接着就把它们置诸脑后。他能想起的事都在视线之外,被冻结的怪兽在隐约中掌控着这座城市,在来友川家的路上途经的怪兽,在返回机场的途中会再次经过机场下面的怪兽。他意识到友川在对他讲话,他想集中注意力,但目前怪兽好像在房间里。

"您知道,"友川说,但友川看着像怪兽加美拉,"刚开始我吓死了,怕他们会点我当战犯。过去我常想,这真是天大的笑话!他们只在乎我们对盟军俘虏干的事。"

中村听见那声音是友川,但看见的是巨龟嘴里在喷火。

"我想到了我们在伪满洲国对中国人干的事。"海龟在说,带着地狱硫黄火的呼吸。

中村立刻全醒了,不安地四下望,但他意识到友川太太在厨房里,听不到这些话。

"啊,您全记得,我肯定。"巨龟继续说,中村必须提醒自己眼里的巨龟事实上是友川。"所以,我认为战俘过得挺舒服的,他们靠铁路和我们取得那么大成就,他们应该骄傲。但为了战俘把我们吊死,而不是为我们对中国人干的事,真的,再怎样也说不通,反正我这么想。"

友川太太端着吃的回到屋里,友川突然间看着又像人了,他换了话题。但中村不能不想友川的话,还有包含其中的常识性智慧。他们用十五个月建成一条铁路,英国人说用五倍于它的时间都不能建成。他揉着脖子,在那儿,新长出的肿块甚至在当天又变大了一些,或者说在中村看来是这样,他坚信他能感觉肿块在他体内越长越大,在吞噬他,在每天的每小时,在每小时的每分钟。当然,他尽力不去感觉它。经过努力,他能够不去想它,而把心思转而集中在越来越令他揪心的题目上:战争,因为它在他身心里也正愈演愈烈。

他们曾经与疾病、饥饿、盟军空袭对抗。让病人做工不容易,但如果单纯依赖少到几乎不存在的几个健康人,铁路怎么可能建成?他明白,先前他有可能被控杀害也许成百的"劳务者"和战俘。多少人?他压根儿不知道。

但在没有尽头的丛林里,交通困难,每一天都伴随着疾病死亡,他坚信靠着献身精神和荣誉感,他怀着尊敬无私地履行了他的职责。铁路是大和魂的捷报。他们取得了大和魂能够在技术高强的欧洲人连试都没敢试的事情上取得胜利。没能力造出修路所需的铁料,他们战略性地拆卸了全帝国境内那些不重要的铁路线——在爪哇、新加坡和马来亚——把它们运到暹罗。缺乏大型建设所需的机械设备,他们求诸于精神作用于肉体所能产生的奇迹。要让不再死人不是他力所能及的,因为为了天皇,铁路必须建成,采取任何其他途径,铁路都不可能建成。怀着一种让他觉得自己很高尚的哀伤之情,他忆起他和友川的弟兄,包括在丛林里死于疾病的,也包括后来被美国人吊死的兄弟们。

他的思绪迅速跑开,迅疾奔向童年时代,他尽力把注意力集中在一个孩子身上，这个孩子依照不言而喻的自然秩序和谐地生活。但他知道他不再是那个孩子——不知为何，他在某个地方与那孩子对世界的理解断裂了。他再次听到郁子的声音，看到那傻得让人生气的笑容，一种羞耻感充溢了他整个人，那也是恐惧。他先前觉得正确、真实的全是错的、假的，跟它们一道，他也成了错的、假的。但怎么可能这样？一个人的一生怎么可能到了如此境地？他开始害怕就要来临的死亡，害怕不是因为他会死，而是因为他感觉到他从没真正像他所愿望的那样活过。中村天智不理解为什么会这样。

他的妻子、女儿爱他内心的善良，为蚊子保命的善良。这种善良不像郁子的耐心护理——上班前早起两小时，还用手指触摸他的脸颊。为了他，中村狂暴地杀过人，也会心甘情愿地自杀。他告诉自己，通过服务于这种至大无极的善，他发现他不是单独一个人，而是很多人，他会做出最骇人听闻的、在其他情况下他或许看作邪恶的事。他爱诗胜过一切。

然而，这首诗变成了恐怖、怪兽和尸体，怎么会这样？他尽力不想去细究。他知道他曾经在自己身上发掘出几乎无穷尽的扼杀怜悯的能力，用他觉得直白爽快的方式从残酷中取乐。有一刻，友川家闷热的扶手椅正把他吃进去，他想：如果这是给最可怕的邪恶配备的面具，那怎么办？

这想法太恐怖，他不能多想。在一个越来越少的神智清醒的时刻，中村意识到，在他体内将要进行的不是一场生死之间的较量，而是另一种较量，一方是他有关自己是一个好人的梦想，另一方是由冰制怪兽和缓慢爬行的尸体组成的噩梦。他铁一般的意志力曾经在暹罗丛林、在新宿区罗生门、在日本血液银行帮了他那么大的忙，以同样的意志力，他决心从现在起必须把他一生的事业理解为做好人的事业。

他的头脑突然平静了。他过去出力总是为了帝国和天皇的利益。他希望告诉孩子们，他将要安静地到死者的王国里去，带着善良愿望，在那儿，他的父母和弟兄们在等他。然而，要继续认为他自己是善良的正变得越来越难。这想法就要全面崩溃——当郁子抚摸他，当看到她的皮肤在她的年纪还依然美丽，她稍显傻气的微笑。他本能地懂得了，从本质上说，他并不拥有她的善良。他尽量回想生命中的好事那些与天皇意志无关，与军令和权威无关的好事，用这些来建构另类的关于善的看法，这看法也许能提供证据证明一种美好生活。他记得自己曾向一位澳大利亚大夫提供奎宁。他对一次殴打表现的暴力感到绝望。但这些记忆被一种普遍的绝望的感觉取代了，混溶着骨瘦如柴的生物在雨里、泥里爬行的意象；除了怪兽，他开始看到友川公寓里也到处爬行着尸首——在无休止的雨中，在地狱的烈火中。中村天智懂得了，当迎接死亡的时候，那些栖身于糟糕的身体里的人不比将很快要迎接自己死亡的他更想死。

"您记得那个画画儿的俘虏吧？"友川问，"我告诉过她，画画儿的不是您，但她根本听不进去。画画儿的是一个澳大利亚人。他过去跟那个中士打得火热。那个中士总唱一首关于夜晚的歌。关于我们，他们讲的故事多吓人！但俘虏还唱歌——情况没么糟吧。"

我们是怎么活的，中村想。

"那是我生活中最快活的日子。"友川说。

在中村思想的界域之外，白雪成阵，无边无际横扫世界，正抹除所有存在。很快他会死去，所有好的，所有坏的，全归于虚无。怪兽会融化，流入黑色大洋。有一刻，他想他闻到滴滴涕，看到很多：佐藤从棋盘上抬起头要说什么，虱子逃离死了的男孩的身体，一个根本不像人的人猛地瘫倒在丛林空地的淤泥里。他有一种实现感，好像他的生命逃脱了其命定的轨迹。身体猛地抽动一下，他醒了。他完全不知道他睡了多久。

"来一些鲤鱼寿司吧，指挥官？"友川太太用奇怪的方式法问他——半像是说话，半像是咀嚼。

中村觉得感情完全麻木，但身体在颤抖，他想象美国人心脏被放在上面，医院的称重仪曾经一度这样颤抖。

"我从市场上买的。有点儿咸味，但我们喜欢稍微带点儿咸味的鲤鱼寿司。"

中村摇摇头。

第二年春天，友川夫妇收到中村太太寄来的卡片，说她丈夫去世了。她没对他们提到他的临终谵语，他为细枝末节就发作的坏脾气，还有他对看护他的她和她女儿的恶毒攻击，连抚摸他的脸颊或只是微笑这样最单纯的事，他都会攻击她们。她反而写道，在他去世的前一晚，他知道他的时间不多了，在某种程度上，他是一个业余诗人，也是要遵从传统，急切地写下他的辞世诗。

"到死都是一个谦卑的人，"中村太太继续写道，"他冥思苦想几个小时，但病痛让他很虚弱了，他得出结论说，辞世诗要写得超过百花非他所能，百花把他要表达的情感已经都表达了，但表达得要美得多，他无论多努力都达不到。"中村太太又说，她觉得中村先生在生命的最后一刻是受了年前访问冬天札幌的启发，因此，她随信寄给他们一份。中村太太最后说，他死的时候，家人都在身边，他们知道他是好人，看到动物受苦都于心不忍。他确信他受神庇佑，很幸运，度过了美好的一生。

友川太太拿起那张抄录了辞世诗的分页，向她丈夫大声念出来：

冬冰

融入清水——

清澈的是我的心。

6

"有时我想他是世界上最孤独的男人。"有一天,在招待外科医师协会执行委员会的晚宴上,艾拉·埃文斯公开这么说。所有人都笑了。亲爱的老伙计多瑞?她想他们在想。所有男人最好的朋友,所有女人私密欲望的对象?

但他坚信她知道。在婚姻里,他是孤独的;跟孩子在一起,他是孤独的;在外科手术室,他是孤独的;在他加入的医学、休闲、慈善和退伍军人组织里,他是孤独的;在千名战俘集会上发表讲话,他是孤独的。环抱他的是内容被抽干的空洞,他人无法进入的真空罩住了这个对同事友善尊重出了名的人,好像他已经生活在一个跟此地不同的地方,他永远不愿从中逃离——一个永远在解开又卷折起来的无边际的梦想,或者说,一个总也做不完的噩梦,很难知道两者之间到底是哪一个。他是一座灯塔,灯塔的灯不能重新点燃。在梦里,他听见妈妈从厨房里叫他:"孩子,到这儿来,孩子。"但他走进去,里面又黑又冷,烧焦的屋梁和灰,闻到煤气味,没人在家。

然而,多里戈·埃文斯不把他的婚姻看作荒原。远非如此。原因之一是他强烈感觉到把他的婚姻看作失败或想着他没爱过艾拉都于事无补。另一个原因是他们在致力养成爱情,以一种包办婚姻讲求实际的态度——这婚姻诚然是由他们自己包办的。他刚认识艾拉时,每个人都想着他们会结婚,他就只把她看作一个很可能会成为他妻子的女人。他年轻,缺乏历练,认为爱情或多或少就是婚姻织锦一样绣上诗句。给一个显然会成为成功人士的男人做妻子，艾拉似乎无可挑剔：充满爱心，耽溺于情，甚至比他还铁了心要看到他发达。艾拉遵从习俗，又跟文学铆在一起。他假定这些就是爱情；虽然婚后这些很快显得不够，但他相信婚姻必须维持下去。

接下来，在生孩子期间，艾拉的身体变成了光彩焕发的循环往复，丰满的乳房和黑色乳头令人惊叹，想法出人意料，散发的灵气不易解释，但绝不乏味，他那时非常爱她。当他外遇频繁到她不再能忍受跟他做爱时，他会紧靠她的背，闻着她的气息，体验一种他在其他情形下体会不到的内心宁静。他没有费工夫向她解释——对他来说，跟人发生性关系不是对她不忠，跟别人一同入睡才是对她不忠。他永远不会跟别人一同入睡。

三个孩子——杰西卡、玛丽、斯图尔特——朝着异域或远方航行得越远，他就越深沉地爱他们。他的态度是一种温存、善意的漠视，他没料到他们会在彼此间戏剧化地重现他跟艾拉的关系。他觉得他们对彼此的敌意和冷漠难以忍受，这使他心碎，他希望这不会长久，看到他们重演他对艾拉表现的残酷狠心，他恳求他们不要这样。他承认自己不适合做父亲，但他坚持到底，因为在所有事情上他都坚持到底。他不知道这是否是臣服于他自己从不示人的内心恐惧。

跟他人共处时，他和艾拉状态最好，他们都觉得彼此令人钦敬——甚至"可爱极了，可爱极了！"——在一次晚宴上，他听到艾拉这么说。为了她跟他在一起，他钦佩她，可怜她。他听到她满心真诚地对朋友说战争和战俘营不放过他。她似乎想把他解释成一个悲剧，他目睹过很多悲剧，看到她竟然如此天真，如此自我夸饰，不惜把她丈夫变成加诸其上的又一个悲剧，他感到气愤。他希望她干脆咒骂他，因为他已经变成一个混蛋。但艾拉会觉得这么做太直截了当,再说,她以自己的方式在爱他,那就是说,尽管他早已自暴自弃,她还是拒绝放弃对他的期望。她开始把头发剪成像弗朗索瓦斯·哈代①,还抽起紫色寿百年香烟,想造就一种时髦有品位的距离感,指望它也许对他有魅惑力——这距离感证明对别的男人有魅惑力。她的脆弱一直最让他好奇,这脆弱一如既往——尽管越来越多地包裹在香气四溢的烟雾中,这烟雾令他嫌恶。

"你想要什么?"艾拉会问,一边从唇上取下寿百年——这个问题确实没答案。如果他撒谎说什么也不要,或者撒谎说要宁静,或者撒谎说要你,或者撒谎说要我们,她会说:"但你到底要什么,阿尔文?告诉我,什么?什么?"

确实,要什么?他想知道。

"只是身体,性,是吗?"她说,她的平静远比愤怒伤他伤得厉害。"就是要弄湿你下面?"她说,"是吗?"

她的平静,她恶毒的开放坦诚,她不可估量的悲哀,她变成这样是因为他吗?

"你想要的就这些?"艾拉会说,一边喷出更多寿百年,"就这些?"

就这些?他恨死那烟雾了。他担心他使她变粗糙了,她过去绝不这样。他想着世界这样安排,结果人类文明每天犯下罪行——一个人犯下这些罪行会被终生监禁。他想人们对这现象见怪不怪,要么不理不睬,把它称为时事或政治或战争,要么辟出一个跟人类文明无涉的空间,把它叫做私人生活。在这种生活中,他们越是跟人类文明分割开来,这种生活就越成了一种内心生活,他们就越感到自由。但事情不是这样。你从来不能摆脱这个世界的影响,

---

① 弗朗索瓦斯·哈代(1944—),法国歌手和演员。

分享生活就是分担罪责。没有什么能消解他的感受。他抬头看着艾拉。

"就这些?"艾拉说。

"不是这样。"他说。

他回答的用词听起来做作僵硬,令人难以相信,两个人都这么觉得,更糟的是它听起来缺乏说服力,她只是摇摇头。虽然她么说,她总宁愿听到令人信服的谎言,也不要听缺乏说服力的真理。

除了新近养成的开放坦诚,人到中年的艾拉开始习惯用味道浓烈的香水,那味道跟寿百年烟气形成的滞闷绞缠起来,赋予她周身一种氛围,他发觉这氛围偶尔让他兴奋,甚至很色情,但大部分时候,而且越来越经常,让他感觉不新鲜,让他像被幽闭似的透不过气来,像塞满要专赠给慈善机构旧衣服的衣橱。他真希望她不要用那香水,不要抽寿百年,不要把头发做成像弗朗索瓦斯·哈代。因为他体会到这些是伪装,一个用她的勇气、她的骄傲、她巨大的哀伤拼接而成的伪装,那么令人痛苦,在家中四处震颤。他多么希望他没有使她变得心如铁石。

7

跟艾拉在一起的最初几年,他经常想着艾米。他想知道他跟艾米经历的是什么。他完全不知道。它似乎是一种超乎于爱情之上的力量。他回想他们第一次见面,觉得很平常。他注意到她嘴唇上方的痣被尘粒遮蔽得模糊了,不是因为她漂亮,而是因为透过飘满尘粒的光柱,她给他很深的印象。他想着他们奇怪的对话,不是因为它让他意乱神迷,而是因为它让他隐约觉得开心好玩。他记得第二天回店里去买卡图卢斯诗集,他记忆最深的是书,而不是她。跟戴红茶花女孩的偶遇是新奇有趣的邂逅,他认为他会很快忘掉。

如果说战后最初几年他没忘记她是千真万确的,同样千真万确的是有一段时间,艾米曾是他生存的全部理由,那么,现在她开始在他脑中隐去也千真万确。记忆会导致灾难,他想从中逃脱,在此过程中,他发现追寻过往不可避免地只会导致更大损失,他感到极度悲哀。在脑中存留一个姿态、一种气息、一个微笑就是把它浇铸成不能变化的东西,一个石膏制的死亡面具,一碰它就会在指间碎掉,再变成尘屑。在过去这些年里,他对艾米的记忆在雾化,艾拉成了他最坚不可摧的盟友和最信赖的顾问。被激怒时,她安抚他,遇到阻碍时,她鼓励他,就这样,一点儿又一点儿,一件事又一件事,在生命的翻腾和泥石流中,他对艾米的记忆被缓缓掩埋,直到他根本很难想起关于她的事情。整整几星期过去,然后,他意识到他没想过她,接着变成月份,再接着,连着几个月过去,他都没特别想到过她。在自己身上,他开始闻到那种古怪的复合气味,来自共享的琐屑物事——食物、毛巾、餐具和杯子,一种由共同奉行的生活样态结合而成的目的性——在基思·马尔瓦尼身上闻到这气味,他曾经觉得很倒胃口。

在他和艾拉之间生成了一种经验上的协作关系,好像抚育孩子,致力通过实用温情的方式支持彼此,后来变成几十年的私下谈话,以及屑小的私人细节,对方醒来时的体味,孩子不舒服时对方呼吸颤抖的声音,很多次生病,很多哀怨关怀,柔情,无法预测,不请自来,好像这些都比爱情——无论它是什么——更有约束力,更意义重大,更毋庸置疑。他跟艾拉绑在一起了。然而,在多里戈·埃文斯身上,这一切生成了一种最绝对彻底、最牢不可破的孤独感,如此喧嚣,如此坚执,以至于他一次又一次跟不同的女人发生婚外情,想打破它那使人耳鸣的静止无声。甚至当活力像被沥滤过一样渐渐流失，在不计现实考虑的艳遇中，他依然非常努力。要说这其中没有真情实意，要说这么做很危险，这反而加强了他想要得到的效果。但这么做根本没使他的孤独发出的尖叫停下来，这么做使这尖叫被放大了。

很久以前的陨石撞击将目前的大湖解释，艾米的不在场也同样决定性地影响了一切，甚至当他没想她，有时尤其在这样的时候。他拒绝造访阿德莱德，不做任何解释，甚至当重大的职业活动或退伍军人活动在那儿举行，他也不去。他对园艺表现的唯一兴趣是把一株非常硕大美丽的红茶花连根拔出——当他们搬进图拉克的新房时——这让艾拉非常生气。除此之外，他都把花园交由艾拉和园丁照管。他经年累月在性方面不忠实，以一种奇怪的方式实践了他对有关艾米记忆的忠诚，好像通过不断背叛艾拉，他在尊重艾米。他不是有意这么想，如果有人把这想法讲出来，他会觉得骇人听闻，但这些年他遇见的女人没有一个对他有什么特别的意义。

在这种情形下，女人来了又离开，她们愤怒、感到费解和震惊；婚姻持续下来，工作继续进行，声望、地位在增长。他负责主持很多部门，很多考核，很多全国性健康调查，他发现人们的善意常常跟他们的地位成逆反关系；在一次晚宴上，他听到一个发言人把他自己的生活不惜笔墨地描写成"一个光彩夺目的事业"，他感觉被彻底挫败了。这种感觉过去了，微妙地变成了一种无所针对的失望感。情势迫使他经常旅行，在长时间的枯燥和等待的中间插进不必要的会见——会见那些跟他一样饱受成就导致的眩晕之苦的人。在密不透风的房间里度过无眠之夜——房里隐约着驱之不去、令人不快的化学品的气味——他纳闷为什么让他感兴趣的人越来越少。难以理解的是，他的声誉持续攀升。报纸上的生平介绍，电视采访，专题研讨，委员会，他必须出席的社会活动枯燥乏味，没有第二个人能感同身受，这些活动都千篇一律，没完没了，他唯恐如果看得太专注，他会看到地球弧形的外缘。世界是怎样就怎样，他会想。它就这样。

有天晚上，他很晚被叫回医院做一个紧急阑尾切除手术。年轻病人名叫艾米·盖斯科依格尼。

"艾米，爱蜜，爱慕。"他仔细擦洗手和胳膊，喃喃自语。

站在旁边水池前的护士长听惯了这个外科医生的背诵，笑着问这一句是从哪首诗来的。他们正走进外科手术室，多里戈·埃文斯意识到，这是几年来他第一次有意识地想起艾米。

"我忘了。"他说。

他从太阳那儿偷取到光，落到地球上。有一刻，他不得不从手术桌前离开，让自己镇定一下，这样，组里的其他人就不会看到他的手术刀在颤抖。

8

就是在这些年，多里戈·埃文斯恢复了跟他哥哥汤姆的联系。他从中找到了针对他孤独的某种安慰，在其他情形下，他总感到这种孤独，即使跟艾拉和孩子们在一起，特别是跟他们在一起的时候。在跟汤姆一起度过的时间里，他发现了有时兄弟姐妹间那种很特殊的亲密无间，他们先是一个月通一次电话，过了一段时间，变成每年隆冬之际到悉尼看望，接下来，随着声望日长，他去悉尼更经常了。这是一种彼此相伴的宽舒自在，大部分事都能不诉诸言表，尴尬和口误可以忽略不计——一个神奇难解、彼此共有的灵魂，对这灵魂奇怪的感应能通过最琐屑的闲谈表达出来。除了血缘关系，他们几乎没有共同点，但跟汤姆在一起，多里戈·埃文斯越来越觉得他只是一个更宏大整体的一个方面，他哥哥是这整体中某个跟他不同但不可或缺的部分，他们的会面不是对自我的肯定，更是自我在彼此间的消解，这让他们感到惬意。

他们的父亲比母亲只多活了几年，一九三六年死于心肌梗塞，作为七个孩子中最小的，多里戈跟哥哥姐姐几乎没来往，他们在大萧条到来前的那几年四散到澳大利亚各地找工作。四个姐姐去了维多利亚省西部地区的毛纺厂，他从没真的了解过她们，二十世纪五十年代她们被生活压垮，相继去世，他出席了葬礼。他把她们的孩子和丈夫看作陌生人，但他们来找他，他还是每个人都帮。他们中的最后一个，也是最大的，马西，他一个人供养了他十多年，而他一九六二年在墨尔本死于未确诊的癌症。他最大的哥哥阿尔伯特在昆斯兰顶北部找到砍甘蔗的工作，一九五六年死在那儿制糖厂的爆炸事故中。汤姆几经周折在悉尼落脚，结了婚，但没孩子，在雷德范火车场的众多庞大车间里当工人，退休后把时间用在照看他在巴尔梅恩区房子后院里的蔬菜和在当地酒吧玩投镖。

一九六七年二月，艾拉规划了一个长达一周的假期，要带孩子到塔斯马尼亚去，住在最近跟丈夫一起搬到那儿的她姐姐家。这些被设计好的假期全没有多里戈的参与，在作为他们共同生活中幸福时刻的幌子下，这其实是他们作为家庭的最后遗迹。艾拉把它们制定出来，他表示赞同，他们都把假期看作一种纠错的惩治形式，对它们感到厌憎，这被称为"与家人共度的时光"。

就在他们要飞往霍巴特的那个星期六，他接到电话说他哥哥汤姆突发心肌梗塞，这引起他混杂的感情。一方面令他不安，另一方面又让他有充分理由躲开在塔斯马尼亚的最初一两天。他设法当晚飞到悉尼，但周日汤姆用了太大量的镇定剂，讲话含混不清。直到星期一，多里戈才能较长时间同他谈话。

汤姆告诉他怎样在肯特酒店突发心肌梗塞，一头栽倒，刚好在要甩出一支正中靶心投镖的时候。

"正中靶心?"

"把它带在包里呢,"汤姆说,"这么离开酒店怪不好意思,真是。躺在地上一汪尿里头,还戴手套拿一支投镖。我情愿在没那么多人的地方,比方在西红柿垄里。"

他哥哥好像跟往常不同,很想说话,多里戈很快发觉自己沉浸在对他们在塔斯马尼亚度过孩童时代的回忆中。那时,汤姆把克利夫兰的故事轮唱一遍,再从头来,一个没头尾的循坏,其中有些多里戈知道,很多他从没听过。道非·叶芝的名字被提起,汤姆想起道非经常自夸能比火车跑得快。有人不信,要他证明,他就脱到只穿白色长内裤,跟从朗塞斯顿开往霍巴特的火车赛跑,穿越薄荷桉和克里夫兰灌木形成的银白色篱墙。火车鸣着笛,绕过通往科那拉关口的拐弯处,从视线中消失,道非向地上一倒,浑身擦伤,筋疲力尽,不得不承认比输了。

"他对什么都有兴趣,什么都想试试,道非。"多里戈说。

"八十五岁还一个人跳舞,"汤姆说,"最后收集到利兰 P76 型轿车。你放不了手的一辆车。他叫人把他肚子朝下埋在墓地,这样,从今往后,每个人都必须亲他的屁股。但我老想他穿着白色长内裤跑过灌木丛。跟生活很像,是吧?你想你能跑过它,你比它强,但每次它都把你给耍了。它把你打垮,然后,鸣着笛,喷着蒸汽开走,快活得像一个自鸣得意的家伙。"

他们笑起来。

"你知道道非是杰基·马圭尔的表亲吗?"汤姆说。

多里戈不知道。他温情地谈起他给汤姆和杰基·马圭尔读诗歌和罗斯姨妈建议专栏的往事。

"杰基老伙计,"汤姆说,"一个好人。伙伴中最好的。对野地的活儿门儿清。他太太是土著，你知道吗？"

有一两秒钟，多里戈·埃文斯根本想不起杰基·马圭尔太太是谁。接着，一个蛰伏很久的记忆用力推挤向前，出现在他意识最显要的位置，这记忆曾以某种方式困扰他，塑造他，远超过他有意识知道的。尽管他听到过模糊的传闻，说她有西班牙贵族血统，这是塔斯马尼亚由来已久的不在场证词之一，但多里戈不知道她是原住民，这使他问起他总想问的问题。

"那时候，那么多年前。在她消失前，我看见你跟她在一起。"

"杰基·马圭尔太太？"

"你在吻她。"

"吻她？在哪儿？"

"圣安德鲁客栈后面的旧鸡棚里。"

"我没吻她。"

"你们两个我都看见了，她搂着你。"

"我去射兔子回来。她把洗好的衣服挂起来。我没别的事做，就帮她一把。现在回头看，我能想明白她肯定正难受。但那时没怎么觉得。我们就是说说话。讲家里的事。周围人的事。我开始讲我还没真的跟谁讲过的事。我见过的事。关于战争。然后，我承受不住了。这我记得。我开始喘不过气，没法儿好好讲话。垮了。她像搂小孩儿一样搂着我。事情是这样，差不多吧。"

"你把脸埋在她脖子里。"

"我在哭，多瑞。哭啊，看基督的分儿上。"

"她怎么样了，汤姆？为什么她不见了？我一直想知道她发生了什么事。"

"老伙计杰基，他时不时揍她。他爱她，但她比他年轻二十岁，她不快活，他知道。但你能怎么办？罗斯姨妈也帮不了你。一个好伙计，杰基，但也会喝起酒就停不下，然后给她一顿揍。我就知道这些。但她去了哪儿，我根本不知道。很多年都不知道。后来，从她那儿来了一封信，把我在悉尼这儿找着了。她去了墨尔本，后来去了新西兰。在那儿，在奥塔古，跟一个砌砖的结婚了。关于他，她什么别的也没说。这信其实没说什么。信里有她在那儿的女儿写的一张条子，说她妈妈让她在她死后把信寄给我。事情就这样。我猜是因为那儿的人会读这信，所以信里没提老伙计杰基，也没提在塔斯马尼亚这边她自己家里的人。"

谈话转到克利夫兰的足球赛，又转到乔依·派克的运货马车，又转到上校卡梅伦的人带枪追赶汤姆的狗，进到他们家厨房，说狗一直在杀死上校的绵羊，汤姆拿着枪，从卧室出来，说杀死我的狗，我就杀死你。

现在汤姆累了。多里戈起身道别，把他哥哥安置舒服，告诉他有最好的看护在看护他，然后走出病房。到了走廊，他听到身后一个苍老的嗓音嘶哑地说。

"露丝！"

多里戈·埃文斯停下脚步，转过身。在病房砷绿色的光晕里，他哥哥在努力把自己支起来，靠回到叠放的枕头形成的很陡的斜面上，突然间，他看着一点儿不像汤姆，而是一个非常苍老、病得很重的人——直到此刻，在他弟弟的脑子里，汤姆一直定格为青春的生机和力量最合适的形象代言人。

"她的名字叫露丝。"

多里戈·埃文斯站在那儿，盯着这个是他哥哥的陌生人，他拿不准汤姆的话是什么意思，或者他想要什么。他走回病房，在汤姆床边坐下。汤姆吮着嘴唇，准备再说话。多里戈等着。汤姆把身体从松垮垮的一堆拽起到坐着的姿势，接下来，他讲话了，不看他弟弟,而是看远处的墙。

"杰基·马圭尔太太。她的名字叫露丝,多瑞。露丝。露丝有一个小婴儿。"

他停下来。多里戈一言不发。汤姆把自己又扯起来,靠到枕头上,喉间咕噜响,咳嗽着。

"是,一个小婴儿。一九二〇年七月份。她的第三个孩子。她用什么法子把它藏起来,我不知道。但她藏起来了。杰基不在家,想在大陆上找一份工作,我想他在迪亚曼蒂纳河上游找到一些活儿,他在那儿有一个同伙。杰基根本什么都不知道。克里夫兰没人知道。她浑身上下穿得像一个袋子,就跟,怎么说呢,你记得那儿是什么情形,不是巴黎,是该死的中世纪,不管你干了什么,你总能摆脱麻烦。就这样,她藏得很好,我想。她在朗塞斯顿生下孩子。一个男孩。他们把他送到霍巴特。那天我讲到战争,嗯,可以这么说吧,她哭起来,我跟你说她抱着我。她把婴儿的事告诉我。她刚晓得婴儿出啥事儿了。"

"但为什么,汤姆?"

汤姆水汪汪的眼睛变得目光尖锐,羸弱的身体紧绷起来,多里戈觉得这个在孩提时代他那么崇拜的男人又有些什么在眼前重现辉光了。

"我是那个该死的父亲,这就是为什么。"

汤姆终于转过头,看着他弟弟。他的眼睛直盯着多里戈,瞳孔小得出奇,空空如也,像用火柴在旧报纸上烧出的洞。

"一家姓伽迪纳的在抚养这孩子。家境很好。这让她生气。让我生气。但有什么法子?不是为了有人照看孩子生气,是为我们没照看而生气。没人会去追着找回孩子,把孩子领回来,把每个人的日子弄得一团糟——他的、他们的、她的、我的、杰基的。不,没有

348

哪个家伙会这么干。这件事你必须忍下来。后来，去年，我碰到住在霍巴特的一个伙计，认识这家人。他们管男孩就叫弗兰克。他在战争中死了。我唯一的儿子，我根本连见都没见过。在一个该死的战俘营，在泰国，你在里面待过。"

9

悉尼到处是从越南来休假的美国普通步兵。下午三点过后，市里热气蒸腾。为了躲避炎热和那些美国兵，为了找办法消化汤姆刚告诉他的事，多里戈·埃文斯决定采纳他向病人提出的走路是最佳治病良方的建议。

他从医院出发，向环形码头走，然后，他发觉自己起步从让他极受逼迫的人群走开，正穿过悉尼港口大桥，想去造访一个住在基里比利的医生朋友。混杂在闲散漫步的观光客中很愉快，桥上人行道很宽，从桥上看，悉尼景致变开阔，让人又信心十足。

他在桥的中段停下。一阵从东而至的轻微气流把清爽的海风吹过来，他盯着桥下很深处的海水吐着白色和蓝色的浪花。在很近的位置，赭红色塔形起重机像站岗的步哨，围绕着新建歌剧院巨大裸露的帆棚形顶部，歌剧院构架错综繁复，让多里戈想起干桉树叶上细致精巧、蕾丝样的筋络。天边，傍晚的太阳正把这座城市叠进坚致而耀眼、由光影对照形成的条带中。正当他把自己恋恋不舍地从栏杆边拉回到人行道上，又开始抬步走时，他最先远远地瞥见了她——她正从一个倾斜的长条形的暗处踏步进入光亮中。

过了一会儿，他又看见她，她正走向他，砂岩建成的庞大桥塔支撑着大桥北端，桥塔的拱顶把她框在下面，周围的行人是一层翻滚的浪，她的头在上面一起一伏，像沉船后被弃置的货物。在很宽的人行道上,他在靠边的位置,置身于大桥庞大的铁制架构投射的阴影里。他全身心都投入在这个陌生人身上,她在人行道内侧走,离他越来越近,一个行走在阳光里的幽灵,接着,她又从他视线中消失了。

他从人丛里第三次找到她,这次更近了。她戴着入时的遮阳镜,穿着无袖深蓝色裙装,裙装的臀部带一圈白色条纹。她带着两个孩子,小女孩,每人拉着她的一只手。车辆行驶的噪声在大桥用铆钉固定的腔骨似的铁制构架中回响,他能看见两个孩子,笑着,喋喋不休,她回答她们。虽然听不见,他还是确定不疑:她绝不是魅影。

他想过她死了,但她就在这儿,朝他走来,看得出老一些了,但在他眼里,时间没有消减她的美,反而使她更美了。好像年岁没有减损,反而彰显出她到底是谁。

艾米。

岁月的深渊——创造历史的战争,著名的发明,难以数计的恐怖,非凡的丰功伟绩——所有这些都近于电光泡影。原子弹、冷战、古巴和晶体管便携式收音机对她傲然的步态、她不圆熟的行事方式、她渴望解放的乳房,以及她妥帖藏起的眼睛根本无法施加影响。她用过脱色剂的头发颜色稍浅,比天然发色更加悦目,要说稍瘦了一些的她的身体,使她更加神秘莫测,因为刻画其轮廓的皱纹,她的脸略显憔悴,洋溢着一种得之不易的平静自若。

在阿德莱德的书店,透过漂浮尘粒的光柱,他第一次看到她,从那时起,四分之一的世纪过去了,对他而言,她的变化,其重要性如此微乎其微,他感到震惊。那么多他认为永远失落的情感当下回归了——带着跟他最初体验时同样强烈的震撼。

他应该停下来,还是接着走,从她身边走过?他应该痛苦地大声喊,还是什么也不说?他必须做决定。只有这么少的几个瞬间用来评估、对比已知和未知的生活，他现在的生活，他们那时的生活，他构想不出她眼下的生活。他能看到两个孩子，看得够清楚，他识别出她们身上的属于她的特征。她们有些什么不是她的，这让他痛苦，其程度远超过他认为可能的范围。也许在她的婚姻中她很幸福。他感觉呼吸费力。他不停步地走向她，脑子里飞速闪过一千个令他发疯的愚蠢念头。他告诉自己他不能粗暴地闯进她的生活，引起大混乱，他对自己说他必须这么做——如果什么都没丢失，如果他们能重新开始。

她更近了。他的思绪加速，变得越来越快，他试着放慢脚步。他的胃部翻搅，平衡感不稳定了。他离她很近了，能看见那颗突显她上唇形状的小痦子。他想的不是她一如既往，如此美丽，或者说他根本不想她很美这回事。他只想他渴望得到她。她戴着一条项链，启动了记忆的一次暴动，其势头之猛使他无法控制。她看到他了吗？他要向她痛苦地大声喊。他要！这时，在她身后饱满阳光的衬托下，他看见她用拇指和食指捏住裙装，把它向上拽，拽到乳沟上端。有那么一瞬间，也许吧，他信心十足地期待——在那超越的光里，她终于要把他接纳到她的怀抱和她的生活里去了。

然而，只在万物之始才有光。

他开始要说什么，他意识到他们擦肩而过，没说一句话。他在阴影里不停步地走，继续直视前方。他把事情搞错了。她，他，他们，爱情——特别是爱情——如此彻底地搞错了。他把时间搞错了。他觉得难以置信，但他不得不信。她的死，他的生命，他们和每件事，每件事都搞错了。他无意中犯下错误，后果如此严重，如此势不可挡，他不能跟它对抗，不能转过身，大声喊，跑过去。直到走到桥的另一端，他才终于找到力量，转过身。

哪儿都看不到艾米。

站在人行道中间，周围人流汹涌，好像他不过是城市空间中又一个障碍物。一个路障，一个垃圾桶，一具尸体。他想到罗得的妻子①，他想这故事真是个谎言。你不转身、不回头看才会变成盐柱。他意识到他应该拦住她，他意识到他再也不能了。他从来就不该不停步地走，然而，他这么做了。

他做过选择吗？她呢？那儿有过什么可供选择吗？或者说生活就这样，毫不留情地驱策人们，先是一道儿，再各奔东西。

在他四周，在他身后，在他伸手不及的地方，全是人，向所有可能的方向移动。光里混乱无序飞扬的颗粒很久前就不见了，就像他知道现在什么都不见了，消失在铁料中，消失在石头里，消失在海洋、太阳、无云的蓝天中，沉浮的热气里，消失在赭色塔形起重机里，和轰鸣的高速路上。

又过了一会儿，他还站在那儿，在高耸的铁质半环形的群组中和咆哮的车声里，在蓝色白昼和激潋海水中，一个渺小的身形。他想：失去了你爱的人，世界多么空虚。

他又转回身，开始不停步地走，所有道路都没有人迹。他曾经认为她死了。但他终于懂得了：那时活着的是她，死了的是他。

10

等过了桥，艾米在环形码头上给两个外甥女买了冰激凌，赶上开回在曼利姐姐家的渡船。很多年，她认为他死了。只在最近一个时期，当他声誉鹊起，她才知道战时他没死。为什么，为什么，看着波光闪闪的海水退去，坐在渡船的后甲板上，她又一次想，为什

---

① 在《旧约·创世纪》中，罗得是亚伯拉罕兄弟的儿子，在城池将毁时举家逃离，罗得的妻子违背了上帝让他们不得回头看的指令，变成了一根盐柱。

么他没回来找她,既然他一直都活着?为什么?回到姐姐家,她想。为什么?在床上躺下,她想,怎么这么累。她不能原谅他违背诺言。

她根本没想过他或许以为她在爆炸中丧生了,而不是跟她一样,第二天早上才得知爆炸,当她开着那辆篷式轿车从他们最先去过的海滩回来,基思对她说他死了,她悲痛欲绝,开车到那儿去思念多里戈,结果那天晚上睡在了那儿。

最近几年,她时常有去找多里戈的虚幻念头,几次要跃跃欲试,甚至找到他的号码,把它写下来,但她还没真的把什么付诸实施过。每次考虑跟他联系,她都觉得感情上承受不起。她想要他什么?他会想要她什么,如果她有什么是他想要的?有时她怀疑他是否真的会牢牢记住她。再说,不管情形如何,她见面说什么?说她以为他死了?

怎么同他谈起很丰裕的遗产,基思死后她继承的遗产;她的第二次婚姻,战争结束很久了,很愉快,很搞笑,跟一个比起挣钱更会赔钱的出版人,因为糊涂,他把钱弄得精光就不见了,据说去了美国。这次婚姻大概就这些。跟一两个别人,过眼烟云,或多或少。总得说来是少。怎么同他讲这都不是爱情,连跟那编书的也不是?某种轻松一些的东西,一顶帽子,一件裙装,或者一片云。但谁会对一片云念念不忘?

只要想提笔写信,想给他打电话,她眼前就出现一个巨大的障碍,那就是他对她的拒绝——他从没尽力要找到她,战后没回到她这儿来,他这样许诺过。现在,他们的地位全变了:他是家喻户晓的多里戈·埃文斯,永远在上升,她什么都不是,在沉陷。接着,诊断出来了。怎么把这件事告诉他?

她姐姐第二次在叫她。

"就来了,"她说,"再过一会儿。"

她这么疲倦。关于他，她遗忘了那么多。但那是他。他没死，她也还没死。这足够了。她把项链摘下来，把珠子在指间滚动。她被很多事触动。接着，她把它放下。他成了一个重要人物，或者说超乎于一个重要人物，她看得出他正在隐去，变成没有鲜活个人特征的人。

而她呢，很快会化为虚无。她在接受最强效的治疗，从根本上说，治疗无济于事，她的肿瘤医生告诉过她。她做过两次切除手术，在两次切除手术之间，她奋力抗争要渡过难关，但现在，她放弃挣扎了——她姐姐同意看护她。她的诸多梦想很久前就被消耗殆尽了。

现在，她从日落，从不多几个，但被她爱着的朋友们那里，从她居住城市的魅力中寻找欢乐：清晨的暖意，暴雨后沥青和房屋的气味，夏天沙滩上的每日狂欢节，在阳光普照的下午，从桥上望见的城市风景，有时碰到的陌生人，对外甥女的娇宠，沉浸到回忆中那种怡悦的孤独中，夏夜允许她享有这孤独。有时她很幸福。

偶尔，她记起一个海边的房间，月亮和他，浮动在黑暗中的钟的绿色指针，海浪撞击，一种情感，不同于她此前经历过的任何东西，也不同于她后来经历的任何东西。

十八个月后，比他们先前给她的时限多六个月，她会被埋在郊区墓地，一个毫不起眼的墓穴，在占地很多英亩的大同小异的坟墓中间。没人会再见到她，一段时间过去，连外甥女对她的记忆也会消退，接下来，也同她们一样，这记忆最终不复存在。会留下的，在泥土的长夜里荧荧发亮，将仅剩一条珍珠项链，她请人把它跟她一起埋葬。

11

那天晚上，多里戈·埃文斯飞到墨尔本，从那儿，他第二天坐上飞往霍巴特的早晨航班。波音 707 引擎发出排山倒海的嗡嗡声，引发非常态的昏昏然,他在其中找到了消停一下的中介地带。在霍巴特降落时,飞机受到强风和浓烟的干扰,来自发生在岛南的森林大火,向下一跌,向前猛栽,像在沸反盈天的锅里翻动的豆子。在草木灰的气味中,在强阵风刮来的热浪的猛抽下,他们离开了飞机。

迎接他的是老佛莱迪·西摩,一个年纪有争议的外科医生,他负责外科学院在塔斯马尼亚的分校,多少有些怪里怪气地开一辆一九四八年出厂的绿色福特水星,跟西蒙一样,车保养得很好,看着跟车龄不符,优雅得无懈可击。外科学院在霍巴特一家饭店举行午餐会,向多里戈表达敬意。会后多里戈要去"蕨树",一个就在霍巴特市外的村子,在风景优美的山地森林里,艾拉姐姐住在那儿,还有他的家人。他用机场的公用电话给艾拉打过电话;她姐姐开车出去了,下午三点才回来。反正天气太热,除了跟孩子待在家里玩游戏,也做不了别的。她说待在高大的尤加利树下的阴影里很凉快,想不起什么更好的地方。

午餐会比多里戈预想的愉快,至少能把他的思绪从其他正拥进脑中的事转移开。但正当他们就要开始喝雪莉酒,抽雪茄时,消息传来说火情恶化了,一场借着风势爆燃的林火正危及跟霍巴特南边邻接的镇子,包括"蕨树"。

多里戈·埃文斯找到饭店里的一部电话,试拨艾拉姐姐的号码,但连接不畅,接线员说几乎所有通到山里住家的线路都这样。多里戈·埃文斯转向佛莱迪·西蒙,问能不能借他的车钥匙,西蒙刚把雪茄点上,正小口快速地呼吸,把烟吧嗒进嘴里,塌陷的珊瑚红的脸颊从一边到另一边来回鼓动。

"我爱你,埃文斯,"老外科医生说,一边呼出一口像长羽毛似的浓厚烟气,"跟爱儿子一样。所以,像一个儿子,你把车还我,车应该面目全非;像一个父亲,我应该原谅你。"

"蕨树"离这座城市开车需二十分钟。风非常强势，热浪成了一种坚执的力量，压抑身心。他进到福特水星，惊讶地看到后视镜里他覆满草木灰污渍的脸；车外，草木灰旋舞，厚重成阵的涡流，像黑色的雪。

福特水星开起来像吊桶，跟路面只有若有似无的接触，但它V8型发动机的功率让人放心。平常很壮美的山地不见了，消失在烟气笼罩中，烟气这么浓，开了不过几分钟，多里戈就只能看清车前几英尺内的路况。他打开车前灯，偶尔，从半明半暗中会出现另一辆车，在尽力逃往城里，车里人的表情跟他先前见过的、尽力从战争中逃脱的叙利亚村民的表情一样。有些车身有烧灼的痕迹；一辆没了挡风玻璃，令人难以置信；另一辆车漆鼓起很多发黑的大气泡。他开过霍巴特郊区外缘，进到一座树木高大密集的森林，道路从这儿开始穿越森林，切出一条不见天日、蜿蜒崎岖的沟壑。

转过弯，他迎面碰到一个警察立起的路障，不准任何车辆再往前开。一个孤零零的警察把头伸进一九四八年产福特水星，对多里戈说他必须掉头回去。

"那上头是死亡地带，伙计。"他说，一边把拇指朝身后"蕨树"的方向飞快地一点。

多里戈描述艾拉和孩子们的特征，问他们是不是从山上下来开过路障了。年轻警察说他在那儿两小时了，没见过一个像他描述的人。也许他们早些时候逃出来了。

多里戈·埃文斯盘算，从打电话到目前也许有两小时了，在这期间，艾拉和孩子们可能逃出来了。但她在镇子还没受到威胁就离开，这不太可能，再说她没车。多里戈·埃文斯希望他们逃出来了，但理智说服他必须依照他们还没逃出来这一推断采取行动。

"火正从泪柏谷烧上来，"警察接着说，"从东边烧过来。我听到好多叫人没法相信的事，说这火是从最大的火烧过后的灰烬中重新燃起的，那时最大的火都烧到二十英里以外了。"说话时，燃着的草木屑落到车前盖上，好像在证明他所说属实。

"上到那儿去你是发疯了。"他最后说。

"我全家在那上头，"多里戈·埃文斯说，把声量压到最低档，"如果不上去，我才是发疯。"

说完，他礼貌地请警察让开。警察拒绝了，他就放开离合器猛冲，把路障撞得稀烂，口中喃喃地向佛莱德·西蒙致歉，他还会致歉几次，这是其中第一次。

开了不到半英里，四周都是火焰，但好像不是最大那股火的前沿，虽然最大那股火的前沿看起来像什么，多里戈·埃文斯一无所知。他对艾拉姐姐住哪儿也一无所知，从前还从没去过她家；虽然他有地址，但路牌全都看不见了。道路也几乎看不见了，一片混乱，燃烧的枝干、为情势所迫被丢弃的燃烧的小轿车、像雨似的从天而降的草木余烬，以及浓烟。他以比步行快不了多少的车速开，沿着他将近二十年前坐瀑布啤酒厂的货车经过的那条道路。在这个地方，他曾经在暴风雪中努力凭灵感或直觉来理解爱情，在同样的地方，他正不顾一切在浓烟中寻找家人，仔细巡视车道、路旁空地、房屋，不停地摁喇叭。但哪儿都没人。他假定所有人不是离开，就是死了。天空不复存在，只偶尔瞥见狂乱滚动的云浪被凶恶的红色背光照亮。他继续开，集中注意力找人，把耳朵凑近车窗，把车窗拉到够低，指望或许会听到某个重要的人的声音，某个人的声音，不管什么声音。

过了不久，他想他听见某个人的声音，但在所有其他噪声中，他把它当作树干爆裂时树液气化发出的尖啸声，没加理会。接着，它又响起来，但听起来不同了。他停下车，从车里下来。

357

12

从艾拉姐姐家数过去的第五座房子爆炸起火了,艾拉找到三个孩子杰茜、玛丽和小斯迪威,他们在后院喷水池里玩耍,喷水池直往外渗着水。她对他们说要走路到霍巴特去。

"霍巴特?有多远?"杰茜问。

艾拉不知道。七英里?十英里?她吓坏了。

"我们得马上走。"她说。

杰茜和玛丽只穿着浴衣和塑料凉鞋,斯迪威穿着内衣。火到处燎起来,艾拉没心思跟杰茜争论,她坚持要随身带上她圣诞节得到的每分钟转四十五圈的留声机。跟普通留声机不同,它也可以用作带龙头的吹风机和塑料浴帽,她坚决要把浴帽带上,以防火星烧她头发。她带上了她迄今为止得到的唯一每分钟转四十五圈的留声机,还有她姨妈给她的一张吉尼·皮特尼①的老唱片。

他们快速沿着街道走,用手扫掉烧剩的残叶和烧焦的伟人蕨叶子——它们从天而降,从他们脸上滑过,从头发上落下来。他们瞪眼看沥青从路的边沿滴落,红色草木余烬像难以数计的蝴蝶,飘在空中,光焰随着阵阵猛吹的风闪烁明灭——他们不觉得奇怪,也不惊讶。他们走过年事已高的钢琴教师麦克休恩太太家,她家用直立木桩建起的篱墙在燃烧,他们大声喊,让她跟他们一起走,但她手拿斧头,正忙着把篱墙砍倒来阻止火焰烧到房子,没心思理会他们。

刚开始,火焰带来一种奇妙的兴奋感,母亲的恐惧让三个孩子觉得他们比她强大,甚至觉得他们高高在上。他们不知不觉进入另

---

① 吉尼·皮特尼(1940—2006),美国歌手、音乐家,曾经跟"滚石"乐队合作。在上世纪六十年代晚期到七十年代,他创作、演唱的歌曲在英国、澳大利亚和欧洲十分流行。

一个世界,成人的世界;在那儿,每件事的重要性都跟他们所想的不同;在那儿,人们讲话当真;在那儿,你做的事都不是开玩笑;在那儿,你自己的生活,到目前为止不严肃,也没有目的,变得对他们和对你都很重要。他们第一次体味死亡,这让他们永远不会忘记。

兴奋感开始消退,他们越来越怕,他们一定朝山下走了差不多整整一英里。离开房子的时候,最大的火好像在很远的距离以外,现在就在身边。斯迪威已经开始哭,因为草木余烬在烧灼他的皮肤。他抱怨火"没完没了"不是没理由的,现在火焰蔽天,消耗了可供呼吸的空气。他们看到一所砖房,好像很稳固安全,跟他们先前经过的房子不同,那些房子用横置木板拼接墙面,还没等火烧到,房子就在冒烟,火苗到处舔着房檐。

艾拉走到房子前门摁门铃,响起一阵在当下听起来荒谬可笑的钟鸣声。门开到只够在门里门外讲话那么宽。通过窄窄的开口,艾拉看清一位岁数比她大的女士穿着缕黑边的白色羊毛礼服,像要去一个慈善午餐会。艾拉只穿着棉质绿色印花裙和人字拖鞋,浑身盖满一层混着煤烟的汗水形成的肮脏油垢。艾拉看得很清楚,这位年事稍长的女士觉得艾拉跟她不属于同一个社会阶层,把她几乎没穿衣服的脏孩子看作淘气鬼。艾拉本想请求能在房子里暂避一时,可是一开口,她听见自己仅只要求孩子们能喝点儿水。她不得不问两遍。一句话没说,女人打开门,把他们带到房子靠后那头一间整洁的厨房里。她拿出一个旧塑料杯子,只一个。

"拿着。"她说,伸手把杯子递出去,拇指和拱成弧形的食指捏着杯沿。"水龙头在那儿。"

孩子们就是要走:他们知道这个老女人想让他们离开,他们恨她和她的房子,甚至超过对火的惧怕。但这女人的势利让艾拉决心留下来。斯迪威因为烧伤在哭,艾拉问这个女人是否有旧了不穿的小孩衣服她或许可以借用,保护她儿子不被火星和余烬烧到。

女人打开一个橱柜,艾拉看见里面一格一格利落地熨好了、收起来的小孩衣服,价格不菲,大部分是男孩穿用的。她能闻到樟脑味,在她脑子里总跟不受时间改变联在一起,绝对不变的空间和物件散发让人安心的气味。老女人转过身,把一件叠起的衣物递给艾拉。艾拉手腕短而快地一甩,把衣服展开。

一件女孩不穿了的红衣服,磨损得很严重。

"谢谢你。"艾拉说。

不知为什么,她没法把找一个安全庇护所的计划与这样的羞辱调和起来,这羞辱让她愤怒,这愤怒难以平复。她儿子穿上破旧的红衣服,她把家人又带回到外面的大火中,她确信这么做不但义不容辞,而且很聪明。

他们走回到路上,大火完全没谱了。风在身后刮,风迎面扑来,到处是火,风像鞭子抽似的刮起来,打着旋的红色余烬和火光闪闪、不知来自何处的松实集结成飓风,把碰到的东西全变成火焰。他们一直在逃离,但现在他们被围起来了。

"我们被包围了。"斯迪威说,又哭起来。

"够了!"艾拉说,她一把抓住他。"我们必须想法子走到霍巴特。到我身后去,手拉手,不管做什么,都别放手。"

就这样连着,这条交织着希望和恐怖的悬悬一线继续延伸到风中、烟雾中、火焰中。玛丽开始哭,她的脚上打泡了。

"等到了霍巴特,我们再处理你的脚。"艾拉说。

先前有树木、房屋在周围燃烧,现在有树木、房屋在眼前燃烧,艾拉不停地催他们快走。她抱着斯迪威,身后是玛丽用一只手牵着她的裙边,杰茜用另一只手也同样牵着;如果他们不始终抓住彼此,他们身上会发生什么？每个人都被这想法吓住了。从火焰和风的噪声中传来一声坍塌的巨响，前方远处，一棵树燃成火球倒在路上。艾拉找到蜿蜒在火周围的一条路，他们继续走，走过这棵树，走过一辆轿车烧着的残骸，走过一根倒下燃烧的电线杆，电缆像织衣用的羊毛线在四周伸展。但前方大火变得比身后的更险恶，热得难以置信，玛丽的脚打泡很严重，突然，艾拉停下脚步，转过身，面对孩子们。

"咱们得往回走，孩子们。快，"她说，"谁他妈都别找麻烦。"

她以前从没骂过人。他们知道有些事情变了。

"快，"她不停地说，"快！"

"但霍巴特呢？"杰茜问，她到现在还没开过口，"要是到了霍巴特，我们就安全了。"她声音带喘，抖得厉害。"我们得到霍巴特去。"

杰茜推开他们，迈步从他们身边走过，向火里走去。艾拉一把抓住她，狠狠朝她脸上抽了一巴掌。

"再朝这方向走，我们会变成安息日烤肉。我们必须找地方避火。"

杰茜开始尖叫，艾拉又狠狠抽她一巴掌。杰茜泪如泉涌，扔下留声机，留声机在路面上撞碎了。烟雾里的焦油让他们的嗓子像火烧，呼吸困难，他们的眼睛不停地流泪，鼻涕从鼻孔里不停地流出来。眼前几步之遥就看不清东西，只偶尔看见一条车道的起始、路的一个拐弯、一个路牌，他们才知道他们在哪儿。

他们到了一所没花园的房子，只有一颗苹果树和一个用石棉材料建成的花园棚子，待在一片寸草不生的地块中央。那儿没什么可烧的，所以大火在它们背后腾空而起，小火正现身在没长草的地上，那儿没什么可烧的，但它们还是烧。

"这儿。"艾拉说,她一边打开石棉棚子的门,一边想,这儿?我们要死在这里了?

他们在里面挤在一起。虽然热得难耐,他们仍然抱住彼此,几乎不能呼吸。大火好像在把地球上所有的空气吸食殆尽。他们听见像喷气式飞机的声音突然在头顶上方响起来。一根淫邪的火舌,足有一英尺长,像饥饿的野兽,从门下舔进来,杰茜尖叫着,向后一跳,撞在一个放满瓶子的架子上。

"杰茜!"艾拉大喊。

她扶住架子,架上全是泡在矿物松节油和甲基化酒精里的刷子。她紧抓住架子,告诉他们别动。

"你们干什么都行,只别碰这架子,也别碰我。看着基恩。"艾拉说。

杰茜还戴着她的留声机加吹风机组合中的塑料浴帽,上面点缀着火星烧的黑洞和煤屑,她在阴暗中拿起一路上带着的每分钟转四十五圈的基恩·皮特尼唱片。在热气中,它软塌塌地变成吃甜点用的碗的形状了。

"看着基恩,孩子们,"艾拉说,"不管别的,只看着基恩。"

几分钟后,空气比任何时候都更热,但噪声停歇了,火焰不再从门下舔进来。他们听到一声怪响。艾拉很慢、很慢地打开门。没人动一动。他们向外看。

一切都匪夷所思。房子不见了。烧剩的残骸在冒烟,苹果树还在,稍微有些烧灼,此外还很完好,在路的另一边,森林燃着熊熊烈焰。

他们又听到那怪响,是正弱下去的喇叭声——车在继续开,从他们这儿离开。艾拉拖起斯迪威,把他抱在胸前,女儿们跟她一起跑出来，他们全透过火焰喊起来，但车已经开过去，正在路的那一头隐入到烟幕中去。他们喊得更大声了。

这时，车停下了。一辆绿色、一九四八年产、车轮内胎呈白色的福特水星。孩子们全都不会忘记它，永远不会。司机座这边的门开了，一个人从车上下来。他转过身，他们看见那是爸爸来找他们。

他们开始跑向他，他开始跑向他们，穿越烟幕、热气、火焰。他们相遇后，多里戈抓过斯迪威一只胳膊。空出来的手大张，覆住艾拉的头，攫住她的脸，紧靠到他的脸上。他紧抱着她，女孩们紧抱他们两个，好像她们是缠结的藤蔓，在支撑一棵由外因导致其衰竭的树。

那不过一小会儿，接着，他放开她，他们全逃离原地，向车跑去。但那一小会儿的柔情比三个孩子看到他们父亲终其一生向他们母亲展示的柔情还要多。

13

他们认为当前最大的逃生机会是朝着已经部分烧毁的森林更深处前进，而不是向铺天盖地延及霍巴特的大火方向前进，多里戈依照家人原先逃离的路线把车掉头往回开。大火过后，有些房屋和森林存留下来，但在那个不想收留他们的老女人把质量好的男孩衣服留着不知给谁的地方，除了冒烟的锡皮、木灰和光秃秃杵着的烟囱之外，其余都荡然无存。在麦克休恩太太砍篱笆要救她房子的地方，烟幕中很难判断篱笆和房子原先在哪儿。

他们发觉他们正驶进一个诡异的夜晚。转过弯，墨色天空让位给一堵巨大的红色火墙，也许在半英里外，火焰升腾到离他们头顶很远很远的空中。那是新燃起的火，呼啸而起，来自不同方向，看上去正跟几股稍小的火集结，形成一个密不透风的毁灭的炼狱。他们没停下，只是目不转睛盯了好一会儿。艾拉打破这像中了魔咒似的状态。

"这是火势最前沿。"她说。

多里戈刹住车，把福特水星来一个发疯似的反转掉头，先把它猛撞到路牙子上，再沿着他们刚才的来路往回开。他像神魔附体似的开着，经过掉落的电缆，车辆火光熊熊的遗骸。但不到几分钟，火势前沿就赶上他们，两边都是火墙，他在两堵火墙中间开过，躲开四处落下的燃烧的树干，开过炸起来的房屋；碰到路上没障碍物，他全力加速，别无选择的时候，他拐弯减速，如此往复。一个有无轨电车大小、像煤气火焰那么蓝的大火球变魔法似的出现在路上，朝他们滚来。福特水星猛地一拐，绕过它，再直朝前开，多里戈发觉他只能忽略从烟雾中冒出来的燃烧的残骸——树枝、树干、栅栏——从它们上面全速直驶过去。它们时不时砸在车上，或使车从路面上弹起。他呼哧带喘，上下调动速度挡板，左一下、右一下轮转制动方向的大方向盘，白色内胎的车轮在冒泡的黑色沥青路面上发出刺耳的噪声，火焰呼啸，风在尖叫，上方的树干炸起来，发出诡异的、像机关枪扫射似的声音，在这混成的音响中，只偶尔能听到车的噪声。

他们开上一个坡，看到前方大约一百英尺远，一棵燃烧的巨树倒下来横跨路面。它落地后弹跳起来，火焰沿着树干燎起老高，燃烧的树冠稳稳当当地倒在一个整洁的前院里，瞬间点起一堆巨大的篝火，与烧着的房子融合无间。用膝盖用力挤住门，多里戈使出全部力量蹬住刹车脚板。福特水星来了一个四轮着地不转的滑行，朝侧边旋动，再朝那棵树直滑过去，又转向侧边滑动，在离燃烧的树干只有几英尺的地方停下了。

没人说话。

手在方向盘上汗湿了，上气不接下气地喘着，多里戈·埃文斯评估可供选择的可能性。全都很糟。前后两个方向的路都被切断——眼前是燃烧的树,身后是大火前沿。他在衬衣和裤子上轮换擦手。他们被困住了。他掉过头看坐在后座上的孩子。他胸口恶心。他们抱住彼此,眼睛在涂满烟灰的脸上显得很白、很大。

"等一下。"他说。

他猛地把车转到倒车挡,向大火前沿的方向退着开了一小段距离,接着猛地加速向前。车速加快到足够撞翻花园里用尖木桩插进地里修成的栅栏——燃烧的树冠就着陆在花园里。他们直冲进那堆大火。他吼着叫其他人俯下身,把离合器两次放开,调到第一档,再关闭离合器,把油门开到最大。

"跟风车对战。"

V8型发动机怒吼一声,启动了,滑动杠杆哐啷乱响,紧接着,他们撞进燃烧的树丛离房子最近的那一点,那儿火焰最烈,但多里戈打了赌——那儿的枝干最短小。一瞬间,全是火和噪声。发动机带着要偏离正道的意向尖叫起来,具有毁灭性强度的热力好像要穿透车窗玻璃和铁制车身——为了使承受的伤痛显而易见,每样东西都呈现一种暗涩的红;火焰的锐声,枝干折断的锐声,各种调控板变形弯曲,金属划割、挤压、或是拉伸发出锐声,车轮失去又取得抓地摩擦力的锐声。司机座这边的后窗玻璃碎了。火星余烬和几根烧着的树枝飞进车里,艾拉和孩子们开始尖叫,孩子们被吓得躲到长沙发式后座的最顶头。有吓人的一两秒钟,车慢到几乎停下——有什么卡在底盘下面了。然后,同样急速地,那堆篝火不知从哪儿冒出来,出现在车后,而他们正朝又一个尖木桩修成的颓朽栅栏加速前进,多里戈照样把它撞个通透,掀起一阵瞬时的碎木料的暴风雪。挡风玻璃成了由碎块拼成的白色云雾,他喊叫艾拉把它踢掉,它掉落出去,他们发现他们回到路上,经过了那棵倒下的树,正朝

365

霍巴特方向开。他用一只手控制方向盘，靠过身去，用另一只手抓起燃烧的树枝，把它们从被砸碎的窗户扔到车外——用他一直以来都尽力护惜的外科医生的手。

一九四八年产福特水星的绿色车漆发黑起泡，吱吱叫着在路面上蛇行似的扭动，蜿蜒驶下燃烧的大山，艾拉从副座上斜视看着多里戈——他左手手指肿成很多小气球大小的泡，烧得那么严重，晚些时候需要做皮肤移植。一个男人，如此令人难解的谜，她想，如此令人难解的谜。她认识到她对他一无所知，她认识到他们的婚姻在开始前就已经结束；她认识到他们两人中没有谁的力量能对此有所改变。借着目前所剩的三个轮子和一个正在解体的金属轮框，福特水星绕过一个很长的转角，速度快得近乎失控；终于，透过烟幕，在前方，他们瞥见警察路障标示的庇护所。

"我想这也许是最后一次佛莱迪·西蒙请你吃中饭了。"艾拉·埃文斯说。

后座上，三个孩子一声不吭，涂满煤烟，他们把这件事的点点滴滴都吸收了——呛人的木馏油的恶臭，风和火焰的呼啸，被开得那么狠命的车狂野无羁的颠簸，热气，如此天然没防护的情感，像被屠宰动物的肉；两个人被深痛折磨，又无望有所改变，两个在不是爱情、也并非全不是爱情的爱里生活的人；在其中两个人彼此不共通的生活被分享；一种柔情、病痛、灾难、玩笑和劳动的协作；一个婚姻——那种说不清道不明、令人生畏的人类之不可终结性。

一个家庭。

14

"老年人对过去充满悔恨。"茱迪·比奇洛的父亲有一次对她说。

她父亲。吉米·比奇洛从来没真的成为茱迪的爸爸。他好像总是人在心不在，不仅在她的整个生活中这样，在他自己整个生活中的很多时间也这样。他的工作是邮件分类，他从没显出兴趣想升迁到比这高的位置上去。上高中时，有一天，她得做一个有关澳新军团日的专题报告，她请父亲讲讲那场战争对他来说是什么。他说其实没什么可讲的，含糊其辞。她死乞白赖，他就走进卧室，拿着一只旧军号回到她跟前。他擦拭号嘴，吹出几个像放屁的声音来逗她笑。接着，他找到几个很准的音调。他放下军号，清清嗓子，鼓起胸膛，把头抬成一个女儿从没见他有过的军人姿态，演奏《最后岗位》这支曲子。

"就这些？"

"我知道的就这些，"他说，"随便谁，他要知道的差不多也就这些。"

"这不是专题报告，爸爸。"

"不是。"

"这首曲子有点儿孤单。"茱迪说。

吉米·比奇洛想了想，说他认为它是孤单的，但它从没让人孤单过。它让人感觉正相反。

茱迪翻看过几本讲战俘的书。

"那一定很难受。"她说。

"难受？"他回答，"并没有那么难受。我们只要受罪，没别的选择。我们很幸运。"

"这首曲子啥意思？"她问。

"它是一个谜，"他沉默了一会儿说，"谜越是不好解开，意思就越多。"

在茱迪十九岁时，她母亲死于白血病。吉米·比奇洛比她多活了二十八年。他不把自己当一回事，他变得坚信这世界在本质上是喜剧性的。他享受与他人共处，在他的生活中，或者说通过这种看待生活的方式，他发现了很多他和其他人惊叹不已的东西。在他周围，一个寻找并造就回忆的产业在增长，但他回想起来的却越来越少。几个笑话，几个故事，土人伽迪纳给他的那个鸭蛋的滋味，还有希望、善良。他记得他们什么时候埋了小瓦特·库尼。他记得瓦特爱每个人，总在厨房等着，直到最后一个俘虏挣扎进来，无论多么晚，都给他留一些吃的，无论食物多么少，都确保每个人都能被喂到一些什么。低头看着他的墓穴，没有谁想第一个把粘着草皮的泥块扔下去。他不记得瓦特·库尼死在向北往三塔关行进的途中。对他而言，那不是真实情况。

几个儿子越来越经常地纠正他回忆中的错误。天啊，他们知道什么？显然比他知道的多。历史学家，新闻记者，拍纪录片的，该死的，连他自己的孩子都指出他不停在变的讲述中的差讹、不合逻辑的地方、疏漏、明显的矛盾。他们把他当成什么？该死的《大英百科全书》？他人在那儿。他在磁带录音机上放《假如没有一首歌》，那也是一个谜，因为有一瞬间，他眼前出现一个人站在树墩上唱歌，接着，在其他情形下他感觉不到的东西全涌上心头，他懂得了在其他情形下他不理解的东西。他的言语和记忆根本不重要。每样东西都内在于他。这些东西他们看不到？他们就不能让他独自清净？除此之外，他别无所求。

他的情感心智慢慢把有关战俘营的记忆蒸馏净化成一种很美的东西。好像他在把作为奴隶所受的屈辱榨压出来，一滴又一滴。他最先忘掉它所有的恐怖，后来忘掉日本人对他们施行暴虐。当年事已高，他能做到全不撒谎地说他想不起哪怕一例暴力行为。或许会使往事重现的东西——书籍，纪录片，历史学家——他避免与之接触。接着,关于病痛和悲惨死亡的记忆——霍乱,脚气病,糙皮病——也消失了,甚至连污泥也消失了,再后来,对饥饿的记忆也这样消失了。终于,一天下午,他发现他完全不记得当战俘期间的任何事。他的情感心智依然机能正常,他知道他曾是一名战俘,就像他知道他曾是一个胎儿。但跟那经历相关的种种都荡然无存。存留下来且挥之不去的是不可逆转的对于人性良善的信念,这信念很美好,也确凿无疑。在九十四岁那年,他终于自由了。

从那以后,他从风里、从雨声中感受极大的愉悦。炎热的一天将始,清晨带来的感触让他惊赞不已。陌生人的微笑让他满心欢喜。他致力培养习惯和友情,对什么不符合传统,他有自己的感受,在习惯和友情中,他找到了替代它们的唯一选择。他跟一群色彩鲜艳的绿色、蓝色和红色的玫瑰鹦鹉成了朋友,它们来院子里喝水、进食,他把水和食料摆放在外面。接着,来了鹩鹩和强横不讲理的吸蜜鸟,交头接耳的火尾鸟和偶尔一现的猩红知更鸟,鲜蓝色雄性鹩鹩带着它们颜色灰褐的嫔妃,忽闪着暗涩光亮、坏脾气的扇尾鸽,傻头傻脑的伯劳鸟,灰胸绣眼鸟,鸣声短促高亮的啄果鸟。有时,他会几小时坐在门廊上的长椅里,看这些鸟吃食、洗澡、休憩、梳羽和嬉戏。它们空中的飞翔和外形的美观是一个奥秘,它们的到来和离去难以解释,他从中看到了他的生活。

他死在养老院——从一段楼梯顶上掉下来——他在那儿喂鸟。之后,茱迪在衣柜里发现她父亲的号筒——很旧、很脏、被砸得满是坑洼。在该系一根适用绳带的地方系着一块结起的红色破布。在一次家里车库中进行的廉价拍卖中,她把它卖了。

有时,在意想不到的时刻,她会又听到他在笑,在一个她正找去污粉的超市廊道里,当她在牙医候诊室翻看一本明星杂志。她会想起他没有狠心打她的心理承受力,他的手在她的头顶颤抖,她听见他说:"我知道的就这些,"他说,"随便谁,他要知道的差不多也就这些。"

她听见他又在问:"这曲子什么意思?"

周围的世界,超市的廊道和货架,牙医候诊室和它浴缸形的座椅,车库里的廉价拍卖和摆满她面前两张支架桌、属于她父亲的有纪念意义的小物件,"五块钱,这你卖吗?"一个声音在说。她把它递过去,那把饱受重创的军号在颤抖,没答话。

"对极了。"她想她听见它在说,当陌生人抓住它。或者是她在说?"对极了。"

15

多里戈·埃文斯在早晨三点钟驶过帕拉马塔的一个交叉路口——在接下来的事情发生之后,这个时间地点从未向公众做出解释,没做解释的还包括对他体内酒精含量的检测结果,这是无关大体的小问题,紧接着,他发现自己在飞,猝不及防被甩到空中,再也不会回到地面。一车喝得烂醉的小年轻开着一辆偷来的斯巴鲁翼豹正从警察那儿逃离,他们闯了红灯,直撞多里戈·埃文斯年事渐高的宾利车,两辆车彻底报废,他们中有两人死了,澳大利亚最伟大的战争英雄之一穿透挡风玻璃飞出去,受了重伤,性命堪忧。

他有三天处于垂危状态,在那段时间,他拥有了关于他生活的最非凡出奇的梦想。光涌入教堂礼拜堂,他和艾米坐在里面。令人目眩的美轮美奂的光,他蹒跚学步,前后走动,出入它超越的与世无闻中,然后投入女人的臂弯。他在飞,他嗅着艾米的裸背,他飞得越来越高。在他周围,国家在准备哀悼,在争论青年人素质滑坡问题——比照一代人崇高的英雄壮举和另一代人卑劣的、可以导致谋杀的犯罪潜能。这期间，他认识到他的生命才刚开始，他对此感到惊愕，在一片早被清除干净的遥远的柚木丛林中，在一个被称为暹罗的不复存在的国度里，一个不再活着的人终于睡去了。

16

多里戈·埃文斯从一个有关死亡的噩梦中醒来。他意识到他太累了，参加点名的人正在集合，有一小会儿他打盹了。差不多半夜了。他转向在他面前集合的七百名俘虏，向他们解释说他要选出一百人行进到另一个营地，那个营地比这个战俘营还更深入暹罗丛林一百英里。他们要在早点名后马上出发。俘虏被点了一遍，又点了一遍，不知为什么，两次数目不相符。更多从"线"上来的人趔趄着加入，情况更理不清楚。中士们试图说明谁到了，谁没到，以及为什么没到。在福原和看守之间发生了激烈争执——福原军服穿得无可挑剔，即使时间这么晚了，澳大利亚中士中的一个被打得团团转，一阵混乱，点名又开始了。

一小时前，中村少校带着福原来找他，命令他选出一百名俘虏行进到一个距离三塔关很近的营地。

"不该对任何俘虏有哪怕再多一点儿的要求，"多里戈·埃文斯争执道，"没有哪个俘虏能应付这样的行军。"

中村少校坚持说必须选出一百人。

"除非你改变俘虏的待遇，不然他们都会死。"多里戈·埃文斯说。

中村少校简明扼要地说，如果澳大利亚上校不选，他会选。

"他们全都会死。"多里戈·埃文斯说。

福原中尉又在翻译，中村少校听着，然后讲话。中尉转向多里戈·埃文斯。

"中村少校说那非常好，"福原中尉说，"省了日本军队好多大米。"

埃文斯知道，如果中村选，他会不加甄别，选出的一百人会包括病得最重的，也许病得最重的最可能被选中，因为他们对中村最没用处，他们全都会死掉。反过来，如果他多里戈来选，他可以挑最适合的，活下去机会最大的。无论如何，大部分都会死。这是他的抉择：要么拒绝给死亡天使当帮手，要么做他的佣仆。

集合点名继续进行，在营地干轻活的、做饭的、在医院勤务兵人被赶进来，他们站在那儿，生着病，饿着肚子，偶尔有人力竭，猝然倒地，躺在淤泥里，没人理会。这时，俘虏们看见长长一队列日本兵，正在那条沿着集合场顶那头边界的坑洼不平的路上行进，在季风雨没使其无法通行期间，这条路被用来为修建铁路输送物资。

这些日本兵正往缅甸前线进发，前线在阴郁的丛林中离这儿有几百英里的路程。他们满身污秽，筋疲力尽，但仍向夜色深处奋力前驱，在齐轮轴深的泥里推着、拖着大炮，不过只发出几声嘟囔和呻吟。有些兵看上去在生病，很多年纪那么小，也许还在上学，所有的兵看着都很凄惨。

多里戈·埃文斯有几个月没近距离看见过日本部队。在爪哇，他变得很尊重他们，不把他们看作缺乏远见的蠢蛋（澳大利亚军人从情报官员那儿得知他们将碰到那种蠢蛋），而把他们看作令人生畏的战士。但这些日本兵显然行进一整天了，正向夜色深处走着长路，去应对另一个前线阵地的恐怖，他们看上去跟战俘一样，饱受战争之苦，失魂落魄，衣衫褴褛，精疲力竭。多里戈的眼光跟一个拿防风灯的日本兵碰上了。在他孩子气的脸上，那眼睛显得非常大，看着很温存，很容易受伤。他年纪不可能超过十七岁。在澳大利亚军官身上,他看到了什么?多里戈·埃文斯一无所知,但不是仇恨或魔鬼。他踉跄一下,停下脚步,依然盯着澳大利亚人。也许他看见什么了,也许他累得什么也看不见。多里戈·埃文斯感到一种压倒一切的冲动,想搂住他。

冷不丁地,一个日本中士,看见这个兵瞠目结舌地呆看,大步流星走过去,用竹棍残忍地抽打他的脸。这个兵马上站直身体,直着嗓门喊出道歉的话,把视线又专注于前方的丛林。多里戈·埃文斯看得很清楚,对挨打的目的何在,这个兵并不比战俘对他们的悲惨命运要理解得更透彻。他家离这儿多远?多里戈·埃文斯想。是农庄?是城市?某个地方,某个山谷,某条街道,一条小路,一个巷弄,他也许梦到过,阳光和风爱抚、雨水使万物清新的地方,住着关心他、跟他一起笑的人,一个远离这儿的地方,远离有机体腐烂的臭气,令人窒息的绿色,痛苦,残忍的人,他们毫不掩饰地恨,也宣扬恨,他们把世界变成恨。孩子兵一步一抬腿,费劲地走开,多里戈能看到他脸上被竹棍抽过的地方在流血,军服毫无修饰,很脏,很破,还生了霉,对这些他无心在意。尽管如此,当接到命令,他,这个目光温存、拿着灯的男孩,仍然会残忍地杀戮,当轮到他时,被杀戮。

那个日本中士那么野蛮地抽打了他,现在正驻足小憩。看着队列成排,从他身边走过,进到丛林黑暗中去,他点上烟,吸了一口。另一名从应征兵中提拔的下级军官走到他跟前,面带微笑把烟递给他,还开了一句玩笑。由孩子组成的队伍被黑暗吞没,多里戈感觉好像整个战争在他眼前展开。

队伍消失在丛林中,雨像洪水倾泻而下。天空变得墨黑,除了几盏煤油灯笼和看守的火把,没有别的光亮。唯一的响声是雨水大股大股从附近的柚木林滚落,泼溅而下。雨前后横扫,多里戈感觉这雨像一个坚硬、能量充沛、活生生的东西,这雨和这广袤的柚木丛林,营地坐落在其中面积很小的林中空地上,好像要形成一所牢狱,无边无际,不为人所知,正缓慢杀死他们所有人。

终于,全部俘房都到了被确认属实。多里戈·埃文斯举起灯笼,抬起凝注的目光,他担心他给他们的印象是神情沮丧,精神被他们的苦难压垮了。他不能这么做。他必须做的事比这还糟,他别无选择。他看着这七百名俘房,他曾经支撑、看护、诱哄、哀求、糊弄、组织他们致力于活下去,他总优先考虑他们,胜过考虑他自己。多数人只穿一件过于热衷日本风或者说穷酸气的破烂,冒充短裤,在灯笼黏腻滑溜的光照下,他们骨瘦如柴的身体有一会儿让他觉得很恐怖。很多人因为疟疾全身发抖,有些站着把屎拉到自己身上,他要从他们中挑出一百人,向丛林更深处行进一百英里,朝着未知,进到死亡通道里去。

尽管什么也看不见,多里戈·埃文斯还是把视线下移,这让他想起几乎没人拥有活下去的关键东西——靴子。把灯笼举在齐脚踝高,他慢慢沿着第一排走,看着那些裸脚,有的感染严重,有的因为脚气病肿着,有的生着臭烘烘的溃疡,溃疡奇大无比,令人作呕,看着像极具威胁的火山口,就要蚀到骨头。

他在一个溃疡前面停下来:未处理的重度溃疡在小腿外侧留下细长一条完整的皮肤,其余部分成了一个巨大的溃疡,从那儿涌出刺鼻的浅灰色的脓。正脱落的肌腱和筋膜暴露在外,肌肉下面被张开的排脓脉管掏空,分离开了,在排脓脉管间能瞥见一截擦掉皮的胫骨,看上去好像被狗噬咬过。骨头也在开始腐化,剥裂成片。他抬起凝注的目光,看到一个苍白衰毁的孩子。不,大马哈鱼费伊不能去。

"点名结束后到医院报到。"多里戈·埃文斯说。

下一个是哈利·道林。三个月前,多里戈成功切除了他的阑尾,在这样的环境条件下,这是他引以为傲的胜利。道林的身体状况似乎还不是最糟。他有鞋子,溃疡不是重度的。多里戈抬起头看着他,把手放在他肩膀上。

"哈利。"他说,尽可能轻声细语,像在把孩子唤醒。

我在变成食腐怪兽。

接下是雷·霍尔,他们想法子帮他渡过了霍乱险情。多里戈也触碰他的肩膀。

"雷。"他说。

你正出席一场死亡盛宴。

"雷。"他说。

可怕的卡戎,令人恐惧又气味难闻。

就这样,多里戈继续,在行列间来回走,他曾想救下他们,而目前他不得不挑选、触碰、叫他们名字、对被选中的人下判决,那些他认为或许最会处理困难的人,那些最有希望不死的人,尽管如此,他们仍极有可能会死。

进行到最后,多里戈·埃文斯后退几步,在羞愧中低下头。他想起杰克·彩虹,他让他那样受罪;土人伽迪纳,他被殴打那么长时间,他只能看着,什么也做不了。现在,这一百名俘虏。

抬起头,他周围站着一圈他下了判决的俘虏。他指望他们会诅咒他,会转身斥骂他,因为每个人都清楚,这将是一次死亡行军。吉米·比奇洛举步向前。

"照顾好你自己,上校,"他说,一边伸出手,握住多里戈的手,"感谢你为我们所做的一切。"

"你也同样,吉米。"多里戈·埃文斯说。

一个接一个,这一百个人中剩下的每个人都跟他握手,并感谢他。

等完了，他离开他们，走进集合场边上的丛林，抽泣起来。

17

"我们不能确切知道他能意识到什么。"一个护士说。她见过他漆黑的眼睛在病房的荧光灯管下闪亮，有属于自己的生命。"但我想他能听到我说话。"她说。

尽管身心交瘁，他能看出他住的房间很高级，从窗户望出去，一些巨大的无花果树长着飞扬的藤蔓和繁茂的绿叶。但在这儿，他没有回到家的感觉。这不像他该待的地方。这不是他出生的那个岛。晨光乍现，鸟儿叫得不同，绿鹦鹉和红冠灰凤头鹦鹉刺耳欢乐的叫声。不是那种温柔的、音量更小、旋律更繁复的低回婉转的鸟声，生活在他家乡那个岛上的鹩鹆、吸蜜鸟、灰胸绣眼鸟的歌声，觅食归来途中的鸣叫，他希望能马上跟着这些鸟一起飞，一起唱。这不是从一个侧躺女人的腰部那杯状的凹处开始伸展的路，在银灰色海面上，直达一轮正升起的月亮。

"因为我决心，"他低声说——

> **要驶过日落的地方和西天众星**
> **沉落到水里的地方，要到死方休。**

"他在说什么？"一个护士问。

"说胡话，"又有一个护士说，"最好把大夫找来。要么是吗啡引起的，要么他要死了，不是这，就是那，或者两者都是。有的人死前什么也不说，有的人放弃呼吸，有的人说胡话。"

政治家、新闻记者和喜欢耸人听闻的人都争先恐后赞颂他，颂词越来越异想天开，但他们从没理解过他。他梦见一天内发生的事，仅一天：梦到土人伽迪纳和杰克·彩虹，梦到小不点儿米德尔顿，米克·格林、杰基·米若斯基和吉卜赛人诺兰，小莱尼回到家去在马利的妈妈那儿，梦到一百个人跟他握手。一千个其他人，被想起的名字，被遗忘的名字，人脸组成大海。艾米，爱蜜，爱慕。

"生命累放在生命之上。"他含糊地嘟囔，每个词都是一个启示，好像被写下来就是为了他，一首诗是他的生命，他的生命是一首诗。

几乎没有留下：但每一小时都被解救下来
从那永恒的寂静无声中，更广阔的……

——更多、更广大的什么……更多、更广大的什么……在有个地方他失落了几行，他不记得这首诗的题目，还有是谁写的，忘得干干净净，以至于这首诗就是他。这个灰色的灵魂，他阴郁沮丧地想，或者他正在记起来？是的，就是这个——

这个灰色灵魂在欲望中渴求
追随知识，像一颗正在沉落的星，
去到人类思想最遥远的边界之外

他感到羞愧，他感到失落，他感觉他的生活从来都只有羞愧和失落，好像光亮渐暗，妈妈在大声叫，孩子！孩子！但他找不到她，他正返回炼狱，一个上帝不眷顾的地方，他永远不会从中脱逃。

他记起丽奈特·梅森睡着的脸，他走前喝掉的五十毫升装格兰菲迪威士忌，兔子亨德里克斯画的土人伽迪纳，坐在一把富丽的扶手椅里，小银鱼在上面到处游，在叙利亚的村子里，在那儿，澳洲小龙虾布罗斯和他弄得像长钉似竖起的头发就要化为乌有，归于叙利亚的尘土。这张画留下了，会没完没了地被复制，但澳洲小龙虾布罗斯消失了，永远不会有什么未来、永远不会有什么意义能跟他的生命连在一起，这他无法理解。一个穿蓝色军服的人站在他上方。多里戈想告诉他，他很抱歉，但他张开嘴，只有口水流出来。

无论周围在发生什么，他都在飞速退进到一个巨大的涡旋中去，涡旋转得越来越快，充满很多人、很多事、很多地方，涡旋在倒退，转啊，转啊，更深些，再深些，还再深些，进到越来越强劲的风暴中，风暴在伤悼，在舞蹈，其中是被遗忘的事，或者被部分想起的事，故事，诗行，人脸，被误解的姿态，被唾弃的爱情，一朵红茶花，一个男人在抽泣，一个木制的礼拜堂，女人们，他从太阳那儿偷到的光——

他记起另一首诗，他能看见整首诗，但他不想看见它或知道它，他能看见卡戎热切的眼睛盯着他的眼睛，但他不想看见卡戎，他能尝到银币被塞进嘴里的味道，他在变成虚空，他能感觉到这虚空。

——终于，他理解它是什么意思了。

一个在场的苏丹勤务兵见证说，他最后的话是——

"向前冲,先生们。跟窗台① 对战。"

他感觉活套在嗓子那儿抽紧,他大口喘气,一条腿猛甩到床外,在那儿踢蹬一两下,打着铁制床栏杆,发出钝响,他死了。

18

长夜渐深,四分之一大的月亮还在慢悠悠地爬升,经过一级级黑色阶梯,夜晚随着很多呻吟和鼾声一起低声悲叹。布洛克贝克来到军官住的篷屋,带来土人伽迪纳淹死的消息。就着煤油灯的光,多里戈·埃文斯在日记里注明这是谋杀。谋杀这个词好像不合适。什么词合适?他刮脸用的小镜子放在日记边,他瞥见他令人毛骨悚然的面影——花白头发乱糟糟的,血红的眼睛点着了火,一块肮脏的红色破布系在项间吊挂着。他变成那个冥河摆渡人了?他把镜子翻转放下。几乎半夜了,他知道他应该争取几小时睡眠,才可能有力气把又一天对付过去。他想在早晨第一个到达集合场,去迎接那一百名俘虏,当他们集合的时候;在他们离开前,祝福他们平安无事。

那天早上,一袋子邮件随一辆卡车到了——他们九个月以来看到的第一批邮件。永远如此,信件来往因人而异。有些人收到几封信,很多人一封没收到。有一封艾拉写给多里戈·埃文斯的信。他想过要等到目前才看,当一天结束,为的是读信带来强烈的愉悦也许就会让他入睡做梦,梦里充满它,但早集合前拿到信,他感到思家心切,当时当地就把它扯开读了。他无法相信她说的。一整天,它在他脑中驱之不去。在一天结束后的当下重读,他还是发现它难

---

① 风车 windmill 和窗台 windowsill 发音相似。

以接受。

信写于六个月前，有几页长。艾拉写道，虽然还没从多里戈那儿收到任何消息，或者就事论事地说，还没从他部队收到任何消息，她确信他活着。信里谈到她的生活，谈到墨尔本日常生活的所有细枝末节。这些他全能相信。但跟其他人不同，他们全神贯注地读从家里写来的信和卡片，仔仔细细读每一句话，艾拉的信只有一个细节深印在多里戈脑中。一片剪下的报纸跟信一起装在信封里，标题写着"阿德莱德酒店悲剧"。上面说酒店厨房发生煤气爆炸，康沃尔国王酒店被大火夷为平地，有四人丧生，其中包括颇受尊敬的酒店老板基思·马尔瓦尼。另外三人还没找到，相信也已丧生，包括两位住客和马尔瓦尼太太，酒店老板的妻子。

多里戈·埃文斯把剪报读第三遍，然后第四遍。外面雨又在下。他觉得冷。他把军用毯子拉起来，围得更紧些，就着煤油灯的光亮，把艾拉的信又看了一遍。

"爸爸朋友中有一个地位很高，他帮我在阿德莱德验尸官办公室做了查询，"艾拉写道，"他说这件事被官方证实了，但由于这是一场悲剧，考虑到公众感情，保持士气乐观等，他们没把它登在报纸上。他们必须靠牙齿做鉴定，你能想象吗？可怜的基思·马尔瓦尼太太被确认为死者之一。我觉得这么难过，多瑞。我知道你多么喜欢你叔叔、阿姨。像这样的悲剧让我知道我多么幸运。"

基思·马尔瓦尼太太？

有一会儿，这名字不比这消息更好理解。

基思·马尔瓦尼太太。

她对他来说曾经是也永远是艾米。他不知道这是谎言，艾拉跟他讲过的唯一谎话。

为了节省燃料，他熄掉煤油灯，点燃一个蜡烛头。他很长时间看着不情愿熄灭的火苗。烟升起来，逐渐变细，变成微小的煤灰颗粒，在烛光抖动的一圈虹彩中上下舞动。他看着这光，这煤灰颗粒，那儿似乎有两个世界。这个世界和一个被藏起来的世界，一个真实的世界，不受羁束飞扬的颗粒旋转，闪烁，随机撞到彼此，然后弹开，生成新的存在状态。一个人的情感并不总对应于人生万象。有时它跟什么都不大对应。他死死地盯着烛火。

"艾米，爱蜜，爱慕。"他低声自语，好像这些词也变成了灰烬的颗粒，升浮沉降，好像这蜡烛是关于他生命的故事，她是它燃起的火焰。

他在随时可能坍塌的行军床上躺倒。

过了一会儿，他找到这段时间一直在看的书，一本他期待结局完满的书，一个他强烈希望结局完满的罗曼史，让男女主人公找到爱情，让他们充满宁静、欢乐、救赎、理解。他打开书。

"爱情是拥有一个灵魂的两个身体。"他读道，然后翻过这页。

但那儿什么也没有，最后一页被撕掉拿走了，被用作擦屁股纸或卷烟用了，没有希望、欢乐或理解。没有最后一页。这本讲他生活的书中断了。只有身下的污泥和头顶肮脏的天空。不会有宁静，不会有希望。多里戈·埃文斯知道，这爱情故事会永远继续，没有终结的世界。

他会活在上帝不眷顾的情形下，因为爱情也是上帝不眷顾的。

他把书放下。无法入睡，他站起身，走到棚子边沿，外面滂沱大雨。月亮不见了。他重新点上煤油灯，行进到位于营地顶头、用竹子搭的小便池，撒完尿，往回走，他注意到在泥泞小径的边上，在吞没一切的黑暗中，生长着一朵绛红色的花。

他弯下腰，用灯笼照着这小小神迹。在瓢泼的雨中，他低着头，弯着腰，这样站了很久。然后，他重又挺直身躯，继续走他的路。